Marie Jo

Der Liebe ganze Härte

Tagebuch einer liaison dangereuse

seitenblick

Für Joachim D. in Liebe.

Marie Jo

Der Liebe ganze Härte

Tagebuch einer liaison dangereuse

seitenblick

Anmerkungen des Verlags

Auf Wunsch der Autorin wurde das Manuskript teilweise in der unbearbeiteten Rohfassung übernommen.

Die Namen und Initialen der handelnden Hauptpersonen wurden geändert.

3. Auflage 2000 by
Seitenblick
Verlag Bettina Tegtmeier
Schillerstr. 1
53721 Siegburg

Titelfoto: Tegtmeier
Titelgestaltung: T&M, St. Augustin
Druck: Siebengebirgs-Druck, Bad Honnef

ISBN: 3-9805399-3-8

Ω

Für manche Dinge scheint es keine Worte zu geben, die treffen, ohne Scham zu verursachen. Und es ist eigenartig, etwas aufzuschreiben, das nie von jemandem gelesen werden soll außer vielleicht mir selbst, und ich brauche das Geschriebene nicht zur Erinnerung, die immer viel intensiver sein wird als Sprache es ausdrücken könnte. Und so weiß ich nicht, warum ich es schreibe. Ich weiß es nicht. Aber ich tu's trotzdem. Wie so vieles andere auch.

Initiation

1

Das erste Mal sahen G. und ich uns in seinem Laden. Ich wollte dort jobben, es war mein Vorstellungsgespräch.

»Warum willst du hier arbeiten?« war seine erste Frage, und ich antwortete ehrlich und unüberlegt: »Weil ich Geld brauche und weil mich der S/M-Bereich interessiert.«

»Inwiefern interessiert er dich?« fragte er sofort. »Hast du eigene Erfahrungen damit?«

Mit einer so persönlichen Frage hatte ich nicht gerechnet und hätte sie unter anderen Umständen wohl kaum beantwortet, aber dies hier war verdammt nochmal ein Geschäft für Fetischmode und Equipment vorwiegend für Kunden aus der S/M-Szene, die selbstverständlich Fragen stellen würden, und natürlich mußte er testen, ob ich ohne zu erröten würde antworten können, oder? Es fiel mir nicht leicht, aber es mußte sein, also sagte ich (unsicher): »Naja, schon, mit meinem Ex-Freund, aber es – es ist keine so richtige Erfahrung, weil – es war wohl eher mein Interesse, also ich glaube, es heißt Soft-S/M, woran ich interessiert bin, ich kenn' mich nicht aus – und es ging dann irgendwann nicht weiter, weil, nun ja, er war zu feige, um Handschellen zu kaufen – und das hätte ich ja wohl schlecht selbst machen können, nicht wahr?«

Ich weiß nicht, ob ich rot wurde. Mir wurde nur plötzlich die ganze Situation bewußt. Hier stand ich, mich selbst als »M« outend, passenderweise mit auf dem Rücken verschränkten Händen gegen die Ladentheke gelehnt, einem Mann gegenüber, dessen Outfit in schwarzem Leder und vor allem dessen Auftreten mich nicht einen Augenblick daran hatten zweifeln lassen, daß er »S« war, und der mich mit einem gewissen Interesse ganz ruhig beobachtete, während ich immer nervöser wurde und er bedächtig die nächste Frage formulierte: »Wie bist du denn damit zurechtgekommen, daß dein Interesse nie befriedigt wurde?«

Ein eintretender Kunde befreite mich von der Notwendigkeit einer sofortigen Antwort auf diese verwirrende Frage, doch G. fragte mich, ob wir das Gespräch nicht fortsetzen wollten. Mir war unbehaglich zumute. Ich glaubte, ein privates Interesse zu spüren, das mir unangenehm war, zum einen in Verbindung mit dem Job, im wesentlichen aber, weil ich im Geiste noch immer irgendwie meinem Ex-Freund, dem ersten Mann in meinem Leben, die Treue hielt.

Ich sagte Ja zu einem Treffen am kommenden Donnerstag, weil man schließlich immer noch Nein sagen kann.

2

Ich hatte mich doch entschlossen zu gehen. Freundinnen hatten mir abgeraten oder wollten mich begleiten. Ich lehnte ab. Sie wiesen auf die Warnungen in den Stadtmagazinen hin; er könnte mich vergewaltigen! »Quatsch«, sagte ich voller Überzeugung. Er würde vielleicht mit mir schlafen wollen, aber nicht mit Gewalt (oder besser: doch mit Gewalt, aber eben nicht gegen meinen Willen!).

Und vielleicht wollte ich es auch deswegen tun, damit B. endlich seine Heiligkeit verlieren würde, bisher der einzige gewesen zu sein!

Tu's nicht, tu's bloß nicht. Paß auf dich auf.

Aber was wußten sie von dieser merkwürdigen Stimmung in mir, die dadurch verursacht wurde, daß mich seit dem letzten Freitag der erste Eindruck von ihm nicht mehr losgelassen hatte? Er hatte keinerlei Ähnlichkeit mit B., in dem ich meinen Traumtypen sah. Und war wohl 15 Jahre älter als ich. Und doch –

Wir gingen in eine kleine Kneipe. Er fragte mich nach B., nach der Trennung, nach dem Sex. Er erzählte etwas von sich und seinen Beziehungen. Was er sagte, gefiel mir; er machte einen einfühlsamen Eindruck, ich fühlte mich verstanden. Dann sagte er, daß ich ihn auch als Frau interessieren würde. Also doch! Und ich hatte doch keinerlei Erfahrung, wie man damit umgeht. Mir war es immer peinlich gewesen, wenn sich seit B.s Fortgang jemand für mich interessierte, weil ich mich irgendwie schuldig fühlte, wenn ich das Interesse nicht erwidern konnte, und das konnte ich nicht, weil sie alle nicht dem Wunschbild in meinem Kopf entsprachen, das B. war oder vielleicht ein nettes Double von B. Auch G. nicht! Ich war ehrlich. Ich sagte es ihm – eine Wahrheit, die schon am Tag danach keine mehr war, die dem Unverstand entsprang, Menschen allein nach ihrem Äußeren zu beurteilen und jede individuelle Ausstrahlung zu ignorieren. Es kann nicht sein, was nicht sein darf. Ich war verlegen. Ich starrte die Wand hinter der Bar an, gelborange mit einer türkisfarbenen Tierzeichnung darauf. Ich glaube, es war ein frontal gezeichneter Fisch. Die drei Barmänner in weißem Hemd mit schwarzer Fliege, gelackt und jung und schön wie das gesamte Publikum. Ich sah mich in ihren Augen hier sitzen: eine optisch Sechzehnjährige, die sich von einem reiferen Mann, der gerade versucht, ihre Hand zu ergreifen, verführen läßt.

»Willst du mit mir schlafen?« fragte er.

Nein. Ja. Nein. Ja. Nein.

»Ich kann nicht. Ich habe Angst, ich kann dann plötzlich nicht wegen der Erinnerung an B.«, sagte ich. Ich sah ihn nicht an.

»Das weiß ich ja. Traust du mir nicht zu, damit umzugehen?«

Doch, das tat ich schon. Ja, das war eigentlich keine Frage.

»Laß dich doch einfach mal fallen«, sagte er leise, eindringlich. »Wir haben die gleiche Obsession.«

Obsession. Was für ein Wort! Stark, und zutreffender, als ich gedacht hatte, Erklärung für meine Gefühle in diesem Moment.

Ich starrte geradeaus. Wand, Barmänner, Fisch. Ja. Nein. Ja. Nein.

»Ich weiß nicht«, sagte ich kläglich. »Ich hab' meine schrecklichsten Strumpfhosen an.«

»Meine Wohnung ist nicht aufgeräumt«, sagte er.

»Ich mache dir ein Angebot«, sagte er. »Ich kann es nur heute machen, weil ich damit ja auch Verantwortung übernehme. Ich habe es nicht geplant, mit dir zu schlafen, aber ich würde es gerne tun. Also paß auf: Du mußt dich nicht hier und jetzt entscheiden. Wir gehen zusammen rüber in den Laden, ich zeige dir etwas, wenn es dir gefällt, fahren wir zu mir nach Hause. Wir machen ein kleines S/M-Spiel. Wenn du nicht mehr willst, sagst du »njet«, und ich höre sofort auf und bringe dich nach Hause.«

Njet. Ein S/M-Spiel. Jemand, der die gleichen Phantasien hat, die auf einmal wieder so gegenwärtig sind. Und jetzt: Es endlich einmal erleben. Sich ausliefern. Ja. Ich glaube, ja.

Wir gingen zu dem Laden.

»Was hältst du von Latex?« fragte er.

»Leder ist besser«, antwortete ich prompt, und er lächelte und hielt den Daumen nach oben, als ob er »Gut gewählt« sagen würde. Die Gitter fuhren hoch und rasteten ein. Er schloß die Tür auf. Licht an, Radio an.

»Was würde dir gefallen?«

Maßband um meine Taille. Er kommt mit einem Korsett aus Leder. Ich ziehe mich aus, unsicher. »Den BH auch«, sagt er scharf.

»Bevor du ohnmächtig wirst, sag Bescheid«, sagt er, während er es schnürt. Das Leder ist hart, ich kann mich kaum darin bewegen, komme mir ungelenk und lächerlich vor. Ich will nicht, daß diese Gefühle meine Erregung überlagern, bitte nicht ...

Er geht und kommt wieder, legt mir ein Halsband um. (Also scheine ich ihn nicht abzuschrecken. Schieb die Angst weg, laß dich fallen –) Er verbindet mir die Augen. Es gibt kein Zurück mehr. Wer würde es auch wollen? Ich nicht.

Er führt mich weiter ins Ladeninnere. Er drückt mich auf die Knie und zieht mir meine restlichen Sachen aus.

»Stell dich hin.« Er zieht mir etwas an, das sich später als Ledertanga herausstellt.

»Die Hände.« Lederband um die rechte, dann die linke Hand.

»Gut.«

Etwas Weiches, Schweres, das ich nicht sofort als meine eigene Jacke erkenne. Seine Stimme ganz nah an meinem Ohr, leise, bedauernd: »Ich fürchte, du wirst ein wenig frieren müssen.« Erst jetzt begreife ich richtig: Ich soll so rausgehen! Nackte Beine zwischen Jacken- und Stiefelrand, die Augen verbunden, die Hände gefesselt, werde ich auf eine nicht unbedingt unbelebte Straße treten, gänzlich unauffällig an einem eiskalten Winterabend um halb zwölf. Einen Moment bin ich erschrocken, denke, was mache ich hier, was würde XYZ sagen, wenn er/sie mich so sähe? Und doch wird hier gerade eine Phantasie Wirklichkeit, und ich will, ich will, ich will nicht, daß es aufhört.

Er legt mir seinen Arm um die Schulter und drückt mich fest an sich, während er mich nach draußen führt und dabei die Stufen ansagt. Es ist kalt draußen, mir ist heiß. Ich halte den Kopf gesenkt und, wie ich glaube, in Richtung Hauswand, während er das Gitter herunterläßt. Ich höre niemanden vorbeilaufen und bin erleichtert.

Die Autofahrt kommt mir länger vor, als ich mir die Strecke vorgestellt hatte. »Mach die Beine breit.«

»Breit habe ich gesagt!« Er hilft nach.

»Sieht gut aus, wie du da sitzt – gefesselt – es gefällt mir.«

Aus dem Auto mit seiner Hilfe, über die Straße, in einen Hausflur; er macht kein Licht an, hält mich wieder fest und sagt jede Stufe einzeln an, langsam, geduldig, rücksichtsvoll. Fast zärtlich – wie paradox: Er nimmt mir die Möglichkeit, für mich selbst zu sorgen, und ich bin so dankbar dafür, daß er mich mit meiner Hilflosigkeit nicht alleine läßt. Mir wird das Vertrauen bewußt, das notwendig ist, um sich auszuliefern. Mir wird bewußt, wie sehr ich ihm vertraue. In seinem Wohnungsflur das Geräusch von PVC unter meinen Stiefeln und ein Eindruck von Enge. Er zieht mir die Jacke aus, fesselt mir die Hände jetzt auf den Rücken und schiebt mich in ein Zimmer.

»Auf die Knie!«

Eine Matratze auf dem Boden. Er drückt meinen Oberkörper nach unten. »Du hast einen wirklich schönen Arsch.«

Er öffnet das hinderliche Korsett. Tropfen heißen Öls auf meinem Rücken. Einmal zu heiß. (Später wird er mir sagen, daß es Kerzenwachs war.) Er massiert mich mit kräftigem Fingerdruck. Ich beginne mich zu entspannen.

Er »massiert« mich mit spitzen Fingernägeln, zieht sie mir plötzlich über Rücken und Seiten bis zur Hüfte, lange Kratzer hinterlassend. Ich werde sie am nächsten Tag im Spiegel sehen, dunkelrot. Ich werde sie andächtig berühren, eine leise Erregung in mir, eine Erinnerung an den Anfang einer Nacht, in der aus jahrelang gehegten Phantasien tatsächlich der Beginn einer Obsession wurde, in der ich um meinen letzten Rest Verstand gefickt wurde, in der ich das Wort »njet« nicht ein einziges Mal benutzte, obwohl ich niemals geglaubt hätte, daß ich es zulassen würde, in den Arsch gefickt zu werden, daß ich »bitte« sagen würde –

Stunden später, es muß mitten in der Nacht sein, liege ich mit ihm in der Badewanne. Ich bin erschöpft, ich bin verwirrt, erstaunt über mich selbst, glücklich. Ich habe den Namen meines Ex-Freundes zum ersten Mal seit Monaten vergessen. G. streichelt mich zärtlich, und ich fühle mich so wohl, so geborgen (so geliebt), auch als aus dem Streicheln ein fester Griff in meine Haare wird, der mir den Kopf nach hinten zieht, so daß ich ihn ansehen muß, wenn ich nicht die Augen schließe, und seine Stimme fragt: »Möchtest du eine Sklavin oder eine Dienerin sein?«

Ich werde rot, weil die Antwort unaussprechlich ist. »Dienen setzt Freiwilligkeit voraus, das ist nicht mein Ding«, sage ich schließlich.

Er lächelt. »Wenn zwei dasselbe denken, darf man sich was wünschen.«

Was wünsche ich mir?

Am Morgen nahm er mich zum Abschied in die Arme. Geschäftliche Zwänge machten ein gemeinsames Frühstück unmöglich. Ich umarmte ihn ebenfalls, noch immer durcheinander von dem, was aus dem angekündigten kleinen S/M-Spiel geworden war.

Die U-Bahn-Fahrt nach Hause war wie ein Weg durch eine ganz andere Welt, in die meine Gedanken nicht paßten, die mich den ganzen Tag nicht mehr losließen.

3

Ich warte morgens vor dem Laden auf ihn. Erster Arbeitstag! Als er kommt, grüßt, die Tür aufschließt, an mir vorbeigeht, ein Konglomerat von Gerüchen nach diversen Pflegemittelchen verbreitend, die vertraut sind, die erinnern, merke ich mit einem leichten Erschrecken, daß die Spannung wieder da ist ...

Es ist stressig an diesem Samstag, er hat kaum Zeit, mir etwas zu erklären, was dazu führt, daß ich zeitweise völlig nutzlos herumstehe, mich unterfordert fühle und gleichzeitig unzulänglich, weil ich auf seine leise gesprochenen Anordnungen oft »Was?« nachfragen muß, damit er sie lauter wiederholt. Spricht er zu leise oder sind meine Ohren schon discotaub? Eine Frau kommt, um sich als Ganztagsverkäuferin vorzustellen, sie kennt sich etwas aus und bombardiert mich mit

Fragen nach einer gewissen »Barbarella«, die ich doch unbedingt kennen müsse, redet von »unserem Chef«, während ich überlege, ob sein mangelndes Engagement, mir irgend etwas zu zeigen, damit zu tun hat, daß er den Job nun doch anderweitig vergeben will, daß die Zusage an mich nur ein Mittel war, um mich an jenem Abend in eine positive, unternehmungslustige Grundstimmung zu versetzen. Er geht mit ihr Kaffee trinken und kündigt seine Rückkehr für 16 Uhr an; da endet meine Arbeitszeit. Ich bin allein, meine Gedanken rasen. Mach, daß er mich fragt, Göttin, mach, daß er mich fragt, bitte, bitte, bitte!

Als er kurz nach vier in den Laden stürmt, murmelt er etwas von Wahnsinnsstreß und »laß alles so stehen und liegen«. Er rennt an mir vorbei ins Hinterzimmer.

»Willst du mich schon wieder rauswerfen?« frage ich mutig, als er zurückkommt.

»Die ist nichts für den Laden«, meint er, »mit der hab' ich ganz andere Dinge vor.«

Wie mit mir? denke ich. Sie war größer, ganz schmal, und hatte kurze blondierte Haare. Sie sähe gut aus in Ketten –

»Was machst du heute abend?« Betont beiläufige Frage. Er steht seitlich von mir, hält seinen Terminkalender in den Händen.

Nichts, wenn du mich fragst, schreie ich und sage cool: »Ich habe noch nichts vor.«

»Wollen wir etwas zusammen machen?«

»Gerne«, sage ich. Keine Kraft mehr zu vollständigen Sätzen. Merkt er, wie sehr ich mich freue?

»Was, wann, wo? Schreib mir deine Nummer auf, ich ruf' dich an, so zwischen sieben und acht Uhr«, sagt er.

Ich schreibe. Ich gehe. Ich hüpfe auf dem Weg zur U-Bahn. Ich bin glücklich. Ich bin erwartungsvoll. Ich bin glücklich.

Abends stehe ich vor dem Spiegel. Er mag keine BHs, hatte er gesagt: »Du wirst in Zukunft keine mehr anziehen. Du hast mich verstanden, denke ich.«

Ich bin eine freie Frau, ich bin stolz, ich bin trotzig, ich trage gerne BHs, fühle mich sexy damit. Es gibt viele gute Gründe, einen anzuziehen, und einen guten Grund, es dann doch nicht zu tun.

Um halb elf stehe ich vor dem Haus und warte auf ihn. Es ist eiskalt. Die Welt liegt unter einer Schneedecke, die die Nacht hell erscheinen läßt. Er ist nicht pünktlich, vermutlich, weil es auf der Straße glatter ist als erwartet. Leute kommen vorbei und starren mich an, als sie mich in dem Hauseingang stehen sehen. ›Wenn sie ihren Schlüssel verloren hat oder jemanden besuchen möchte, der noch nicht da ist, warum klingelt sie dann nicht irgendwo im Haus, es brennen doch genug Lichter?‹ scheinen sie sich zu fragen. ›Wenn sie auf jemanden wartet, warum hat sie nicht vereinbart, daß diese Person klingelt – bei dieser Kälte!‹

»Solche Männer klingeln doch nicht, es ist würdelos«, hatte ich verlegen in die amüsierten Gesichter meiner beiden Mitbewohnerinnen Alja und Karin erklärt. Sie wollen aus dem Fenster schauen, ich reagiere gereizt, aber jetzt traue ich mich nicht hochzusehen, fühle mich merkwürdig exponiert und etwas nuttig. Ich lache über mich selbst. Was für ein Klischee: Hier steht die fünfundzwanzigjährige, gutbürgerliche Jurastudentin und wartet auf einen fünfzehn Jahre älteren Geschäftsmann in einem zweisitzigen roten Sportwagen, in dem sie dann später schweigend sitzen wird, während er den Weg zu seiner Wohnung einschlägt.

Erst dort begrüßen wir uns richtig, stehen im Flur und umarmen uns lange und fest. Dann erledigt er noch geschäftlichen Kleinkram und füttert die Katze. Ich betrachte die verschiedenen Computer und anderen technischen Geräte, und mir wird bewußt, daß ich gar nichts über sein Leben weiß, und daß ich hier stehe, als ob ich auf den Mund gefallen wäre, unfähig zu einem normalen Gespräch. Er muß mich doch für völlig blöd halten!

Er hält mich statt dessen wieder fest. »Wie geht es dir?« fragt er leise.

»Gut.« Wieder ist nur ein Wort möglich, und es hat keinen entspannten Klang.

Er drückt mich an sich. »Gut«, wiederholt er ganz nah an meinem Ohr. »Meiner kleinen Sexsklavin geht es also gut – das wird sich schnell ändern, das verspreche ich.« Laut: »Geh ins Zimmer, zieh dich aus und leg dich nackt aufs Bett.« Er läßt mich los, ich kann ihm nicht in die Augen sehen. In dem dunklen Zimmer ziehe ich mich aus. Ich lege mich hin und mir den Arm über die Augen. Natürlich fragt er nicht, ob er mich rasieren darf. In dieser Welt gibt es keine profanen Besuche bei Frauenärzten, die einen komisch angucken, wenn sie eine rasierte Scham sehen, wenn sie dunkelrote Kratzer auf Brust, Hüfte und Oberschenkeln entdecken. In dieser Welt gibt es nur einmal richtige Entscheidungsfreiheit, danach kannst du nur noch zwischen Gehorsam und Bestrafung entscheiden. Später wird er mich fragen. Zunächst ist er mit seiner Arbeit fertig, und ein plötzlicher brennender Schmerz treibt mir die Tränen in die Augen. Es dauert, bis ich begriffen habe, daß es Aftershave gewesen sein muß. Während ich mich auf dem Bett zusammenrolle und gegen weitere Tränen ankämpfe, zündet G. die Kerzen an und legt eine CD mit dunkel-mystischen Klängen ein, dann legt er mir das Halsband und die Handfesseln an. Kleinere diesmal, aus Lackleder.

»Knie dich hierhin!« Er legt sich vor mich. »Kümmere dich um meinen Schwanz!«

Ich war schon zu brav heute. Zuviel Stolz für soviel Folgsamkeit. Ich rühre mich nicht.

»Ich habe dir etwas gesagt!«

»Und ich sage nein«, erwidere ich und gucke ihn spöttisch an – Rache für den Aftershave!

Ich denke daran, daß ich das bei B. nicht machen durfte, weil er mit seinem Latein am Ende gewesen wäre, wenn ich wirklich nicht mitgespielt hätte – aber warum schließlich sollte ich mitspielen? Warum mit mir selbst anstatt mit ihm kämpfen? Bei G. gebe ich dadurch Anlaß zur Durchbrechung eines weiteren Tabus. Er reagiert sofort, fesselt mir die Hände auf den Rücken, drückt meinen Kopf nach unten. »Zwanzig«, sagt er kalt, und zuerst höre ich nur das Geräusch und denke: Da sind wir also schon. Das schien mir immer meine Grenze zu sein, aber was weiß ich nach Donnerstagnacht schon noch von meinen Grenzen, die es nur noch in der Erinnerung zu geben scheint, von wo aus sie mir dann von Zeit zu Zeit ein Gefühl leisen Erstaunens über mich selbst zusenden. Als die Schläge härter werden, wimmere ich, aber ich schreie nicht. Ich schreie nicht, aber ich gehorche. Er streichelt mich zärtlich. Er fickt mich.

Hört auf. Fängt an. Hört auf. Fängt an. Hört auf.

»Ich werde dir jetzt ein paar Fragen stellen. Wirst du gut zuhören?«

»Ja.« Das war ein leichtes Ja, ein kleines, braves, folgenloses Ja.

Er fragt: »Willst du eine Sklavin sein?«

Es ist alles so unwirklich, die Musik, die Kerzen, ich, die ich mit immer noch auf den Rücken gefesselten Händen auf ihm sitze und mich bei der kleinsten Bewegung von ihm stöhnen höre – das kann ich nicht sein, das kann nicht real sein, aber seine Stimme ist doch ganz ernst, tiefernst, alles hier ist richtig ernst, und die Antwort auf diese Frage entscheidet alles, oder? Und verlangt alles, die Offenlegung meiner Phantasien und das Bekenntnis dazu, das Bekenntnis zur Demut, die Übernahme der Verantwortung für alles, was sich aus einer positiven Antwort ergibt. »Du hast es gewollt«, wird man mir und werde ich mir selbst sagen, »du hast es so gewollt –«

Ich nicke. Ich will. Ich schäme mich dafür.

»Eine richtige Antwort! Ich will was hören!« fordert er.

»Ja«, sage ich leise.

»Willst du meine Sklavin sein?«

»Ja.« Wenn, dann deine. Dann deine.

»Willst du, daß ich dich zu meiner Sklavin erziehe?«

»Ja.« Das kann nicht ich sein.

Er zieht mich zu sich.

»Dann werde ich dir jetzt sagen, was ich mit dir tun werde«, sagt er. »Ich werde eine gehorsame Sklavin aus dir machen. Du wirst immer sofort tun, was ich will, sobald ich es sage. Besser noch: bevor ich es sage. Ich werde dich ficken, wann immer ich will, von vorne, von hinten, in den Arsch, in den Mund, du stehst zu meiner freien Verfügung. Ich werde dich fesseln. Ich werde dich schlagen. Du wirst meinen Saft und meinen Urin trinken. Du wirst dich von anderen Männern ficken lassen, wenn ich dabei bin. Du wirst dich von einer Frau lecken lassen und dasselbe bei ihr tun. Und ich verspreche dir, immer auf dich aufzupassen. Und ich werde immer dafür sorgen, daß du Lust empfindest. Willst du das alles?«

Nicht »trinken«. Keine Frauen. Aber es ist eine Ja-oder-Nein-Frage. Über die Einzelheiten entscheide ich später, denke ich, aber vielleicht bin ich naiv. Vielleicht gibt es ja überhaupt keine Grenzen, ich habe ja Grund, daran zu zweifeln.

Ich antwortete mit Ja.

Und dann fickte er mich wieder.

Später lag ich in seinen Armen, an seine weiche Brust gekuschelt. Der Fernseher lief. Klaus-Jürgen Wussow war ohne jedes medizinische Gerät von der »Schwarzwaldklinik« in das »Krankenhaus unter Palmen« aufgebrochen, um Eingeborene und Inselurlauber zu kurieren. Ich erwartete, daß G. umschalten würde, er könnte sich doch wohl als ehemaliger Germanistik- und Psychologiestudent nicht solchen Schwachsinn angucken! Ich konnte nicht einschlafen, also sah ich auch hin, mußte aber bei den albernsten Szenen lachen. G. lachte nicht mit. Ich war verwirrt. Ich sprach ja ohnehin nicht, und offenbar war das situationsangemessen. Er drehte seinen Kopf zu mir und küßte mich zart auf die Stirn.

»Bevor wir gleich schlafen werden«, sagte er sanft, »werde ich dich nochmal schlagen. Du kannst dir aussuchen, ob es zehn schwache oder fünf starke Schläge sein sollen.«

»Was war das vorhin?« fragte ich.

»Was meinst du?«

»Die Schläge vorhin, was waren das für welche?«

»Ach, nicht so stark. Ein paar waren etwas stärker. Also?«

Ich antwortete nicht sofort.

»Sprichst du nicht mit mir? Also wenn du nicht mit mir sprichst, bekommst du eben beides. Also fünfzehn. Na gut, freut mich.«

»Dann fünf!«, sagte ich schnell.

»Vorbei!« sagte er nur und küßte mich nochmal.

So wie es sich anfühlte, hätte man am nächsten Morgen etwas sehen müssen. Aber man sah nichts. Ich bin robuster, als ich (und er) geglaubt hatte. Ich sah nur, nachdem er mich losgebunden hatte, das Ding auf dem Boden vor dem Bett liegen und wunderte mich, weil es so lang war, wie er gleichzeitig hatte ausholen und mich festhalten können.

Es war dann ein kurzer, wieder von Geschäftsstreß überlagerter Abschied. Ich war zu stumm, um mich dabei wohl zu fühlen. Er gab mir keinen neuen Termin für den Laden. Am U-Bahnhof ließ er mich raus.

»Sorry«, sagte er. »Ich ruf' dich an«, sagte er.

4

Drei Wochen sind seit unserem letzten Treffen vergangen, und er hat mich seitdem weder geschäftlich noch privat angerufen. Also tue ich es. Ich möchte endlich Gewißheit haben, was den Job und die Ernsthaftigkeit des Versprechens zwischen uns angeht. Wir verabreden uns. Er empfängt mich in seiner Wohnung, aber ich reagiere zurückhaltend auf seine Umarmung. Ich bin wütend und mißtrauisch. Wenn er mich mit dem Job verarscht hat, ist auch die Affäre (welche Affäre?) vorbei, denke ich wütend. Ich kann niemanden achten, der mit anderen Menschen so umgeht. In so etwas bin ich konsequent –

Ich möchte sofort das Geschäftliche besprechen, aber G. setzt sich mit der Forderung durch, erst über unsere private Beziehung zu reden. Der Computer ist an, er sitzt davor und gibt Geschäftsdaten ein, ich sitze neben ihm. Klasse Atmosphäre, um sich ernstgenommen zu fühlen.

»Ich konzentriere mich voll und ganz auf das, was du sagst«, meint er dazu, »also los jetzt«.

Sein Arbeitszimmer müßte eine Kneipe sein wie die, in der wir an jenem Donnerstag saßen, als die Bekanntschaft mit ihm mein Leben veränderte, was ich ihm gerne sagen würde, so wie ich ihm auch gerne von all den Gedanken erzählen würde, die mich seit drei Wochen nicht mehr loslassen. Aber alles, was mir nach langem Nachdenken nun endlich deutlich schien, mich so sehr beschäftigte, will mir jetzt nicht verständlich über die Lippen kommen. Er läßt mich kommentarlos stottern. Es ist kein Gespräch, sondern ein erzwungener Monolog, und ich bin einmal mehr verunsichert. Wir haben schon wieder unsere Rollen eingenommen. Ich erkläre ihm beispielsweise, was der Sadist nach meinen Vorstellungen wahlweise für Gründe hat, Schmerz zuzufügen: Er möchte den Liebesbeweis, oder er möchte die Machtdemonstration. Sir John Q. in seinen Wahren Geschichten über den Sadomasochismus und B. Die zwei mir bekannten Varianten.

»Das ist falsch«, sagt G.

»Was ist denn dann der Grund?« frage ich.

Er sieht zu mir. »Spaß«, sagt er ruhig, »es macht mir Spaß, dir wehzutun.« Sein Blick macht mich verlegen, die Erklärung ist die einleuchtendste von allen, denn sie ist die reine Übersetzung des Begriffs Sadismus, nicht wahr? Wie bezeichnend, daß ich auf das Banalste nicht gekommen bin, weil mir diese Einstellung so fremd ist. Wie faszinierend, ihr in Reinform zu begegnen. Wie naiv, nicht weiterzufragen, was Grund für den Spaß am Quälen ist: Selbstberauschung an Liebesbeweisen oder Machtdemonstration – aber ich bin zu verwirrt, um die Oberflächlichkeit seiner Antwort wahrzunehmen.

»Was für eine Rolle spielt für dich Schmerz?« fragt er. »Und Unterwerfung? Demütigung?«

Ich denke nach. Ich denke lange nach. Ich habe doch schon lange darüber nachgedacht!

Er greift nach meiner Hand. »Ich warte auf eine Antwort.«

Ich erkläre ihm meine Einstellung zu Schmerz: Schmerz allein hat nichts Erotisches für mich. Schmerz allein ist nicht erregend. Schmerz ist nur ein Mittel zu dem Zweck, etwas beweisen zu können: seine Macht, grausam mit mir umzugehen, und meinen Stolz, der keinen Ton über meine Lippen kommen läßt. Besser: seine Macht, so grausam mit mir umzugehen, daß mein Stolz erst der Hilflosigkeit und dann der Demut Platz macht. Das ist dann Unterwerfung, nicht wahr? Und unterworfen zu werden ist wichtig, denn Demut ist kein natürliches Phänomen, und ich bin garantiert nicht demütig. »Das weißt du doch«, sage ich, »sonst hätte ich doch gesagt, ich wolle deine Dienerin sein.«

»Und was hast du statt dessen gesagt?« fragt er, aber ich weiche wie in der Originalszene aus, indem ich wiederhole: »Dienen ist nicht meine Sache«.

Ich kann aber nicht trennen zwischen Unterwerfung und Demütigung. Unterworfen zu werden ist demütigend! Und Demütigung ist ein Mittel zur Unterwerfung. Was sonst?

»Denk darüber nach«, sagt er orakelhaft, als ob große Erkenntnisse auf mich warten würden, die er nicht durch eigene Auskünfte vorwegnehmen möchte. Und fragt gleich weiter: »Was ist es für dich? Spiel oder Ernst?« Darauf finde ich erst jetzt im Moment des Schreibens die korrekte Antwort: Ein Spiel zwar, aber eines, das seit Wochen mein ganzes Denksystem beansprucht und für alles andere blockiert. Ein ernstes Spiel, sozusagen. Irgend etwas dazwischen. Vielleicht im Moment so prägend, weil es meine erste Begegnung damit ist. Falsch. Meine erste richtige Begegnung damit. Mit häufigeren Ereignissen dieser Art würde es ein Stück Alltag werden, allerdings ein wichtiges Stück Alltag.

»Wie weit würdest du zu gehen bereit sein?« will G. wissen.

Was soll ich dazu sagen? Ich weiß doch nicht, was noch kommen könnte – soll ich ein End-Szenario entwerfen? Soll ich sagen, bei hundert Peitschenhieben ist Schluß, wenn ich nicht weiß, wie sich dreißig anfühlen? Und habe ich nicht gerade gelernt, daß ich vermutlich ohnehin weiter gehen würde, als ich vorher selbst zu glauben bereit war? Ich habe doch verdammt nochmal keine Erfahrung – und vielleicht sieht er ein, daß er mein Repertoire erst erweitern muß, bevor ein Frage- und Antwortspiel Unterhaltungswert gewinnt.

»Komm her!« Ich stehe vor ihm, während er meinen nach Aussage eines Bekannten so knackigen Arsch von meinen Hosen befreit, und weiß jetzt, daß nur Spaß der Grund dafür ist, warum er mich dann übers Knie legt und mit der flachen Hand zu schlagen beginnt. Ich soll die Hose ganz ausziehen und mich so auf den Stuhl neben ihm setzen, und zwar richtig, denn seit wann schlagen wir denn nur auf der Stuhlkante sitzend vornehm die Beine übereinander?

»Warum bist du nicht rasiert?« Scharfer Tonfall.

»Weil ich nicht dachte, dich wiederzusehen.« Ehrliche Antwort. (Und selbst wenn: Weil ich auch nicht mehr mit dir in diese Situation geraten wollte, falls du mir kündigst – was ich natürlich noch nicht klären konnte!)

»Faß dich an«, verlangt er.

Ich weiß, was er will. Ich weiß, daß ich es nicht kann. Ich werde nicht feucht, wenn ich mich berühre. Nicht einmal das, und mehr schon gar nicht. Ich geniere mich zuzugeben, daß ich einfach nicht weiß, wie es geht.

Er ist ungeduldig – zieht mich an den Haaren, bis ich wieder über seinen Knien liege. Er schlägt mich, zieht mir seine Fingernägel über den Rücken.

Dann sitze ich wieder auf dem Stuhl.

»Ich kann nicht, G.«, flüstere ich. »Ich mache es mir nicht so. Ich weiß nicht, wie es funktioniert.«

»Wie machst du es dir denn?«

»Mit meiner Hose«, antworte ich so leise, daß ich mich selbst kaum höre. »Ich fasse mich nie an«, sage ich nochmal. Ich bin dankbar für meine Haare, die gerade lang genug sind, um mein Gesicht zu verbergen, auch wenn sie ihm immer wieder eine gute Angriffsfläche bieten.

»Dann wirst du es eben lernen«, sagt er.

»Es geht nicht«, wiederhole ich, und er wiederholt sein vorheriges Verhalten. Ich bin wirklich verzweifelt, als ich merke, daß er in diesem Punkt unnachgiebig ist. Er nimmt meine Hand und legt sie in die richtige Position. »Steck dir den Finger rein. Richtig rein. Siehst du. Und die anderen Finger so. Es geht doch. Und mach weiter.« Er beobachtet mich. Ich versuche wirklich, den richtigen Punkt zu finden, aber ich habe es nie so gemacht. Ich fühle mich wie eine komplette Idiotin, hier zu sitzen und meinen eigenen Körper nicht zu kennen, und ich schäme mich fast zu Tode deswegen. Meine Hand erlahmt, sobald er sich umdreht. Das war ein Fehler, der geahndet werden muß und wird. Mein Rücken brennt, mein Po brennt, ich bin den Tränen nahe. »Mach weiter«, sagt er und beobachtet mich wieder.

»Schau mich an«, sagt er. »Sieh mir in die Augen, Marie.« Er greift nach meinem Kinn, dreht meinen Kopf zu sich. »Schau mal, Marie, du weißt doch jetzt, wie weh es tut.« Geduldig? Warnend? Resignierend: Zwingst du mich schon wieder dazu?

Nicht länger als einen Lidschlag lang, aber der flüchtige Blick reicht ihm. Ich habe es versucht, immerhin, und er ist gnädig. Mehr wäre einfach nicht möglich gewesen, die Scham wäre stärker als jeder Schmerz gewesen; vielleicht hat er das gemerkt.

Daß er mich bei meinem Namen nennt, gibt der Angelegenheit ein neues Gewicht. Es weist mich darauf hin, daß wirklich ich die Person bin, die jetzt vor ihm kniet und seinen Schwanz in den Mund nimmt, etwas, was ich, der Göttin sei Dank, kann – jahrelange Übung machte nur eine kurze Umstellungsphase auf G.s konkrete Bedürfnisse nötig. Es tut weh, als er in mich eindringt. »Du bist selbst schuld daran«, sagt er auf mein Stöhnen hin. »Du hast dich nicht feucht genug gemacht, als ich es dir sagte. Du bist wirklich selbst schuld daran.«

Abwechselnd schneller und langsamer. Ich höre mich laut wie immer.

»Wer war der letzte Mann, der dich gefickt hat?«

»Das warst du.«

»Erzähl mir, was ich letztes Mal alles mit dir gemacht habe.«

Ich weiß alles noch ganz genau, ich habe es aufgeschrieben, immer wieder gelesen und daran gedacht; ich bringe kein Wort heraus.

»Marie!« Warnend spielen seine Finger ein kleines Percussionsolo auf meinem Rücken.

»Du hast mich gefesselt. Du hast mich rasiert. Du hast mich geschlagen. Du hast mich gefickt –«

»Wie habe ich dich gefickt?« unterbricht er.

»In den Arsch –«

»Und? Komm, sag das Wort. Sag es mir.«

Das »F-Wort« sagt Karin dazu, obwohl ich immer dachte, daß es mit V geschrieben wird. Ich sage das F-Wort zum ersten Mal in meinem Leben. Dank sei der Göttin für meine Haare und für G.s feines Gehör. Fast hätte ich mir letzte Woche von Karin eine Sinéad-O'Connor-Glatze schneiden lassen, wie gut, es doch nicht getan zu haben.

»Was habe ich noch mit dir gemacht?«

»Du hast mir Fragen gestellt.«

»Und was hast du mir darauf geantwortet?«

»Daß ich deine Sklavin sein will.«

»Und was habe ich das erste Mal mit dir gemacht?«
Ich antworte.
»Das ist nicht alles. Denk nach.«
»Denk nach, Marie. Da fehlt etwas.«
Ich weiß, was fehlt. Ich habe es nicht einmal aufschreiben können.
»Erinnere dich. Da war heißes Kerzenwachs auf deinem Rücken, das hast du vergessen, und was noch?«
»Ich habe dir in den Mund gepißt«, sagt er.
»Das stimmt nicht«, sage ich, »ich habe dich das nicht tun lassen.«
»Nur ein bißchen«, räumt er ein. »Magst du das nicht?«
»Ich trinke nicht gerne, weder das eine noch das andere«, sage ich entschlossen.
»Ach ja? Du bist aber doch meine Sklavin, oder? Und zwar freiwillig, nicht wahr? Hast du das nicht eben gesagt? Bist du meine Sklavin?«
»Ja.«
Die richtigen Antworten werden belohnt, und aus meinem Stöhnen wird ein Lachen, wenn es mir kommt. Er hält mich fest, und ich umarme ihn.
»Willst du in den Arsch gefickt werden?« fragt er, und natürlich will er, daß ich will, also antworte ich mit Ja und erwarte ihn dann auf der Matratze kniend.
Später schlafe ich in seinen Armen ein.

5

Am nächsten Morgen sagte er mir, daß ich doch nicht bei ihm arbeiten würde. Als wir nebeneinander im Auto saßen, fragte er mich, ob ich dennoch an einer Fortsetzung unserer Liaison interessiert wäre: »Willst du trotzdem demnächst wieder eine Nacht mit mir verbringen?«
Und ich inkonsequentes Wesen antwortete mit einem zynischen Lachen: »Wie wär's mit heute abend?«
Er sagte, er könnte erst in drei Wochen wieder, was mit seiner derzeitigen geschäftlichen Belastung zu tun hätte.
Ich dachte mir, daß er doch wohl in der Zwischenzeit nicht all sein Equipment ungenutzt lassen würde, ich meine, so enthaltsame Männer sind schwer vorstellbar –
»Ich freue mich, dich kennengelernt zu haben«, sagte er und küßte mich auf die Wange, bevor ich ausstieg.
Drei Wochen! Und so etwas nannte er eine Affäre! Hatte der Mann ein sexuelles Bedürfnis oder nicht? Oder hatte er vielleicht ein paar Affären parallel?
»Ich ruf' dich an«, sagte er.

Unterwerfung

Je f'rai un domaine
où l'amour s'ra roi
où l'amour s'ra loi

(Jacques Brel:
" Ne me quitte pas")

6

Ich unterzeichne einen Vertrag. Sogar für diese Art von Verträgen gibt es Formularentwürfe in hilfreichen Büchern, man glaubt es kaum. Es ist aber gut so. Ich habe nichts gegen Musterverträge. Sie gewinnen an Leben, sobald die Namen ein- und die Unterschrift daruntergesetzt worden sind. Mein Standardmietvertrag sagt nichts darüber aus, was für ein Gefühl von Erleichterung und Freiheit meine Unterschrift in mir hervorrief, was es für mich bedeutete, gerade diese Wohnung zu gerade diesem Zeitpunkt gefunden zu haben. Außerdem ist es schließlich doch eine Tatsache, daß solche Muster alles berücksichtigen, was man in seiner Nervosität angesichts eines wichtigen Vertragsabschlusses vergessen könnte. Ist so etwas ein wichtiger Vertragsschluß? Bin ich nervös? Es ist keine juristisch bindende Verpflichtung, die ich unterzeichnen werde, während er mir dabei über die Schulter sehen wird, nachdem ich endlich die Sätze abgeschrieben haben werde; aber das Schreiben geht derartig langsam, ständig vertue ich mich und muß mich korrigieren, obwohl zwischen uns kein Wort fällt, das Grund für eine Konzentrationsstörung sein könnte. Ich schreibe:

Vertrag über Sklaverei

Mit meiner Unterschrift unter diesen Vertrag gebe ich, Marie,

Dir, D.,

aus freiem Entschluß das Recht, nach Deinem Willen uneingeschränkt über meinen Körper und meine Seele zu verfügen und mich zu Deiner gehorsamen Sklavin zu erziehen.

Das bedeutet insbesondere, daß ich mich verpflichte, Dir jederzeit zu gehorchen und alles in meiner Macht Stehende für Dein Wohlergehen zu tun.

Desweiteren verpflichte ich mich zu unbedingter Offenheit und Ehrlichkeit Dir gegenüber.

Alle Deine Wünsche werden mir Befehl sein, und ich bin mir bewußt, daß jedes Versagen meinerseits eine unter Umständen schwere Bestrafung nach sich ziehen kann.

Dein Recht, allein nach Deinem Belieben mit mir zu verfahren, was auch immer dies an Schmerz und Demütigung für mich mit sich bringen mag, findet seine Grenze nur dort, wo meine Gesundheit dauerhaft Schaden nehmen würde.

Dieser Vertrag gilt von heute an für die Dauer von zunächst dreieinhalb Monaten.

Eine Unterschrift mit schwarzer Tinte unter diese Einwilligung in meine Unterwerfung, dann reiche ich ihm das Blatt Papier. Er liest es noch einmal durch. »Das ist sehr schön«, sagt er. »Mehr kann ich tatsächlich nicht von dir verlangen. Wirklich sehr schön.«

Vor genau einer Woche haben wir uns kennengelernt. Heute unterschreibe ich einen Vertrag, den er lächelnd zusammenfaltet und in seine Jackentasche steckt. Unterschreibe freiwillig, ohne physischen (vis absoluta) oder psychischen (vis compulsiva) Druck, und möchte nicht darüber nachdenken; wie dieses aktive Handeln in mein Bild von der unschuldig-arglosen Frau paßt, der alles widerfahren, geschehen, angetan werden muß; wie diese Geschwindigkeit der Entwicklung, die schon fast Zielstrebigkeit des Handelns nahelegt, in mein Bild von der unbedarften, unerfahrenen Anfängerin paßt, die erst recht unschuldig ist, und wirklich, das bin ich, auch wenn alle meine Bekannten merkwürdigerweise lachen, wenn ich das sage. Aber ich muß es doch besser wissen, nicht wahr? Und ich schwöre, ich bin es noch immer, wenn vielleicht auch nicht mehr ganz so unschuldig wie noch vor ein paar Wochen, als die Bäume noch keine Blätter hatten und es am späten Nachmittag bereits dunkel wurde, als G. mich eine lang ersehnte, fremde Welt betreten ließ, um mich nach drei gemeinsamen Nächten wieder hinauszugeleiten; dann schloß er das Eingangstor und zog sich zurück mit dem Versprechen, es mir bald wieder zu öffnen, und meine Bekannte Veronika, die eine szene-erfahrene Domina ist, erklärte mir, daß es sich so gehört, daß ich zu warten habe, also wartete ich, nahm ernst, was für ihn letztlich doch nur Spiel war, gespielter Ernst, der ihn mich nach unserem letzten Treffen noch über sechs Wochen lang hinhalten ließ, weil er zu feige war, um den Verlust seines Interesses an mir zuzugeben.

Als die Ahnung von dieser Realität dem Warten das Erregende genommen hatte, gab ich es auf. Später sollte ich oft genug hören, daß das Abgreifen von Jungfrauen seine Spezialität sei (wie die Spezialität vieler anderer erfahrener Szenezugehöriger auch), aber ich war nicht verletzt, fühlte mich nicht mißbraucht. Ich wußte jetzt, was hinter dem Eingangstor wartete, und begann darüber nachzudenken, wie ich wieder hineinkommen könnte.

Etwas hatte sich zu verändern begonnen: Ich war ein bißchen weniger naiv und sehr viel neugieriger. Aber noch immer reichlich unschuldig –

7

Bevor ich G. begegnete war ich vollkommen unschuldig, habe ich gesagt, aber vielleicht tue ich ihm Unrecht, wenn ich ihn als Tugendräuber hinstelle, nur weil er mir in einem Drei-Tage-Schnelldurchlauf zeigte, daß ich pervers genug bin, um mich in den Arsch ficken zu lassen, was sich in meinem Bekanntenkreis sonst nur mein schwuler Onkel gefallen läßt. Obwohl ihm die Rolle des Entjungferers bestimmt gefällt. Und schließlich hatte das Erlebnis für mich ja etwas Mystisches, etwas von einer Offenbarung, einer Selbsterkenntnis, einer Befreiung, was einer Entjungferung alles gut anstünde, bei meiner jedoch irgendwie von dem knarrenden Jugendzimmerbett, dem aus Angst vor zu verhängnisvollen Verletzungen führenden Fehlern aufgeschlagen daneben gelegten Biologielehrbuch und dem heftigen Schmerz weitestgehend absorbiert wurde. Nein, die altmodische Unschuld des unverletzten Hymens hatte B. mir bereits siebeneinhalb Jahre vor der Begegnung mit G. geraubt. Und selbst da war ich nach katholischen Grundsätzen schon nicht mehr unschuldig gewesen, hatte aus meiner Befreiung von der Erbsünde durch die Taufe nichts gemacht, sondern im zarten Alter von elf Jahren selbständig zu sündigen begonnen, indem ich zwischen meinen Beinen Hand an mich legte, obwohl ich ahnte, daß Sünde sein mußte, wovon ich nicht wußte, was es eigentlich war, das einzig ich auf dieser Welt mittags nach der Schule oder abends heimlich tat. Es ist somit nur dem Leben in einem modernen und eher humanistisch denn christlich-katholisch geprägten Zeitalter zu verdanken, daß G. noch Unschuld rauben konnte und ich noch immer welche besitze, da das Wort jedenfalls im sexuellen Bereich nichts anderes mehr als Unerfahrenheit bezeichnet. Und somit gibt es keinen Grund für das ungläubige Lachen meiner Freunde und Freundinnen, wenn ich mich mit diesem Wort bezeichne, denn was habe ich bisher schon für Erfahrungen gemacht, die nicht zu soft oder zu flüchtig gewesen wären, um mich wirklich nachhaltig zu prägen?

8

Diesen Körper habe ich D. geschenkt. Er hat ihn sich vorher gründlich angesehen – man nimmt heutzutage entgegen alten Sprichwörtern nicht mehr alles als Geschenk an. Nein, das ist nicht ganz richtig. D. wollte mich nicht geschenkt haben. Er wolle keine Sklavin, weil ihm das eindeutig zuviel Streß und Verantwortung sei, erklärte er, er wolle ganz im Gegenteil frei sein von jeder Verpflichtung mir gegenüber, da er gebunden sei, und deshalb biete er mir eine Bezahlung für gelegentliche »Dienste« an. Er hat also jedes Recht, das Mietobjekt in spe genau zu betrachten. Es ist etwas lädiert. Violette Flecken auf dem Arsch und gelbe Flecken auf der Brust. Letztere, die noch vor wenigen Tagen blau waren, stammen von H., der ihm meine Telefonnummer weitergegeben hat, H., der ein One-night-stand war, den ich mir aus dem KK mitgenommen hatte.

Der KK-Club gilt am Wochenende als Treffpunkt einer kontaktfreudigen S/M-Szene. Ich hatte meinen ganzen Mut zusammengenommen und war hingegangen, und der Einlaß war kein Problem für mich, die ich ohnehin ausschließlich schwarze Kleidung trage. Es waren nicht nur S/Mler anwesend, sondern ganz im Gegenteil überwiegend Exhibitionisten, Voyeure und Leute, die einfach nur die Frivolität lieben, aber H. war von Kopf bis Fuß in schwarzes Leder gekleidet, und ich mußte nicht erst den kleinen Ring an der linken Hand sehen, um ihn für das zu halten, was er dann tatsächlich war.

Nein, ich will mich nicht im KK an das Gitter fesseln und ihn meine Brüste peitschen lassen, aber ich folge ihm in die dunkle Nische und lasse mich anfassen, und da sind noch mehr Hände, die mich streicheln – meine Güte, was machst du, Marie? Es ist beängstigend, und gleichzeitig ist es schön. »Sag Bescheid, wenn irgend etwas für dich nicht okay ist«, sagt H. zu mir, aber es ist alles okay, bitte frag mich nicht zu oft, ich will nicht entscheiden, was mit mir passiert, es soll einfach geschehen, jemand anders soll über mich entscheiden. Aber das ist grundsätzlich nicht H.s Art, und wahrscheinlich spürt er auch, daß meine Grenzen noch verschwommen sind und meine Neugier heute gegenüber meinen Prinzipien im Vorteil ist, und diese Konstellation kann schnell dazu führen, daß man Dinge tut, die man nie zuvor getan hat und die einem hinterher leid tun. Auch ich tue etwas, das ich nie zuvor getan habe, und nehme H. mit in meine Wohnung, die leer ist, da Alja und Karin dieses Wochenende bei ihren jeweiligen Lovern beiderlei Geschlechts verbringen. Und es tut mir hinterher nicht leid, als er die Wohnung verlassen hat, den Alukoffer mit den Folterwerkzeugen in der einen, die beiden Peitschen in der anderen Hand. Er hat sie nicht gebraucht. Er hatte anderes vor, und ich ließ es geschehen, daß er Nadel um Nadel in meine Brust schob. Erst nachdem er mich in den Zustand seliger Erschöpfung gefickt hat, öffne ich die Augen und lasse mir zeigen, was er mittlerweile wieder aus meiner Brust herausgezogen hat. Wie konnte ich das aushalten?

Meine Göttin, vor wenigen Wochen bekam ich fünfzehn Schläge mit einer Peitsche, deren Fachbezeichnung mir unbekannt ist, und überschritt damit eine für unüberwindbar gehaltene Grenze, und heute lasse ich Dinge mit mir machen, die jeden meiner Bekannten ungläubig und angewidert das Gesicht verziehen lassen würden, wie auch ich meines jedesmal verziehe, wenn sich mir ein Mensch in weißem Kittel mit einem derartigen Instrument nähert, selbst wenn er doch nur meinen Arm möchte, den man wohl für weniger empfindlich halten darf.

Verwirrt starre ich auf die Visitenkarte, die H. mir hinterlassen hat, damit ich ihn anrufen kann, wenn ich das Bedürfnis habe, über das Geschehene zu sprechen. Jetzt hat er keine Zeit mehr, weil er noch mit einem Freund zum Frühstücken verabredet ist, bevor er dann nach Hamburg zurückfahren wird, aber das ist nicht schlimm, weil ich jetzt ohnehin gerne alleine sein und über mir unbekannte, finstere Facetten meiner Persönlichkeit nachdenken möchte. Das ist es, was ich tue (ergebnislos), während H. ein paar Häuser weiter seinem Freund D. von mir erzählt und ihm den Zettel mit meiner Telefonnummer über die Marmortischplatte schiebt.

Das war am Karsamstag.

Am Ostermontagmorgen greife ich verschlafen nach dem Telefonhörer und höre eine tiefe Stimme sagen: »Hallo, spreche ich mit Marie? Du kennst mich nicht, ich bin ein Freund von H. Ich heiße D., und ich würde dich gerne kennenlernen.«

9

Nun haben D. und ich uns also kennengelernt, obwohl davon auszugehen ist, daß seine Sklavin ihn erst noch kennenlernen wird, nicht wahr? Seine offizielle Visitenkarte mit der Anschrift seiner Arbeitsstelle liegt ganz oben auf einem kleinen Stapel solcher Karten, die ich in den letzten zehn Tagen gesammelt habe. Neben der von D. und der von H. gibt es da noch die von Martin, einem netten Physikstudenten auf dem Weg in ein sadomasochistisches Dasein, Peitsche und Handfesseln besitzt er schon, aber es fehlt noch an jeglicher Erfahrung sowie an einer willigen Partnerin, die auch Nicole nicht sein wollte, obwohl ihrerseits blutige Anfängerin auf der Suche nach dem Traumsadisten; Martin macht uns bekannt, und damit bin ich im Besitz der Telefonnummer einer zukünftigen Leidensgenossin. Ein Kärtchen mit einem roten Kußmund von einer Mary, die ohne Frauenkleider ein Peter ist und nach meinen schmalen Handfesseln griff, die ich im KK als Erkennungszeichen trage. »Zum ersten Mal bereue ich es wirklich, keinen Karabinerhaken dabeizuhaben«, sagte eine tiefe Stimme unter schulterlangen schwarzen Haaren. Er hätte sich nicht M. nennen sollen, sondern Cleopatra, dachte ich, aber ich wehrte mich nicht, als er mir kräftig den Nacken massierte und mir dann seine Karte unter meine Ledercorsage schob. »Das nächste Mal werde ich einen dabeihaben, verlaß dich drauf«, versprach er zum Abschied. Ein schwarzes Kärtchen mit silberner Aufschrift von Sato, dem selbsternannten Sir John Berlins, eine Plastikkarte mit der Anschrift von H.s Freunden Z. und S., die er mir unbedingt vorstellen wollte, was er tat, nachdem ich einen Abend lang bei Sato zu Hause nichtsahnend neben ihnen gesessen hatte – ach ja, die Szene ist klein, und jeder redet schlecht über jeden, dem er gerade ein enthusiastisches Begrüßungsküßchen auf die Backe drückte.

Offiziell achten sie sich, inoffiziell halten sie sich gegenseitig für Versager, oder sollte man als Pendant dazu sagen: »für Masochisten«? G. ist Masochist, erfahre ich von Sato; Sato ist Masochist, erfahre ich von S.; S. ist überhaupt nicht ernstzunehmen, sagt D. usw. usf. Im KK am Samstag wieder S/M-Fete, und ich bemerke, wie sehr ich mich in dieser kurzen Zeit verändert habe, ich kann meinen ironischen Blick auf diese Szene nicht mehr verbergen, all diese Coolness in Leder, jeder hält jeden für nicht überzeugend, aber sich selbst für den dominantesten Menschen auf der ganzen Welt. Ich verliere jeden Respekt, lache über meine Ängstlichkeit von vor zehn Tagen, als ich noch soviel Mut brauchte, um mich in diese vermeintliche Höhle des Löwen zu wagen, lache über H., der links am Gürtel die Handschellen, rechts die Peitsche (eine Katze, weiß ich jetzt, man lernt dazu) trägt, das Mindestequipment, allzeit bereit wie die willigste Sklavin, lache über Sato, der sich auf der Toilette vor mich stellt, damit ich nicht schneller sein kann als er, und drehe ihm in unüberlegter Kampfeslust den Arm auf den Rücken, null Respekt vor viel älteren Männern, Dinge, die ich bei G. nie gewagt hätte, und doch bekäme auch G. nur noch ein verächtliches Lächeln von mir, weil er sein ganzes schönes Gerede von der Verantwortung für andere Menschen an jenem ersten Abend in der Kneipe ad absurdum geführt hat. Es war schön mit Dir, G., aber die Faszination ist dahin! Ich habe mich nicht lächerlich gemacht, indem ich Dich um die Entbindung von meinem Versprechen bat, bevor ich mich neu verpflichtete, was ich nach Dir so schnell eigentlich nicht wieder tun wollte, einem Mann gegenüber, der keine Sklavin, sondern eine Hure suchte. Wie es zu einem Versprechen kommen konnte, das weder gegeben noch empfangen werden wollte und uns jetzt dennoch binden soll – ich weiß es nicht. Fest steht: D. hat nicht bezahlt und wird es auch nicht tun, und ich frage mich, ob er es so schnell wußte wie ich. Ich frage mich, ob wir damit gut fahren werden: Für ihn wäre das Geld Schutz vor Verantwortung gewesen, für mich die stete Ermahnung, es als Liaison zu sehen, die Sympathie, die Zuneigung nicht zu groß werden zu lassen, was bei S/M-Affären, die so viel mehr von dir selbst zu offenbaren verlangen als Blümchensexliaisons, soviel schneller geht, und ich bin beziehungs-, nicht affärenerfahren, nicht wahr? Und werde ja dann wohl doch irgendwann affärenerfahren sein –

Ich lache übrigens nicht mehr, als D. meinen Kopf in seinen Schoß drückt und mich lange genug so festhält, um jeden sehen zu lassen, daß ich mich vergeblich wehre, daß ich schließlich gefügig bin, daß ich ab jetzt nicht mehr frei bin.

10

Z. und S. organisieren eine Fahrt nach Hamburg zur Extravaganza, der »besten S/M-Fete aller Zeiten«, und haben mich eingeladen mitzukommen. Ich werde nicht mitfahren. Ich darf nicht mitfahren. D. hat es untersagt. Wie merkwürdig. Mit achtzehn Jahren war ich froh, mir von meinen Eltern nichts mehr sagen lassen zu müssen, jetzt lasse ich es zu, daß jemand ohne große Begründung in meinen Alltag eingreift, und bin gehorsam schon, indem ich ihn überhaupt um Erlaubnis bat. Komisches Gefühl. Angenehmes Gefühl? Keine Frage, G. war im Gegensatz zu D. lammfromm in seinen Erwartungen an eine potentielle Sexsklavin. Faszinierend – ich werde meine wachsende Hörigkeit aufmerksam beobachten müssen. Vielleicht bin ich schon jetzt sehr hörig. Meine neuen Szenebekannten jedenfalls schauen mich mitleidig an, als ich meine Absage wahrheitsgetreu mit D.s Verbot begründe, und verunsichern mich dadurch. Nehme ich ein weiteres Mal zu ernst, was nur ein Spiel ist?

11

D. war da. Er hinterläßt eine Packung Kondome in meiner Frisiertischschublade, und irgendwo muß er die drei Schlösser hingelegt haben, die er mich auspacken ließ. Messingfarben statt silbern, eines schwarz-golden – er hat wirklich überhaupt keinen Geschmack, und sollte er es wagen, mir mit einem davon eine Kette um den Hals zu schließen, die ich immer tragen sollte, würde ich das Codewort gebrauchen müssen, denn damit würde ich mich wirklich nicht auf die Straße trauen. G. ist lammfromm verglichen mit D., schrieb ich heute mittag nichtsahnend; schon hat es sich bewahrheitet. Er kam doch noch vorbei, obwohl er vorher am Telefon erklärt hatte, nach einem langen Arbeitstag ziemlich müde zu sein und ohnehin nicht viel Zeit übrig zu haben. »Zieh dich aus«, sagte er, sobald er mein Zimmer betreten hatte. Die Anordnung verwirrte mich. Derart erschöpfte Männer unter Zeitdruck können kaum sexuelle Handlungen vorhaben, dachte ich. Er wiederholte seine Aufforderung, und ich kam ihr nach. Er ließ mich mit dem Rücken zu ihm vor sich niederknien und den Oberkörper nach vorne beugen, bevor er mir eine Erklärung gab: »Ich habe Lust, dich zu schlagen.« Lust ist für einen Sadisten immer ein ausreichender Grund, gegen den keine Einwände zu erheben sind. Ich erwarte Schläge mit der flachen Hand, weil er ja seine Sachen noch nicht hier hat, aber er nimmt seinen Gürtel ab. Vielleicht ist es eine Frage der Handhabung, vielleicht der Beschaffenheit des Leders, ich weiß es nicht, ich weiß nur, daß ich mich vor ein paar Tagen über die Nennung dieses Werkzeugs lustig gemacht habe, und wirklich, das tut mir leid, das war ein Fehler, wie sich herausstellt. Nur acht Schläge auf den Po erfordern schon soviel Kraft, um meine stoische Haltung aufrechterhalten zu können, schon der erste zwischen die Beine treibt mir die Tränen in die Augen, der zweite läßt mich verzweifeln; ich dachte, ich bin hart im Nehmen, ich bin es nicht, ich bin es nicht –

Ich soll mich auf den Rücken drehen und die Beine spreizen.

»Und jetzt bitte mitzählen.«

Ich zähle insgesamt zwanzig, auf die Innenseiten meiner Oberschenkel, meine Brust, zwei auf die jetzt so völlig ungeschützte empfindlichste aller Stellen. Nach dem letzten rolle ich mich auf die Seite; ich weine, aber nicht laut, nicht lange, er läßt mich erst liegen, zieht mich dann vor sich auf die Knie, streichelt mich, aber ich lehne mich nicht so mühelos bei ihm an, wie wenn ich nach der Befolgung eines Befehls eine Streicheleinheit angeboten bekomme.

»Ja, das tut weh mit dem Gürtel«, sagt er mit der Stimme, die G.s verdrängt hat. »Und du warst wieder so tapfer.«

Ich habe mich wieder genug unter Kontrolle, um zu sprechen, ein paar Worte, um meinen Stolz zu retten.

»Na, jetzt weiß ich wenigstens, was mir durch meine antiautoritäre Erziehung erspart geblieben ist«, sage ich trocken.

Er lacht. »Du hast immer noch deinen Humor, das gefällt mir«, sagt er. »Ich muß jetzt gehen. Du könntest dich noch bei mir bedanken. Weißt du schon, wie man sich bedankt?« fragt er. »Ich denke, es reicht, wenn du mir die Hand küßt«, sagt er.

NEIN! Ich drehe den Kopf weg, als er sie mir hinhält, zwei Ohrfeigen bringen ihn wieder in die richtige Position, aber mich nicht zur Vernunft, und auch wenn er mir die Brustwarze ausreißt, ich werde mich nicht dafür bedanken, daß er mich geschlagen hat!

»Das war unklug«, sagt er kalt, »Wir sehen uns morgen um siebzehn Uhr.«

Es ist nicht das erste Mal, daß mein Stolz mich in Schwierigkeiten bringt, könnte ich ironisch sagen, aber ich sage es nicht, ich traue mich nicht, frech zu sein, er hat mir tatsächlich – nach der kurzen Einleitung im KK-Club, die scheinbar mehr Leute als ich dachte mitbekommen haben – heute soviel Respekt eingeflößt, daß ich meinen Mund halte.

Ich begleite ihn nicht zur Tür.

12

Er hat mir tatsächlich Respekt eingeflößt, und ich frage mich, ob mein Erstaunen darüber bedeutet, daß ich ihn bisher unterschätzt habe. Vielleicht habe ich das wirklich getan, weil er mich bei unserem ersten Treffen, das nicht mehr aus einem netten Gespräch bei einem Stück Kuchen bestand, bei dem es sozusagen zur Sache ging, vorsichtig behandelte, schließlich kannte er mich zuwenig, um zu wissen, was dieser Anfängerin zugemutet werden durfte. Dabei hatte er auf meinem farbigen Po ablesen können, was mir bereits zugemutet worden war, allerdings kannte er auch die Geschichte dieser Spuren. »Das sieht wirklich heftig aus«, meinte er, als er die ganze Pracht zum ersten Mal zu Gesicht bekam, und vielleicht war es auch diese Äußerung, die mich glauben ließ, daß er nie zu solcher Härte fähig wäre wie R., der Meister aller Anzeigenschreiber in der »Harten Welle«, dessen Fan ich war, ohne es zu wissen, bis ich, zwischen dem Ende mit G. und der Nacht mit H., auf seine letzte Anzeige geantwortet hatte: *Sie steht im Kerzenlicht, nackt bis auf Ketten. Er sitzt im Schatten, wartet, bis die Zeit reif ist. Sie weiß nicht, wie lange. Er ganz genau. Chiffre 05/XXX.*

Was für ein schönes Bild. R.s Anzeigen waren immer sehr schön. Wir trafen uns, ich dachte mir, ich hätte nichts zu verlieren, also sagte ich Ja zu einer Nacht mit ihm. Er rief mich ein paar Tage später an und bestellte mich in ein supervornehmes Schöneberger Bistro, wo er mir dann zuerst etwas mehr über sein Berufsleben erzählt und es anschließend nicht unterlassen kann, sich beim Inhaber zu beschweren, weil unser Tisch nicht wie bestellt direkt am Fenster ist. Das Essen verläuft wie in »Pretty Woman«; er muß mir erklären, was man in einem solchen Laden mit dem Besteck macht, wie man auftreten muß. »Es ist eine neue Situation für dich, ich weiß«, sagt er. »Aber vielleicht wirst du in Zukunft öfters von Männern wie mir ausgehalten werden, also gewöhnst du dich am besten daran.« Es kann einer Jurastudentin nie schaden, die Umgangsformen der High Society zu kennen, stimme ich innerlich zu und ignoriere seinen etwas arroganten Tonfall. Er wohnt direkt um die Ecke. Von seiner Wohnung sehe ich zunächst nur das, was er als sein Wohnzimmer bezeichnet: 25 qm Parkettboden, zwei Stahlregale aus dem Bauhaus voller Lackdosen und Papierrollen, ein langer Tisch in der Raummitte mit einem roten Wachstuch darauf, diverse nicht zusammenpassende alte und moderne Stühle, zwei Rolling Stones CDs auf dem Fußboden. Ach ja, und die Eisenringe an den Wänden. Links und rechts je drei Stück. Ehrlich gesagt fallen sie mir erst am nächsten Morgen auf, als ich unter ihnen stehend mich wieder anziehe, wo ich mich am Abend zuvor ausgezogen hatte, die Augen verbunden und unter Androhung von Schlägen für jedes Mal, daß ich mich dabei an einem nebenstehenden Stuhl festhalten müßte. Ich mußte mich nicht festhalten, aber geschlagen wurde ich trotzdem, schließlich braucht es keinen Anlaß, wenn es ihm beliebt, nicht wahr – und es beliebte ihm, und ich war zu stolz, um Nein zu sagen. In dieser Nacht habe ich mich nicht beschützt, habe sein Codewort »Schluß« nicht benutzt, um danach meine Sachen zu nehmen und zu gehen, selbst als ich zu merken begonnen hatte, daß es ihm wirklich mehr um das Quälen als um Sex ging, daß Sex kaum eine Rolle zu spielen schien, jedenfalls nicht meine Art von Sex, denn er nahm mich nicht, er wollte nur Oral- und Analverkehr, selbst als ich merkte, daß ich nicht mehr erregt war, weil der Schmerz zu stark und die sexuelle Komponente verlorengegangen war – Ich war zu stolz, um zu gehen, ich hielt aus bis zum bitteren Ende, folgte seinem Verbot zu schreien und zählte die Schläge mit tränenerstickter Stimme, Lauter!, Fang wieder bei eins an!, Keinen Ton außer deinem Zählen will ich hören! Und ich zähle bis hundert und fange dann wieder bei eins an, und die folgenden fünfundzwanzig mit der Gerte sind schlimmer als die hundert Peitschenhiebe, ich kann nicht mehr, bitte bitte hör auf, und wenigstens bekomme ich eine Pause, weil ich schließlich Anfängerin bin, und er streicht mir übers Haar, aber ich fühle nichts, er lobt mich, aber ich fühle nichts, keine Erregung, nur Schmerz, Wir haben alle unsere kleinen Probleme, sagt er, Bitte nimm die Klammern ab, flehe ich ihn an, höre mich betteln, würde Autorität brechen und es selbst tun, wenn ich könnte, darf wählen zwischen Entfernung der Klammern und dafür weiteren Schlägen oder einem Ende der Schläge und dem Behalten der Klammern für eine weitere Viertelstunde an Brüsten und Schamlippen, und ich wähle die Schläge, darf wählen zwischen Entfernung der Kette, die meine handschellengefesselten Hände hinter dem Kopf festhält, so daß mir die Handschellen ins Fleisch schneiden, und dafür weiteren Schlägen oder einem Verzicht auf weitere Schläge und die Hände bleiben auf diese Weise festgehalten, und ich wähle die Schläge, bitte ihn dann, knien zu dürfen, weil ich nicht mehr stehen kann, und er muß mich festhalten beim Aufstehen wie beim Niederknien, weil ich sonst aus einem bisher unbekannten Gefühl von Schwäche hingefallen wäre. Irgendwann ist Zeit zum Schlafengehen, auf einer Decke auf dem Boden, die Füße aneinandergefesselt, die Hände noch immer in Handschellen, dazwischen eine Kette, die die Embryonalhaltung erzwingt, meine Hände in meinem Schoß festhält und immer noch zieht, ein beständiger Schmerz, eine verzweifelte Bewegungslosigkeit, da er ein Geräusch von Kette oder Fesseln mit weiteren Schlägen ahndet, die nicht mehr stark sein müssen, um mich vor mich hin schluchzen zu lassen, und noch immer sieht man Spuren, die sich dunkelviolett, fast schwarz auf meinem Po abzeichnen, keine Striemen, sondern handtellergroße Blutergüsse, die mich nicht in Erinnerung an eine Nacht der dunklen Leidenschaft erregen, sondern mit wachsendem Entsetzen vor mir selbst erfüllen, das begann, als ich morgens ohne Augenbinde in seinem Bett, in das er mich irgendwann aus einem Rest von Mitgefühl heraus getragen hatte, erwachte und das Zimmer betrachtete, das in einer entsetzlich kitschigen Mischung aus dunkel-, hellblau und rosé gehalten war, eines ernstzunehmenden Architekten unwürdig und viel zu weiblich wirkend, auf dem Fernseher klebt seitlich noch der Garantieschein, vor dem Bett liegen zwei Sciencefiction-Bücher. Auf dem Weg zur U-Bahn wickele ich mich fest in meine Soldatenjacke und mir wird bewußt, daß irgend etwas nicht in Ordnung ist, eine Art Verstörung darüber, wie weit ich zu gehen bereit war in meiner Suche nach einem zweiten G., wie lange ich brauchte, um zu merken, daß R. genauso war, wie ich ihn nach unserem ersten Treffen eingeschätzt hatte, sobald mir meine Einschätzung wieder einfällt – die vorausgesehene Härte, das nichterfolgende Auffangen, die Unvorstellbarkeit von Zärtlichkeit und Geborgenheit –, die so hundertprozentig korrekt war, stellt sich mir die Frage, wieso ich es dann überhaupt ausprobiert habe? Aus Angst heraus, mit G. eine neue, aufregende, ersehnte Komponente in meinem Dasein schon wieder endgültig verloren zu haben, auch eine von ihm damals empfangene Zärtlichkeit, und dies nun möglichst schnell ersetzen wollend, habe ich mich einer Situation ausgesetzt, die mich überforderte, habe ich mich selbst vergewaltigt durch meinen Stolz. Den ganzen Tag über versuchte ich eine Umdeutung ins Positive: Erfahrungen sind wichtig. Doch die Tränen saßen locker. Ich wollte nie einen schlechten Kinofilm sehen. Ich wollte nie mit einem Mann schlafen und es hinterher bereuen. Beides läßt sich nicht durchhalten, weil das Nichteingehen von Risiken

Stagnation bedeutet. Wie ein helles, triumphierendes Lachen tauchte aber ein Gedanke am Horizont auf: Er hat nicht mit mir geschlafen! Er bekam nur meinen Mund – was ist das schon! Der Göttin sei Dank für diese glückliche Fügung. Nur B. und G. haben mich bisher ganz bekommen.

Den Unterschied zwischen einfühlsamem S/M und einer Quälorgie kenne ich seitdem nun auch, ja. Wären die Klammern, die Fesselung, die Schläge in gleicher Intensität von G. oder jetzt von D. gekommen, hätten sie eine andere Bedeutung gehabt. Ich hätte mich geliebt gefühlt. Ich hätte keine Angst um mich gehabt. Ich wäre zwischendurch gefickt worden, und alles hätte den Charakter eines sexuellen Spiels gehabt, unnötig jede Frage nach dem Warum.

13

Heute begleite ich D. zur Tür. Er läßt mich mit einer durch Fingernägel verursachten kleinen, aber unter dem Jeansstoff schmerzenden Wunde am rechten Oberschenkel und einem Kopf voller Gedanken zurück. Zuvor inspiziert er meinen Schreibtisch und findet dort eine schwarze Mappe voller Aufzeichnungen. Da sie mit Datum versehen sind, weiß er schnell, was er vor sich hat. Daß ich Tagebuch führe, legt nahe, daß ich auch über unser gestriges Treffen etwas aufgeschrieben habe. Er will es lesen. Ich wehre mich gegen dieses Eindringen in meine Intimsphäre. Ich will nicht ihn in seiner eigenen Einschätzung seiner Wirkung auf mich, nicht mich beim weiteren Schreiben beeinflußt wissen. D. besteht darauf, erinnert mich an mein Versprechen: *Ich verpflichte mich zu unbedingter Offenheit und Ehrlichkeit Dir gegenüber. Alle Deine Wünsche werden mir Befehl sein.* Und ich bin folgsam, gebe ihm diese beiden Seiten zum Lesen, und dabei wird mir erneut der Unterschied zwischen meinen Versprechen an G. und D. bewußt; G. wollte eine Sexsklavin (wenn überhaupt!), D. hingegen nimmt die Worte als Ausdruck ihres Inhalts, nicht als zeremonielle Umrahmung einer erregenden sexuellen Grundsituation. Was hat das Lesen meines Tagebuchs noch mit Sex zu tun? Er erhält dadurch nicht einmal Auskunft darüber, ob mich ein Verhalten von ihm erregt hat oder nicht, moniert er selbst. Hat es mich gestern erregt, von ihm geschlagen zu werden? Bitte eine Antwort. Eine klare Antwort. Mein verschämtes Ja kann ihm nicht wirklich die ganze Wahrheit vermitteln: Was fühlst du schon, wenn du geschlagen wirst? Ausgeliefert sein, wehrlos sein, durch Abwehr Schlimmeres zu verursachen und damit sich selbst aus Angst zum Ertragen zwingen zu müssen als erregende Faktoren in diesem Spiel gehen in diesem Moment unter in dem Schmerz und in der Angst vor der Wiederholung, der Steigerung, dem Andauern dieses so schnell unerträglich erscheinenden Gefühls – aber hinterher erinnerst du dich ganz genau an diese Beweise deiner Devotheit, während du weitere Tränen zurückzuhalten versuchst und als Belohnung in den Arm genommen wirst. Und noch später schreibe ich es auf und muß dabei kein Wort über meine Erregung verlieren, weil ich sie bei jedem Lesen wieder spüre wie auch nur bei dem Gedanken daran, und letztere immer frisch zu halten ist ja auch der einzige Zweck des Aufschreibens. Wenn D. aus meinem Ja hätte heraushören können, wie oft ich diese Szene letzte Nacht und heute in meinen Gedanken wiederholte – die Vorstellung würde ihm zweifelsohne gefallen. Und muß ich ihm nicht gefallen? Habe ich nicht versprochen, *alles in meiner Macht Stehende für sein Wohlergehen zu tun*? Jetzt lächele ich beim Lesen dieses Ausdrucks, der zu meinem Stolz so wenig paßt, der meinen ganzen Trotz herausfordert. Nein, Marie ist noch lange keine devote Frau, und sie verlagert den Kampf mit sich selbst in ihrem Innern nach außen, auch wenn ein trotziges Gesicht Ohrfeigen provoziert, auch wenn es Mittel gibt, die es ihn schließlich durchsetzen lassen, daß sie die Finger ablutscht, die eben noch in ihr waren, und merkwürdigerweise ekelt es sie immer weniger, je öfter sie es tun muß. Es stört sie nur, so brav zu sein, daß sein diesbezügliches Lob verdient ist, weil sie ihn heute gerne ärgern würde, einfach so, vielleicht nur um sich und ihm zu beweisen, daß er sie noch lange nicht da hat, wo er sie haben will, und ihre Widerstandsfähigkeit garantiert unterschätzt, und was für eine Lüge, sie selbst könnte irgend etwas derartiges wollen (Wer hätte jemals von einem freiwillig unterzeichneten Sklavenvertrag gehört?), bloß lohnt diese Sache den ernsthaften Widerstand letztlich nicht, den wir sparsam und deshalb um so effektiver einsetzen werden –

Manchmal möchte ich so kämpfen, manchmal gehorche ich, manchmal bringe ich keinen Ton mehr heraus, manchmal sehe ich ihm spöttisch in die Augen, manchmal könnte mich nichts dazu bringen, meine nur zu öffnen, manchmal finde ich meine Stimme wieder, manchmal verliere ich sie gar nicht erst. Manchmal unterhalten wir uns als die gleichberechtigten Menschen, die wir sind. Manchmal verhalten wir uns wie die Über- und Untergeordneten, zu denen wir uns selbst und gegenseitig gemacht haben. Daß wir noch normal miteinander sprechen können, ist an sich eine Selbstverständlichkeit, eine Notwendigkeit, und doch ist es nach meinen bisherigen Erfahrungen etwas Besonderes, Schätzenswertes. Er findet mich still, irgendwie abwesend, nachdem er mich geschlagen hat –

er hat mich noch nicht wirklich still erlebt – und es ist besser so wie es ist, es ist besser als in den Situationen mit G., wo keine würdeerhaltende Frechheit mehr möglich war, vielleicht, weil wir vorher nicht soviel miteinander gesprochen hatten, wie D. und ich es getan haben, was der Grund dafür ist, daß ich ihm als Persönlichkeit und nicht als Sexualobjekt gegenüberstehe, und herausfordernde Persönlichkeiten müssen unterworfen werden, wohingegen Objekte sich doch gerade durch das Fehlen eines eigenen Willens definieren. So gesehen hat sich G. durch seinen mangelnden Einsatz gerade des Reizes an der ganzen Sache beraubt! Aber das ist gar nicht mehr wichtig.

»Der wahre G. bin ich«, sagt D. lächelnd, und ich fange an zu glauben, daß er recht hat.

14

»Ich bin wirklich beruhigt, daß du das Wort noch kennst«, sagt er.

Ich liege auf meinem Bett, Hände und Füße in Lederfesseln, die er mit dünnem Seil an meinen Bettpfosten befestigt hat, und mir laufen die Tränen über das Gesicht, der Schmerz ist immer noch groß, auch nachdem er die Klammer von meiner Klitoris endlich entfernt hat und das Blut zurückkehren konnte; nicht geringer ist die Demütigung, ihn tatsächlich erfolglos angefleht zu haben und schlußendlich zum Gebrauch des Codeworts gezwungen worden zu sein, das sich so verdammt schwer ausspricht; es ist leichter, ein unter Umständen wirkungslos bleibendes »Ich kann nicht mehr« zu heulen, als das definitive Ende aller Qualen durch das Aussprechen des Wortes »Gnade« herbeizuführen. Vielleicht weil ein »Ich kann nicht mehr« wenigstens einen Rest von berechtigtem Vorwurf beinhaltet, den Hinweis darauf, daß ich mir Mühe gegeben habe, so lange wie möglich zu können, und daß er diese Anstrengung honorieren muß – »Gnade« dagegen unterstreicht noch, daß es in seinem unantastbaren Belieben steht, so mit mir umzugehen, genau genommen bedeutet »Gnade«: freundliches Absehen von einer an sich angemessenen Bestrafung. Aber diese Schmerzen habe ich mir nicht durch Ungehorsam verdient, anders als die Ohrfeigen und Schläge, als ich mich weigere, ihm Schwanz, Eier und Arschloch zu lecken, in einem plötzlichen Entsetzen über das, was ich hier gerade tue, anders als die Gertenhiebe, die stark genug sind, um Striemen zu hinterlassen, und die mich schnell dazu bringen, mich wie befohlen vor ihn zu knien, um ihm seine Strümpfe und Schuhe wieder anzuziehen; und auch in das Hemd helfe ich ihm hinein und knöpfe es ihm zu, und auch die Hose und den Gürtel schließe ich brav, wie ich es wohl auch in Zukunft tun soll, nachdem ich ihn erst entkleidet und dann seine kleine Privathure, als die er mich bezeichnet, habe benutzen lassen. Nein, diese Schmerzen habe ich mir nicht verdient, und brauche Zeit, um mich zu beruhigen, wenigstens heule ich jetzt nicht mehr laut, und er streichelt mich, aber ich bin empört über soviel Grausamkeit, die G. und selbst H. als Sandkastensadisten erscheinen und bei mir ein leises Schaudern zurückbleiben läßt: Worauf habe ich mich eingelassen? Was wird diese Affäre aus mir machen? Mit dem Ende des unerträglichen Schmerzes kehrt das Bewußtsein für das Ziehen in meinen Armen zurück, und D. gibt seine offensichtlich an mir abprallenden Tröstungsversuche auf, setzt mir zwei Klammern an die äußeren Schamlippen, die mir sofort wieder die Tränen in die Augen treiben, und fickt mich mit dem Griff der Gerte, und fasziniert registriere ich, wie die Erregung den Schmerz fast völlig ausschalten kann, der um so heftiger zurückkehrt, wenn D. aufhört. Ich fange wieder an zu weinen und bitte ihn, die Klammern abzunehmen, und diesmal kann er sich großzügig zeigen. Daß er mich zudem losbindet, entspringt dagegen nicht irgendwelcher Großzügigkeit: Es hat eine Panne gegeben; ich blute. Helles frisches Blut, das D. geistesgegenwärtig mit Taschentüchern auffängt. Er ist besorgt, mich mit der Gerte verletzt zu haben. Ich wundere mich, denn ich fühle keinen Schmerz. Auch später nicht, als wirklich nichts mehr davon ablenken könnte, er gegangen ist. Kein Schmerz, nur Verwirrung bleibt zurück. Erschöpfung, die Zeichen für das Ausmaß meiner Anspannung während D.s Anwesenheit ist und mich eine Verabredung in meinem Stammladen verschlafen lassen wird. Ich lese im S/M-Sicherheitshandbuch nach, daß es Stellen in der Vagina gibt, die nicht schmerzempfindlich sind, und die Blutung unbedingt zu beobachten ist. Es sind aber nur noch ein paar Tropfen gekommen, und meine Gynäkologin hat um diese Uhrzeit nicht mehr auf; ich werde sie aber sicherheitshalber am Montag aufsuchen. Ich bin nachdenklich. »Du mußt einmal für dich herausfinden, daß es nicht pervers ist«, hatte ich zu Nicole gesagt, erleichtert darüber, diese Phase der Zweifel hinter mir zu haben. Und jetzt? Sehe die Spuren an meinem Körper, dem ich damit doch wohl kaum etwas Gutes tue, und nicht das Wort »pervers«, aber die Synonyme »anomal, unbegreiflich, unverständlich« kreisen in meinem Kopf. Schmerzen, die dich aufschreien lassen, Verletzungen, die dir vorwurfsvoll aus dem Spiegel entgegenblicken – wofür? Für Sex? Was bedeutet schon Sex, verdammt! Wenn es wenigstens Sex als Bestandteil von Liebe wäre, wenn du wenigstens nicht auch dieses dein Prinzip über Bord geworfen hättest, vielleicht könntest du dich dann verstehen. Und wenn es wenigstens nur Sex wäre, aber was hat diese Verpflichtung zur Ehrlichkeit in allen Fragen deines Daseins noch mit Sex zu tun? In mir ein Gefühlsaufruhr, der mir zum ersten Mal eine Ahnung von dem Grund für das traurige Ende von »Neuneinhalb Wochen« vermittelt, das ich immer bedauerte, nie begriff –

15

Ein warmer Sommermorgen im April. Die Sonne weckt mich schon um halb sieben Uhr. Ich stehe auf. Der blaue Fleck auf der Brust ist endlich weg, die Spuren von gestern und vorgestern dagegen deutlich sichtbar. Ich mache das Fenster in meinem Zimmer auf. Ich frühstücke. Ich dusche. Ich rasiere mich; gestern hat er sich beschwert, es war nicht gründlich genug gewesen. Ich mache mein Bett, bringe die Handtücher wieder ins Bad, die ich vorhin einfach auf den Boden hatte fallen lassen. Aus dem Bad bringe ich einen feuchten Waschlappen mit, mit dem ich sorgfältig die Reste von meinem Blut von dem Griff der Gerte abwische, bevor ich sie zu den anderen Sachen in die schwarze Sporttasche lege, die in Zukunft einen festen Platz in diesem Zimmer beanspruchen wird. Ich trage die Gläser in die Küche zurück, aus denen wir gestern Mineralwasser getrunken haben. Ich hasse diese Gläser, die Alja gehören: Sie sind mit Elefantenkarrikaturen eines bekannten Komikers verziert, lustig, bunt, geschmacklos. »Würdelos«, sage ich zu D.

Er lacht. Seine Finger streichen über meine Wange. »So würdelos, wie du es manchmal bist«, sagt er.

16

Die Akteurinnen in dem ersten pornographischen Werk, das ich in die Hände bekam, waren nicht würdelos, ganz im Gegenteil. Sie waren schön und stolz und zahlreich zwischen zwei dunkelblauen Buchdeckeln.

Ich war acht Jahre alt, als meine Großmutter mütterlicherseits mir einen von einem dieser großen religiösen Verlage extra für Kinder verfaßten Sammelband voller Heiligenlegenden in die Hand drückte, in dem es nur so wimmelte von standhaften Frauen, die irgendeinem bösen, lüsternen Mann nicht »zu Willen sein« wollten und infolgedessen nackt in Ketten gelegt, in den Kerker geworfen, geschlagen und schlimmstenfalls zu guter Letzt öffentlich verbrannt wurden, und nicht jedesmal beschämten sie durch ihr aufrechtes Verhalten ihren Peiniger, so daß es ihnen erspart blieb, »geschändet« zu werden. Immer waren sie Heldinnen, die stolz und ungebrochen und doch zugleich ihrem Schicksal demütig ergeben Gewalt und Demütigung hinnahmen, und es blieb kein Zweifel daran, daß gerade ihre mißliche Situation ihnen Gelegenheit gab, ihre Liebe zu Gott zu beweisen.

Und diese Frauen waren erklärtermaßen Vorbilder, denen es nachzueifern galt. Also: Liebe läßt sich beweisen, indem frau Gewalt demütig erträgt. Je mehr Gewalt, desto mehr Liebe und desto größer die Achtung vor einer solchen Person, Glorienschein und Ehrfurcht inklusive. Loyalität ist doch erst richtig schön, wenn man sie zeigen darf, nachdem man in Versuchung geführt wurde. Ich war voller Gerechtigkeitsideale und loyal bis zum Erbrechen und brannte darauf, herausgefordert zu werden, aber es passierte nichts. Ich war überzeugt, bis zum Heldentod auszuhalten. Ich war ein verdammt moralisches Kind und wartete auf meine Chance, nackt und kahlgeschoren durch eine Menge stumpfsinniger Gaffer zum Scheiterhaufen getrieben zu werden, oder was auch immer das moderne Pendant zu einem solchen Verfahren gewesen wäre.

Schlag mich, mein Feind, ich werde meinen Freund nie verraten, Du wirst mich niemals brechen können. Ich bin stark und ich bin stolz, und was Du Demut nennst, ist nur eine Koketterie mit der Würdelosigkeit, nichts weiter als eine Rolle, die ich für Dich spiele, weil ich niveaulose Provokationen ablehne.

Manchmal aber weinten die Frauen, bevor sie dann doch zu Heldinnen wurden, und verstanden nicht, warum der Allmächtige ihnen nicht half. Und irgendwann begriff ich: Es war Gott selbst, der die kleine Agnes nackt verbrennen ließ! Und das dumme Mädchen sah einen Sinn darin, ihr Leben zu lassen, den ich plötzlich nicht mehr nachvollziehen konnte. Das ganze Buch war auf einmal voller Geschichten von dummen Frauen und einem grausamen Gott, den die dummen Frauen liebten, obwohl er mit ihnen spielte. Wie kann man nur so blöd sein? Wie kann man jemanden lieben, der einen absichtlich leiden läßt? Was für ein Schwachsinn!

Ich habe das Werk entschlossen zugeklappt und es meiner kleinen Schwester geschenkt.

17

Er kommt abends kurz vorbei. Einfach ein nettes Beisammensein – er ist nett, ich bin nett.

Nein, ich bin frech. Ich vergesse auch in freundlichster Atmosphäre nicht, welcher Art die Beziehung zwischen uns ist: Sie macht aus normalen, höflichen Handlungen Dienstleistungen, auf die er einen Anspruch hat, sie macht aus einer gewöhnlichen Gastgeberin eine gehorsam dienende Sklavin – oder eine aufsässige Sklavin, die zwar die Sprudelflasche sowie ein Glas auf den Tisch stellt, aber in geradezu aufreizender Weise jede weitere in der Luft liegende Erwartung ignoriert. Er bedient sich selbst und bedankt sich nach in Sicherheit wiegender zeitlicher Verzögerung, indem er mir das kalte Mineralwasser über Nacken und Rücken in die Tiefe meiner Kleider fließen läßt, als ich gerade völlig entspannt die zärtliche Bewegung seiner Finger auf meiner Haut verfolge. Ich bin aber durch diese kleine Warnung nicht zu bremsen und mache übermütig eine ironische Bemerkung über ein mögliches zukünftiges Verhalten meinerseits, das eine Gehorsamsverweigerung darstellen würde, fühle mich sicher, da er zuvor kundgetan hatte, heute nicht in der Stimmung zu sein, sich über irgend etwas aufzuregen. Er sitzt vor meiner Schreibtischlampe als einziger Lichtquelle in dem Raum, und ich knie vor ihm, so daß ich seine im Dunkeln liegenden Gesichtszüge nicht erkennen kann, aber mir ist auch so klar, daß ich zu weit gegangen bin, noch bevor ich seine Stimme höre: »Damit hast du dich jetzt ganz schön weit vorgewagt.«

Ich halte den Kopf gesenkt und antworte nicht. Eigentlich bin ich doch friedfertig heute, möchte nicht so niveaulos provozieren. Fast hätte ich mich entschuldigt –

Er spricht wieder.

»Erinnerst du dich noch an deine Aufgabe für Montag?«

Ich soll einen Rohrstock und ein Halsband kaufen gehen. Einen guten Rohrstock. Einen, der gut zieht.

»Ich frage mich, ob du noch so frech sein wirst, wenn ich am Montag mit dir fertig bin.«

–

»Ich sage dir schon jetzt, daß ich es in den nächsten Tagen als meine vornehmste und vorrangigste Aufgabe betrachten werde, dir beizubringen, dich zu bedanken. Ich halte es für ausgesprochen angemessen und im übrigen nur für fair, daß du dich bei mir bedankst, wenn ich mir schon all diese Mühe mit dir mache. Eine gehorsame Sklavin sagt danke. Du wirst es lernen.«

–

Langsam: »Für jeden einzelnen Schlag wirst du dich bedanken.«

–

Und: »Es ist sehr klug von dir, demütig zu schweigen, während ich dir das erzähle, denn hierin verstehe ich wirklich keinen Spaß.«

Worte, die Widerspruch herausfordern, eine Stimme, die keinen duldet. An dieser Front aus widerwillig anerkanntem Respekt versagend, wehre ich mich nur auf einem Nebenschauplatz, als er mir seine Finger in den Mund zu zwingen versucht, obwohl ich mittlerweile weiß, daß er es auf verschiedenen, immer gleich effektiven Wegen durchsetzen kann; es geht nur darum, ihm und mir zu zeigen, daß ich wenigstens noch nicht vollends eingeschüchtert bin, daß mein Gehorsam ein erzwungener ist, und *die Gedanken sind frei* – und wild und böse, als er meinen Kopf und meinen Körper in die ihm genehme Position zwingt, denn auch er möchte uns beiden etwas zeigen, und er zeigt es uns, und er kann es sich sparen, Carls Worte zu wiederholen: *Siehst du, ich bin doch viel stärker als du. Siehst du, du hast mich völlig unterschätzt. Ich kann dich festhalten, solange ich will, mit dir machen, was ich will, und der einzige Weg, wie du hier wieder raus kommst, ist, daß du mich laut und deutlich um Gnade bittest.*

Auch ohne diese Worte toben in mir die Gefühle, die eine Kapitulation begleiten, selbst wenn mein aktueller Gegner nicht darauf besteht, daß ich mich solcherart weiter demütige, bevor er mich wieder losläßt – oder ist das gerade das Demütigende, daß meine Unterlegenheit so offensichtlich ist, daß er großzügig auf mein Eingeständnis derselben verzichten kann?

»Du wirst etwas Zeit brauchen, um dich zu beruhigen, bevor du in den KK-Club gehen kannst, meine Süße«, sagt er und küßt mich zum Abschied, nachdem ich ihm in die Jacke geholfen habe wie ein höflicher Mann einer Frau.

Oder wie eine nun doch gehorsame Sklavin ihrem Herrn.

18

Die gehorsame Sklavin Marie geht einen Rohrstock und ein Halsband kaufen. Die gehorsame Marie bin ich.

Ich bin daneben noch: ein aufgeklärter Mensch, ein toleranter Mensch, ein ehrlicher Mensch, der zu seinen eigenen Lastern steht und niemanden für seine sexuellen Vorlieben verachtet, seien sie auch noch so ungewöhnlich, kurz: Ich bin geradezu prädestiniert dafür, einen S/M-Sexshop zu betreten ohne rot zu werden. Ich kenne vier davon in Berlin: den von G. und drei weitere, die ich alle neulich mit Martin zusammen betreten habe, den von G. allerdings nur kurz, um meinen Lohn für die zwei Arbeitstage abzuholen. Heute ist die Mission heikler, es geht nicht um mehr oder weniger harmlose Literatur oder Fetisch-Outfit, sondern um Equipment. Einen Rohrstock und ein Halsband.

G.s Laden ist zur Zeit aus persönlichen Gründen wenig attraktiv, und ich konnte mich nicht erinnern, in den anderen kleinen Läden etwas anderes gesehen zu haben als Lack- und Latexdessous, Punktgerten – supergünstig aus England importiert, was Martin sofort zugreifen ließ – und mit Schlössern versehene Halsbänder für 270 DM, also war klar, daß ich in den größten der drei Läden gehen würde, der mit »Lustgewinn auf drei Etagen« wirbt und dennoch nur zwei Verkäuferinnen braucht, und eine davon hast du ganz für dich alleine, wenn du ins Untergeschoß gehst, wo es die »Toys« gibt, Masken, Fesseln, Halsbänder, Peitschen, Rohrstöcke.

Letztere gibt es in natura oder mit Leder bezogen, erklärt der Chef des Ladens höchstpersönlich, der plötzlich in der Tür steht, und zeigt auf zwei Exemplare. Meine Freundin Pat steht neben mir, die Verkäuferin hinter uns. Drei Zeugen für die Röte in meinem Gesicht.

Pat greift nach dem einfachen Stock. »Ist der auch richtig biegsam?« fragt sie mit der coolen Stimme der professionellen Domina am Start in die Selbständigkeit, die sie nicht ist; sie ist nicht einmal sadomasochistisch veranlagt, sie ist bloß meine Freundin, die mir ihre Unterstützung angeboten hat und der ich erklärt habe, daß ein guter Rohrstock biegsam sein muß. Er ist es.

Sie greift nach dem lederbezogenen. »Nein, der ist zu hart«, sagt sie entschlossen, und ich sehe ihr Entsetzen angesichts der Vorstellung, ich könnte damit geschlagen werden; den dünnen Stock in ihrer Hand stellt sie sich wohl kaum als richtig schmerzhaft vor. S. hat mir erzählt, daß man mit so einem Ding die Haut zum Aufplatzen bringen kann, wenn man es will, aber das sage ich Pat nicht. Ich bin froh, daß sie mitgekommen ist.

Als ich sie gefragt habe, kam es mir zuerst so vor, als ob ich die Situation für mich noch demütigender gemacht hätte, indem ich einer Freundin von mir erzähle, daß ich so ein Ding kaufen gehen soll, kaufen gehen *muß* nach der inneren Logik meines Verhältnisses zu D. – wenn es wenigstens eine anständige Peitsche gewesen wäre! Aber ein Rohrstock – es ist auf so eine spezielle Art entwürdigend. Schon die Frage danach macht mich zur ungezogenen Göre im Schulalter, die ich so wenig sein will wie ein braves Mädchen, und dies sind die gegensätzlichen Assoziationen, die man mit dieser Waffe verbindet, während einer Peitsche ein ganz anderer Ernst anhaftet, denn damit wurden Rebellen und Sklaven gezüchtigt, Helden und Unterdrückte, bewundernswert aufrecht angesichts der ihnen gegenüberstehenden Macht des Unrechts –

Aber es hilft ja doch alles nichts, ich muß einen kaufen und bin froh, daß es praktisch keine Auswahl gibt, denn von einem lederbezogenen hatte D. nicht gesprochen, und ich bin Pat so dankbar dafür, daß sie ihn in der Hand hält, aber Pat ist ohnehin die Unbefangenheit in Person.

»Und jetzt zeig mal die Halsbänder«, fordert sie, und damit nicht genug: »So kann man das ja gar nicht beurteilen, probier doch mal an.«

Wegen meiner finanziellen Ausstattung durch D. kommt sowieso nur das billigste in Betracht, das zudem das einzige in Größe »S« ist; das andere, teurere, vornehme aus ganz weichem Leder mit nur einem ganz kleinen Ring vorne dran hätte ich in meiner Größe bestellen müssen. Ich finde es viel schöner, aber Pat gefällt dasjenige, das ich anhabe, und vermutlich begreift sie nicht, warum mich ihre Aussage: »So etwas steht dir wirklich« so verlegen macht; gut auszusehen in Ketten findet nur in meinem Kopf die Fortsetzung in dem Gedanken, seit jeher dazu bestimmt zu sein, welche zu tragen, zwecklos jedes Leugnen, jedes Davonlaufen, du bist die geborene Sklavin, und immer mehr ganz normale Leute können es dir ansehen – und deswegen würde auch kein Passant, kein anderer Kunde der Berliner Verkehrsgemeinschaft im 129er-Bus und auch nicht die Kassiererin in dem kleinen Lebensmittelladen bei dir um die Ecke im entferntesten auf den Gedanken kommen, daß du den Stock, der aus deinem Rucksack ragt, brauchen könntest, um deiner kümmerlichen Zimmerpalme zu einem geraden Wuchs zu verhelfen, so unschuldig du sie alle auch anlächeln magst.

19

»Tschüß, meine Süße«, sagt er, als ob er nicht wüßte, wie sehr ich Worte wie »süß« oder »niedlich« in bezug auf meine wirklich nicht allzu groß geratene Person hasse. So lange kennen wir uns immerhin schon, daß er das weiß. Wahrscheinlich macht es ihm deshalb solchen Spaß, das Wort auszusprechen, lächelnd und einen leicht sarkastischen Tonfall wählend, nicht wahr?

Und ich – ich fange an, Gefallen daran zu finden, seine Süße zu sein.

Besuch von D. Er scheint darauf zu achten, schwarze Kleidung zu tragen, wenn er bei mir ist. Er gefällt mir in Schwarz – und es macht es leichter, durch den nahen Park zu gehen und sich zwischen den Kreuzberger Autonomen auf eine Bank an einen Biertisch zu setzen. Aber nein, das tun wir ja gar nicht. Wir nehmen das Café gegenüber, das ruhiger ist und fast gutbürgerlich. Ich trage mein neues Halsband, aber D. meint, Kreuzberg sei zu punkig, er müsse mit mir durch Charlottenburg gehen, damit ich auffiele. Er sieht den Blick des jungen Mannes mit Kind am Nachbartisch nicht, als wir aufstehen, der mich erröten läßt –

Und ein solches Halsband ist eben punkig, damit werde ich auch in Charlottenburg höchstens als etwas unorthodoxe Punkerin auffallen! Hätte er mal das feinere bezahlt, das nicht wie ein Hundehalsband aussieht und deshalb durch den kleinen Ring als einzigen Blickfang viel mehr zu denken gibt. Er tut etwas zerknirscht deswegen und meint, ich bekäme es auch noch. Als Belohnung vielleicht. Wenn ich mich jemals so verhalten sollte, daß ich eine verdient hätte.

Besuch von D. In meinem unschuldigen blaugestrichenen Badezimmer, das ich eigenhändig gekachelt habe, sitzt er breitbeinig auf der alten weißen Anrichte und sieht mir zu, wie ich mich beim Rasieren meiner Scham vor lauter Nervosität schneide. Lächelt mir aufmunternd zu, als mein Blick ihn einmal kurz streift. Hört mir zu, wie ich aus Verlegenheit scherzhafte Bemerkungen über die Situation mache, bis mir der Spaß vergeht, als er mich in die Badewanne zerrt, in der meine Mitbewohnerin Alja es neulich mit ihrem Freund getrieben hat, jede Wette, daß sie das getan haben, als sie neulich stundenlang zu zweit im Bad waren, jedenfalls nicht das, was D. jetzt mit mir macht, was G. mit mir getan hat, wo nehmen sie nur all diese Flüssigkeit her, bei mir geht es immer viel schneller, aber ich höre mir seit Jahren berechtigte Vorwürfe besorgter Mitmenschen an, daß ich zu wenig trinke, und jetzt habe ich Angst, zum Trinken gezwungen zu werden, und wehre mich heftig, aber er zielt gar nicht in mein Gesicht, doch überall sonst hin, und der warmen Flüssigkeit folgt nicht wie bei G. ein duftendes Schaumbad als Entschädigung, sondern eiskaltes Wasser aus der Brause, und einen Moment lang weiß ich wirklich nicht, was schlimmer ist.

Besuch von D. Er vermittelt mir ein neues Gefühl für die Größe meines Zimmers. Es ist 25 qm groß. Er vermittelt mir ein Gefühl für ein gutes Preis-Leistungs-Verhältnis: Das billigste Halsband erfüllt seinen Zweck, wenn man eine Leine daran befestigt. Er zieht mich hinter sich her, einmal, zweimal, dreimal, viermal, dann »kann« ich es endlich alleine, vom Sofa bis zum Erkerfenster, vom Erkerfenster bis zum Bett, vom Bett bis zur Tür, von der Tür bis zur Stereoanlage, von der Stereoanlage zum Bett, kilometerweit auf allen Vieren, so ist es brav, dabei liegen doch gar keine Dollarnoten auf dem Boden wie in »Neuneinhalb Wochen« oder wenigstens Fünfmarkstücke, wie es mir Martin angeboten hatte – aber wer demütigt sich schon derartig für ein paar Fünfmarkstücke?

Besuch von D. Er möchte mir etwas beibringen: »Wir werden das ›danke sagen‹ üben, meine Süße«, sagt er. Er sitzt auf meinem Bett, ich liege über einen Stuhl gebeugt davor. »Du wirst jeden Schlag zählen und dich dann dafür bedanken«, sagt er.

Er schlägt zu. Ich zähle. Er wartet. Ich schweige.

Seine Stimme spricht leise in mein Ohr, geduldig, als ob er ein bockiges Kind davon zu überzeugen versucht, daß jetzt Schlafenszeit ist: »Schau mal, es ist doch so einfach. Du brauchst nur ›Danke, D.‹ zu sagen oder von mir aus auch ›Danke, Herr‹. Das ist doch wirklich nicht zuviel verlangt.« Doch dieses Kind ist richtiggehend renitent, und draußen sind fast dreißig Grad Celsius. Und wozu heute durchsetzen, was man irgendwann schon wird durchsetzen können, vielleicht mit der Peitsche, vielleicht mit dem Gürtel, wenn man Zeit und Lust hat, die Frau vorher wehrlos zu fesseln, vielleicht auch durch bloßes Wachstum ihrer Hörigkeit, mit der Zeit, von der wir viel haben, mit den Gefühlen, von denen wir manchmal zuviel haben, und immerhin bedankt sie sich schon für das Stück Käsekuchen in dem Café, und fast hätte sie sich bedankt, als du sie streicheltest, aber da hatte sie Angst, du könntest es als Ironie mißverstehen. Und irgendwann hätte sie dich fast geküsst, und das wäre es gewesen – ein spontanes devotes Dankeschön für deine Küsse wie deine Schläge; was für ein schönes unbeherrschtes Zeichen für deinen Einfluß auf sie, und wie erschreckend für mich, die ich mich dann im letzten Moment zurückhielt, denn noch habe ich mich unter Kontrolle.

21

Ein Besuch bei meiner Frauenärztin. Ich nehme mir fest vor, sie als erstes cool zu fragen, ob sie Probleme damit hat, daß die Patientin ihren sadomasochistischen Neigungen nachgeht; falls sie das verneint, werde ich sie bitten, mich auf einen Scheidenwandriß zu untersuchen.

»Was führt Sie heute zu mir?« fragt sie, und ich antworte reflexhaft, ohne meine einleitenden Worte zu gebrauchen: »Ich vermute, ich habe einen Scheidenwandriß.«

Sie zieht erstaunt ihre Augenbrauen hoch und sieht mich leicht fragend an. Sie kann nichts dafür, daß diese Mimik sie auf mich etwas spöttisch wirken läßt, genauso wie ihre ruhige, tiefe Stimme, die so sehr im Gegensatz zu meiner hellen, aufgeregten steht, die nur durch eine handfeste Erkältung den erotischen Klang bekommt, den ich ihr so gerne immer gäbe. Meine Frauenärztin mit den ganz kurzen Haaren, die ich immer aus ich weiß nicht welchem Grund für eine Lesbe halte, hat eine richtiggehend verruchte Stimme, die sie für Fragen an Patientinnen verschwendet: »Wie kommen Sie denn darauf?«

»Ich hatte am Freitag Geschlechtsverkehr, und plötzlich kam Blut aus meiner Vagina«, erkläre ich.

Sie will wissen, wieviel Blut und wie lange die Blutung anhielt.

»Ein Taschentuch voll«, sage ich hilflos.

»Und das passierte beim normalen Geschlechtsverkehr?« Zweifelnd? Ach nein: Sie ist so sorgfältig, so konzentriert, so aufmerksam, so interessiert und dabei so betont ungerührt, als ob sie von meinem inneren Kampf wüßte und mir helfen möchte zu sagen, was auch immer so schrecklich ist, daß ich es nur leise und von einem verlegenen Lächeln begleitet zugeben kann: »Es war Geschlechtsverkehr mit einem Gegenstand.«

»Mit was für einem Gegenstand?«

Ich kann mir denken, warum sie das fragt; sie möchte einfach wissen, wie groß das Teil war, ob es vielleicht ein Dildo war, den ich falsch benutzt habe, und ich schaue mich um, ob es irgend etwas in vergleichbarer Größe unter ihren medizinischen Gerätschaften gibt, so daß ich einfach darauf zeigen und sagen kann, so groß war »es«, das mysteröse »Etwas«, das hier ungenannt bleiben möchte, aber ich sehe nichts Passendes, und sie wartet auf meine Antwort.

»Es war der Griff von einer Peitsche«, sage ich, ohne damit zu erklären, was ich hatte erklären wollen, und füge stotternd hinzu, was nach dieser Auskunft eigentlich nicht mehr gesagt werden muß, denn sie lebt ja nicht hinterm Mond, sondern in Berlin, und bleibt auch gänzlich unbeeindruckt. Nein, sie hat keine Probleme damit, daß ihre Patientin ihren sadomasochistischen Neigungen nachgeht, und ihr freundlicher Blick fordert die Patientin auf, doch einfach auch keine damit zu haben.

22

Und wieder einmal war D. bei mir. Und wieder einmal sitze ich hier mit einem Kopf voller Gedanken und möchte alles aufschreiben. Aber es scheint heute nicht zu funktionieren, denn ich will nicht darüber schreiben, wie ich ihn getreu seinen Anweisungen in Hand- und Fußfesseln und Halsband erwartete, nicht darüber, wie er mich schlug und dabei gnädig auf das Danke verzichtete, nicht darüber, wie ich einen entsetzlich langen Moment tatsächlich nicht sicher war, ob er mich wieder losbinden oder es wie angedroht Alja überlassen würde, die mich dann an meine Bettpfosten gefesselt, das Kleid hochgeschlagen, so daß die noch frischen Striemen schön sichtbar sind, auf meinem Bett vorfinden würde. Alle diese Dinge, die angekündigtermaßen nur ein Vorgeschmack auf morgen sind, wo er mich richtig zur Ordnung rufen wird, weil ich einige seiner Anweisungen seit geraumer Zeit ignoriere, sind nicht das, worüber ich schreiben möchte. Denn sie sind nicht der Grund dafür, warum ich ihm vom Fenster aus zum Abschied zuwinke, um danach in meiner Küche aus lauter Nervosität einen regelrechten Freßanfall zu kriegen, und sie sind nicht der Grund dafür, warum ich später heulend vor meiner Stereoanlage sitze.

Der Grund für meine wirklichen Qualen heute böte Anlaß, Dir den persönlichen Brief zu schreiben, den Du Dir so wünschst, D. Aber ich werde es nicht tun. Mehr noch, ich bitte Dich inständig, heute auf Deine Gewohnheit, in diesem Buch zu lesen, zu verzichten. So don't enter the danger zone –

Ich glaube, es ist passiert. Ich habe mich verliebt. Ich hoffe, daß ich mich täusche, daß es vorübergeht.

Mein Tag endete, als Du meine Wohnung verlassen hattest, und ich mich ins Bett legte, Deine Stimme in meinem Ohr, die mich verfolgt wie Dich die Musik, die Du bei mir hörst.

Man muß mir nicht beibringen, danke zu sagen.

Man muß mir beibringen, wie man eine Affäre hat, ohne sich dabei zu verlieben, wie man einfach eine Affäre hat, nichts weiter als eine Affäre.

Eine Liaison. Eine Bettgeschichte. Eine Art Freundschaft vielleicht.

Ich will mich nicht gefühlsmäßig binden! Ich hasse blonde Männer! Oh Göttin, es muß ein Irrtum sein! Die Hitze. Nur ein kleiner Sonnenstich. Man sollte einfach nicht morgens schon in der warmen Sonne joggen.

Liebe Göttin, laß ein Wunder geschehen, das seinen Bann bricht.

23

Als meine Mutter damals ihrem Bruder anbot, seinen Sohn bei uns aufzunehmen, bis die Ehekrise überstanden wäre, waren Carl und ich beide elf Jahre alt. Er war verständlicherweise durch seine häusliche Situation in den vorangegangenen Wochen sehr mitgenommen und wollte unbedingt bei mir im Zimmer schlafen, Bettkante an Bettkante. Wir schliefen jeden Abend händchenhaltend ein, nachdem man uns ein weiteres Kapitel aus Kaspar Hauser vorgelesen hatte. Das ist es, woran er sich noch heute erinnert. Ich hingegen betrachte ihn als meine erste sadomasochistische Affäre –

Tagsüber war uns schon der Gedanke an das Händchenhalten peinlich, und wir mußten uns unsere Coolness und Verwegenheit beweisen. Wir rauften ernst und unter Einsatz aller Körperkraft, es war eine Frage der Ehre. Wenn ich gewann, setzte ich mich auf ihn und lachte ihn aus und ließ ihn dann los. Es war Spaß. Wenn er gewann, drehte er mir die Arme auf den Rücken und fesselte mich und kostete seinen Sieg aus, indem er fortwährend darauf hinwies, daß ich ihn wohl völlig unterschätzt hätte, er aber viel stärker sei und mich ewig würde so liegen lassen können und daß er überhaupt nur gewillt sei, mich wieder loszulassen, wenn ich ihn um Gnade anflehen würde. Ich schüttelte wild entschlossen den Kopf: »Niemals!« Aber irgendwann bat ich immer um Gnade; einmal waren die sich nähernden Schritte eines erwachsenen Familienmitglieds der Grund für eine fast schon panische Bitte meinerseits (Carl blieb völlig ruhig), meistens brachte er mich dazu, indem er Anstalten machte, mir die Arme auszurenken. »Na, siehst du, es geht doch«, sagte er und lachte, während er mich losband.

Es war Erotik pur. Es kribbelte. Zu der Zeit waren mir solche Gefühle schon bekannt. Ich hatte das Erregende an der Vorstellung entdeckt, von unseren mit uns verfeindeten, also bösen Nachbarn entführt und aus Rache an meinen Eltern zu nackten Auftritten in der Öffentlichkeit und anderen demütigenden Aktionen gezwungen zu werden, vor allem aber, was sich aus dieser Erregung machen ließ; ich tat »es« oft und sah meine erste Menstruation voller Panik als eine alles ans Licht bringende, weil dadurch ausgelöste Erkrankung an. Meine Mutter aber erkannte meine Menstruation glücklicherweise sofort als solche, und das andere konnte somit mein anrüchiges Geheimnis bleiben.

Carl blieb nur ein Jahr bei uns.

Wir wohnten auf dem Land; ich fand nie wieder einen Freund, der mit einem Mädchen gekämpft hätte, das tat man nicht. Die Jungen in der Schule jagten nur die klassischen Schönheiten, und als ich einmal ersatzweise einzuspringen hatte, zerstörte ich den Reiz des Spiels, indem ich einen Wutanfall bekam, weil mir jemand ein Loch in meine neue Jacke gerissen hatte, anstatt regelgetreu ängstlich kreischend zu fliehen.

Ich war viel allein, ich war für beide Geschlechter zu wild. Inspiriert von zahlreichen Heldenromanen von Außenseitern, lag ich auf meinem Bett, starrte die Zimmerdecke an und stellte mir vor, als ein weibliches Exemplar dieser mutigen Species meine mich in meinen pubertären Augen stets hassende Umgebung aufs Äußerste zu beschämen. Hocherhobenen Hauptes würde ich dann den Ort des Geschehens verlassen, nachdem ich die Ehrung durch meine Feinde als Kinderkram abgelehnt haben würde.

Durch nichts weiter als meine für ein behütetes Landkind unerklärlich schmutzige Phantasie inspiriert, lag ich auf meinem Bett, die Augen geschlossen, die Hand zwischen den Beinen, und stellte mir vor, von gesichtslosen, professionellen und skrupellosen Bösen, die längst die kindlich konkretisierten Bösen abgelöst hatten, gefangengenommen, vergewaltigt und gedemütigt zu werden, bis man mich zu einer Hure gemacht hat, die nicht mehr davonläuft, weil sie davon überzeugt ist, daß das und nur das der Zweck ihres Daseins ist, für jeden Mann jederzeit dazusein, und wenn ein Mann es will, auch für Frauen oder für mehrere Männer gleichzeitig. Immer wurde ich als das Eigentum des Anführers gekennzeichnet, der nach Belieben über mich verfügen konnte und das auch tat. Es waren Gewaltszenarien ohne jeden Gedanken an Liebe oder Zärtlichkeit. Ich wehrte mich jedesmal bis zur Resignation. Es hatte wirklich überhaupt nichts mit Liebe zu tun. Und ein hocherhobenes Haupt wäre natürlich undenkbar gewesen!

24

Ein leeres Heft mit schwarz-rotem Einband und grauen Seiten – stilvoll, wie es sich gehört – liegt vor mir. Ich habe es auf seine Anweisung hin gekauft. Es ist für meine Verfehlungen bestimmt, die ich jetzt immer aufschreiben soll.

Er hat mir diese Aufgabe schon einmal gestellt, und ich überschrieb folgsam ein Blatt Papier mit »Meine Fehler« und zählte auf, was ich mich zu tun weigere:

Meine Fehler

1. Ich trinke Natursekt sowenig wie richtigen Sekt.

2. Ich bedanke mich nicht für Schläge, schon gar nicht würde ich »Danke, Herr« sagen. Ich habe auch sonst und selbst in S/M-Kreisen Schwierigkeiten, ihn respektvoll als meinen Herrn zu bezeichnen, obwohl das die einzige Bezeichnung ist, die unser Verhältnis und seine daraus resultierenden Ansprüche wirklich klarstellt.

3. Wenn ich ihn bediene, dann entweder gleichgültig oder widerwillig oder mit einem süffisanten Lächeln, das andeutet, daß mir mein Widerspruch nicht die Konsequenzen wert ist, ich aber nicht wirklich devot bin. Und ich tue es nur auf Aufforderung, selbst wenn ich manchmal schon ahnen kann, was er sich wünschen würde.

4. Ich ignoriere manche seiner Aufforderungen, die mir lästig sind oder deren Sinn ich nicht sofort verstehe, und habe dabei das Gefühl, daß es sich bei meiner Mißachtung in seinen wie in meinen Augen eben auch um eine Lappalie handelt, die ihm keine Bestrafung wert wäre. Deshalb melde ich diese Nichtbefolgung auch nicht, sondern hoffe/erwarte/lasse zu, daß er die gestellte Aufgabe wieder vergißt.

5. Sobald er mir etwas Freiraum läßt oder ich mich aus anderen, äußeren Gründen sicher fühle, bin ich so frech wie ich es nur sein kann, um ihm die Grenzen seiner Macht zu demonstrieren.

6. Und ich wehre mich, wenn er mich schlagen will, so daß er mich festhalten oder sogar fesseln muß.

Oder um es anders auszudrücken:

Ich gehorche nicht jederzeit, bemühe mich nicht von ganzem Herzen vorrangig um D.s Wohl und Vergnügen, kurz: Ich halte mich nicht an meine Verpflichtungen aus dem Vertrag, den ich unterschrieben habe.

War meine Ehrlichkeit aufreizend, oder war es tatsächlich respektlos formuliert? Es hatte wirklich nicht in meiner Absicht gelegen, D. zu provozieren. Vielleicht war es Unachtsamkeit, so wie die Tatsache, daß ich ihm diesmal nicht sauber genug bin, die mir die Schamesröte ins Gesicht steigen läßt und mich zu der Lüge verleitet, ihm nicht die Freude nehmen gewollt zu haben, mir wie vor ein paar Tagen beim Waschen und Rasieren zusehen zu können. Die Lüge stimmt ihn erst gnädig und dann um so wütender, als ich später aus einem mir selbst unerklärlich starken schlechten Gewissen von mir aus zugebe, gelogen zu haben. An diesem Nachmittag zeigt er mir, daß ich zu weit gegangen bin, zum ersten Mal verbindet er mir meine Augen, die ich sonst freiwillig aus Scham geschlossen halte, aber scheinbar doch zwischendurch oft genug aufmache, denn dieses Gefühl von Hilflosigkeit ist ungewohnt, und die Ohrfeigen sind heftig und transportieren auf die ihnen eigene Art ihre Botschaft, jemand anderen durch Übermut und Frechheit zu sehr gereizt, den Bogen unvorsichtig überspannt zu haben; so schnell und plötzlich, wie aus der Koketterie Respektlosigkeit geworden ist, schlägt die Hand zurück, und vielleicht ist es das spezifisch Demütigende an dieser Art von Schlägen, daß der Bestrafende deinen Fehler eine winzige Sekunde vor dir erkannt hat, die du erst durch seine Reaktion darauf aufmerksam wirst, als ob du irgendwie begriffsstutzig wärst. Vielleicht ist das der Grund, warum ich sofort zu weinen anfange: die Scham, so dumm gewesen zu sein, eine Situation völlig falsch eingeschätzt zu haben, in flagranti mit einem Übermaß an Selbstsicherheit erwischt worden zu sein. Einmal trifft er meinen Mund, und ich fühle meine Lippe leicht anschwellen, so, wie ich mir mittlerweile mein ganzes Gesicht gerötet und angeschwollen vorstelle, und dabei ist das nur der Anfang, denn er wird mich schmerzhaft fesseln, wird mich schlagen, wird mich zu seinen Füßen erst sitzen, dann liegen lassen; und seine Hand zwingt mein Gesicht, sich ihm zuzuwenden, während er mit mir spricht, während seine kalte Stimme mir erklärt, daß ich doch bitte nicht so naiv sein soll zu glauben, daß ich so davonkommen werde, daß ich mit einem lauten Ja zu erklären habe, daß sein Verhalten mir gegenüber von mir provoziert und berechtigt ist, nicht wahr, das siehst du ein, aber antworte ehrlich, und ich bin Juristin und weiß, Strafe setzt Vorsatz voraus, und ich habe nicht absichtlich provoziert; ich meinte es ernst, habe mich selbst erschrocken über das Ausmaß meiner Verweigerungshaltung und mir doch Mühe gegeben, ihm sein Tape mit Rosenstolz überspielt und ein langes Kleid angezogen, von dem ich zurecht annahm, daß es ihm gefallen würde, aber hier gelten andere Regeln, es ist nicht wichtig, ob ich ihn bewußt herausgefordert habe, entscheidend ist allein, daß er sich ein solches Verhalten nicht bieten lassen kann, das sähe ich doch wohl ein. Ich sehe es ein, natürlich kann er sich ein solches Verhalten nicht bieten lassen, aber irgendwo in mir nagt ein verzweifelter Widerspruch, denn er selbst hat diesen Ton zwischen uns wachsen lassen, und ich fühle mich so unfähig zu lernen, wann ich mich meiner Freude an diesem ironischen Umgang miteinander hingeben darf und wann nicht; eben noch hocke ich vor ihm auf dem Boden, die Hände an mein Halsband gefesselt, sehe ihn an und lache, dann kommt der plötzliche Stoß, der mich umwirft, und meine Hände sind nicht frei, um mich aufzufangen, und ich werde rot und verstumme, um irgendwann von ihm doch wieder zum Reden gebracht zu werden, und die gerade erlittene Demütigung erzeugt Bemerkungen, die so stolz wie erneut gefährlich sind. Ein Kreislauf, über den nachzudenken ich keine Zeit habe an diesem Nachmittag, wo er mir Gelegenheit gibt, auch einmal etwas richtig zu machen, aber selbst daß ich ihm wirklich gut einen blase, daß ich ihm geradezu unterwürfig seinen Arsch küsse, bewahrt mich nicht davor, doch noch den Rohrstock zu spüren, für meine Lüge, die ich als erstes in mein neues Heft einzutragen habe: Heute ist der 24.4. Ich habe gelogen. Eine gute Sklavin darf nicht lügen. Eine gute Sklavin darf nicht lügen. Eine gute Sklavin darf nicht lügen. Eine ganze Seite voll.

Der Rohrstock bringt mich zum Weinen, fast zum Schreien, aber zwischen fünf weiteren Schlägen und einem Danke wähle ich die Schläge, aber er verzichtet darauf, streichelt meine Striemen, nimmt mich in den Arm, lobt mich für meine Tapferkeit und sagt, daß ich nicht glauben soll, daß mir verziehen ist.

Ein leeres Heft liegt vor mir. Ich nehme einen Stift und schreibe: Heute ist der 25.4. Gestern habe ich gelogen. Eine gute Sklavin darf nicht lügen. Eine gute Sklavin darf nicht lügen. Eine gute Sklavin darf nicht lügen –

25

Nicole ruft an. Sie hat den sadistisch veranlagten Fotografen mit dem »Wahnsinnskörper« aus dem KK mit nach Hause genommen, und er möchte mehr. Sie hat zudem vielversprechende Antworten auf ihre Anzeigen bekommen. Ich höre nur mit einem Ohr zu, bin völlig unkonzentriert, und habe Angst vor der Frage, die dann natürlich auch kommt: »Und wie geht es dir?« Ich kann so schlecht lügen! »Durchwachsen«, sage ich. »Ich weiß es nicht. Ich muß nachdenken. Ich rufe dich am Wochenende an.« Ich halte Nicole für zu jung, zu unerfahren, um mir in dem Gefühlschaos helfen zu können, das plötzlich in mir ausgebrochen ist. Ich rufe Sato an, der lange mit mir telefoniert, dann holt er mich ab, und wir gehen gemeinsam durch den um diese Zeit stockfinsteren Park in eine Kneipe auf der anderen Seite, wo wir uns bis spät in die Nacht unterhalten. »Warum wolltest du denn nicht alleine durch den Park gehen? Hast du denn keine Vergewaltigungsphantasien?« kann er sich zu scherzen nicht verkneifen, während wir über die Kieswege wandern. »Aber sei unbesorgt, Marie, die Vergewaltiger, für die dieser Park bekannt ist, können kommen«, denn: Er hat eine Kampfsportausbildung, erzählt er und versetzt mich damit in Erstaunen. Ich denke daran, wie ich ihm im KK die Arme auf den Rücken drehen konnte, aber nun, Kampfsporttechnik hat ja nicht unbedingt etwas mit physischer Kraft zu tun, nicht wahr, und ich bin ihm natürlich dankbar dafür, daß er mich nicht sofort über seine Schulter auf den Fliesenboden geworfen hat, als ich ihn provozierte. Soviel Güte habe ich bestimmt nicht verdient – falls es Güte war und nicht doch Unvermögen. Meine Neugier auf Sato, der sich für mich interessiert und mich auf nette und zugleich fordernde Art umwirbt, seit ich das erste Mal den KK betreten habe und ihm als Stammgast natürlich sofort als Szeneneuling ins Auge sprang, ist einer der Gründe für meine momentane Verwirrung. Es ist nicht mehr als Neugier auf mein Abschneiden bei einem Kräftemessen mit diesem freundlichen Mann, glaube ich, an dem mir manches suspekt erscheint, manches geradezu lächerlich, und der dennoch einer der härtesten Männer der Szene sein soll – was für eine reizvolle Diskrepanz zwischen seinem Ruf und meiner eigenen Wahrnehmung, was für eine herausfordernde Widersprüchlichkeit! D. verbietet auch nur eine einzige Nacht mit Sato noch strenger als die Extravaganza. D., der Mann, in den ich mich vielleicht gerade verliebe, vielleicht schon verliebt habe, was ein weiterer Grund für meine Verwirrung ist, D., der in meinen Alltag eingreift, indem er mir die Entscheidungen über den Besuch von S/M-Feten und mein Sexualleben außerhalb unserer Liaison abnimmt, wodurch ich mich alles andere als befreit fühle. Ich soll mich auch nicht befreit fühlen, sondern versklavt, verdammt. Was glaube ich denn, was erwarte ich denn, was stelle ich mir denn vor? Muß ich mir nicht genau das vorstellen, was geschieht? Wer bittet denn um Erlaubnis, anstatt einfach zu schweigen, als ob sie instinktiv wüßte, was sich gehört? Vermute ich, daß es sich so gehört, oder will ich es sogar? Und warum stehe ich dann jetzt ratlos vor selbstgewählten Schranken? Ich weiß gar nichts mehr –

»Nichts gehört sich irgendwie«, lacht Sato mich aus, als wir uns endlich in der Kneipe gegenübersitzen. »Das ist alles albern. Du bist eine erwachsene Frau und hast gerade eine wunderbare S/M-Party versäumt. Du hast eine jahrelange Beziehung hinter dir und sie endlich soweit verarbeitet, daß du zum ersten Mal neugierig auf verschiedene Männer bist, und jetzt läßt du dir verbieten, das auszuleben, obwohl du dich definitiv nicht wieder an eine Person binden willst. Auf solche Freiheiten kannst du doch nicht durch einen Vertrag zugunsten einer Person verzichten, die du noch kaum kennst, das ist einfach lächerlich.«

»Aber es gibt doch solche Verträge –«

»Natürlich gibt es solche Verträge, aber sie haben meiner Meinung nach nur innerhalb einer langfristigen Beziehung ihren Sinn, die sich auf ein solches Versprechen hinentwickelt hat, und selbst dann ist es oberstes Gebot, daß die Partner im Alltag gleichberechtigt sind, und S/M-Veranstaltungen und dein Interesse an anderen Menschen sind Dinge, die dir jetzt wichtig sind, die vielleicht Bestandteil deiner Entwicklung sind. Du kannst dir doch nicht die Entwicklung deiner Persönlichkeit aus der Hand nehmen lassen, nur um mal auszuprobieren, wie ein strenges Herr-Sklavin-Verhältnis aussieht. Das müssen doch zwei Ebenen bleiben.«

»Ihr müßt euch zusammensetzen und eine Grundabsprache treffen«, sagt er in mein nachdenkliches Schweigen, bevor er mir ein weiteres Glas Bitter Lemon holt, weil selbst ihm schon aufgefallen ist, daß ich zu wenig trinke.

Vielleicht hat er recht, und wir müssen reden, D. Ich habe in den letzten Tagen viel darüber nachgedacht, warum es mir so unmöglich erscheint, jemals anders als erzwungen devot zu sein, und richtigerweise bin ich nur gezähmt, nicht devot, wenn ich nur widerwillig gehorche. Ich bin überzeugt, daß richtige Devotheit Liebe voraussetzt. Und ich kann nicht lieben – nein, das ist falsch. Ich kann lieben, ich weiß es, ich habe einmal sehr lange geliebt – und es war ein Fehler, eine von wechselseitiger symbiotischer Abhängigkeit geprägte Beziehung, aus der nichts bleiben durfte, nach deren Ende ich vor der Wahl stand, mir zu düsterer Musik im Schein der Kerzen die Pulsadern aufzuschneiden, in Längsrichtung natürlich, wie es sich gehört, nachdem B. uns dann doch nicht umgebracht hatte, oder endlich, mit fast 25 Jahren, alleine überleben zu lernen. Ich entschied mich aus einem hartnäckigen Rest von Neugier (oder Feigheit) für letzteres und entwickelte mich in weniger als einem Jahr von der Nichtschwimmerin zur Hochleistungssportlerin, was den Kontakt zu anderen Menschen angeht. Ich bin gar nicht introvertiert, lerne ich über mich selbst, und diese Erkenntnis ist so neu und faszinierend wie die Entdeckung meines eigenen sexuellen Erlebnishungers – ich möchte nicht zurück. Nicht zurück zu B., nicht zurück in die Fesseln der Liebe. Noch nicht. Nein, das sind nicht die Fesseln, die man mir anlegen soll, und jetzt, wo sich D. dies zu tun anschickt, vielleicht ganz ohne Absicht, blicke ich in wilder Panik um mich, um den schönen X, den Y mit dem diabolischen Blick, den geistreichen Z zu sehen, die den Zauber von D. nehmen sollen, damit ich ihn ein bißchen lieben kann, wie es eine Sklavin wohl tun muß, anstatt mich dagegen völlig zu sperren aus Angst, dabei mein Herz zu verlieren. In meinen Gedanken versuche ich ihm das zu erklären, in meinen Gedanken entwerfe ich Briefe an ihn, in meinen Gedanken schreibe ich: Ich brauche Dir nichts vorzumachen, Du hast es längst zwischen den Zeilen gelesen, und Du hast von meiner Angst vor diesen Gefühlen gelesen. Ich kann sie nicht zulassen, wenn mir die Ausschließlichkeit unserer Beziehung das Gefühl gibt, mich Dir viel mehr auszuliefern als durch eine Affäre, wenn der Gedanke an Dich anfängt, meine Tage aufzufressen, nachdem ich endlich soweit war, daß B. diese Macht nicht mehr hatte. Die Sehnsucht nach Dir würde mein eigenes Leben entleeren, während Du noch ein zweites mit Freundin und Kind neben den Stunden mit mir hast, in das Du zurückkehrst, nachdem Du mir noch einmal von der Straße aus zugewunken hast, und nach dem ich nie frage. Es hört sich schizophren an, wie eine blöde Ausrede in deinen Ohren, die aber nur den Namen Sato hören, den Du vielleicht auf gewisse Art als Konkurrenten empfindest, während es doch gar nicht nur oder konkret um ihn geht: Ich kann Dich nur lieben, wenn ich daneben frei bin, wenn ich mein Netz weiterknüpfen kann, wenn ich *versuchen* kann, mich nicht ganz auf Dich einzulassen, Dich nicht zum Absoluten werden zu lassen; dann kann ich Dich »gefahrlos« lieben, mich in unsere Beziehung fallenlassen. Bitte versteh doch: Gebranntes Kind scheut das Feuer, bis es Zeit hatte, den Schmerz zu vergessen.

Und ich traue Dir nicht, ich kann nicht einschätzen, was Du eigentlich von mir möchtest. In drei Monaten wäre ich wieder frei zu tun, was ich will, sagst Du, wenn ich über Deine Verbote jammere – möchtest Du mich damit darauf hinweisen, daß ich ja unser Vertragsende nutzen kann, unsere Liaison zu beenden, wenn mich Deine Forderungen so quälen, wie ich behaupte, oder weißt Du schon heute, daß Du mich am einunddreißigsten Juli wieder aus Deinem Leben gehen lassen (hinausschicken) wirst, weil ich dann nicht mehr interessant bin? Geht es nur darum, die Anfängerin zu entjungfern?

Siehst Du nicht, um wieviel stärker als die eines jeden anderen Deine Position selbst dann ist, wenn Du mir die Entscheidung über den Besuch von S/M-Feten und eventuelle Sexualkontakte wieder so überläßt, wie es sich für eine selbständige erwachsene Frau gehört, da ich doch einzig Dir über alles und jeden Bericht erstatte? »Kannst du überhaupt treu sein?« hast Du mich mal gefragt, und ich mußte lachen, weil ich fast sieben Jahre lang keinen anderen Mann als

Mann registrierte als meinen damaligen Freund, ich war noch nicht einmal in Gedanken untreu, und werde sofort wieder monogam sein, wenn ich wieder richtig lieben kann, ohne Netz und doppelten Boden, aber jetzt, jetzt, jetzt – sei doch verdammt nochmal ehrlich, es kann nicht in Deinem Interesse sein, wenn ich zuviele Gefühle für Dich entwickle, denn das ist definitiv nicht das, was Du wolltest. Es ist auch nicht das, was ich will, und die Situation macht mich unglücklich, wo ich genießen können sollte – ja, ich weiß, in unserem Vertrag steht es andersherum, und Du bist nicht für mein Glück verantwortlich – aber es gibt in einem solchen Anfangsstadium einer Beziehung doch noch einen Rest Realität, nicht wahr? Und selbst in der ganzen Tiefe einer S/M-Beziehung steht der einseitigen Verpflichtung der Sklavia die Pflicht ihres Herrn gegenüber, ihr die Welt zu Füßen zu legen, sagen Sato und H. voller Überzeugung. Letzterer rief mich vorgestern an, um sich eine Stunde lang mit mir zu unterhalten, und äußerte dabei seine Befürchtung, Du könntest schon eifersüchtig reagieren, wenn er mich küssen würde. Du würdest ihm auch gar nichts mehr erzählen. »Ich kenne D. so gar nicht«, meinte er. »Ich hoffe, er weiß, was er tut. Kümmert er sich denn um dich, wie es sich für einen anständigen Herrn gehört?« Der Satz ließ mich schaudern, weil er der Sache einen solchen Ernst verlieh; es ist, als ob irgendwo die Zeit stehengeblieben ist, und die Frau ist wieder untertan und zugleich doch so verwöhnt, bewundert, geliebt, beschützt – und mir wurde dadurch auch klar, daß Sato irgendwie recht hatte, als er sagte, daß nicht eine quasi-juristisch abzufassende Verpflichtung alleinige Grundlage für ein solches Verhältnis sein kann, daß es Zeit braucht, um sich zu entwickeln. Du mußt uns Zeit geben, D. Ich werde es Dir morgen sagen, wenn Du Deinen schon zur Gewohnheit gewordenen, verhaßt-geliebten Anruf um halb acht Uhr morgens tätigst.

26

Mariechen war allein zuhaus', das nutzte ihr Gebieter aus –

Er möchte ein Bad nehmen, erklärt er, sobald wir nach dem Frühstück im Café Senti die Wohnung betreten haben. »Ist okay«, sage ich, als ob ich auch »ist nicht okay« hätte sagen können, und drehe das Wasser an, lasse ein paar Tropfen von Aljas Schaumbad in die Wanne laufen, während er noch einmal in mein Zimmer geht und mit zwei kürzeren Seilen und der Leine zurückkommt, die er auf die Anrichte legt. Dann steht er vor mir und fordert mich auf, ihn auszuziehen, und ich gehorche widerspruchslos und wundere mich selbst darüber. Es fällt mir noch immer nicht leicht, nein, aber es ist unter all den Anforderungen eine derjenigen geworden, die die auf Widerstand folgenden Konsequenzen nicht lohnen. Mit anderen Worten: Ein echter Erziehungserfolg. Diese Stufe haben wir also hinter uns gelassen – aber noch lange nicht die nächste, denn als er im warmen Wasser liegend von mir, die ich vor der Badewanne auf dem Boden knie, gewaschen werden möchte, reagiere ich nicht.

»Aha, soweit sind wir also noch nicht«, stellt er selbst fest, in seiner Stimme ein Seufzen über die noch nötige Arbeit, um aus dieser Frau eine gefügige Sklavin zu machen. Hat er sich nicht schon soviel Arbeit mit mir gemacht, daß es nur angemessen wäre, wenn ich ihn einmal ohne Widerspruch verwöhnen würde? Aber vielleicht hat mein vorheriger Mehr-night-stand-Meister G. mich verzogen, als er mit mir badete, mich an sich drückend und sanft streichelnd, bevor er mich gewaschen hat, und jetzt bleibt es an D. hängen, mir diese Erwartung mühsam wieder austreiben zu müssen, was bleibt ihm übrig, aber was er macht, macht er gründlich, und nachdem er mit mir fertig ist, werde ich ein gemeinsames Bad scheuen wie einen Besuch beim Zahnarzt. Noch erfreue ich mich innerlich an meinem erfolgreichen Widerstand, denn er besteht nicht auf seiner Forderung, statt dessen soll ich zu ihm kommen; aber das Halsband soll ich anlassen und die Leine und das Seil mitbringen.

Ich denke an Nicole, die auf ihre Suchanzeige in der »Harten Welle« eine Zuschrift bekam, in der der Schreiber ihr einen dezidierten, mit einer Zeichnung versehenen Plan vorlegte, wie er sie sogar in einer Badewanne festbinden könne. Sie hat darüber gelacht und will mir den Brief unbedingt noch zeigen.

Meine Badewanne ist ein Geschenk meiner Vormieterin, die eine alte Dame war und eine am linken und rechten Wannenrand befestigte Haltestange brauchte, um hinein- und herauszusteigen, und daß diese Vorrichtung geradezu ideal ist, um jemanden daran zu fesseln, war D. schon aufgefallen, als er mein Badezimmer zum ersten Mal sah.

Er muß nicht lange überlegen, dann kann ich meine Arme nicht mehr, meinen Kopf nur noch eingeschränkt bewegen, und noch immer ahne ich nicht, was wir heute »üben« werden, bis er kalt sagt: »Mach dein Maul auf, Süße«, und mir schlagartig klar wird, daß er nicht will, daß ich ihm einen blase.

»Na los«, wiederholt er, »jetzt mach schon«, und ich fange bereits an, leise vor mich hin zu schluchzen, bevor mich die ersten Ohrfeigen treffen, die so heftig sind, daß grelle Blitze vor meinen Augen zucken, dann hält er mir die Nase zu, und mein Mund öffnet sich au-

Komatisch, aber statt Luft kommt diese verhaßte Flüssigkeit, und ich muß schlucken, um atmen zu können, bekomme Panik, versuche meinen Kopf abzuwenden, den er mit einem festen Griff in meine Haare unbeweglich festhält, und auch meinen Mund zwingt er wieder auf, ich keuche, es kommt mir endlos vor, meine Tränen gehen unter in all der Nässe, die jetzt in meinem Gesicht, in meinen Haaren, überall ist.

Seine Stimme scheint von weit oben zu kommen: »Mein Gott, du bist wirklich versaut.« Kein Widerspruch ist möglich gegen dieses falsche Erstaunen, auch als endlich alles vorbei ist und er mir wieder gegenüber sitzt und mir der ganze Raum so still vorkommt, als ob er vorher voller Schreie gewesen wäre.

Meine nassen Haare kleben an meinem Kopf und fallen deswegen nicht schützend vor mein Gesicht, das seiner Beobachtung preisgegeben ist, so daß er jede Phase des Kampfes um die Rückkehr meines Stolzes verfolgen kann, und er wartet geduldig, bis mein Gesicht den Satz widerspiegelt: *Was auch immer du heute noch von mir willst, du wirst es nicht erreichen, was auch immer du dann mit mir tust, es wird mir egal sein.*

Ich höre ihn leise lachen.

»Du wirst dir die Haare waschen müssen«, sagt er und steht auf. »Ich warte in deinem Zimmer auf dich. Wir werden schließlich der Demütigung noch den Schmerz folgen lassen müssen, um dich richtig glücklich zu machen.«

Ich hasse ihn – und bringe doch folgsam die Leine und das Seil mit in mein Zimmer. Nicht folgsam, korrigiere ich mich selbst, gleichgültig. Gleichgültig knie ich vor ihm nieder, gleichgültig registriere ich, wie er die Leine an meinem Halsband festhakt, und mit einer geradezu stoischen Gelassenheit nehme ich es hin, daß wir vor dem Schmerz doch noch eine Runde Demütigung einlegen, die sich diesmal nicht auf mein Zimmer beschränkt, wo wir aber natürlich wieder enden, vor meinem Bett, das Bettpfosten und Gitterstäbe hat, an die man Arme und Beine ausgestreckt fesseln kann, und dann stehe ich jeglicher Bewegungsfähigkeit beraubt vor ihm und empfange meine Schläge, leider nicht, ohne mit der Wimper zu zukken. Er füttert mich zwischendurch mit Schokoladestückchen. Es ist meine eigene Schokolade, von der ich ihm anbiete, wenn er bei mir ist, doch als ich vorhin aus dem Bad kommend selbst nach einem Stück gegriffen habe, hielt er meine Hand fest.

»Wenn ich bei dir bin, tust du nichts ohne meine Erlaubnis«, erinnert er mich und hält ein Stückchen vor mir in die Luft, damit ich wie ein Hund danach schnappe. Ich bin aber kein Hund.

»Dann eben nicht«, sagt er.

»Dann eben nicht«, sage ich und sehe zu, wie er es selber ißt. Habe ich eigentlich jemals erwähnt, daß ich eine stolze Frau bin?

27

Nach einer in den Straßen Berlins durchlebten wilden Nacht und sieben Stunden Zusammenseins mit D. schlafe ich vor dem Sofa auf dem Boden sitzend an sein Knie gelehnt ein, und trotzdem bemerke ich noch, daß er mich gänzlich vor sich auf den sonnenbeschienenen Holzfußboden bettet, wo ich liege, bis mich ein Schlagzeugeinsatz auf meiner CD wieder weckt. D. steht vor mir. Er hat sich wieder angezogen. Er muß gleich gehen und mir vorher noch ein paar Abschiedsworte sagen. Heute habe ich wirklich Grund, dankbar zu sein, denn mein Herr hat mir Wertvollstes geschenkt, erst seinen Urin, dann sein Sperma. Ersteres soll neuerdings wieder gesund sein, obwohl es doch eigentlich die Schwermetalle und andere Gifte aus dem Körper spült. Mit letzterem hat er mir Gesicht und Brust eingerieben, obgleich noch gar nicht erwiesen ist, daß es gegen Pikkel schützt. Ich bin aber zu müde, um so frech zu sein, ihm das zu sagen. Ich bin auch zu müde, um mich zu bedanken. Und viel zu müde, um mich dafür zu entschuldigen, daß ich mich selbst nicht in einem Zustand erhalten habe, der es mir ermöglicht, ihm meine ungebrochene Aufmerksamkeit zuteil werden zu lassen, wenn er schon angemeldet zu mir kommt.

Aber diese eigentliche Verfehlung scheint er gar nicht bemerkt zu haben.

28

Ich komme kurz vor neun Uhr früh aus dem KK zurück. Die Wohnung ist leer, Alja ist bei ihrem Freund, Karin wird erst am Montag aus England zurückkommen. Das rote Lämpchen des Anrufbeantworters blinkt. Zwei Nachrichten. Ich lächele. Ich bin um zwei Uhr nachts aus dem Haus gegangen, also müssen die Anrufe von heute früh sein, und so früh in meiner WG anzurufen traut sich nur einer. An einem Sonntag! Nun gut, er wußte ja, daß ich heute allein sein würde. Seine Stimme verleiht seinem Unglauben darüber Ausdruck, daß ich um acht Uhr noch immer nicht zu Hause sein könnte, also steh auf, verdammt noch mal, was soll denn dieses Spielchen! Ich lache und überlege gerade, ob ich mir die Nachricht nochmal anhören soll, als es an der Tür klingelt.

»So gehst du also weg, wenn ich nicht dabei bin«, sagt er und mustert mich von Kopf bis Fuß; Ledercorsage über Satinrock über Lederstiefeln, Handfesseln und Halsband. Der noch vorhandene Lippenstift zeugt jedoch davon, daß ich es nicht annähernd so wild getrieben haben kann, wie er es mir immer unterstellt.

»Das steht dir aber wirklich gut«, sagt er mit einem leichten Lächeln (der Anerkennung? Der Ironie?).

»Du siehst aus, als könntest du es kaum noch erwarten, genommen zu werden.« (Der Ironie!)

»Hast du schon gefrühstückt?« fragt er.

»Ich bin selbst erst vor zwei Minuten durch diese Tür gekommen«, sage ich. »Falls du mal fühlen willst, ich bin noch schweißnaß vom Tanzen.«

»Tatsächlich. Na, dann laß uns mal in die Küche gehen.«

In der Küche stapeln sich Müllberge. Die Entsorgung ist normalerweise Karins Aufgabe, und weder Alja noch ich haben sie während der letzten vierzehn Tage freiwillig übernommen, und jetzt hat sich Alja bis nach Karins Rückkehr aus dem Staub gemacht, und ich bin nicht so naiv zu glauben, daß sie mir damit am Wochenende eine sturmfreie Bude verschaffen wollte. In umgekehrt proportionalem Verhältnis zu den Müllbergen stehen meine Lebensmittelvorräte. Eine Tiefkühlpizza für Notfälle ist das einzige, was noch als halbwegs adäquates Frühstück in Betracht kommt.

»Ißt du eine halbe Pizza mit?« frage ich ihn.

»Ich habe zwar auch noch nicht gefrühstückt«, sagt er, »aber eigentlich wollte ich dich frühstücken – wir können trotzdem mit Pizza anfangen, bevor wir den Küchentisch entweihen.«

Während die Pizza noch im Ofen ist, habe ich den Tisch freizuräumen und sauberzumachen, während ich meine Hälfte esse, beobachtet er mich, während er seine Hälfte ißt, liege ich mit gespreizten Beinen wie auf dem Präsentierteller vor ihm auf dem Tisch. Er scherzt, ob sich wohl auch die Lippen dort unten für ein Stück Pizza öffnen würden, und ich erwidere, daß ich ihm auch diesen Versuch wie jede andere Perversion zutrauen würde. Aber halt, ich werde übermütig, warnen seine Stimme und sein Blick, und als eine erste Maßnahme gegen zuviel Lockerheit bitte die Arme nicht hinter dem Kopf verschränken, um es bequem zu haben, sondern ausstrecken.

»Eigentlich macht man das mit Sekt«, sagt er langsam, während er mir kühles Mineralwasser zwischen die Beine laufen läßt, und ich sehe ein, daß es dann nur angemessen ist, wenn er unsere letzten

Reserven dafür verwendet. Eigentlich macht man es mit Milch, dachte ich immer, aber ich werde ihn sicherlich nicht darauf hinweisen, denn meine Milch ist nach zwei Tagen im Kühlschrank garantiert eiskalt.

Er beobachtet mich, und wie immer hält mein Blick seinem nicht lange stand, und ich drehe meinen Kopf zur Seite und schließe die Augen. Diese alte Kindheitsillusion: Wen ich nicht sehe, der sieht mich auch nicht. Sieht mich nicht so, in diesem Zustand, halb entblößt und vermutlich mit einem Gesichtsausdruck, der die Mischung aus plötzlicher Scham und dem Gefühl, das er altmodisch und fast tadelnd als meine Wollust bezeichnet, nicht verbergen kann, als er mich jetzt dort unten berührt, aber nein, kein Mann hat es bisher je geschafft, mich damit über einen Zustand der Erregung hinaus zu treiben, ich mache es mir ja nicht einmal selbst so – und dann ist das Gefühl plötzlich da, ich höre mich stöhnen, ich höre mich lachen, ich komme,

einmal,

zweimal,

dreimal,

bitte nicht weitermachen, ich kann nicht mehr, nicht noch einmal, nicht jetzt, wo mir plötzlich klar wird, was da gerade passiert ist und welche Macht er durch dieses Können über mich gewinnt, und natürlich ist ihm das ganz genau bewußt. Sein leise triumphierender Blick wartet schon auf mich, als ich die Augen öffne.

»Ich will nicht, daß du das kannst«, sage ich hilflos.

»Ich habe dir doch gesagt, daß ich es kann«, antwortet er ruhig.

29

Seine Fingernägel hinterlassen eine Zeichnung auf meiner Haut, seine Finger ziehen an meiner Brustwarze, bis ich zu wimmern anfange, während seine andere Hand mir zärtlich in die Haare greift. »Was für ein wunderbares Spielzeug du doch bist«, sagt er. »Ich habe eine Jurastudentin als Spielzeug. Eine richtig intelligente Frau. Vielleicht sogar intelligenter als ich – um so reizvoller, sie zu beherrschen, nicht wahr, meine Süße?«

D. ruft an. Ich soll mit Sato sprechen. »Wir werden ›Geschichte der O‹ spielen«, sagt er, und er wird mich Sir Stephen ausliefern.

»Moment«, sage ich, »ich möchte, daß du Sir Stephen bist, nicht er.«

Er lacht. Nun ja, meint er, er wüßte ja nicht, was Sato auf ihn selbst für eine Ausstrahlung hätte, vielleicht würde er ihn so sehr bewundern, daß er mich ihm verkaufen würde.

Abweichend von der Originalvorlage möchte er aber weder wie Sir Stephen noch René zusehen, wie seine O mißhandelt wird, sondern, daß eine weitere Frau, vielleicht Satos derzeitige siebzehnjährige Sexualpartnerin, dabei ist, damit auch er zu seinem Vergnügen kommt, wie er es ausdrückt.

Es gibt mir einen richtigen Stich.

»Du möchtest mich eifersüchtig machen«, sage ich.

Er lacht wieder.

»Du denkst immer nur an dein Vergnügen«, sagt er, »dabei hast du mir einen Vertrag unterzeichnet, in dem es genau andersherum steht.«

Ich würde es nie als »mein Vergnügen« bezeichnen, diese Mischung aus Erregung und Angst, die mich bei der konkreten Vorstellung, so schnell mit D. und Sato gleichzeitig zu tun zu haben, erfüllt, aber er hat recht, ich dachte insofern ausschließlich an mich, als es kein richtiges Opfer für D. gewesen wäre. Jetzt wird es eins sein – denn was auch immer Sato mit mir macht, wird davon überlagert werden, daß ich D.s tiefe Stimme zu einer anderen Frau sprechen höre, und niemand wird wissen, daß es das ist, was mir die Tränen in die Augen treibt, und so hat er es erreicht, daß eine Geschichte mit Sato auch nicht mehr im entferntesten den Ruch hat, meine Interessen zu berücksichtigen, jetzt hat er es geschafft, daß mich die Übergabe an ihn verletzt, daß ich zu einem Tauschobjekt reduziert bin – zu nur mehr seinem, nicht meinem Vergnügen, wie es sich gehört. Aus einer drohenden Schwäche heraus hat er eine plötzlich um vieles stärkere Position eingenommen, und ich muß zugeben, daß ich beeindruckt bin. Die andere Frau ist nicht der Preis, den Sato zahlen muß, um meine Herausgabe zu erreichen, ohne daß der Stolz meines »Herrn« verletzt wird, sie ist das Mittel, um wirklich ein Opfer von mir zu verlangen, sie ist die eigentliche Demütigung, um aus einer Geschichte mit ihm D.s und meine Geschichte der O zu machen. Schon jetzt macht mich der Gedanke Sato gegenüber gefügig und D. gegenüber stumm. Schon jetzt habe ich Angst, meine eifersüchtigen Gefühle nicht genug unter Kontrolle halten zu können, wenn es soweit ist. Ich möchte nicht vor D. aus Eifersucht weinen!

Und habe entdeckt, daß es eine noch viel schwierigere Aufgabe gibt als das Danke sagen, denn meinem Vertrag nach, so bemerkt D. zutreffend, müßte es mir eine Freude sein, ihm tolle Frauen zuzuführen, mit denen er dann seinen Spaß haben kann. Ich hatte nicht geglaubt, daß er solche Interessen haben könnte – unsere Beziehung hatte immer so etwas Intellektuelles, so etwas Einzigartiges (für *mich*).

Es tut richtig weh. Ich glaube, daß mich nichts so sehr in meinem Stolz verletzt wie die Tatsache, nicht die einzige zu sein. Und plötzlich verstehe ich problemlos D.s Gefühle Sato gegenüber. So intelligent ich in D.s Augen auch sein mag, das hier ist ein Beweis dafür, daß man manche Dinge nicht mit dem Verstand, sondern nur über die Gefühle begreifen lernen kann.

Ich soll alles in die Wege leiten, was im Erfolgsfalle mit einem teuren Halsband belohnt werden wird. Doch plötzlich ist es keine nette Verabredung mehr, wenn ich mit Sato spreche. Plötzlich biete ich mich im Auftrag meines Herrn im Tausch gegen eine andere Frau an, biete an, daß man mich in eine für mich wirklich schwer erträgliche Situation bringt. Komisch, noch gestern dachte ich daran, daß es erst richtig schlimm wäre, im KK oder auf einer S/M-Party mehreren Männern zur freien Verfügung gestellt zu werden, wenn du den Menschen, der das tut, so liebst, daß du freiwillig monogam sein möchtest. Heute merke ich, daß ich diese Grenze schon mit einem Fuß überschritten habe. Heute erinnere ich mich an Satos Worte: Es gibt nur eines, was härter ist als ein Rohrstock, und das ist eine Nilpferdpeitsche. Falsch! Wirklich niederschlagen können uns nur unsere Gefühle.

Und ich werde Sato gegenüber stumm und respektvoll sein, weil D. anwesend ist – und ich möchte Sato gegenüber nicht respektvoll sein!

Und ich frage mich, was größer ist: die Angst oder die Erregung?

31

Ich rufe meine Mutter an.

»Hilf mir«, sage ich. »Ich habe mich verliebt.«

»Na und?« sagt meine Mutter.

»Ich möchte das nicht«, sage ich, »all diese Gefühle, die Gedanken, der Schmerz, der irgendwann kommen wird, wenn es wieder zu Ende ist.«

»Wie typisch für dich, gleich wieder ans Ende zu denken«, sagt meine Mutter. »Genieß es doch einfach. Laß dich doch einfach fallen und genieße es.«

»Es wird wehtun!« sage ich. »Ich mache mich verletzlich, und nochmal solche Monate wie nach der Trennung von B. halte ich nicht aus, mehr noch, ich will gar nicht mehr in die Gefahr geraten, daß irgend etwas so wehtun könnte.«

»Irgendwann muß man immer bezahlen«, sagt meine Mutter. »Wenn du das nicht willst, dann mach gleich morgen Schluß mit ihm.«

»Unmöglich«, sage ich.

»Na, siehst du«, sagt meine Mutter, »was willst du dann eigentlich von mir?«

32

Ich bin gehorsam und spreche mit Sato, der seinem Ruf nicht gerecht würde, wenn er D.s Vorschlag nicht äußerst ansprechend fände. Am besten gleich morgen nach dem KK, meint er.

Ich rufe D. an, um Bericht zu erstatten.

»Du hast es wirklich getan«, sagt er. »Du bist wirklich heiß darauf, was? Obwohl du doch mittlerweile weißt, wer den höchsten Preis dafür bezahlen wird.«

Ich bin verwirrt.

»Was soll das heißen?« frage ich. »Du hast doch gewollt, daß ich mit ihm spreche. Du hast doch gesagt, daß ich ihn am besten noch gestern hätte anrufen sollen.«

»Von mir aus hätte das alles noch mehrere Wochen Zeit gehabt.«

Bis er mich der Situation aussetzt, daß er etwas mit einer anderen Frau macht, denn das ist der höchste Preis, und den habe ich zu zahlen. Bin ich wirklich so schwer von Begriff, daß ich nicht gemerkt habe, daß es ein Test war – ob ich interessiert genug an Sato bin, um auszuhalten, was mir durch meine Gefühle für D. so schwer erträglich erscheint. Habe ich versucht, D. zu bitten, es nicht zu tun – nein. Es stand nie zur Debatte, es nicht zu tun, erschrecke ich mich.

Sato war da, stellte im KK Besitzansprüche zur Schau, zieht seine enger werdenden Kreise um mich, wirbt mit Untreue, die keine Spuren hinterläßt, und D.s Ehrfurcht ihm gegenüber macht diesen konfusen Mann zu einem Mysterium – was an ihm ist denn so reizvoll, daß alle diese Achtung vor ihm haben, die ich so gar nicht spüre?

Und da klar war, daß es (früher oder später einmal) passieren würde, stellte sich nur die Frage, ob D. es einfach zulassen oder der Angelegenheit sein eigenes Gepräge geben würde. Und die Art, wie er ihr sein eigenes Gepräge gab, machte es zu einer reinen Angelegenheit zwischen ihm und mir, und bei aller Härte der Situation gefiel es mir, daß es doch vorrangig um ihn und mich, nicht um Sato und die andere Frau gehen würde. Als eine wirklich harte Aufgabe hätte es erregend sein können, aber nur, wenn der Wunsch danach von D. selbst gekommen wäre. Gestern dachte ich in meiner Naivität genau das, vor allem, weil er so interessiert tat und auf einen schnellen Termin drängte, gar eine Belohnung für den Erfolgsfall versprach. Und nun sagt er mir, daß er es für eine solche Aufgabe eigentlich für viel zu früh hält, und daß ich die Entscheidung selbst hätte treffen können, immer noch treffen könne. Und damit wäre ich selbst es, die ihn »hergibt« für ein Erlebnis mit Sato. Es ist keine Aufgabe mehr, die ich auszuhalten habe, sondern eine von mir selbst herbeigeführte Situation.

»Überleg es dir noch einmal«, sagt er und läßt mich wirklich verzweifelt zurück, denn ich bin es, die Sato weiterhin ständig begegnen wird, und wie sollte es jetzt ohne eine ganz große Blöße ein Zurück geben. Und doch: Nein, ich kann es nicht, ich kann es nicht, ich kann es nicht – fühle mich hilflos und verarscht und weiß genau, daß ich es nicht aushalten könnte, nicht die einzige zu sein, wenn schon nicht die einzige Frau, dann die einzige Frau, mit der er S/M praktiziert. Nein, das wäre mir das Erlebnis mit Sato nicht wert – und wie gibt es ein Zurück, und ach Marie, wo hast du nur deinen Verstand gelassen, daß du erst jetzt siehst, was du gleich hättest merken müssen?

33

Wir telefonieren.

»Und – hast du es dir überlegt?«

Ich bin wütend.

»Du hast mich nach Strich und Faden verarscht«, sage ich.

Er lacht: »Oh, du bist ja richtig sauer.«

»Das ist nicht komisch. Es ist verdammt nochmal nicht komisch!«

»Okay, ich bin jetzt ganz ernst.«

Meine Stimme zittert leicht, und meine Gedanken sind zu schnell, um in logischer Reihenfolge ausgesprochen zu werden.

»Es war ein Test, nicht wahr?« sage ich leise. »Es war ein Test, wie wichtig er mir ist, wie wichtig du mir bist.«

»Das hast du sehr gut erkannt«, sagt er ernst, »wirklich präzise auf den Punkt gebracht.«

»Nur eben zu spät erkannt«, sage ich bitter. Mir ist sehr danach, ihn anzubrüllen.

»Deswegen habe ich die Hürde so hoch gesetzt«, erklärt er, ohne auf meine letzte Bemerkung einzugehen. »Für ihn. Und für dich, weil ich ja schließlich weiß, wie du in der Beziehung fühlst. Ich wollte dich damit wirklich zum Nachdenken bringen.«

»Ich habe dich mißverstanden«, sage ich. »Ich dachte, du willst es so. Ich dachte, es ist eine erregende Vorstellung für dich. Ich dachte, es ist etwas, was du mir abverlangst. Sato sah es so, als ich ihm von meiner Eifersucht erzählte – denn ich habe ihm wirklich davon erzählt, weißt du. Und er sagte, genau darum ginge es ja zwischen dir und mir.«

»Darum ginge es ja auch – irgendwann. Ich weiß nur nicht, ob wir jetzt schon so weit sind. Ob es nicht zu früh ist für eine solche Aufgabe.«

»Warum hast du dann so darauf gedrängt, daß ich ihn so schnell anrufe?«

»Ich dachte nicht, daß du es tatsächlich tun würdest.«

»Ich habe dich wirklich mißverstanden«, sage ich. »Vielleicht bin ich nicht so intelligent, wie du dachtest.« (Vielleicht einfach zu langsam.)

»Möglich.«

»Aber wenn du das nicht wirklich wolltest, dann verliert es seinen Sinn, verstehst du? Die ganze Sache macht keinen Sinn mehr! Ich kann etwas aushalten – für dich, nicht für mich. Wenn du es nicht willst, will ich es auch nicht. Aber ich weiß nicht, wie ich da jetzt mit Würde wieder rauskommen soll.«

»Das weiß ich auch nicht.«

»Ich kann natürlich die ganze Sache abblasen«, fängt er wieder an. »Mir ist mein Ruf nicht so wichtig.«

»Aber irgendwann wird vielleicht was mit Sato passieren. Und du bestehst noch immer darauf dabeizusein. Und das wäre nie wieder möglich, wenn er sich einmal von dir verarscht fühlt.«

»Da hast du natürlich recht.«

–

»Es ist ja so: Natürlich finde ich den Gedanken an eine solche Situation erregend. Es wäre früher oder später sowieso gekommen. Die Frage ist einfach, ob es schadet, wenn es jetzt schon passiert. Und in diese Situation hast du uns mit deinem Interesse an ihm gebracht.«

»Das ist nicht wahr. Erstens hast du die Neugier auf Sato durch deine Bemerkungen über seine Macht selbst geschürt, dieser Wahnsinns-Ruf, der so gar nicht zu ihm zu passen scheint – verstehst du nicht, daß es mich einfach reizt, zu wissen, ob er meinen Widerstand brechen kann? Aber ich hätte nur einfach mal eine Nacht mit ihm verbracht. Diese schwierige Prüfungssituation zu diesem Zeitpunkt – daß du beobachten willst, daß ich mit einer anderen Frau für dich klarkommen muß – ist von dir ausgegangen.« Vorwurfsvoll. Und leise: »Bitte, laß die andere Frau weg. Ich trage das rote Halsband dafür.« Das verdammte rote Hundehalsband, unübersehbar bei meiner ausschließlich schwarzen Kleidung.

»Du darfst dir etwas wünschen«, sagt er, und ich bin noch zu verwirrt von dem Angebot, das zu machen ich mich gerade selbst erniedrigt habe, um diesen Satz als Teil des Sprichwortes »Wenn zwei das gleiche denken, darf man sich was wünschen« zu erkennen.

»Ich muß dir aber wirklich mal etwas von Mann zu Frau sagen«, spricht er schon weiter. »Ich denke, es ist nicht ganz fair, wenn du es mit zwei Männern zu tun haben willst, aber den Männern dann nur eine Frau gönnst.«

»Ich weiß, daß es nicht fair ist – «

»Auch wenn es in unserem Verhältnis natürlich nicht so wie bei H. um eine sexuelle Ausgewogenheit geht«, räumt er selbst ein.

»Aber ich habe dich schließlich nicht gezwungen dabeizusein!« Spiel, Satz und Sieg für mich wegen dieses durchschlagenden Arguments: »Da hast du natürlich recht«, gibt er zu.

»Und für mich ist die Situation jetzt sowieso ganz anders, als ich es wollte, denn ich bin Sato gegenüber ja gar nicht mehr frei, allen Widerstand zu leisten, dessen ich fähig bin, frech zu sein, ihn nicht ernst zu nehmen und so weiter, um zu sehen, was dann passiert, wie weit er geht, weil du dabei bist und deine Anwesenheit mich dann einschüchtert.«

»Du bist vor allen Dingen deshalb nicht frei ihm gegenüber, weil du mir keine Schande machen darfst«, sagt er. »Ich will schließlich nicht durch eine ungehorsame Sklavin blamiert werden.« Er seufzt. »Schon deshalb ist es wahrscheinlich zu früh.«

Verdammt, das hatte ich noch gar nicht berücksichtigt.

»Du wirst aus Anstand ganz schön einstecken müssen«, sagt er, aber seine Stimme klingt nicht mehr besorgt, wahrscheinlich ist ihm jetzt richtig zu Bewußtsein gekommen, daß ich das Hundehalsband zu tragen angeboten hatte – wen würde soviel Gefühl als einziger Grund für die Bereitschaft zu solcher Demütigung nicht mit selbstbewußtseinsförderndem Stolz erfüllen? Ich kann direkt mitansehen, wie aus einem milde gestimmten und deshalb etwas zweifelnden D. wieder mein souveräner Herr wird, der jetzt mit verändertem Tonfall die Forderung wiederholt, mich Sato gegenüber so zu verhalten, daß man sich nicht für mich schämen muß, ja, das erwarte ich schon von dir.

Ich bekomme Panik. »Du mußt ihm sagen, daß ich noch nicht lange in deiner Obhut bin«, sage ich, und plötzlich sind wir wieder voller Ernst mitten in diesem Spiel, »daß ich noch nicht gut erzogen sein kann.«

Das wird ihn freuen, den Altmeister, kein Zweifel, daß ihm das wirklich Freude bereiten wird.

»Ich werde dich ihm übergeben mit den Worten: Hier ist sie. Sie hat es nicht anders gewollt. Und jetzt kannst du mir mal zeigen, wie ein Meister der alten Schule mit so einer umgeht.«

Ich schlucke. D. beginnt zu lachen. »Deine Seelenqualen fangen wirklich an, mir Vergnügen zu bereiten, meine Süße«, sagt er. »Doch, ich finde die ganze Situation durchaus erregend, falls dich das beruhigt. Also gib mir jetzt mal Satos Telefonnummer, damit ich mich mit ihm in Verbindung setzen kann.«

34

Ein Abend im KK mit D.

»Bitte nicht«, flüstere ich, als er mir eine Klammer an die rechte Brust setzt. Objektiv ist sie unter meiner Ledercorsage nicht zu sehen. Subjektiv fühle ich mich splitternackt bis auf diese eine Holzwäscheklammer, die deshalb jedem ins Auge springen muß.

»Bitte nicht hier.« Schlimm genug sind schon die auf den Rücken gefesselten Hände, nach denen plötzlich jemand greift. Ich sehe D. aus den Augenwinkeln etwas abseits stehen und zu mir sehen, also denke ich, es muß Nicole sein, die die ganze Zeit schon wieder nicht mehr von meiner Seite weicht, als ob wir schon dicke Freundinnen wären, und infolge nicht zu knappen Rotweingenusses manchmal mit ihren ironischen Bemerkungen das für mich erträgliche Maß an Humor überschreitet. Ich bin angespannt, weil nicht gänzlich ausgeschlossen ist, daß heute nacht laufen wird, was D. mit Sato besprochen hat. Meine Anspannung macht mich unkonzentriert und gereizt Nicole gegenüber. Und jetzt das – ich drehe mich wirklich wütend um und sehe in Satos lachendes Gesicht.

Er zieht an meinen Armen. »Laß mich«, sage ich, und er lacht, drängt mich mit seinem Körper gegen eine in meiner Brusthöhe am Mittelpfeiler befestigte Gläserablage, es tut weh, weil D. zwei Blutergüsse auf meiner Brust hinterlassen hat, aber viel schlimmer ist es, daß ich mich zum ersten Mal nicht gegen ihn wehren kann, den ich sonst immer aufziehe. Er amüsiert sich köstlich, meine hilflose Wut macht mich verlegen; so sehr ich mich auch gegen ihn zu stemmen versuche – »Laß mich los, Sato, verdammt nochmal!« –

er zieht mich hin und her, und endlich geht D. dazwischen, und Sato läßt mich sofort los und hebt in einer entschuldigenden Geste die Hände: Nichts für ungut, Kollege. Ab diesem Zeitpunkt hält er eine ungewohnte Distanz zu mir und bandelt stattdessen demonstrativ mit Nicole an, die mich gleichzeitig entschuldigend und triumphierend ansieht, aber die Aufmerksamkeit des Herrn über freien Eintritt in den Club und Gratisgetränke sichtlich genießt. Als ich ihn später kurz darauf anspreche, sagt er: »Schau mal, Marie, ich möchte erstens keinen Ärger und zweitens deinen D. nicht verletzen. Er ist ja wirklich ausgesprochen streng, wenn er bei so kleinen Spielereien schon einschreitet.«

»Du brauchst ihn ja nur zu fragen, bevor du dich an mir vergreifst«, sage ich. Ich dachte, das sei klar, nachdem D. ihn angerufen hatte!

Er verzieht das Gesicht zu einem leichten Lächeln und schüttelt den Kopf.

Ich sehe ihn an. »Du willst nicht fragen müssen, sondern dir nehmen, was dir gefällt«, sage ich.

Er lächelt noch immer und nickt, dann legt er einen Arm um Nicole.

Ja, Sir Sato nimmt, was ihm gefällt, wann es ihm beliebt. Nur bei wenigen Frauen dauert es etwas länger und erfordert etwas mehr Hartnäckigkeit. Und fast wäre ich schon weich geworden nach vier Wochen Aufmerksamkeit: Einladungen, Treffen, Telefonate und zuvorkommende Versorgung im KK einschließlich langer angenehmer Nacken- und Schultermassagen zwischendurch. Aber heute abend begreife ich, daß sein Interesse an mir nicht so stark ist, daß er sich für eine »Session« mit mir auf die zwischen D. und mir geltenden Spielregeln einlassen würde, die D. so niveauvoll demonstriert hat, indem er ihn eine Weile mit seinem Eigentum spielen ließ, bevor er es wieder für sich allein haben wollte. S/M-Spielregeln, die Respekt verdienen, den Sato ihnen entgegenzubringen nicht bereit ist. Statt dessen seine Hand auf Nicoles Arsch, die dann neben seiner siebzehnjährigen Freundin und mir die Dritte in seinem KK-Harem sein soll, aber nein, das ist wie beim Mensch-ärgere-dich-nicht-Spiel: Es können nicht gleichzeitig mehrere Figuren auf ein und demselben Feld stehen. Adieu, Sato! Deine Regeln sind dir wichtiger als ich, D.s Regeln sind mir wichtiger als du. Nun kriegst du mich wirklich nur noch über ihn zu fassen. Und das ist auch ganz gut so, denn dann sitze ich nicht allein mit dir vor der Obstschale voller Dressing aus Sperma und Urin, bin nicht allein mit dir, wenn das Ecstasy dich so geil gemacht hat, daß du aus Wut zu heulen anfängst, wenn die Frau nicht mehr kann, und deine Wut darüber der Grund für die Schläge ist. Dein Verhalten an diesem Abend eine kleine unbeabsichtigte

Mahnung an mich, mich nicht aus Neugier unter Wert zu verkaufen – nachdem ich mich doch zuvor schon verschenkt habe. Und dieses Geschenk möchte sein Empfänger um halb vier Uhr früh nach Hause tragen und auspacken dürfen – und so geschieht es, denn es gibt bekanntlich kaum etwas, was er nicht darf, und somit darf er zu Hause angekommen auch fordern, daß ich ihn blase, selbst wenn ich genauso müde bin wie er, vielleicht noch müder, denn ich wäre nicht auf den Gedanken gekommen, anschließend noch zu ficken. Es ist das erste Mal, daß er mich fickt, und ich muß gut sein, denn er nennt mich eine gute Hure, und das ist der mildeste der Ausdrücke, die neben meinem eigenen Stöhnen meine Ohren erreichen, das Wort Hure kann ich aushalten, aber all die anderen Wörter nicht, und dennoch behauptet er, daß ich schuld daran bin, daß das Bettuch so feucht ist, so feucht –

35

D. ruft an. Er fragt nach Nicole, die er ja bei unserem gemeinsamen KK-Besuch näher kennengelernt hat. Ob ich ihre Telefonnummer besorgen könne; sie sei ihm nicht mehr aus dem Kopf gegangen. Nicole, Nicole, Nicole, die mich verfolgt, die mir überallhin folgt, und ich möchte die Flucht ergreifen, möchte nicht einer von zwei devot-masochistischen Szeneneuzugängen sein, möchte ein Mensch sein, eine Person, ein Individuum. Von Sato war nichts anderes zu erwarten, als daß er sich für jeden weiblichen Neuling interessiert, aber D.s Ausdruck, sie ginge ihm nicht mehr aus dem Kopf, haut mich um, bringt mich um, erinnert mich an B.s Worte: Es ist aus, du mußt das bitte verstehen, ich habe die Frau meines Lebens gefunden, *sie geht mir nicht mehr aus dem Kopf*. Früher sagte B. zu mir: Ich muß immerzu an dich denken. Irgendwann vor etwa zehn Tagen nahm D. mich in die Arme und sagte: Ich kann das Bild nicht vergessen, wie du gefesselt an der Tür standest. Ich kann die Musik, die ich bei dir gehört habe, nicht vergessen. Kleine verbale Kostbarkeiten, die zu zeigen schienen, daß auch er eine Affäre nicht ohne jedes Gefühl führen kann.

»Laß dich fallen«, sagte meine Mutter, und wenn ich könnte, würde ich mein zynisches Lachen lachen, aber ich heule, seit er vor einer Stunde angerufen hat, kann nicht aufhören zu heulen, ich habe es ja gewußt, Marie, daß du es nicht kannst, nach nur drei Wochen bist du schon wieder derartig verletzbar geworden, so kannst du nicht leben, das ist nicht das, was gefragt ist, das ist out out out, soviel Gefühl, das ist einfach nicht erwachsen. Meine Stimme zittert schon am Telefon, das »Tschüß« ist mit letzter Anstrengung hervorgepreßt, natürlich merkt er es mir an, aber ich habe kein Recht dazu, ihm irgendwelche Vorschriften zu machen, sagt er, und er klingt wütend, und ich sage trotzdem, wenn Nicole, dann nicht mehr ich, und er sagt, ich soll darüber nachdenken, was ich von Sato gewollt habe, der gestern mit Nicole aus dem KK abgezogen ist.

Was habe ich von Sato gewollt? Ein Abenteuer und Sex und Freundschaft, die mir zeigen, daß D. nicht der einzige interessante Mann auf dieser Welt ist, bevor es zu spät ist. Aber es ist längst zu spät, denn D. ist schon so wichtig geworden, daß seine Regeln Satos und mein Verhältnis prägen, und da es letztendlich Satos Stolz widerspricht, einen anderen Mann um seine Frau bitten zu müssen, wird keine »Session« zwischen ihm und mir mehr stattfinden, denke ich, wenn ich jetzt auch gerade gerne böse sagen würde, Pech gehabt, D., vielleicht hättest du Nicole im Tausch für mich bekommen können, wenn Sato so denken würde wie du. Und vielleicht wird auch die Freundschaft abflauen, wenn ich als »besetzt« geoutet bin. Wer weiß?

Ich weiß nur, daß ich mich entschieden hatte, daß ich auf meine Mutter gehört hatte, ja, ich hatte auf meine Mutter gehört und ließ mich fallen, genau einen Tag zu früh habe ich den letzten Stein von meinem Schutzwall in den Bauschuttcontainer geworfen: Sato war der einzige, der mich vor zuviel Gefühlen für D. hätte beschützen können. Habe mich mit meiner WG angelegt und für mein Recht auf Besuche von meinem Lover in meiner Wohnung gestritten, der schließlich zwar Sadist, aber deshalb ja kein frauen- und damit mitbewohnerinnenmordendes Monster ist. Habe nicht selber Nein gesagt, als Z. mich fragte, ob ich meine masochistisch robuste Haut nicht gerne professionell zu Markte tragen würde, sondern D. mit ihr sprechen lassen, als ob er mein Freund wäre, der mitzureden hat, wofür denn, verdammt nochmal, wofür denn das Ganze, was geht es Dich denn an, wieviele Männer mich dann ficken und wie oft sie mich vorher hätten schlagen dürfen, wenn du auch nicht mehr von mir willst, so schön wir auch miteinander gesprochen haben, darauf läuft doch im Endeffekt alles hinaus, sorry, daß ich es nicht sofort sah, aber ich bin Anfängerin, jeder weiß, daß ich Anfängerin bin und naiv bis zum Erbrechen –

Bevor du auf der Suche nach sexuellen Abenteuern eine Szene betrittst, in der jeder nach sexuellen Abenteuern sucht, hättest du dich vergewissern sollen, daß du dafür genauso gut ausgerüstet bist wie alle anderen, Marie. Ja, das hättest du machen sollen.

»Ich habe es absichtlich getan«, sagt er ruhig. »Ich habe gewußt, daß es dich treffen würde. Naja, ich muß zugeben, daß ich es nicht für ganz so hart für dich hielt. Das war vielleicht ein kleiner Fehler. Aber ich wollte dich treffen, damit du nachdenkst.«

Er sitzt auf meinem Bett und schaut zu mir herüber, aber ich halte den Kopf gesenkt, beobachte die Staubflocken auf dem Holzfußboden, die sich grundlos zu bewegen scheinen, so wie sich auch meine Gefühle immer grundlos zu bewegen scheinen, oder sollte man statt »grundlos« sagen: »mit unangemessener, übertriebener Heftigkeit«?

»Ich hätte Nicoles Nummer auch von H. oder Sato bekommen können, das ist dir doch klar. Es ging mir wirklich darum, daß du nachdenkst.«

Ich denke doch schon viel zuviel nach. Ich höre doch schon überhaupt nicht mehr auf nachzudenken. Worüber denn jetzt schon wieder?

Er steht vor mir, und wenn ich so wie jetzt auf meiner Schreibtischkante sitze, sind wir gleich groß, und ich könnte ihm direkt in die Augen sehen, aber ich möchte nicht noch mehr von mir preisgeben, als ich es durch meinen gestrigen Nervenzusammenbruch schon getan habe, der mich ärgert, denn ich hätte mich gerne cool und souverän verhalten, schließlich habe ich es nicht nötig, jemandem hinterherzulaufen, einzigartig wie ich bin – meine Krankenkasse hat Tausende ausgegeben, um mich an meinen eigenen Wert glauben zu lassen, nicht wahr? So sähe ich mich gerne: Völlig ungerührt, unantastbar, eine zynische Beobachterin von Vorgängen, an denen ich mich höchstens als Schauspielerin beteilige. Dummerweise gehe ich in meinen Rollen auf – ich sollte damit Geld zu verdienen versuchen. Soviel Authentizität, beneidenswert, bemitleidenswert. Ich geh' auf Glas bei allem, was du tust – und jetzt ist der erste Sprung zu sehen.

»Denk darüber nach, was du mir unterschrieben hast«, sagt er.

»Ich weiß, was ich unterschrieben habe«, sage ich.

»Ich frage mich, ob du es wirklich weißt. Der Vertrag läßt mir alle Freiheiten, auch die, etwas mit Nicole oder irgendeiner anderen Frau zu machen. Wenn diese Abmachung zwischen uns gilt, hast du kein Recht auf mich. Und ich bin wirklich kein Mann, der Nein sagt, wenn eine schöne Gelegenheit seinen Weg kreuzt.«

Ich schlucke. Mein Fehler, ihn diesbezüglich falsch eingeschätzt zu haben. Auch intellektuelle Männer sind Männer. Und ich bin eine Affäre und mache mich seit einigen Tagen ununterbrochen lächerlich. Tränen der Scham steigen mir in die Augen. Werde endlich hart, Marie. Bitte. So kann es doch nicht weitergehen.

»Wie soll das denn jetzt mit uns weitergehen?«

Was hat er gesagt? Was hat er gesagt? Was meint er damit? Er hat keine Lust mehr auf eine Fortsetzung, weil ihm meine Gefühle unangenehm sind – was soll es sonst heißen – oh *bitte* nicht, ich *hasse* diese Welt!

»Was meinst du damit?« Meine Stimme so unbewegt (so rauh, so zittrig).

»Bis jetzt haben wir eine Art gleichberechtigte Freundschaft mit der Besonderheit, daß ich dich sexuell benutzen kann, wann immer ich will. Das ist die Art S/M-Beziehung, die ich immer hatte, und das reicht mir im Prinzip auch. Aber du hast mir ja ein viel weitergehendes Versprechen gegeben. Du hast versprochen, meine Sklavin zu sein, und das setzt ein völlig anderes Verhältnis zwischen uns voraus. Eines, in dem ich mich nicht dafür entschuldigen würde, vielleicht einen Schritt zu weit gegangen zu sein. Und ich frage mich und deshalb jetzt auch noch einmal dich, ob du das wirklich willst. Ich möchte sozusagen eine zweite Unterschrift.« (Keine Trennung!)

Ich weiß nicht, wie ich ihm erklären soll, daß er alles, was ich in dem Vertrag versprochen habe, mit mir machen kann, wenn ich mir nur sicher sein darf, die einzige Frau zu sein, zu der er ein solchermaßen intensives Verhältnis hat, die Sklavin zu sein, die mehr bedeutet als der One-night-stand, die One-night-session. Ich komme mir kindisch vor und weiß zugleich, daß ich die Unsicherheit, ob eine andere Frau gerade dabei ist, mich von meinem Platz zu verdrängen, und all die damit verbundenen Selbstzweifel, die eine S/M-Beziehung unmöglich machen, weil nur ein starkes Selbstwertgefühl die Demütigung psychisch unschädlich sein läßt, nicht aushalten könnte. Es ist noch immer ein großer Schritt für mich. B. und ich waren uns treu, absolut monogam. Die nächste Stufe ist es, One-night-Geschichten zu ertragen, ohne den Glauben an die eigene Bedeutung zu verlieren. Es ist schwer. Ach nein, Marie, es ist leicht, sieh's locker, komm auf den Boden der Tatsachen zurück –

Ich weiß nicht, wie ich es ihm erklären soll, und versuche es trotzdem. Ja, ich habe einen einseitigen Vertrag unterschrieben. Ich hielt das Gegenversprechen meines Herrn für eine Selbstverständlichkeit, eine Frage der Ehre. D. lacht. Ich bin eine unterhaltsame Sklavin mit Tränen in den Augen. Ich erhalte das Gegenversprechen nicht. Ich erhalte nur das Versprechen, daß mir sofort und ehrlich mitgeteilt wird, wenn er tiefergehendes Interesse für eine andere Frau empfindet.

Ich unterschreibe daraufhin ein zweites Mal. Ich will nicht, daß es aufhört. Ich will, daß es weitergeht, will es ganz. Ich bin nie feige gewesen. (Nur manchmal unvernünftig.)

Ich unterschreibe ein zweites Mal, daß er Sir Stephens Rechte hat.
»Gut«, sagt er. »Gut so.«

Wie in einem Computerspiel: Wir haben den ersten Schwierigkeitsgrad geschafft, Glückwunsch, Musik, schaffen wir den nächsten auch noch, gibt es Bonuspunkte, schaffen wir den nächsten nicht, gibt es aber kein Zurück, und wir müssen zusehen, wie unser Bildschirmego zerstört wird, und in diesem Spiel hat es nur ein Leben, weswegen es auch so verdammt riskant ist, die Figur von dem warmen roten Bildhintergrund der Stufe eins in die blaue Welt der Stufe zwei zu heben, aber es ist ja bekannt, daß nur wer wagt, gewinnt.

Eben nahm er mich noch einmal kurz in die Arme, dann drückt er mich nach unten, bis mein Gesicht seine Schuhe berührt. Dann sitze ich vor ihm auf dem Boden, während er sich auf meinem Sofa ausstreckt. Die Atmosphäre zwischen uns hat sich plötzlich verändert, und ich habe Angst vor diesen Folgen meiner Entscheidung; ich genoß das bis dahin existierende Verhältnis zwischen D. und mir, das sich eigentlich auch nach meinem zweiten Versprechen nur mit der ihm eigenen Dynamik fortentwickeln sollte, und jetzt hat es geradezu einen Satz nach vorne getan, und in mein mulmiges Gefühl mischt sich immer wieder der Satz: Ich habe es nicht anders gewollt. Ich habe es so gewollt. Zu all diesem habe ich Ja gesagt, nachdem ich einen Vorgeschmack darauf erhalten hatte, was mein Ja bedeutet.

»Wir brauchen etwas mehr Disziplin, das siehst du wohl ein. Etwas mehr Respekt – «

(Ja.)

»Du wirst mich in Zukunft siezen und mit Herr oder Meister anreden.«

(Unmöglich, so unvorstellbar wie das Danke für Schläge.)

»Du wirst dich in Zukunft nicht mehr ohne Erlaubnis von mir auf einen Stuhl, dein Sofa, dein Bett oder deinen Tisch setzen, sondern nur noch auf den Boden. Hast du mich verstanden?«

»Ja.« *(Ja, Herr.)*

»Du wirst mich fragen, ob du auf die Toilette gehen darfst.«

»Ja.« *(Ja, Herr.)*

»Du darfst mich normal begrüßen, wie du es immer tust, aber dann wirst du als erstes vor mir niederknien. Ist das klar?«

»Ja.« *(Ja, Herr.)*

»Und jetzt bitte wiederholen.«

Ich wiederhole, und er verleiht den neuen Anforderungen mit seinem Gürtel soviel Nachdruck, wie es die Anwesenheit meiner beiden Mitbewohnerinnen zuläßt, die durch die nicht verschließbare Tür keine Schreie hören dürfen. Und trotz dieser Warnung gebe ich ihm anschließend eine kleine Kostprobe von meiner Fähigkeit, Sätze so zu formulieren, daß eine Anrede darin nicht vorkommt. Er ist zu intelligent, um es nicht sofort zu merken, aber Aljas und Karins Stimmen im Flur gewähren mir Schutz vor drastischeren Sanktionen. Außerdem muß er auch schon wieder gehen. Er steht auf, und ich tue es ihm gleich. Es geschieht automatisch.

»Wer hat dir das erlaubt?« Kalt, ungeduldig, wütend. Ich werde rot. Ich kann nicht entscheiden, wann die Situation vorüber ist. Vielleicht wird sie jetzt nie mehr vorüber sein, bevor er die Wohnung verlassen hat. Ich verstumme und schäme mich plötzlich für ein Stück nackter Haut, das unter meinem Kleid sichtbar ist, als ich jetzt wieder auf dem Boden knie.

»Du bist klug genug, um einschätzen zu können, wann du zu fragen hast, bevor du etwas tust«, sagt er. »Du kannst jetzt aufstehen«, sagt er und zeigt auf seinen Mantel, den ich hole und in den ich ihm hineinhelfe, ohne darüber nachzudenken, denn mein Kopf ist voller anderer Gedanken. Ich bringe ihn zur Tür. An dieser Tür werde ich ihn auch wieder begrüßen, ein leicht spöttisches Hallo und eine Umarmung wie immer, dann werde ich vor ihm niederknien, dann werde ich fragen: »Darf ich Ihnen Ihren Mantel abnehmen, Herr?«, »Darf ich Ihnen etwas zu trinken bringen, Meister?«, »Darf ich Ihnen ein Stück Schokolade anbieten, Herr?«, und: »Möchten Sie heute wieder ein Bad nehmen, Herr?«

Werde ich?

Noch bin ich M., nicht O.

37

Ich lese mein eigenes Buch, kann es wieder und wieder tun, auf meinem Bett liegend, träumend, die Szenen wie eine Regisseurin in meinem Kopf wiederholend; als ob ich neben mir stünde, sehe ich mich selbst, und das Bild von der gefesselten Frau auf dem Bett gefällt mir gut – aber nur mir. Meine Umwelt hat Probleme damit und kann dennoch nicht aufhören, immer nur dieses Bild mit mir zu assoziieren, als ob diese Neigung meine ganze Persönlichkeit ausmachen würde. Mein Ex-Lover machte den Anfang und profitiert von der Annahme, daß man einander nach fast sieben gemeinsam verbrachten Jahren relativ gut kennt. Er macht im gemeinsamen Bekanntenkreis gegen mich mobil, erfahre ich von verunsicherten Leuten, denen er von seinen Sorgen um mich erzählt hat. »Das ist nicht

Marie«, sagt er. Ich tue, was ich tue, um mir selbst zu schaden, höre ich. Weil ich die Trennung nicht verkraftet habe, zerstöre ich meinen Körper und meine Psyche, fühle mich wie der letzte Dreck, da er mich verlassen hat, da ich ihn nicht halten konnte, und lasse mich deshalb behandeln wie den letzten Dreck. Ich bestrafe mich selbst für mein Versagen in der Beziehung, sagt mein besorgter, selbstgerechter Ex-Lover, ich zerstöre mein Leben auf Raten, weil es mir ohne ihn nicht mehr reizvoll erscheint, ich lasse mich blau und grün schlagen für eine winzigkleine Zärtlichkeit, die ich anders nicht bekommen kann. Das Gift wirkt. Meine beste Freundin Jolin, die auch mit ihm sehr gut befreundet ist, hat den Kontakt zu mir abgebrochen, obwohl ich sie immer für eine verwandte und gleichermaßen finstere Seele hielt, die mit mir hinter die Fassaden der Wohlanständigkeit schaut. Ich habe mich geirrt. An meinem Fenster sitzend starre ich in die Nacht hinaus, deren Lichter vor meinen Augen verschwimmen. Zukünftig werde ich die Gruftie-Konzerte alleine besuchen, vielleicht wenige Meter neben dir stehen, ohne es zu wissen. Einen Wochenendgruftie nanntest du mich liebevoll, deine Haare waren im Gegensatz zu meinen immer tiefschwarz gefärbt, aber schau an, wessen Seelchen jetzt so zartbesaitet ist, daß der Teufel es dir nicht abkaufen würde, selbst wenn du ihn endlich triffst. Ach Jolin, du konntest es mir nicht einmal selbst sagen. Wenigstens das haben Alja und Karin getan. Wir setzen uns zum WG-Gespräch zusammen, um festzustellen, daß es die WG nicht mehr gibt. Sie fürchten sich vor D., einem »Mann, der Frauen schlägt«. Sie wollen ihn nicht kennenlernen. Sie fühlen sich in der Wohnung nicht mehr sicher. Aljas Kündigung überrascht mich weniger, aber auch Karin, meine Freundin Karin, stets interessiert und vorurteilsfrei, kann die Praxis nicht ertragen, so faszinierend die Theorie auch sein mag. Ich fange zu weinen an, als ich endlich begriffen habe, daß unser Zusammenleben wirklich in einem Monat beendet sein wird. Alja streckt ihre Hand nach mir aus, aber ich sehe nur noch Heuchelei um mich herum, auch Karin hat Tränen in den Augen, ich springe in hilfloser Wut auf und brülle irgend etwas, knalle die Tür hinter mir zu, aber es ist unumstößlich. Sie wollen beide mit mir sprechen, bezichtigen sich selbst reuig der Intoleranz, erzählen von ihrem Schrecken über sich selbst, von ihrer ungebrochenen Sympathie für mich, obwohl das Zusammenleben mit mir unmöglich geworden ist, weil es letztendlich einfach nicht zu begreifen ist, daß eine Frau sich von einem Typen schlagen lassen kann, bitte nimm es nicht persönlich, Marie.

»Es wäre etwas anderes, wenn du Männer schlagen würdest«, sagt Karin.

Verzeiht mir, daß ich nicht political correct bin. Ich will es nicht sein. Ich möchte einfach nur weit weg sein, als ob mich dieses armselige Drama nichts anginge. Keine meiner männlichen S/M-Bekanntschaften hat sie am Telefon belästigt, keine finsteren Ledergestalten haben die Wohnung betreten, ich bin nicht meine Striemen zeigend halbnackt vor ihnen herumgelaufen, ich habe nur noch auf Nachfrage etwas erzählt, keine Schreie kamen aus meinem Zimmer, wenn eine von ihnen in der Wohnung war, und niemals haben sie in meinem Raum mehr als die Fesseln an meinem Bett und mein Halsband herumliegen gesehen. Und doch reicht die Ahnung von der düsteren Leidenschaft, um eine ansonsten gut funktionierende WG zu sprengen. Ich liebte diese beiden Frauen. Ich kann nicht begreifen, was passiert.

»Ich kann dich so gut verstehen«, sagt Karin. »Auch ich habe Freunde verloren, als ich mein Coming Out als Lesbe hatte.« Ach, Karin! Das ist genau die Art von Alltagszynismus, mit der wir uns so gerne im Flur begegnet sind.

B., Jolin, Alja und Karin. Als ob ich nicht mehr derselbe Mensch wäre –

Hey, Freunde, laßt uns um eine selbstgemachte Pizza wetten, wer als nächster geht!

38

»Du ruinierst deine Psyche«, sagt B. Ich höre, wie er sich eine Zigarette ansteckt. Mit dem Fahrrad braucht man zehn Minuten von seiner Wohnung bis zu mir, aber ein Besuch wäre etwas Undenkbares. Es ist seit Monaten das erste Mal, daß wir miteinander telefonieren. Ein zerbrechlicher Frieden, der darauf beruht, daß ich meinen Mund halte und nicht sage, daß ich ihn arrogant finde.

»Du weißt doch gar nichts mehr über mein Leben«, sage ich müde.

»Mir reicht, was ich höre«, sagt er. »Ich kenne dich gut, vergiß das nicht.«

Es ist lange her, daß ich ihm von G. erzählt habe. So kommt es mir vor. Damals traf ich ihn in meiner Stammkneipe, und zum ersten Mal nach der Trennung konnte ich ihn selbstbewußt anlachen, und er muß gesehen haben, daß die Sehnsucht aus meinen Augen verschwunden war. Zu der Vernunfterkenntnis, daß er nicht der richtige Beziehungspartner für mich war, war endlich die emotionale Erkenntnis getreten, daß er auch nicht der ultimative Mann für mich war. Acht Monate nach der Trennung hatte ich den ersten Mehrnight-stand meines Lebens riskiert und gewonnen.

Er wollte alles wissen, und ich war high vor Glück, weil sein Anblick keine Saite in mir mehr zum Schwingen brachte, nicht die braunen Augen, nicht die langen dunklen Haare, nicht die schmalen Hände mit den schlanken Fingern, die immer nervös in Bewegung sind, selbst wenn er eine Zigarette hält. Ich war high vor Glück, und so erzählte ich ihm einiges, als er danach fragte. D. und ich haben G. längst weit hinter uns gelassen, aber für B. war schon zu heftig, was er damals hörte. Damals, schreibe ich, dabei ist es erst drei Monate her. Unfaßbar, wieviel in drei Monaten passieren kann.

»Du machst dich kaputt, in zehn Jahren wirst du es merken«, sagt er jetzt. »Ich meine, wir haben das ja auch praktiziert, aber nur ganz soft, und ich stelle immer mehr fest, daß ich das doch alles pervers finde. Es kann einfach nicht gut sein. Und du mußt Jolin verstehen. Seine Sexualität so zu leben, wie du es tust, kann einen Menschen zu einer Person machen, von der man besser Abstand hält.«

»Findest du.«

»Nicht nur ich. Jolin und Pat und deine Freundin Tina, mit der ich mich unterhalten habe, beispielsweise auch. Im übrigen zerbricht ja jetzt sogar deine WG daran, wie man hört.«

»So.«

»Es ist keine Frage von Intoleranz, weißt du.«

»Mhm.« Hol dein Hochbett und den Fernseher ab und verschwinde aus meinem Leben, du intolerantes Arschloch. Ich hätte ihn fragen sollen, warum er mit Lesben zu tun hat. Vielleicht, weil sie eine politisch korrekte sexuelle Minderheit sind. Wer weiß? Ist seine Bekannte Uta übrigens nicht S/M-Lesbe? Und »hart drauf«, wie er einmal bewundernd feststellte?

B. war mein erster Freund, ich seine erste Freundin. Es war Liebe auf den ersten Blick. Wir waren beide achtzehn Jahre alt und ohne sexuelle Erfahrung. Als er mich das erste Mal auszog, war ich überzeugt, er würde nach einem kurzen Blick auf mich sagen: Okay, zieh dich wieder an, und davonlaufen. Er aber fand mich wunderschön. Als wir uns drei Monate kannten, schliefen wir das erste Mal miteinander. Wir hatten dann viel und heftigen Sex – hundert Kalorien je dreißig Minuten steht dazu in der Kalorientabelle –, und B. war neugierig und kreativ, was unterschiedliche Stellungen anbetraf, und ich machte alles mit. Es war liebevoll, schön, aufregend – aber eigentlich assoziierte ich mit Sex eher meine kleinen, dunklen, schmutzigen Phantasien, die zu der Zeit auch effektiver waren – um es mal so auszudrücken –, das war Sex, das andere war ein Teil von dem Phänomen Liebe. Ich sprach mit B. nicht darüber, bis wir den Film »Neuneinhalb Wochen« im Kino sahen. Ich war hin und weg. Das war die Verbindung von Liebe und Unterwerfung, von liebevoller Beziehung und meinen Vorstellungen. Ich kaufte das Buch. Es war indiziert, und ich mußte es bestellen, und der ganze Vorgang hatte den Ruch von etwas sehr Verbotenem. Ich habe übrigens nie begriffen, warum es indiziert wurde.

Und dann sprach ich mit B. Er wollte genau erklärt bekommen, was ich mir vorstellte. Es fiel mir entsetzlich schwer. Ich sollte schließlich eine Umschreibung für die Bitte um Demütigung finden. Bitte demütige mich. Mach mit mir, was du willst, nachdem du mich wehrlos gemacht hast. Ich konnte ihm keine Einzelheiten sagen. Ich hatte Angst, er fände mich pervers. Ich fand mich selbst pervers. Ich war eine glühende Feministin und Pazifistin und empfand mich als willensstarke Person und kam mit meinen eigenen merkwürdigen Wünschen infolgedessen überhaupt nicht klar. B. war bereit, diese Variante wie alles andere auszuprobieren. Ich konnte mich zuerst auf diese mir zuliebe stattfindende Inszenierung nicht einlassen, bis er mir versichert hatte, daß auch er Gefallen daran fände. Mein Gesicht so unschuldig mit verbundenen Augen, vor ihm, unter ihm. Es war nicht besser und nicht schlechter als Blümchensex, also konnte er seine Kreativität genausogut in dieser Richtung einsetzen, nicht wahr? Er tat es, bis zu einem gewissen Grad. Er konnte mich unter halb gesenkten Lidern hervor unheimlich spöttisch ansehen, wenn er mir befahl, mich auszuziehen oder irgendeine Stellung einzunehmen, er jagte mich durch die Wohnung und kämpfte mich nieder, hielt mich eisern fest, er verband mir die Augen mit einem schwarzen Seidenschal, fesselte mir die Hände mit seinem Ledergürtel, er schlug mir ins Gesicht, wenn ich nicht reagierte, aber meistens reagierte ich, weil ich mich ohnehin so schämte, daß ich keinen Stolz mehr zu verlieren hatte, wenn ich gefügig war. Er ließ mich, nur mit einem kurzen T-Shirt bekleidet, mit ihm zu Abend essen, und manchmal bezahlte er mich mit studentischen Summen zwischen zwanzig und fünfzig Mark dafür, ihm innerhalb eines bestimmten Zeitraums ohne Gegenwehr zur Verfügung zu stehen: Ich bin um acht Uhr wieder da, warte nackt auf mich. Ich durfte das Geld nur in seinem Beisein ausgeben, und er sparte nicht mit Bemerkungen über seine Herkunft –

Was ist passiert? Wann ist es passiert? Vielleicht lag es daran, daß ich selbstbewußter wurde. Ich las Bücher über Sadomasochismus, über weiblichen Masochismus, und begriff endlich für mich, daß Feminismus und Interesse an Sadomasochismus nicht im Widerspruch zueinander stehen. Ich las über Theorien von der Entstehung solcher Neigungen: Als Frau, die der reellen Gefahr einer Vergewaltigung ausgesetzt ist, kann ich meiner diesbezüglichen Angst durch spielerische, weil selbstbestimmte »Vergewaltigung« entgegenwirken. Als naturgemäß mit Schuldkomplexen bezüglich ihrer Sexualität aufgewachsene Frau bin ich geneigt, den Mann allein zum Sünder werden zu lassen, indem er mich zu meinem Glück zwingt. Ach ja, es gab eine Menge Theorien, die alle nicht erklären konnten, warum ich als Kind die dreizehnjährige Heilige Agnes nackt auf der Straße erregend fand. Ich sagte mir schließlich, daß es mit wirklicher, angstbeladener Gewalterfahrung überhaupt nichts zu tun hat, es ist schließlich selbstgewählte Unterdrückung, findet mit einem geliebten oder jedenfalls vertrauenswürdigen Partner statt, also: kein Grund, nicht gleichzeitig gegen die Gewalt gegen Frauen zu streiten, kein Grund, sich psychisch defekt zu fühlen. Ich schämte mich nicht mehr für meine sexuellen Vorlieben. Vielleicht wurde ich dadurch herausfordernder. Vielleicht wurde ich es insgesamt auch dadurch, daß ich immer mehr Dinge in meinem Leben in Ordnung bringen konnte, während B. sich diesbezüglich zunehmend als entschluß- und hilflos erwies. In unserem Beziehungsalltag war zweifelsohne ich die dominante Person, und ich sah es immer deutlicher. Warum sollte ich mich dann ausziehen, nur weil er es sagt? Warum sollte ich seinen Blick nicht genauso spöttisch erwidern? In dieser Phase hätten wir fast die Rollen umkehren können –

Ich wünschte mir Handschellen zum Geburtstag, von denen er oft sprach, die er dann aber doch nicht kaufen ging, weil er sich nicht traute. Er traute sich noch nicht einmal, seinen besten Freund um Hilfe zu bitten, der zwar kein Sadomasochist, aber alles andere als schüchtern war. Er hätte mir einfach befehlen können, welche zu besorgen, aber auf den Gedanken kam er nicht, und nach dem Eingeständnis seiner Feigheit hatte er sich derartig entmystifiziert, daß er wohl auch nicht mehr die nötige Autorität gehabt hätte. Dort blieben wir also stehen. Er wollte keine Rückkehr ausschließlich zum Blümchensex, er wollte einfach weitermachen wie gehabt. Aber es ging nicht so weiter, weil ich mich verändert hatte, stärker geworden war, wodurch auch er sich in meinen Augen verändert hatte. Die Sache verkam für mich zu einem bekannten Ritual, unterteilt in zwei Hälften, deren eine aus einem (nur mehr müden) Kampf bestand, der im Geschlechtsverkehr gipfelte, während die andere dem Austausch einiger Zärtlichkeiten vorbehalten war, wonach ich an seine Brust geschmiegt zeitgleich mit ihm einschlief. Da war sie wieder: die saubere Trennung von Sex und Gewalt auf der einen und Liebe auf der anderen Seite. Ich fing an, die Rubrik »Harte Welle« in meinem Lieblingsstadtmagazin zu lesen und wurde ein Fan von R.s Anzeigen, die so viel erregender waren als R.s Sessions, aber das wußte ich ja damals nicht. Ich war enttäuscht, ja. B. und ich hatten weniger Sex, aber es schien an der Belastung durch das Studium und die Wohnungssuche zu liegen. Ich dachte nicht darüber nach. Es hört sich schizophren an: Ich las die »Harte Welle« und suchte vergeblich die Antiquariate nach der »Geschichte der O« ab, die es nur auf Italienisch gab, aber ich wäre nie auf den Gedanken gekommen, mich von B. zu trennen oder auch nur einen Seitensprung zu machen, weil ich andere sexuelle Sehnsüchte hatte als er. Ich hing regelmäßig meinen Phantasien in der jeweils neuesten Version nach, aber ich hätte niemals gesagt, daß Sex etwas Wichtiges ist. Wir sahen zusammen einen Film über SadoMaso-Paare, ganz harte Sachen in unseren kritisch zusammengekniffenen Augen: Heißes Wachs auf nackter Haut, Orgien auf S/M-Partys, in einem Zimmer wird eine Frau ausgepeitscht, und jeder kann reinkommen und zusehen. Also, das finde ich ja überhaupt nicht erregend, versicherten B. und ich uns in einem selten gewordenen Augenblick völligen Einvernehmens. Ich aber sagte die Unwahrheit, ohne es zu wissen.

Bald darauf zerbrach die Beziehung. B. zog aus, um mich durch etwas mehr Abstand wieder lieben zu lernen. Drei Tage später schon wurde ihm klar, daß der Bruch irreversibel war; mein Verstand teilte seine Ansicht, meine Gefühle waren rebellisch (wie immer). In dem Jahr vor der Trennung hatten wir kein einziges Mal mehr auf die »harte« Art miteinander geschlafen. Wir haben uns in diesem letzten von sechseinhalb Jahren öfter verlassen, als wir Sex hatten, glaube ich. Nein, das »billigste aller billigen Hürchen« und ihr schüchterner Freier im logischerweise ärmlichen, aber selbstbewußten Ludenoutfit waren kein Paar mehr.

39

»Und was werde ich heute mit dir tun, mit meiner kleinen Marie, mit meiner Unschuld vom Lande in schwarzen Strümpfen, mit meiner unschuldigen kleinen Sklavin, ach so unschuldig liegt sie hier und kann es nicht erwarten, gefickt zu werden, nicht wahr? Nein, sie kann es kaum erwarten, diese Hure, diese kleine Schlampe, aber sie eignet sich ja auch wirklich gut, um gefickt zu werden, und ich tue es gerne – ich weiß gar nicht, warum ich mir die Mühe machen soll, dich zu erziehen, weißt du das? Wenn ich dir etwas befehle, bist du störrisch, aber wenn ich das hier mit dir mache, bist du wie Wachs in meinen Händen, so willig, so fügsam ... Ich bekomme, was ich will, warum soll ich es auf mich nehmen, dir beizubringen, stundenlang in der Zimmerecke zu knien, wenn ich dich einfach nur benutzen möchte, und du läßt dich doch so bereitwillig benutzen, einfach eine willenlose kleine Fotze, nein, pardon, sie will es ja –

Sie will es ja. Ja, schäm dich ruhig, leg dir den Arm über die Augen, schäm dich, wie kann man nur so feucht sein und so heiß darauf – meine kleine Sexsklavin, meine Sklavin, mit der ich machen kann, was ich will – eigentlich kann es doch nicht verkehrt sein, dir etwas Respekt beizubringen, ehrlich gesagt verstehe ich gar nicht, wieso du Schwierigkeiten damit haben solltest, mich als deinen Herrn und Gebieter anzureden, es ist doch nicht mehr und nicht weniger als die Wahrheit, daß ich dein Herr bin, und du bist nichts weiter als ein Stück Dreck unter meinen Schuhen, wenn ich das so möchte, ein bißchen Staub auf dem Fußboden, wenn ich es so will – «

40

Er hält mir die Arme hinter dem Kopf fest. Er fickt mich. Er schlägt mir ins Gesicht, und seine Worte treiben mir Tränen in die Augen. Er läßt mich los. Er fragt höflich, ob ich ihm einen blasen würde, ich bin verwirrt und frage ihn, ob das eine rhetorische Frage sei, aber er meint, es sei eine ernstgemeinte Frage gewesen. Ich bin antiautoritär erzogen worden; wenn man mir nett begegnet, bin ich auch nett, also bin ich angesichts dieses Wunders, daß er mich wirklich fragt, fast automatisch geneigt, Ja zu sagen, aber dann denke ich: Nein, verdammt, so weit kommt es noch, daß ich ihm freiwillig einen blase, ich habe überhaupt keine Lust dazu, es ist so fürchterlich anstrengend. Ich habe dennoch erziehungsbedingte Skrupel, mein Nein auszusprechen. Er gräbt seine Fingernägel in meine zarte Pohaut und sagt drohend: »Eine Antwort, meine Süße.« Ich bin antiautoritär erzogen worden, Anordnungen machen mich widerspenstig. Und aufmüpfig: »Wenn du mich so fragst, dann sage ich Nein«, sage ich frech, zu frech, das weiß ich, bevor er mich darauf hinweist, daß mein Tonfall äußerst unklug gewählt war. Er schickt mich nachsehen, ob wir alleine in der Wohnung sind, und als ich mit dem Ja auf den Lippen in mein Zimmer zurückkomme, sitzt er auf dem Bett, die Handfesseln neben sich. Ich strecke ihm gefügig meine Handgelenke entgegen und lasse mich dann an meine Bettpfosten anbinden. Ich glaube, ich habe mich noch nie dagegen gewehrt, gefesselt zu werden. Vielleicht ist es unter meiner Würde. Vielleicht werde ich gerne gefesselt. Vielleicht sollte ich darüber nachdenken, warum ich mich nicht dagegen wehre, warum ich die Seile mit Karabinerhaken an meinen Bettpfosten nie abnehme, nachdem D. gegangen ist, warum ich ihn nicht mehr ansehen kann, sobald er nach meinem Handgelenk gegriffen hat, um meine Wehrlosigkeit vorzubereiten – aber nicht jetzt. Aus den Augenwinkeln sehe ich, welche Waffe er gewählt hat, um mir Respekt beizubringen. »Deine Antwort vorhin war falsch«, sagt er, bevor er mit seinem Ledergürtel zuschlägt, so stark, daß ich schon bei diesem ersten Schlag aufschreie und meinen Körper von ihm wegdrehe, soweit es die Fesseln zulassen, als ob ich nicht wüßte, daß ich damit die Angriffsfläche nicht verringern, sondern höchstens austauschen kann. Ich weiß, daß meine Antwort falsch war, nicht das Nein als solches, aber der Ton, ich weiß, der Ton war in einem unduldbaren Maße respektlos –

Er greift zur Gerte. »Du mußt die Antwort einfach richtig wiederholen«, höre ich ihn sagen und weiß im ersten Augenblick nicht, was er meint. Er schlägt wieder zu. Ich fange zu weinen an, obwohl nicht alle Hiebe wirklich hart sind, aber manche sind sehr hart, und möglicherweise ist es mehr die Angst vor diesem plötzlichen, unkalkulierbaren Schmerz und dem damit verbundenen heftigen Erschrecken inmitten der ohnehin nicht nachlassenden Anspannung, die mir die Schläge so schnell so unerträglich erscheinen läßt, daß ich mit dem Gedanken an Gehorsam zu spielen beginne. Vielleicht bin ich aufgrund einigen Schlafmangels in den letzten Tagen auch einfach empfindlicher als gewöhnlich, mein Gehirn jedenfalls funktioniert nicht so einwandfrei, daß mir klar wäre, was ich tun kann, damit er endlich aufhört. »Was willst du denn von mir?« frage ich verzweifelt und schäme mich für meine Unsicherheit darüber, wogegen ich hier eigentlich Widerstand leiste, die zweifelsohne nur auf irgendeiner Unaufmerksamkeit meinerseits beruhen kann.

»Die Frage ist falsch formuliert«, sagt er ruhig, und endlich begreife ich, verstehe ich ihn, erkenne ich, worauf er hinauswill. Dies ist keine Bestrafung, dies ist ein Lernprozeß, und heute steht Regel Nummer eins auf dem Unterrichtsplan. Oh nein, bitte nicht. Bitte nicht. Ich kann das nicht. Ich schaffe es einfach nicht.

Und schaffe es heute genausowenig durchzuhalten. Es kann nur daran liegen, daß mein masochistischer Körper einen schlechten Tag hatte, nicht wahr? Unter normalen Umständen hätte mich nichts und niemand dazu bringen können. Bitte laßt mir diesen Glauben – daß mein Herr und Meister sich die Zähne an mir wird ausbeißen können und dennoch nie wieder die Sätze hören wird, die er heute nachmittag von mir gehört hat, angefangen bei der leise wiederholten, nunmehr korrekt formulierten Frage: *»Was wollen Sie von mir?«*

»Das hört sich doch schon ganz gut an«, sagt er vergnügt. »Jetzt fehlt nur noch ein ganz kleines Wort.«

Nein. Nein nein nein nein nein.

(Sag es, mein Schatz, oder ich werde dich weiter schlagen. Heute halten mich nicht dreißig Grad Celsius im Schatten oder meine Müdigkeit nach einem langen Arbeitstag davon ab, dir Respekt beizubringen, abwechselnd fest und weniger hart, aber du weißt nie, was kommen wird, und ich sehe dir an, daß du dir nicht sicher bist, ob ich weitermachen werde, wenn ich kurz unterbreche, um dir Zeit zum Nachdenken zu geben, aber du bist dir auch nicht sicher, daß ich aufhören werde, nicht sicher genug, um deinen Stolz aufrechtzuerhalten; wie schön, dir beim Kämpfen mit dir selbst zusehen zu können und zu wissen, daß ich es bin, der dir solche Qualen verursacht. Ja, meine Kleine, heule in dein Kopfkissen, ich weiß, es ist nicht leicht, so schwer wie das Danke-Sagen, vielleicht sogar schwerer, aber vergiß nicht, was ich vorhin zu dir sagte: Es ist nichts anderes als die nackte Wahrheit, die auszusprechen ich von dir verlange, und ich werde dich so lange schlagen, bis du mich automatisch deinen Herrn nennst.)

»Sag mir, was du bist«, fordert er, »sag mir, was ich bin.«

Ich kann nicht. Ich kann nicht. Ich kann nicht!

Ich kann nicht –

Schlußendlich kann ich alles. Ist es nicht schön, mehr zu können, als man sich selbst jemals zutraute?

»Ich bin Ihre Sklavin«, sagt meine Stimme irgendwann, und mein Körper wird liebkost, und meine Stimme muß wiederholen, weil es sich so schön anhört, selbst wenn die Worte einzeln unter Schluchzern hervorgestoßen werden und alles andere als devot klingen, aber der Inhalt ist schon pure Demut, nun ja, nicht ganz, ein Wort fehlt noch, na los jetzt, entweder spreche ich aus, daß er mein Herr und Gebieter ist, oder ich füge die korrekte Anrede an, oder mein Arsch und mein Rücken werden noch etwas mehr Farbe bekommen.

»Ich bin Ihre Sklavin, Herr«, auch das höre ich mich schließlich sagen, mit aus Verzweiflung über diese Selbsterniedrigung tränenerstickter Stimme, gleichzeitig mit der tonlosen Stimme derjenigen, für die dieser Satz seine Bedeutung schon wieder verloren hat, sei es, weil man nach der Aussprache des vorangegangenen schon nicht mehr tiefer sinken konnte, sei es, weil der innere Trotz endlich erwacht und sagt: Was bedeuten schon Worte! Laß ihm doch den Spaß! Sieze ihn und nenne ihn »mein Herr« aus keinem anderen Grund als berechnender Koketterie, schließlich gibt der Klügere nach und darf sich deshalb auch als der Stärkere fühlen. Eine kleine, insgeheime Anmaßung, an der ich mich kurz erfreuen kann und die meinen Stolz zurückkehren läßt; wenn sie auch nicht Grund für meine Fügsamkeit war, so ist sie doch eine nette Rechtfertigung im nachhinein, um nicht der Wahrheit ins Auge sehen zu müssen: daß er es wirklich einmal geschafft hat, meinen eisernen Widerstand zu brechen.

41

Ein Wochenende mit H., der im KK eine Verabredung mit der früheren Gespielin von Sato hat, die nun scheinbar durch Nicole ersetzt worden und damit wieder zu haben ist. Sie kommt zu seiner großen Freude tatsächlich, während Sato diesmal nicht da ist, was ich als Zeichen dafür deute, daß er mit Nicole Besseres zu tun hat. Mir nähert sich an diesem Abend ein Typ, den ich aus meinem Stammladen kenne. Ich bin überrascht, ihn hier zu sehen. Damals habe ich ihn mal einen Abend lang angestarrt, weil er meinem Ex-Freund so ähnelte, nur daß er von Kopf bis Fuß in schwarzes Leder gekleidet war. Lange dunkle Haare, eine etwas kräftigere Figur. Er gefiel mir gut, benahm sich dann aber einem anderen Typen gegenüber ziemlich rauh und roch unangenehm nach einer Mischung aus Schweiß und zuviel Alkohol, als er sich endlich neben mich setzte, so daß ich die Flucht ergriff. Heute lächelt er mir nett zu und setzt sich kultiviert neben mich, zahlt mir mein Mineralwasser und stellt sich als Torsten vor. Dann greift er nach meinem Halsband und zieht daran meinen Kopf nach oben, so daß ich ihm direkt in die Augen sehe. »Ist das dein Ernst oder ein nettes kleines Accessoire?«

»Das ist bitterer Ernst«, sage ich.

Er lacht. Er sieht mich an. »Darauf sollten wir trinken«, meint er.

»Worauf?«

»Auf den Ernst«, antwortet er, »laß uns auf den Ernst trinken.« Sein Blick beantwortet meine Frage: Ja, ich auch.

Das hätte ich nicht gedacht. Er kommt näher und umarmt mich. Ich lasse es zu. Keine Untreue, oder? Aber mehr nicht. »Hey, mehr ist nicht drin«, sage ich, »ich habe ein Versprechen gegeben.« Ich zeige auf mein Halsband.

»Ist dein Typ da?«

»Nein.«

»Aber du nimmst dieses Versprechen ernst?«

»Ja«, sage ich, und weil ich keine weiteren Erklärungen abgeben möchte, zeige ich auf H. »Und ich werde heute abend von dem Freund meines Herrn bewacht.«

»Wer ist das denn?«

»Ich zeig' ihn dir«, sage ich, stehe auf und gehe zu H., wechsele ein paar entsprechende Worte mit ihm, und tatsächlich schaut er finster herüber, als Torsten sich nicht so schnell entmutigen läßt, mich wieder umarmt und meinen Kopf mit einem festen Griff in meine Haare nach hinten zieht. Ich mache ihn auf H.s Blick aufmerksam, und er läßt mich sofort los. Die männliche Hierarchie funktioniert reibungslos, denke ich, naja, vielleicht will er mir auch einfach keinen Ärger machen. »Verdammt, ich würde dich so gerne mitnehmen und quälen«, sagt er. »Wie lange bist du denn an dein Versprechen gebunden?«

»Noch mindestens drei Monate.«

»Und du bist oft hier?«

»Jedes Wochenende.«

»Verdammt«, sagt er nochmal, »da wird ja der Peiniger zum Gequälten.«

Ich lache. Das hat er schön formuliert. »Ich werde jetzt wieder tanzen gehen«, sage ich und verabschiede mich. Etwas Verwunderung bleibt zurück. Ist es nicht merkwürdig, daß der einzige Typ, der mir je in meinem Stammladen gefallen hat, S/Mler ist?

H. ruft am nächsten Morgen an. Er hatte keine Gelegenheit, mit seiner gestrigen Begleiterin irgendetwas zu machen, hat in seinem Auto geschlafen und möchte jetzt erst frühstücken und danach auf die Eurotica-Messe gehen, zu der er mich herzlich einlädt. Aus dem Spiegel sieht mir ein Mensch entgegen, der ein zu intensives Nachtleben hinter sich hat, aber ich raffe mich auf, ziehe mir sogar wie gewünscht Outfit an und schleppe mich in das trostlose Café, in dem H. auf Berlinreise zu frühstücken pflegt. »Guten Morgen«, begrüßt er mich. »Ich habe auch D. angerufen, aber er weiß nicht, ob er kommen kann.« Ich bestelle mir ein kleines Frühstück und erhalte eine Scheibe Schwarzbrot, eine Schrippe und ein ungeröstetes Toastbrot, aber bevor ich mich über die Lieblosigkeit einer ungerösteten Toastscheibe richtig zu ärgern beginnen kann, lenkt mich meine Freude über D.s Anblick ab. Er setzt sich zu uns, macht eine seiner üblichen einleitenden Bemerkungen über mein wildes Nachtleben, das mit Sicherheit mehrere Treuebrüche beinhalte, und bestellt sich einen Milchkaffee. Auf H.s sofort einsetzende Fragen nach unserem Intimleben reagiert er ausweichend, und ich wundere mich, daß H. sich nicht denken kann, daß er darüber doch wohl nur sprechen wird, wenn ich nicht aufmerksam daneben sitze. Als H. dann noch anfängt, D. zu mehr Großzügigkeit mir gegenüber aufzufordern, könnte ich ihm wirklich unter dem Tisch einen Tritt ans Schienbein verpassen, obwohl er es zweifelsohne immer gut mit uns beiden meint, die er uns doch so glücklich zusammengeführt hat, wie er manchmal leicht gekränkt bemerkt, wenn er das Gefühl hat, von uns nicht soviel über den Inhalt unserer Beziehung zu erfahren, wie es ihm eigentlich zustünde. Doch im Moment fehlt es ihm ebenso wie D. und mir an einer ganz anderen Information: Keiner von uns weiß, wo die Eurotica überhaupt stattfindet. Ich erinnere mich, in meinem Stadtmagazin darüber gelesen zu haben, und schlage vor, daß D. und H. sich in Ruhe unterhalten, während ich es schnell holen gehe, schließlich wohne ich gleich um die Ecke. D. und H. wollen sich aber nicht allein unterhalten, sondern mitkommen; Rücksicht sei ja nicht mehr nötig, nachdem meine Mitbewohnerinnen nun schon gekündigt haben, stellen sie treffend fest. Ich dagegen stelle fest, daß mich die gleichzeitige Anwesenheit zweier Sadisten in nicht unerheblichem Maße nervös macht; ich brauche ewig, um den Messeort herauszufinden, währenddessen D. H. »unseren« Rohrstock zeigt, der nach H.s Meinung nicht wirklich hart ist, aber was kann H. schon dazu sagen, der eine Affäre mit einer Frau hat, die mit einer Stahlgerte geschlagen werden will, mit einer Stahlgerte, man stelle sich vor –

»Das ist wirklich kaum noch zu glauben«, sagt Sato. »In Zukunft müssen wir uns Handgranaten und Flammenwerfer anschaffen, um unsere Frauen zufriedenzustellen.« Er schüttelt den Kopf, während er H. mit einer Mischung aus Spott und Respekt (vor soviel Härte) ansieht, der gerade ein weiteres Mal die Geschichte von seiner Hamburger Hardcore-Masochistin erzählt hat.

Wir stehen an einem Imbißstand auf der Eurotica, die nur eine kleine Messe ist, zwei halbe Etagen in einem Bezirkskongresszentrum, eine voller Gemälde und Fotografien, die andere voller Dessous und Toys. D. hatte nicht mitkommen können, also bin ich mit H. alleine hier, der die Blicke genießt, die wir auf uns ziehen, da wir als einzige in SadoMaso-Outfit zwischen den Messeständen umherwandeln. Beim Anblick einer RTL 2-Kamera ergreift er allerdings sofort die Flucht um die nächste Ecke, schließlich dürfen seine Eltern von seinen düsteren Neigungen nichts wissen. G. ist nicht unter den Anbietern vertreten, und statt dessen sind wir nun Sato und Nicole begegnet, die offensichtlich ein Paar geworden sind. Sato schlägt vor, nach der anstehenden Performance, die er filmen möchte, zusammen essen zu gehen, und H. ist von dem Vorschlag begeistert. Nicole und ich sind schweigsam. Ich weiß nicht, was zwischen uns beiden vorgeht. Vielleicht glaubt sie, daß ich eifersüchtig bin, vielleicht schämt sie sich auch, denn Sato erzählt mir als erstes in seiner freizügigen Art, daß er einen Zwei-Tage-Fick-Trip mit Nicole hinter sich hätte – der er einfach LSD ins Glas getan sowie ein Ecstasy »in den Arsch geschoben« hätte –, während sie unmittelbar danebensteht, das Gesicht rot bis unter die Haarwurzeln. Ich weiß nicht, wie ich reagieren soll. Für Nicole läuft hier gerade eine Fortsetzung der sexuellen Unterwerfung und Demütigung ab; ich bin quasi live dabei, mache aber die Sache natürlich so ungewollt wie zwangsläufig dadurch lächerlich, daß ich Sato wie immer nicht ernst nehme, so daß Nicole sich praktisch in meiner Gegenwart vor sich selbst dafür rechtfertigen muß, sich von gerade diesem Mann dominieren zu lassen. Ist es nicht merkwürdig, daß sich eine Masochistin vor der nichtsadomasochistischen Umwelt weniger für eine Demonstration ihrer Unterordnung schämt als vor einer anderen Masochistin? Ich bin mir nicht sicher, ob es mir nicht umgekehrt genauso ginge. Vielleicht erklärt es sich daraus, daß die Umwelt in jedem sadistisch veranlagten Mann ohnehin ein finsteres Mysterium mit ungeahnt heftiger Ausstrahlung sieht, während wir untereinander dahinter den normalen Menschen sehen, dessen Macht über uns wir uns dann selbst oder anderen erklären zu müssen glauben. Ich weiß es nicht. Sato probiert mit Nicole bzw. *auf* Nicole ein Wasserbett aus, dann sehen wir uns alle die Performance an: Steve und Chantal zum Beispiel, und, meine Göttin, Steve würde ich definitiv nicht von der Bettkante schubsen, wenn sein Verstand mit seinem Aussehen mithalten könnte. Der Rhythmus aus dem Geräusch einer durch die Luft sirrenden und dann auftreffenden Peitsche gebildet, und Marie wird erregt, ohne es zu wollen. Habe ich jemals erzählt, daß ich sehr musikalisch bin –

42

Karin hat binnen weniger Tage ein anderes WG-Zimmer gefunden. Alja hat eine Wohnung im Prenzlberg angeboten bekommen. Pat würde gerne bei mir einziehen, aber Karins Freundin als ideale dritte Mitbewohnerin hat andere Pläne, und außerdem kündigt sich durch Pats Freundschaft mit meinem Ex-Lover Ärger an. Er will sie von ihrem Umzug zu mir abhalten, spuckt Gift und Galle, und die Vorstellung, ihm irgendwann in meiner Küche zu begegnen, versetzt mich mehr in Panik, als ich zugeben möchte. Ich kann nur hoffen, daß dann nichts in Reichweite ist, um es ihm an den Kopf zu werfen, der berühmte Kristallaschenbecher aus den juristischen Übungsfällen –

Nein, ich möchte mich diesem Risiko eigentlich nicht aussetzen und verbringe einen ruhelosen Tag und eine schlaflose Nacht. Die Situation zwischen Alja, Karin und mir ist angespannt. Karin macht schon wieder ihre Witze, die mich bezüglich ihrer Toleranz S/M gegenüber so in die Irre geführt hatten. »Kannst du mir die Decke mitbringen?« rufe ich etwa, und sie brüllt zurück: »Bin ich die Sklavin oder du?«, aber mein Lachen ist nicht mehr echt. Sie sitzt mir am Tisch gegenüber und kneift ihre Augen zu dem berühmten bösen Blick zusammen, der mich jedes Mal in helles Gelächter ausbrechen ließ, aber heute zieht sich alles in mir zusammen, weil ich diesen

Blick in Zukunft nur noch selten sehen werde. Sie wird schon nächste Woche ausziehen, in eine reine Lesben-WG. Alja möchte auf einmal ihre freiwilligen Investitionen in unser gemeinsames Wohnzimmer nicht mehr wie abgesprochen in Raten, sondern sofort als Gesamtsumme zurückerhalten. Karin sagt zu mir: »Kopf hoch, mit dir kann man doch gut zusammenleben, du wirst schnell genug jemanden finden«, und mir rutscht in wirklich zynischem Tonfall etwas in der Art heraus, daß man ja sehen könnte, wie leicht es sei, wirklich tolerante Menschen zu finden, anstatt auf die bloße Oberfläche hereinzufallen. Ich verbringe einen weiteren ruhelosen Tag und eine weitere schlaflose Nacht. Morgens ruft D. an und sagt, daß er zunächst zwei Monatsmieten trägt, wenn dafür sichergestellt ist, daß wir in dieser Zeit die Wohnung wirklich nur für uns haben. Ich könnte heulen vor Erleichterung und fühle doch gleichzeitig eine leichte Beklemmung in mir angesichts der Möglichkeiten, die ihm diese Situation in meiner Phantasie eröffnet. Und ich kenne ihn mittlerweile gut genug, um zu wissen, daß seine Phantasie meiner in keinster Weise nachsteht.

43

»Meine Phantasie schlägt Purzelbäume«, sagt er und lächelt mich an. »Für dich tut mir die ganze Sache wirklich unendlich leid, das meine ich ganz ehrlich, und deshalb habe ich auch vor lauter Mitgefühl nicht gesehen, was für Möglichkeiten sich mir durch diese Situation bieten. Mir hätte ja etwas Besseres gar nicht passieren können.«

Wenn Karin in zwei Monaten wieder zu mir zurückkäme, würde ich ihm zustimmen. Aber sie wird nicht zurückkommen, und ich weiß noch nicht, ob ich in zwei Monaten wieder Mitbewohnerinnen suchen oder die Wohnung, in der 2000 DM Lohn aus Studentenjobs und 5000 DM Kredit stecken, aufgeben soll. Ich weiß nicht, wie es sich anfühlt, alleine zu leben, und Alja nimmt den Fernseher mit. Ich weiß gar nichts. Ich weiß nicht, ob er mir jetzt hilft, weil er sich mitverantwortlich fühlt, oder ob ihn allein die Situation derartig reizt, daß er 2000 DM auszugeben bereit ist (sollte mich das dann stolz machen? Und: Bin ich jetzt – erstmals – eine gekaufte Frau?) Ich habe mir geschworen, keine Auswirkungen auf unser Verhältnis zuzulassen: Ich werde nicht devot sein aus Dankbarkeit, ich werde nicht devot sein, weil er meine jederzeitige Verfügbarkeit gekauft hat. Ich sehe es als fairen Austausch: Er zahlt die Miete, ich liefere mich aus. Kein Grund für übertriebenen Gehorsam, nicht wahr? Es ist mir trotzdem unheimlich. Er wird seinen eigenen Schlüssel haben wollen und außerhalb seiner Dienstzeiten jederzeit auftauchen können. Es wäre nicht schlimm, wenn er mich beim Duschen anträfe, aber er könnte plötzlich in meinem Zimmer stehen, wenn ich mit Pat Kaffee trinke, er könnte mich schlimmstenfalls dabei überraschen, wie ich in mein Gruftie-Outfit gekleidet vor meinem Spiegel zu Kerzenschein tanze, meine Göttin, das wäre mir wirklich peinlich, und meine Zimmertüre ist von innen nicht verschließbar. Und er könnte jederzeit anrufen und seine Verbote kontrollieren. Ich nehme mir vor, die Tage, an denen er bis abends arbeitet, in Zukunft mit Pat zu verbringen. Sie ist schließlich die einzige meiner engeren Freundinnen, die mir erhalten geblieben ist.

44

Ein Abend mit Sato. Er hat mich zu sich eingeladen, da ich mir ein Buch über Sadomasochismus abholen soll, das er extra für mich bestellt hat. Ich freue mich über das Geschenk und seine Widmung, die mit »In Verbundenheit, Sato« endet. Verbundenheit ist ein schönes Wort für unser Verhältnis, jetzt, wo wir beide monogam sein wollen. Nicole ist zu ihm gezogen, und für sie möchte er monogam zu leben versuchen, weil er weiß, daß er ihr andernfalls sehr weh tun würde. Nicole ist in der Beziehung nicht anders als ich. In jeder anderen Beziehung scheint sie anders zu sein – für mich wäre es unvorstellbar, bei jemandem einzuziehen, den ich erst sechs Tage kenne und der zudem so undurchschaubar wie Sato ist. Aber sie hat für den 23 Jahre älteren Sato ihrem Fotografen den Laufpaß gegeben. Ich hoffe, daß sie es wie ich schafft, sich neben ihren Empfindungen noch einen distanzierten Blick auf sich selbst zu erhalten, der sie vor der völligen Selbstaufgabe bewahrt. Das Objekt ihrer Begierde spielt mir seine Aufnahmen von der Eurotica-Performance vor, noch einmal der begehrenswerte Steve und dann die drei holländischen Frauen, darunter eine kleine, mit langen, dunklen Locken, und die Kamera folgt ihr allein und beginnt immer mehr zu wackeln, während sie vor allem ihren Po festzuhalten versucht, öfter als das kindliche Gesicht, in dem eine Zunge sich zu einem verführerischen Lächeln über die Lippen bewegt, und Sato schlägt sich vor Begeisterung die Hände auf die Oberschenkel: Meine Güte, die hat es wirklich drauf, merkst du, wie ich kaum die Kamera halten konnte vor Erregung? Unschwer festzustellen, sage ich, daß das ein Mann gefilmt hat. Ja, sagt er, nicht wahr, Frauen würden das Gesicht filmen, er lacht, und ich denke, daß diese Frau sich mit ihrem Gesichtsausdruck noch mehr als mit ihrem Po anbietet, aber die Zeiten, in denen mich so etwas aufregte, scheinen lange her zu sein. Jetzt ist alles zu Spaß und Frivolität geworden, und es ist schon fast erstaunlich, daß ich noch die Flucht ergreife, als Sato mich auf der Eurotica einem Pornoproduzenten vorstellen möchte, um einen Castingtermin für mich zu vereinbaren.

45

D. war hier, eine Stunde lang nach einem seiner langen Arbeitstage, um zu hören, um welche Musik ich meine spärliche Cassettenauswahl bereichert habe, um zu lesen, was ich über unser letztes Zusammentreffen geschrieben habe, um sich zu beschweren, daß ich zuviel Raum in seinen Gedanken einnähme, und meine durch diese Worte ausgelöste Bereitschaft zu freundlichem Entgegenkommen auszunutzen, um sich von mir einen blasen zu lassen.

46

Karin ist ausgezogen. Ich zog mich in mein Zimmer zurück und war für niemanden ansprechbar. Ein Umzug ist immer eine lustige Sache, ich höre Karin mit ihren Freunden lachen. Später sitze ich in dem bis auf wenige mir gehörende Möbel leeren Zimmer und weine Tränen der Trauer und der Wut. Am Kühlschrank hängt noch ihre Postkarte aus dem Urlaub in Wales, auf die Tafel im Flur hat sie ihre neue Adresse notiert: Ruf doch mal an. Alja ist in Köln, sie wird vermutlich Mitte der Woche ausziehen. Ich sitze in Karins ehemaligem Zimmer und denke über mein Leben nach, das sich in so kurzer Zeit so sehr verändert hat. Hätte ich diese Veränderung voraussehen müssen? Fünf Jahre wollten Karin und ich noch zusammenwohnen, dann wollte sie auswandern. In das sonnige Spanien, um dort ein lesbisches Wohnprojekt mitzugestalten, oder – falls ihre Freundin sie verlassen würde – auf eine englische Schafweide, um fürderhin jeglichem Kontakt zu den Menschen zu entsagen. Jetzt haben wir nicht einmal ein Jahr lang zusammengewohnt. Vor weniger als einem Dreivierteljahr sah sie sich ihr späteres Zimmer an, und wir waren uns sofort sympathisch. Unsere Sammlung an Soldatenjacken und Militärmänteln konnte sich sehen lassen, nur trug sie sie vorzugsweise über Hosen, und sie mußten nicht unbedingt schwarz sein. Damals kannte sie ihre jetzige Freundin noch nicht, sondern hatte eine Affäre mit einer anderen Frau. Ich weiß nicht mehr, warum sie mir so schnell von den Lederhandfesseln dieser Frau erzählte, von den blauen Flecken an den Oberarmen, von dem Gefühl spitzer Fingernägel in weicher Haut. Ja, Karin hatte Handschellen in ihrer Kommode liegen! Hätte ich die gängigen Vorurteile gekannt, hätten mich ihre Piercings schon vermuten lassen müssen, daß sie sadomasochistischen Spielchen gegenüber durchaus aufgeschlossen sei. Sie hingegen war trotz meiner schwarzen Kleidung völlig erstaunt: »Das hätte ich nicht gedacht – du siehst viel zu unschuldig für so etwas aus!«

Und nun war ich es doch nicht, und die Frau, die mir von den farbigen Erkennungszeichen – grau für soften, schwarz für harten S/M, links für Sadismus, rechts für den passiven Part – erzählt hat, die mit mir in einen Sex-Shop gehen wollte, damit wir uns diese Lederhandfesseln kaufen konnten – sie für Besuche ihrer Freundin bei uns, ich als Symbol für eine Sehnsucht, für ein Ziel, das in einer sadomasochistischen Beziehung bestand, in der mein Partner nicht nur ein guter Schauspieler wäre –, die Frau, die mit einem kleinen Lächeln die Augenbrauen hochziehen und »ist das nicht eine prickelnde Vorstellung« sagen konnte, wenn wir über denkbare S/M-Szenarien sprachen, redet plötzlich von Gewalt, droht an, meine alleinige Hoheit über mein eigenes Reich zu mißachten, sobald Schmerzlaute durch die Zimmertüre drängen, und dort einzufallen, um das männliche Wesen unter Einsatz jeglicher Selbstverteidigungstechnik und gegebenenfalls der Springerstiefel vor die Wohnungstür zu setzen. Die Frau, deren Kurzhaarschnitt, Piercings, dunkle Kleidung und Auftreten mehr als einmal für ihre Klassifizierung als Hardcore-S/M-Lesbe sorgten, stellt müde fest, daß sie eine Theoretikerin ist und bleiben möchte und deshalb die Frau ihr gegenüber am Küchentisch verlassen muß, weil ihr Beschützerinstinkt sich, anders als ihr Verstand, der Erkenntnis verschließt, daß das kleine, mädchenhafte Unschuldslamm zur Hardcore-S/M-Hetera wird. Auch das ist eine der ironischen Lebenssituationen, die wir beide so liebten, nicht wahr?

Sie wird mir sehr fehlen.

47

Ich bin noch immer melancholisch, als D. kommt. Er tröstet wegen Karin, so gut er kann. Nachmittags hatte noch Nicole angerufen, die auch in schlechter Verfassung war: Alles geht so schnell, bitte hab ein Auge auf mich, falls du zu bemerken glaubst, daß ich irgendwie abdrehe. Aber ja, Nicole. Wenn du glaubst, daß ich diesbezüglich eine kompetente Ansprechpartnerin bin, will ich dir diese Illusion lassen. Der noch vor kurzem ahnungs- und arglosen und direkt keuschen Jurastudentin Marie wird jedoch glücklicherweise in dieser Nacht keine Zeit mehr für Gedanken bleiben, da wir die Wohnung für uns allein haben, und in Karins früherem Zimmer steht noch das Hochbett von meinem Ex-Freund, Erinnerung an alltägliches, allnächtliches Beieinanderliegen, die Zeit der heißen Sexnächte war da schon vorbei, nie wieder würde ich mich hineinlegen, aber das ist auch nicht D.s Absicht, der dafür wohl doch zu feinfühlig wäre, überdies aber ganz anderes im Sinne hat, denn dieses Bett erfüllt anstandslos die Funktion von Haken oder Ringen an den Wänden, dieses Bett ersetzt das Andreaskreuz im KK-Club. Ewigkeiten scheine ich mit ausgestreckten Armen und verbundenen Augen schon hier zu stehen, die Fesseln schneiden in die Handgelenke, und ich spüre die ersten Finger langsam taub werden, aber schlimmer ist, daß ich nicht weiß, wo er ist. Alle Türen in der Wohnung stehen offen, aus meinem eigenen Zimmer kommt Musik, die seine ohnehin leisen Schritte übertönt, und ich werde das Gefühl nicht los, daß er irgendwo steht und mich beobachtet, aber ich weiß nicht wo, ob in diesem Zimmer oder im Flur an der Wand lehnend, freier Blick durch die geöffneten Flügeltüren auf eine verwirrte Frau, die ihr Zeitgefühl verloren hat und der eine Ahnung von dem Kommenden nur durch Berührung oder Geräusche vermittelt werden kann, eine zarte Berührung mit der Gerte im Gesicht, das Geräusch eines angerissenen Streichholzes, lange bevor ich das heiße Kerzenwachs auf meiner Haut und die Hitze an meiner Vagina spüre, lange bevor der Nachteil dieses Hochbettes gegenüber einem Andreaskreuz in mein Bewußtsein dringt: daß D. sich nicht entscheiden muß, ob er mich auf Po und Rücken oder Brust und Bauch schlagen möchte. Als er mir zwischendurch meinen als Augenbinde benutzten Schal abnimmt, um mir mein störendes Samtshirt über den Kopf zu ziehen, bevor er mir die Hände an das Halsband und dann über meinem Kopf an das Bettgitter fesselt, sehe ich, daß es draußen dunkel geworden sein muß, das Zimmer ist dunkel bis auf den Schein einer Kerze, die auf der alten Kommode steht. Stilvoll. Wie die mittelalterlichen Gesänge von Qntal, die jetzt wieder aus meinem Zimmer herüberklingen, nachdem D. das Tape neu eingelegt hat. Wie D. selbst, den ich nur einen Augenaufschlag lang ansehen kann, als er vor mir steht, in schwarzem Muscleshirt, die Gerte an einer Gürtelschlaufe seiner Lederhose festgeklemmt; ist es nicht eigenartig, in welchem Ausmaß Kleidung Autorität unterstreichen kann? Ich bin nicht stilvoll. Dafür bin ich tapfer, lobt mich D. zwischen weiteren Schlägen. Vielleicht hat das eine etwas mit dem anderen zu tun. In einem Straßencafé an einem sonnigen Morgen wäre es die vermeintlich aufmerksame Öffentlichkeit, die zum Ertragen zwingt. In einem würdevollen Ambiente strenge ich mich an, nicht würdeloser zu sein als unbedingt nötig. Ich strenge mich an – und kann doch die Schmerzlaute aus meinem Mund nicht unterdrücken, kann nicht verhindern, daß ich automatisch den Schlägen auszuweichen versuche, weshalb D. mich schließlich nahezu bewegungslos an einen einzigen Bettpfosten fesselt. Meine Augen sind wieder verbunden, aber das leise Geräusch erkenne ich sofort. Nein! Ich möchte nicht so fotografiert werden! Nicht so –

»Sehr schön«, sagt er leise, »wirklich sehr schön.« Er bindet mich los. Eine Leine durch mein Halsband, aber er zieht mich aufrecht mit sich in das Badezimmer, erst dort muß ich mich hinknien, besser: zusammenkauern zu seinen Füßen, und wahrscheinlich ist es die Gerte, die er mir in den Arsch schiebt, bevor er das nächste Foto macht und ich aus Scham still zu weinen beginne. Er läßt Wasser in die Wanne laufen und steigt hinein, dann befreit er mich von meinen Fesseln, und ich darf zu ihm kommen und liege bei ihm wie vor scheinbaren Ewigkeiten bei G. Entspannung nach Demütigung führt bei mir automatisch zu haltloser Frechheit, der mit eigens geschliffenen Fingernägeln und einer eiskalten Brause abgeholfen werden muß, damit ich wieder weiß, wer ich bin und wer er ist, aber selbst das solcherart aufgefrischte Wissen führt später ärgerlicherweise nicht dazu, daß ich es auch ausspreche. Ich hatte mir geschworen, daß er es nie wieder von mir hören soll, richtig? Kein »Sie«, kein »Herr«, kein »Danke«. Beißen Sie sich ruhig die Zähne an mir aus, Herr, während ich meine so fest zusammenbeiße, daß keines dieser Worte aus Versehen den Weg aus meinem Mund finden kann. Reicht es nicht, daß ich mich durch nackte Gewalt davon habe überzeugen lassen, daß es meine Aufgabe ist, ihm den Rohrstock zu bringen, wenn er es so wünscht, und ihn ihm mit einem »Bitte sehr« zu überreichen, bevor ich dreißig Schläge zu empfangen habe, weil ich nicht um Erlaubnis bat, bevor ich auf die Toilette ging? Diese Schläge werden aber aufgeschoben, denn dem »Bitte sehr« war die Anrede anzufügen, und diese Gehorsamsverweigerung ist im Moment wichtiger, da beide Anwesenden genau wissen, daß der zu Gehorsam Verpflichteten das Fehlen jenes Wortes stets so bewußt ist wie dem, dessen Überlegenheit es zum Ausdruck bringen soll, was jetzt schon wieder auf anderem Wege geschehen muß, ein weiteres Mal mit der Gerte, mit Fesseln, die mich in der Embryonalhaltung zu seinen Füßen liegend festhalten, schließlich mit einer Klammer an der empfindlichsten aller Stellen, und da es gleich schwer ist, um Gnade zu bitten oder ihn mit »Herr« anzusprechen, tue ich, was er von mir wünscht, denn letztendlich bin ich doch *Ihre gehorsame Sklavin, Herr.*

»Sehr gut«, sagt er, »es geht doch, siehst du, es geht doch. So schwer ist es ja gar nicht. Noch einmal, dann bist du erlöst.« Noch einmal, dann bin ich erlöst. Die Anspannung weicht, und ich spüre, daß ich aufs Klo muß. Ich bitte ihn um Erlaubnis. »Ach, Marie«, seufzt er, »wie heißt es richtig?«

Darf ich Sie untertänigst um die Erlaubnis bitten, zur Toilette gehen zu dürfen, Herr?

»Das kann ja wohl nicht wahr sein, daß du derartig schnell schon wieder vergißt«, sagt er kalt. »Dann wirst du jetzt eben mit mir in die Badewanne gehen.« Ich will nicht. Ich muß. In der Badewanne stehe ich vor ihm, und er drückt auf meinen Bauch und dreht das Wasser an, physische und psychische Stimulation, deren Opfer ich werde, und schließlich kann ich es nicht zurückhalten. »Na also«, sagt er, »auch das geht nun doch.« Meine Scham ist entsetzlich und darf kein Ende nehmen, denn jetzt zieht er mich auf allen Vieren hinter sich her in die Toilette, wo ich ihm über der Schüssel einen blasen soll. Einen Moment lang glaube ich, mich erbrechen zu müssen, obwohl der Geruch so schlimm gar nicht ist, es ist wohl mehr meine Aufregung über die Situation, was ist denn verdammt nochmal so besonders demütigend daran, daß es hier stattfindet, daß ich hier tun muß, was ich immer tun muß, dabei stets auf allen Vieren bleibend, es sei denn, er richtet mich auf, um von hinten in mich einzudringen, aber danach zeigt er mit dem Finger auf den Boden vor sich und sagt »Auf die Knie!« in einem Tonfall, der nur eine Lebensmüde zum Widerspruch reizen würde, und die ganze Situation schüchtert mich derartig ein, daß ich mich an meinen Respekt G. gegenüber in meiner Initiationsnacht erinnert fühle. Immer noch auf allen Vieren geht es dann weiter zur Küche. Die Kette zwischen meinen Handgelenken und meinem Halsband ist so kurz, daß es leichter wäre, mich auf den Ellbogen anstatt den Handflächen vorwärtszubewegen, aber den Anblick will ich ihm nicht gönnen, das ist mir die Mühe wert. In der Küche angekommen, bin ich aber so fertig mit meinen Nerven, daß ich zittere und er mich kurz auf seinen Schoß zieht und mich besorgt fragt, ob ich mich zur Erholung etwas auf mein Bett legen möchte. »Nicht nötig«, sage ich cool. Zu stolz, um zuzugeben, daß ich schon fast völlig am Ende bin, habe ich nichts anderes verdient, als ernstgenommen zu werden; wer keine Milde verlangt, wird keine bekommen. »Da fehlt schon wieder ein Wort«, sagt er, als ich um etwas zu trinken bitte. Er drückt mich vor sich auf den Boden, hält mit seinen Beinen meine eigenen gespreizt und schlägt mich zwischen die Beine, bis ich zu schluchzen anfange. Vielleicht hört er, daß gleich ein Damm bricht, wenn er nicht aufhört. »Das ist jetzt aber wirklich genug«, sagt er und scheint die

Worte mehr an sich selbst als an mich zu richten. »Ich glaube, es ist wirklich gut, daß ich zwischendurch immer wieder gehen muß«, fügt er leise hinzu, während er mir entschlossen die Fesseln abnimmt, damit sie ihn nicht weiter in Versuchung führen. Er massiert meinen Nacken, eine kleine zärtliche Geste, und ich beruhige mich.

Er ist um sechs Uhr gekommen, wir schlafen um vier Uhr nachts ein, um sieben Uhr früh werde ich gefickt. Guten Morgen, sage ich danach, um acht Uhr früh muß er gehen, und einen Moment lang möchte ich meine Arme ausstrecken und »Geh nicht!« rufen, meine Wohnung kommt mir plötzlich unerträglich leer vor ohne ihn, aber Selbstbeherrschung war eines der wichtigsten Erziehungsziele meiner Mutter, und so klingt mein »Tschüß« schläfrig, obwohl ich hellwach bin.

48

Eigentlich wollte ich heute abend noch in den Waschsalon gehen. Seit ich wieder ein Sexualleben habe, hat es meine Bettwäsche öfter nötig als bisher, die Fächer für Unterwäsche in meinem Schrank sind auch schon wieder leer. Es wird trotzdem noch einen Tag aufgeschoben; ich bin zu müde. Mein Lover war hier – nein, Lover ist eigentlich das falsche Wort, ob es nun mit Geliebter oder Liebhaber zu übersetzen ist. B. nannte ich so. Wie ich D. nennen soll, weiß ich nicht. Ich will immer alles genau auf den Punkt bringen, aber hier gelingt es mir nicht. »Liebhaber« bezeichnet eine rein sexuelle Affäre, es erscheint mir für eine S/M-Beziehung zu oberflächlich. Gleiches gilt für den Ausdruck »meine Affäre«. »Geliebter« meint entweder den festen Freund oder den zweiten Freund neben dem festen Freund. Ich habe keinen festen Freund, denn auch das ist D. nicht. Eigentlich ist jemand, dem ich treu bin, ein fester Freund, eine Beziehung von der Art, von der man gemeinhin nur eine hat. Auch D. hat nur eine, und damit ist jedenfalls klar, was ich bin: Nichts weiter als eine Geliebte, der weibliche Part in einer liaison dangereuse, deren Gefährlichkeit mehr aus ihrem Inhalt denn aus dem grundsätzlichen moralischen Verbot resultiert. Ich weiß also, was ich bin, aber nicht, was er ist. »Mein Herr und Gebieter« allein wäre korrekt, es drückt eine spezielle Art von Bindung aus, mehr als ein Liebhaber, weniger als ein Freund, aber selbst in S/M-Kreisen ist soviel Devotheit im Alltag, wie sie sich in einer derartigen Benennung seiner Person außerhalb einer Fetischparty ausdrücken würde, höchst ungewöhnlich. Und außerhalb von S/M-Kreisen würde mich eine solche Bezeichnung auf direktem Wege in die psychiatrische Notaufnahme führen, nicht wahr? Ich fange also weiterhin zu stottern an, wenn man mich fragt, ob ich einen Freund habe, der der Grund dafür ist, daß ich nicht hier und jetzt mitkomme, um durch einen weiteren One-night-stand mein Leben auch nicht zu verändern, der der Grund dafür ist, daß ich morgen keine Zeit habe, obwohl ich doch nicht arbeiten gehe, der der Grund für das Lächeln in meinem Gesicht und meine gleichzeitige mentale Abwesenheit ist. D. ist der Grund für eine Gewichtszunahme von drei Kilogramm in den letzten vier Wochen, weil ich immer esse, wenn ich nervös bin, und vielleicht bin ich nervös, weil ich nicht weiß, wie ich ihn nennen soll, und das natürlich ein Zeichen dafür ist, daß ich nicht weiß, wie ich mir meinen Herrn und Gebieter in die Alltagssprache meiner Gefühlswelt übersetzen soll. Die Sklavin ist eine Geliebte. Was ist der Herr? Die Sklavin ist verliebt; das macht sie verletzlich und deshalb vorsichtig. Ich spreche immer abwertend von unserem Verhältnis, damit ich nie anfange, mich in sinnlosen Illusionen zu verlieren, was mir dennoch manchmal passiert; dann schlage ich ihm vor, den Bankjob sausen zu lassen, mein Zuhälter zu werden und uns ein wildes Leben führen zu lassen – nur uns beide natürlich. Was für eine Vermessenheit! Was für ein gemeiner Gedanke einer anderen Frau gegenüber, der nur daraus folgt, daß ich die Dinge schon immer ganz für mich allein haben wollte, wahrscheinlich als Beweis meiner Einzigartigkeit, an die ich ohne solche überflüssigen, weil vergänglichen Zeichen nur in den seltenen Sternstunden meines Lebens glaube. Und obwohl sich die Einzigartigkeit einer Person natürlich an den inneren Werten festmacht, ist es der Entwicklung eines eigenen, unabhängigen Glaubens daran nicht gerade förderlich, wenn man den ganzen Tag Butterbrote und Kekse ißt. Mea culpa, daß ich mich im Teufelskreis drehe? Aber ja doch, alles findet seine Ursache in nichts weiter als einem eklatanten Mangel an Selbstdisziplin, das ständige Essen sowohl als auch mein Verliebtsein sowie schließlich die unvorsichtigen Äußerungen der kurzen, unverschämten Höhenflüge meiner Phantasie, wenn ich mich einen Augenblick fallenlasse, wenn ich mich einen Moment lang nicht dazu anhalte, cool zu bleiben, um auf ein jähes Ende bestmöglich vorbereitet zu sein, ach ja, dann rutscht mir eine solche Bemerkung wie heute heraus, nach deren Aussprechen mir erst wieder gezeigt werden muß, wer ich bin, was mein Status ist, daß ich nichts zu erwarten, erst recht nichts zu fordern habe, schon gar nicht, daß er ausschließlich mein Zuhälter wird, solche Wichtigkeit steht dir nicht zu, mein Fräulein, wann wirst du das endlich begreifen, ohne daß ich dich zu meinen Füßen auf den Boden drapiere und dort festhalte, bis erst das Lachen, dann die Überraschtheit, die schnell ein Erschrecken wird, dem Ausdruck von Scham in deinem Gesicht weichen? Auch nachdem ich mich (schnell!) zu schämen begonnen habe, hält er mich noch so fest. Vielleicht, weil ich mich falsch schäme, viel weniger dafür, durch meine Äußerung anmaßend gewesen zu sein, als dafür, ihm ein weiteres Mal meine Gefühle für ihn gezeigt zu haben. Ich habe ihm geholfen, mich zu definieren, während ich nicht weiß, wie ich ihn nennen soll. Die Sklavin ist eine Liebende. Der Herr ist souverän, *wie es sich gehört.*

49

Nach einer langen, innigen Begrüßungsumarmung, die ihn mir als milde gestimmt erscheinen ließ, werde ich eines Besseren belehrt. Es haben sich wieder Ungehörigkeiten, Unerhörtheiten, Respektlosigkeiten angesammelt. Nein, der Rohrstock muß wegen Aljas Anwesenheit in der Wohnung noch einmal aufgeschoben werden, aber er wird ganz sicher nicht vergessen werden, denn er ist in mein Strafregister eingetragen, in mein Buch mit meinen Verfehlungen, meinen Fehlern, den Gedächtnisprotokollen über das Ausmaß meiner Verstocktheit. Eine Kette um die Taille unter meinem kurzen Kleidchen, die Hände links und rechts daran gefesselt, knie ich vor meinem Kleiderschrank, und die Musik lateinamerikanischer Prägung, die er mitgebracht hat, ist nicht geeignet, mich von dem durch zwei Klammern an meinen Schamlippen verursachten Schmerz abzulenken. Neben der Musik hat er mir ein Parfüm mitgebracht, das ihm gefällt, während ich dazu nur sagen kann, daß es unter all den süßlichen Düften, mit denen mir meine Verwandtschaft in all den Jahren Weiblichkeit beibringen wollte, noch der erträglichste ist. Ich möchte nach Patchouli, Sandelholz und Weihrauch duften – aber das kann ich machen, wenn ich wieder frei bin, sagt er. Sein Parfüm hat überdies die reizvolle Eigenschaft, zwischen den Beinen zu brennen wie Aftershave, sogar ausdauernder. Dieser Schmerz geht, der Schmerz der Klammern kommt, mein Körper fängt schon wieder zu zittern an. D. macht Fotos von mir. Vor dem Schrank kniend, über meinen Schreibtisch gebeugt stehend, mit der Leine an meinen Bettpfosten gebunden. Ungeschminkte Marie mit wirren Haaren und vor Schmerzen merkwürdig vibrierendem Körper. Wir sprechen kaum. Er will heute nichts Konkretes von mir, will diesmal nichts durchsetzen, nur demonstrieren, daß er auch anders kann, wenn ich mir nicht in Zukunft allgemein ein bißchen mehr Mühe gebe, eine gute Sklavin zu werden. Schweigsam konzentriert er sich darauf, mir Respekt beizubringen, und tut mir zu diesem Zwecke mit den Klammern derart weh, daß ich dreimal so laut aufschreie, daß ich glaube,

Alja muß es einfach gehört haben. Heute macht er auch vor meiner Klitoris nicht halt. Und ich ertrage diesen Schmerz nicht, nein nein nein, Gnade, bitte, Gnade –

»Es hört sich einfach zu schön an, wenn du das Wort ›Gnade‹ aussprichst«, sagt er später. »Ich möchte dann nicht sofort aufhören müssen. Ich möchte die Chance haben, es nochmal zu hören. Es ist wirklich zu schade, um als Codewort verwendet zu werden. Denk dir ein anderes Wort dafür aus. Mayday, SOS, was weiß ich, aber nicht Gnade.«

Gnade passe zu meinen Träumen von Burgen und langen schwarzen Samtkleidern, behauptet D. mit einem kleinen ironischen Lächeln – wie kann er erwarten, daß ich an »SOS« Gefallen finden könnte? Und G.s »Njet« spricht sich so leicht aus, überhaupt alle fremdsprachigen Begriffe für Nein oder Gnade sprechen sich so leicht aus, als ob sie einen durch den Übersetzungsprozeß weniger berührten. In D.s Auftrag muß ich mir aber – Gipfel des Gehorsams – die Hürde hoch setzen, das Wort muß sich so schwer aussprechen wie Gnade – was könnte mir Besseres einfallen als ein Synonym: Erbarmen. *Bitte haben Sie Erbarmen, Herr.* Oh meine Göttin, diese Hürde ist wirklich hoch genug! Es könnte sich nur auch zu schön anhören, wenn ich es ausspreche.

50

Alja zieht unter Mithilfe zweier dieser gnadenlos jungen und schönen Menschen – in diesem Falle männlichen Geschlechts – ihres Bekanntenkreises aus. Ich bin nicht so traurig wie bei Karins Auszug, aber auch nicht ganz so ungerührt, wie ich geglaubt hatte, da Alja und ich uns nicht besonders nahe standen. Sie wird mir wohl dennoch fehlen, merke ich jetzt. Ach ja –

»Sei stolz darauf, eine S/M-Frau zu sein«, schreibt mitfühlend H. Ich war schon oft stolz darauf, die unangepaßte Böse zu sein. Und ich war immer sehr viel allein – aber das muß nicht die logische Schlußfolgerung sein, da ich mir meine Freunde künftig in der Szene suchen kann, tröstet H., der sich selbst für diese Rolle empfiehlt und sich tatsächlich sehr um mich bemüht, mich aber dadurch ziemlich wütend macht, daß er zu D. sagt, er könne jederzeit etwas mit mir machen, wenn er wolle, hätte gar mehrfach die Gelegenheit dazu gehabt, aber D. solle unbesorgt sein, er würde unseren Vertrag ihm zuliebe respektieren. Marie ohne eigenen Willen angesichts H.s Blick – die Vorstellung gefällt mir nicht. Wie kann H. diesen Eindruck von mir haben? Wer könnte mehr eigenen Willen haben als ich? –

51

D. spielt mit dem Gedanken, H. zu bitten, Halterungen für Ketten an den Wänden meines Erkers anzubringen, links und rechts unter den verschnörkelten Kerzenhaltern. Ich stelle mich dazwischen und strecke die Arme aus. »Schwierig«, sage ich, »weil man die Arme dabei nicht nach oben ziehen kann, ohne daß man vorher die Kerzenhalter weiter nach oben versetzt –« Ich erröte, als ich merke, worüber ich hier gerade so fachfraulich spreche. Was geht es mich an, ob er die geeignetsten Möglichkeiten hat, mich zu quälen? Meine Rolle, so wie ich sie verstehe, schreibt mir vor, Widerstand zu leisten – niemals darf die zu Unterwerfende hilfreiche Hinweise zu den Methoden ihrer Unterwerfung abgeben. Was für eine perverse Situation wäre das auch!

Einstweilen tut es aber ohnehin das Hochbett von B., das noch in Karins früherem Zimmer, das noch früher B.s war, steht. D. hat mir verboten, es abzubauen. Er liebt es, Alltagsgegenstände zu zweckentfremden, um mir weh zu tun. H. ist da ganz anders, er bietet mir an, mir in meiner nunmehr leeren Wohnung einen »Playroom« einzurichten. D. und ich lachen über diese Vorstellung. Ein Hamsterkäfig für Sadomasochisten, wir betreten das Zimmer und verabschieden uns von der Spontaneität; von der unvermittelten kleinen Grausamkeit zwischendurch, die so verwirrend ist, wechseln wir zu einem festen Plan, jetzt soll es sein, daß wir das Laufrad in Schwung bringen, und als Waffen stehen uns zur Verfügung: ein Andreaskreuz, ein Flaschenzug, diverse Peitschen, diverse Klammern und was das Herz sonst noch begehren könnte. Wozu? Der Alltag ist voller billiger und effektiver Werkzeuge dieser merkwürdigen Lust. Mir sind die Augen dafür geöffnet worden, und mein Verhältnis zu Haarbürsten, Wäscheklammern, Schnüren, Kerzen und Fingernägeln wird nie wieder ein ungetrübtes sein –

52

»Gönn es dir doch mal, deine Gefühle für mich zu zeigen«, sagt er am Telefon zu mir. »Ich weiß doch sowieso, was du für mich empfindest.«

»Ich soll es dir gönnen, meinst du wohl«, sage ich.

»Ich meine, du sollst es dir gönnen«, insistiert er.

»Nein«, sage ich. Nein, nein, nein, tausendmal nein. Diese Art von Selbstverwöhnung ist schädlich. Ich gönne mir ein paar Butterkekse und bin hinterher frustriert, weil ich meinen Rock nicht mehr zukriege. Ich gönne es mir, Gefühle für D. zuzulassen (ist es nicht sowieso schon passiert?), und bin hinterher am Boden zerstört, weil – ?

Ich weiß noch immer nicht, wie man eine Affäre hat. Er hat eine Affäre mit mir. Ich liebe, und es ist schlimm genug, daß er es weiß. Warum fordert er mich auf, mich unglücklich zu machen? Ich denke mehr als genug an ihn. Ich bin schon unglücklich genug. Ich hasse die Sehnsucht, die meinen Kopf blockiert.

Am Anfang war alles anders. Als wir uns kennenlernten, war ich souverän. Er saß mir im Café Peppermint gegenüber, er trug einen Trainingsanzug, meine Güte, und bot mir Geld dafür, und ich dachte, warum nicht, was hast du schon zu verlieren, und er ist ja kein unangenehmer Typ und intelligent dazu, wie es aussieht. Wir gingen zum Kanal und legten uns auf die Wiese, und ich war nett, weil ich durchaus Geld verdienen wollte, ich war nett und ließ ihn mich anfassen und spreizte gehorsam die Beine, während das Sightseeing-Schiff langsam an uns vorbeifuhr, schloß devot die Augen, als er meine Brust zu quälen begann. »Sehr schön«, sagte er, »wirklich sehr schön.« Und seine Stimme begann mich zu faszinieren. Und ich konnte ihm wirklich nicht mehr in die Augen sehen. Und ich wußte, daß er für etwas bezahlen würde, das ich ihm auch zu schenken bereit war. Und ich dachte, die Erfahrung mit G. hätte mich abgeklärt genug zurückgelassen, um mich einfach aus Spaß an der Lust, die ich bis dahin nicht richtig gekannt zu haben schien, auf D. einzulassen. Ich war neugierig auf ihn, aber ich wäre nie auf den Gedanken gekommen, daß ich mich in einen Mann verlieben könnte, der sich so würdelos bunt kleidet wie er es bei unseren ersten Begegnungen tat. Marie im Himmel: Sex ohne die drohende Gefahr süchtig machender Gefühle, und für den ganzen Spaß auch noch bezahlt werden. Er wollte etwas von mir, und ich war es, die Ja oder Nein sagen konnte, ich war eine begehrte Person, während er nicht wissen konnte, ob Sympathie oder eine drohende Telefonrechnung der Grund für mein Ja war.

Ich war stark, und heute bin ich schwach, und das ist die eigentliche Unterwerfung, die stattfindet.

53

Alja ist weg; die Wohnung ist unser! –

Ich bin allein und schwanke zwischen einer ersten kleinen Einsamkeitsdepression und Begeisterung über die Ruhe und all diesen Platz für mich allein. »Auch der Verzicht – in diesem Falle auf Gesellschaft – kann eine Aufgabe sein, die ich dir stelle«, sagt D. am Telefon und fügt hinzu: »Vielleicht macht dir das die Sache leichter.«

Im Moment ist die Sache aber noch gar nicht so schwer. Auf D.s Kosten darf ich zwei Monate lang Yuppie spielen und auf 120 qm so standesgemäß wohnen, wie es sich für eine junge, ehrgeizige und vielversprechende Jurastudentin gehört, die merkwürdigerweise aber keine Waschmaschine ihr eigen nennt, noch nicht einmal einen ordinären Wasserkocher, geschweige denn einen Toaster findet man in der Wohnung, was das Bild freilich etwas verzerrt, aber das macht nichts. Hier stimmt ohnehin einiges nicht. Warum sind denn da Seile an dem altmodischen Gitterbett befestigt? Wer würde seine Handgelenke freiwillig mit derartig starren Lederarmbändern mit einem so schlichten wie nutzlosen Ring daran schmücken? Warum hat diese junge Frau auf ihrem Frisiertischchen statt Silberketten Stahlketten liegen? Und welch merkwürdige Art von Humor kann eine solche Person dazu verleiten, sich ein Paar schwarze Handschellen an die Wand zu hängen? Und was um alles in der Welt schließlich ist dieses lange, schwarze Teil, dessen Schlaufe über dem Bettpfosten hängt?

Lassen sich junge, ehrgeizige und vielversprechende Jurastudentinnen an ihr Bett fesseln und auspeitschen? Wer käme wohl auf so eine verrückte Idee –

Obwohl: Sie wissen wenigstens genau, was sie tun und geschehen lassen.

54

»Unser gestriges Treffen hat mich wirklich amüsiert«, sagt er am Telefon.

»Ach ja?« entgegne ich leicht verunsichert. Er soll sich nicht darüber amüsieren, wenn ich mich wehre. Ich meine es ernst! – Meine ich es ernst? Warum habe ich mich mehr als sonst gewehrt? Weil er vor ein paar Tagen lobend erwähnte, daß ich schon viel gelernt habe, daß ich schon ausgesprochen gut funktioniere, solange er mich nicht provoziert? Weil ich selbst merke, daß sich meine Grenzen zu verschieben begonnen haben, daß ich mich bereitwillig entkleide und auch ihm widerstandslos beim Ablegen behilflich bin, besonders gut kann ich mittlerweile Schuhe an- und ausziehen, und tatsächlich frage ich ihn in meiner eigenen Wohnung um Erlaubnis, bevor ich auf die Toilette gehe –

Ich tue dies alles zwar mit einem ironischen Lächeln, als ob ich ihm zeigen wolle, daß ich mich diesen Forderungen nur um des lieben Friedens willen beuge, da sie mir im Grunde so ausgesprochen lächerlich erscheinen, daß sie mich nicht wirklich im Kern meiner Persönlichkeit berühren, aber ich tue, was er verlangt, und es ist mir stets bewußt, daß ich mich an seine Regeln halte, so wie es mir bewußt ist, wenn ich dagegen verstoße, wenn ich mich etwa neben ihn auf mein

Sofa setze anstatt vor ihm auf den Boden. Und selbst das ironische Lächeln – irgendwann war es noch nicht möglich, erschien die gestellte Aufgabe zu entwürdigend, um sie zu erfüllen, mit was für einem Lächeln auch immer.

Heute bin ich brav, erscheint mir Widerstand oft lächerlich, wie eine billige Provokation, wie die sehnsüchtige Aufforderung einer Masochistin, die ich nicht bin, endlich geschlagen zu werden. Ich habe Angst vor Schlägen – und sollte das tatsächlich einer der Gründe für meinen Gehorsam sein? Sollte es ein reiner, autoritärer Erziehungserfolg sein? Beruhen solche Erziehungserfolge nicht ausschließlich auf der Angst, während der Gehorsam dann von einem beständigen inneren Grollen begleitet wird, von einer fortwährenden insgeheimen Auflehnung? Bei mir ist es erschreckenderweise die innere Auflehnung, die schwächer zu werden scheint. Vielleicht muß ich mich wieder in die Ausgangsposition rücken und wehre mich deshalb diesmal heftig, ganz egal, was er von mir verlangt. Vielleicht muß ich mich wieder zu der Frau machen, die er kennenlernte, die stolz war, distanziert, herausfordernd – distanziert vor allem, unnahbar.

Meinen Körper hast du, meine Seele noch lange nicht, habe ich kürzlich noch zu ihm gesagt, und er nickte, ja, er weiß es. Und jetzt spricht er mich auf meine Gefühle für ihn an, führt ein ernstes Gespräch über die Liebe mit mir, er im Konjunktiv, ich in der Ist-Form; er braucht keine Lupe, um zu sehen, wie mir meine Seele entgleitet. Ich halte fest, wonach ich greifen kann, und wenn meine Seele zu schnell ist, werde ich nach meinem Körper greifen. Er war noch nie so gut trainiert, daß er in kurzer Zeit hätte weit kommen können –

An diesem Nachmittag hat D. beobachtet, wie mir meine Seele entglitt, und aus Rache habe ich ihm meinen Körper wieder entzogen. Habe es nach Kräften versucht und war stolz auf mich. Ja, gestern habe ich mich gewehrt, gewehrt, gewehrt und gewonnen –

»Unser gestriges Treffen hat mich wirklich amüsiert«, sagt er am Telefon.

Ja, gestern habe ich mich gewehrt, gewehrt, gewehrt – und er hat mich gewinnen lassen.

55

»Das sieht schön aus im Spiegel«, sagt er. »Auf den Knien, die Beine leicht gespreizt, die Arme auf dem Rücken und mit meinem Schwanz im Mund. Wie ein kleines Tierchen. Ein richtig devotes Weib. Ein wirklich schöner Anblick.«

Das war im Bad. Wir wiederholen es auf der Toilette, die er als neues Terrain für grenzberührende Demütigungen entdeckt hat. Ich sperre mich. Er droht damit, meinen Kopf in das Becken zu drücken. Es wird nicht passieren. Stattdessen wird er sich nett zeigen, wie er es ausdrücken würde, und mich an diesem Ort zum Kommen bringen. In einem bekannten Handkommentar für aktive Juristen steht unter dem Vergewaltigungsparagraphen die Anmerkung, daß es sich auch dann um eine Vergewaltigung handelt, wenn die Frau infolge eigener geschlechtlicher Erregung schließlich nicht mehr in der Lage ist, Widerstand zu leisten. Mit einigen gleichgesinnten Kommilitoninnen habe ich mich darüber entrüstet. Ich bin immer noch felsenfest davon überzeugt, daß eine Frau während der gewaltbegleiteten Vornahme sexueller Handlungen gegen ihren Willen niemals erregt sein wird, daß dieser Vorstellung geradezu etwas Unverschämtes anhaftet, es ist ein vollkommen realitätsfremder männlicher Wunschtraum – aber hier, zwischen D. und mir, wo zwar Kampf, aber keine Todesangst existiert, wird diese männliche Allmachtsphantasie wahr, mein Widerstand zerfließt unter seinen Händen, mein Körper macht, was er – D. – will, und mein Willen spielt keine Rolle mehr, *wie ich es ihm versprochen habe.*

56

Bin ich nicht längst vollständig besiegt? Angstvolle Frage an mich selbst, während ich, devot die Arme auf dem Rücken verschränkt haltend, vor meinem Schrank knie und er mir gegenübersitzt und sein Werk betrachtet, das er mit schwarzem Kerzenwachs auf meine Brüste gezeichnet hat. Durch einen Vorhang aus nassen Haaren starre ich ihn an.

Gerade eben noch hat er meinen Kopf in die Kloschüssel gedrückt, weil ich ihm nicht die Eier lecken wollte, woraufhin ich mich wie immer zur unnahbaren Sphinx wandelte, die irgendwann wieder zur ironisch daherplappernden Unterhaltungsdame werden wird, wenn sie sich wieder beruhigt hat. Es hat den Anschein, als wäre es schon wieder soweit. Hier knie ich und gebe die Weltmeisterin der Selbstironie vor nur einem einzigen Zuschauer. Er beobachtet mich aufmerksam. »Ich bin mir nicht sicher, ob meine Sklavin gleich hysterisch wird oder wirklich so lustig ist«, sagt er plötzlich. »Im Ernst, du siehst aus, als ob du gleich zu weinen anfangen würdest.«

Eine gute Sklavin darf nicht lügen. Ich bin keine gute Sklavin. Hoffentlich bin ich wenigstens eine gute Lügnerin.

»Nein«, sage ich und schüttele in verdächtig vehementer Abwehr meinen Kopf dazu. »Nein, wirklich nicht.«

»Es sieht aus, als ob du Tränen in den Augenwinkeln hättest«, sagt er. »Aber vielleicht ist es nur ein Rest Wasser.«

Ja, ja genau, so ist es, glaub mir. Man soll zählen, um sich zu beruhigen, also zähle ich innerlich. Tori Amos singt dazu. *»Black Roses«: Don't you laugh!* Sing weiter, Tori. Ich möchte mitsingen, das lenkt ab.

Draußen scheint ein weiteres Mal die Sonne vor blauem Himmel an einem Familiensonntag, seine Haut roch nach Sonnenmilch, als er mich vorhin in die Arme nahm. Das ist das Ende von »Ein Schrei im Wind«, diesem wunderschönen Film, und von diesen billigen männlichen Vergewaltigungsphantasien. Am Ende lieben wir unsere Peiniger. Am Ende, Marie! Nicht am Anfang, mein Mädchen, meine Kleine, meine Süße, nicht am Anfang schon! Eine liebende Frau ist ein reizloses Wesen. Eine liebende Frau ist besiegt. Nur eine Frage der Zeit, bis du alles von ihr haben kannst, nicht wahr? Nein, es ist nicht wahr, aber was bedeutet es schon, sich über der Kloschüssel einen blasen zu lassen, gegen diese Macht – zu wissen, daß ein Mensch nicht anders kann, als Tag und Nacht über dich nachzudenken, sich deine Anwesenheit herbeizusehnen, vor Nervosität unfähig, ein Tape in die richtige Hülle zu stecken, Sätze richtig zu formulieren, wenn du da bist, längst vergessen habend, daß der Alltag nicht aus Gedanken an dich, sondern einem Studium bestehen sollte. Was geht schon über diesen umfassenden Sieg? Und ist es ein Wunder, wenn diese Niederlage mir die Tränen in die Augen treten läßt, wenn ich ihn vor mir sitzen sehe als ungerührt lächelnden Beweis für eine verlorene Schlacht, die wichtiger war als alle anderen Kämpfe? Gratulation, mein Herr und Gebieter! Ihre kleine Sklavin spricht albernerweise nach fünf Wochen von Liebe. Neben dem steten Mangel an Wohlerzogenheit und Disziplin nun noch der an Lebenserfahrung! Sie erspart Ihnen wirklich rein gar nichts. Zwar schmeichelt es Ihnen, doch fragen Sie sich wirklich, woran es liegen kann. Doch wohl nicht an diesen lächerlichen Gemeinsamkeiten, die Sie beide mit Tausenden anderen Menschen teilen: Gefallen an demselben, bereits in zweiter Auflage erschienenen Buch, dem Geräusch von Vögeln in der sonnigen Morgenfrühe, der erregenden Vorstellung, ihr das Wort Sklavin auf den Bauch oder den Po zu schreiben, mit einem Filzstift, mit einer Tätowiernadel, mit einem Brandeisen, mit einem Zusatz: *Für alle, von D.*

»Volltreffer«, sage ich leichthin, als er bei dem letzten Buchstaben angekommen ist. Dies war eine sexuelle Phantasie der frühreifen Marie seit ihrem dreizehnten Lebensjahr. Sie wird schon nicht das Copyright darauf haben – und dennoch ...

Irgendwann dachte ich, daß G. der Meister schlechthin wäre, und mußte meine Vorstellung schnell als naiv erkennen. Wieso nur habe ich das Gefühl, daß mir diese Erkenntnis bei D. nicht kommen wird? Wieso nur macht es mir solche Angst, jetzt schon jemanden getroffen zu haben, dessen Phantasien das genaue Pendant zu meinen zu bilden scheinen? Und wieso ist dieser Mensch neben dem sadomasochistischen Sexualpartner zudem noch eine Persönlichkeit, mit der man hin und wieder ein paar Worte wechseln kann?

Und das war der Gedanke, der mich an den Rand meiner Fassung trieb, während das Kerzenwachs auf meiner Haut fest wurde und meine Haare langsam zu tropfen aufhörten: Du würdest ihn in deine Stammkneipe mitnehmen und deinen Freundinnen vorstellen, selbst wenn er seine schrecklichste Krawatte und den Trenchcoat trüge.

Ich zähle, Tori hat zu singen aufgehört, auf meinen Knien rutsche ich wie befohlen auf ihn zu, der breitbeinig auf meinem Sofa sitzt, und denke immer wieder:

Nein, Marie, nicht aufgeben, nicht aufgeben! Vielleicht ist ein Großteil deiner Armee nur mal kurz ohnmächtig geworden. Und wird auferstehen wie Dornröschen, wenn der Schwarze Prinz kommt, um dich zu küssen.

Der Schwarze Prinz, der frei ist und für den du die einzige sein wirst, du hoffnungslose Romantikerin.

Der Schwarze Prinz, der eine Erfindung von D. ist.

57

Er steckt mir einen Finger in die Vagina, einen anderen in meinen Arsch, und nun bitte sauber ablecken, Mund auf, sei brav, mein Mädchen, ich rate dir, sei brav. Vergebliche Empfehlung, mein Herr. Er ohrfeigt mich, Schläge auf immer die gleiche Wange, einer so heftig, daß ich gefallen wäre, hätte er mich nicht vor Stunden schon ein weiteres Mal an das Hochbett gefesselt. Ich soll mich mit gespreizten Beinen vor ihn stellen, mich nach vorne beugen und das Kleid hochheben. »Und jetzt zieh deine Möse auseinander«, sagt er. Ich reagiere nicht. Was für eine entsetzlich demütigende Vorstellung, mich ihm derartig dar- und anzubieten! Nein!

»Wirst du jetzt wohl tun, was ich dir gesagt habe?«

Nein!

Er packt mich, ich wehre mich, er schlägt kräftig zu, mit der flachen Hand auf meinen Po, ich lasse mich fallen, drehe mich liegend zur Seite, er greift wieder nach mir, zieht mich hoch, schlägt erneut zu, ich wehre mich, komme frei, ein Griff in meine Haare hält mich jedoch in Reichweite fest, er bekommt meinen Arm zu fassen und dreht ihn mir auf den Rücken und hat wie immer gewonnen, als ich in die Knie gehe. –

Ich liebe den Nahkampf. Kurz und heftig, da ihn seine spontane Wut nach einer Provokation durch mich keine Rücksicht mehr nehmen läßt. Ich mag es, wenn er so wütend ist, mag dieses Spiel mit dem Risiko einer heftigen Reaktion und meiner Angst davor, das allzu gefährlich nicht ist, weil wütende Reaktionen sofort erfolgen und meistens schnell vorbei sind, im Gegensatz zu längst fälligen, im voraus geplanten Bestrafungsaktionen, die durch die vorangehende ängstliche Erwartung des Unausweichlichen soviel quälender sind.

Doch auch letztere sind Kampf. Er möchte mich schreien hören, ich will kein Geräusch von mir geben, er will mich weinen sehen, ich kämpfe gegen die Tränen an, er möchte mich um Gnade betteln hören, ich beiße mir auf die Zunge. Ob nah und spontan oder erst, nachdem er mich zuvor zielstrebig wehrlos gefesselt hat, ob Erziehungsabsicht, Wut oder der pure Sadismus der Grund für die sich ankündigenden Schmerzen sein wird, wir kämpfen immer: um die Durchsetzung seiner Ansprüche, um Bruch beziehungsweise Erhalt meiner Würde, und schließlich um das letzte Wort, das seine Souveränität oder meinen Stolz erhalten soll, wenn wir dem anderen in irgendeiner Frage nachgegeben haben (nachgeben mußten, nicht wahr, Marie), und das wir mit einem Lächeln ehrlicher Hochachtung zur Kenntnis nehmen. Ach ja, ich liebe jede Art von Kampf zwischen D. und mir, auch wenn ich meistens verliere.

Immerhin gehe ich nicht sang- und klanglos, sondern ganz im Gegenteil mit Pauken und Trompeten unter. Und ich wollte immer eine aufsehenerregende Frau sein –

58

Eine Frau und ein Mann im Spiegel. Nur er sieht hin, sieht sich selbst schon im Mantel hier stehen, den rechten Arm um die Taille der etwas kleineren Frau gelegt, die ihm den Rücken zuwendet und sich nicht an ihn lehnt. Das Schluchzen in verschiedenen Lautstärken, das die ganze letzte Stunde über eine stetige Geräuschkulisse bildete, ist verebbt.

In die Stille hinein sagt die Frau: »Und, ist die Wimperntusche waterproof oder nicht?«

Er greift nach ihrem Kinn und dreht ihr Gesicht zu sich.

»Nein«, sagt er.

Noch immer kommen Tränen, und ihre Unterlippe zittert schon wieder verdächtig. Sie senkt wieder den Kopf.

Geh, bitte geh. Laß mich jetzt allein.

»Ich werde jetzt gehen. Knie dich auf deinen Platz. Verabschiede dich von mir, und dann bleibst du noch fünf Minuten in dieser Position.«

Bitte.

Sie kniet vor dem Schrank. Eine letzte Ohrfeige noch, damit das verwirrte Hirn die korrekten Abschiedsworte findet, dann hört sie seine Schritte im Flur, die Tür fällt zu, die Talsperre bricht, und die Welt geht unter.

Was ist passiert? Nichts besonderes ist geschehen. Ich bin bestraft, abgestraft worden, weil ich schon wieder aufsässig war. Ich war heute wirklich in keinster Weise devot. Mein Verhalten ihm gegenüber ließ mein Versprechen zur Farce werden. Er verhielt sich demnach völlig korrekt. Er hat es sich lange genug angesehen, und jeder einzelne Hieb, jede einzelne Demütigung, jede Ohrfeige und die Verweigerung jedweder Zärtlichkeit durch ihn war verdient und berechtigt. Ich hatte mich ihm gegenüber distanziert und lieblos verhalten, wie hätte ich von ihm als Reaktion darauf anderes erwarten können? Möglicherweise hätte ich ihn sogar verachtet, wenn er sich das weiter hätte bieten lassen. Was ist passiert?

Irgend etwas ist geschehen, das mir das Erledigen meiner Hausaufgaben, den freundlichen Empfang seiner Person zu der Demütigung werden läßt, die diese Aufgaben ganz am Anfang für mich darstellten, wenn auch aus anderem Grund. Alles in mir ist Widerstand. Ich kann nicht einmal mehr nett sein, wenn ich eigentlich nett sein will, da ich mich doch so freue, ihn zu sehen, daß ich ihn tatsächlich gerne verwöhnen würde. Aber in unserem Verhältnis ist es keine normale Freundlichkeit, in unserem Verhältnis ist es Devotheit, und seit mir meine Gefühle für ihn klargeworden sind, die einen beständigen Souveränitätsverlust, eine reelle Unterwerfung mit sich bringen, verbiete ich mir selbst jegliches Verhalten, das auch nur im entferntesten devot wirken könnte.

Es ist ein Kampf auf Leben und Tod: Er darf mich nicht ganz haben! Nun hat er, was er gar nicht haben wollte, und ich sehe entsetzt, wie ich unser perfektes Spiel zerstöre, indem ich es zu bitterem Ernst werden lasse. Er kommt herein, ich bin reserviert, direkt unhöflich, schaffe es nicht, mich selbst zu einem anderen Verhalten zu zwingen; ich schäme mich für meine Unfreundlichkeit, mit der ich ihm ja gar nicht wirklich begegnen möchte, gleichzeitig wird mir bewußt, wie zerbrechlich eine S/M-Geschichte ist, wenn nur einer plötzlich den Kampf zu ernst nimmt und ihn bis zum Ende durchzuhalten anstrebt, weil das Besiegtwerden auf einmal ein anderes Gewicht bekommen hat.

Wenn ich niemals um Gnade bäte, aus Rache für meine Gefühle, für die er doch letztendlich nicht verantwortlich ist, als Ausgleich für die Hingabe, die er durch diese schon erhält, auch wenn er mit ihr nichts anfangen kann, müßte er mich entweder umbringen oder – und da er ein vernünftiger Mensch ist, wird er diesen Weg wählen – gehen.

Wenn ich mich wegen meiner Gefühle für ihn so verweigere, daß ich die Anforderungen an seine Gewaltbereitschaft überspanne, daß ich uns beide in einen Kampf verwickele, der nichts Spielerisches mehr hat, so daß eine Niederlage die Psyche angreift, habe ich diese wunderbare Liaison an ihr Ende geführt. Das ist das letzte, was ich wollen könnte. Das will ich nicht –

Und damit stellt sich die alles entscheidende Frage: Habe ich den point of no return schon überschritten, oder gibt es noch Hoffnung?

»Oh, Scheiße«, sagt er. Er ist noch einmal zu mir gekommen, nachdem er besorgt angerufen hatte, um zu fragen, ob ich mich wieder gefangen hätte, und jetzt hat er gerade gelesen, was ich aufgeschrieben habe.

Ich heule nicht mehr, sitze am Fenster, runde mein Gewicht um ein weiteres Kilo auf und komme mir albern vor, habe Angst, daß ich durch meinen Nervenzusammenbruch schon einen Teil der Unbefangenheit in unserer Affäre zerstört habe. Ein kurzes und heftiges Treffen, der schnelle Nahkampf, den ich so schätze, Striemen, die zurückbleiben und leise Erregung verursachen, mich zudem beruhigen, daß meine Schreie durch die nunmehr bewiesene Härte der Schläge berechtigt waren, eine Bestrafung, die eigentlich eine Hilfe ist, um zurückzufinden in das, was unser Verhältnis ist, und in der danach bereinigten Atmosphäre braucht es nur mehr einen festen Griff in meine Haare und eine Ohrfeige, und ich nenne ihn »Herr«: Ja, Herr. Ja, Herr. Auf Wiedersehen, Herr. Denn im Grunde bin ich feige und habe Angst vor Schlägen.

Im Grunde war unser heutiges Treffen eines, wie es besser in unsere Choreographie an dieser Stelle nicht hätte passen können, und ich habe uns die Möglichkeit genommen, uns daran zu erfreuen. Ich versuche, ihm und mir zu erklären, was eigentlich die Ursache für diese Sturzflut gewesen ist. Vielleicht sind die Dinge heute auf ungute Weise zusammengetroffen: Es ist erstaunlicherweise nicht leichter, eine gerechte Bestrafung auszuhalten als eine nicht gerechtfertigte, im Gegenteil, die Schläge und die Kälte in der Stimme treffen einen Menschen, der durch die Scham über das eigene Verhalten schon angegriffen ist, und ich schämte mich, weil ich so unhöflich gewesen war, und gleichzeitig war ich empört über meine eigene Scham und empfand jede Strafe als ungerecht, denn ich hatte ja nicht unhöflich sein wollen, es war ein Verhalten, das unfreiwillig war, auch wenn ich selbst es erzwang, es war ein Verhalten, das mich fast völlig zum Verstummen brachte, weil ich plötzlich so verunsichert war angesichts der Tatsache, daß ich mir meiner eigenen Reaktionen nicht mehr sicher sein konnte, weil meine Verweigerung nicht mehr reflexartig und dennoch auch nicht kontrolliert ablief, sondern irgendwo dazwischen.

Ein Mensch mit einem derartigen inneren Kampf darf nicht für ein noch unausgereiftes Produkt desselben haften müssen –

Vielleicht holte mich einen Moment lang meine Kindheit ein. Ich habe kein kindliches Verhaltensmuster, was körperliche Züchtigung angeht, ich bin fast nie geschlagen worden, und wenn, dann gab es niemals mehr als einen leichten Schlag auf die ungehörige kleine Hand an der Schublade mit der Schere und dem Feuerzeug, einen Schlag auf den Hintern der frechen Göre, die unklugerweise neue Schimpfworte an ihrer überaus rüstigen Großmutter ausprobierte, eine einzige väterliche Ohrfeige für den unverschämten Teenager. Ich habe kein kindliches Verhaltensmuster, was Schläge angeht, aber ich reagiere nahezu panisch auf jede Andeutung von Liebesentzug. Und bin an diesem Nachmittag zu verwirrt, um Realität und Fiktion auseinanderzuhalten, die sich auch kaum noch trennen lassen, es ist schon lange Marie, die erlebt, durchlebt, erleidet, was sie, zu Beginn noch von distanziertem Erstaunen begleitet, mit nur einem Teil ihrer Person geschehen sah, neugierige und faszinierte Beobachterin eines Unterwerfungsversuchs mit noch offenem Ausgang, der nur das sexuelle Wesen in ihr betraf. Das sexuelle Wesen hätte zwischen Schlägen aus Lust, die von Zärtlichkeit begleitet werden, und Schlägen als Strafe, die logischerweise von Wut und daraus folgender Distanz begleitet werden, sauber trennen und beides als Aufmerksamkeiten genießen können. Und ich hätte diesmal gelacht beziehungsweise genauso geheult, wenn er mich anschließend in die Arme genommen und gesagt hätte, daß mir nunmehr verziehen sei.

Vielleicht ist alles auch einfach eine längst fällige Reaktion gewesen, da sich die Ereignisse in meinem Leben zu überschlagen scheinen. Erst vor fünf Wochen haben D. und ich uns kennengelernt, und plötzlich spielt Sexualität in meinem Leben eine Rolle, die sie nie zuvor eingenommen hatte, und ich werde Zeugin meiner eigenen Veränderungen, die so schnell erfolgen, daß meine Gedanken nicht mithalten können. D. fesselt mich an das Hochbett und läßt mich eine halbe Stunde lang so stehen, und ich hoffe inständig, daß der Boden zwischen meinen Beinen nicht naß ist, wenn er zurückkommt. »Wirst du niemals feucht?« wunderten sich G. und der schreckensvolle Onenight-stand R., und auch B. und H. mußten nachhelfen, um in mich eindringen zu können, und ich hatte Angst, daß sie es als Fehlen jeglicher Erregung sehen könnten, dabei war meiner Meinung nach nur eine Verbindung von meinem Kopf zu meinem Körper gestört. Jetzt bin ich mir nicht mehr sicher. Jetzt schäme ich mich, wenn ich so feucht werde, daß ich es selbst nicht mehr ignorieren kann, und D. mir zwischen die Beine greift: »Mein Gott, wie kann man nur so davonfließen. Ich hoffe, du schämst dich wenigstens ordentlich für deine Geilheit« –

D. zündet eine schwarze Kerze an, ich wimmere, als das heiße Wachs auf meine Brust und dann meinen Rücken tropft, es ist ein intensiver Schmerz, der aber in Sekundenschnelle vollständig vorbei ist, ich zucke nur kurz zusammen, während meine Hände auf dem Rücken festgehalten werden – von mir selbst. »Und das alles ohne Fesseln«, sagt D. anerkennend, und ich erschrecke mich. Wie konnte ich nur so devot sein, ohne es zu merken? »Bist du auch naturdevot?« fragt mich eine KK-Bekannte auf der Toilette (undenkbar noch vor Wochen, jemals vor irgendeiner anderen Person auf dem Klo zu sitzen). »Nicht so richtig«, sage ich, lache, schüttele meinen Kopf. »Nein. Unterwerfung muß sein.«

»Ach, nee«, sagt Lisa, »das ist doch überflüssig.« Sie läßt ihr mädchenhaftes Kichern hören, während sie ihren Lidstrich nachzieht. »Also, ich bin hundertprozentig naturdevot«, sagt sie.

»Das würde ich von dir auch behaupten«, sagt D. zu mir, als ich es ihm erzähle. Manchmal hat er eine bessere Einschätzung meiner Person als ich selbst. Er hat auch schon wie Sato und H. behauptet, daß ich extrem masochistisch sei. In den Köpfen meiner neuen Freunde existiert ein anderes Bild von mir, als ich es selbst habe, und ich bin mir nicht mehr sicher, wer von uns allen recht hat. Ich bin mir nicht mehr und noch nicht wieder sicher, was ich bin. Und das ist nichts, was ich durch bloßes Nachdenken herausfinden könnte – trotzdem ist dieses Problem permanenter Bestandteil des Konglomerats aus Gedanken, das mich begleitet, wenn ich meine leere Wohnung durchschreite, meine Bücher ungenutzt auf dem unaufgeräumten Schreibtisch liegen sehe, mich für D. umziehe und die Schminkutensilien auf dem Badezimmerhocker betrachte oder mich von meiner Sehnsucht abzulenken versuche, indem ich mir etwas Leckeres in den Mund schiebe, schließlich kenne auch ich den Begriff von der oralen Ersatzbefriedigung.

Gestern noch wohnten hier drei Frauen, und eine davon studierte, hatte gerade nach einer endlos scheinenden Trennungsphase ihren Ex loslassen und die neue Freiheit zu genießen beginnen können, hatte eine Stammkneipe um die Ecke und drei gute Freundinnen und einige nette Bekannte und keinerlei Sexualleben seit über acht Monaten und in dem Jahr davor vielleicht einmal pro Monat, aber was macht das schon? Es gibt Wichtigeres im Leben, nicht wahr?

Es gibt Wichtigeres im Leben als ein Sexualleben, wenn es auch noch so perfekt erscheint. Ich muß mich vor einem alles blockierenden Schmerz schützen. Ich muß aussteigen, bevor aus Verliebtheit Liebe werden kann. Bevor mein Studium leidet. Bevor man mir zeigen kann, daß ich wirklich devot bin, daß ich gebrochen werden kann, daß ich beherrscht werden kann, daß ich ein völlig falsches Bild von mir selbst habe, das vielleicht durch ein anderes zu ersetzen ist, mit dem ich dann erst wieder vertraut werden muß. Jetzt, wo wirklich ich es bin, die all dies erlebt, wird es zum ersten Mal richtig ernst. Nein! Die unbesiegbare Marie wendet sich zur Flucht –

»Ich möchte die Sache zwischen uns nicht verlieren«, sagt er. Draußen dämmert es, die allerletzten Sonnenstrahlen ziehen sich aus dem Erker zurück. Die ideale Zeit, um eine Kerze anzuzünden, doch nur die Anzeige meiner Stereoanlage leuchtet, ein Tape wird abgespielt, aber niemand hat sich die Mühe gemacht, von CD auf Tapedeck umzuschalten. Es ist nicht wichtig. Was ist eigentlich wirklich wichtig?

»Ich kann nicht mehr aufhören«, sage ich leise und gebe mein Versprechen damit zum dritten Mal. »Es ist zu spät, wir müssen da jetzt durch, richtig?«

»Richtig, mein Mädchen! Also dreh dich um und zeig mir die Spuren auf deinem Arsch, und ist dir aufgefallen, wie leicht dir die korrekte Anrede vorhin über die Lippen ging?«

59

Ich habe meine Hausaufgaben nicht gemacht. Unaufmerksam, den Kopf voller unwesentlicher Gedanken, vergaß ich aufzuschreiben, daß und wogegen ich Widerstand geleistet habe. Wofür habe ich denn dieses Buch! Muß man mich denn auf alles hinweisen, alles anordnen?

Ich bin weder eine gute Sklavin noch eine gute Geliebte, ja noch nicht einmal eine anständige Gastgeberin, da ich schon wieder vergessen habe, ihm etwas zu trinken anzubieten. Letzteres ist mir wirklich peinlich, ich muß mich in Zukunft zusammennehmen. Etwas mehr Konzentration, bitte! Und etwas mehr Einfühlungsvermögen! Eine gute Gastgeberin kann Wünsche von den Augen ablesen, davon bin ich himmelweit entfernt, weswegen man wohl wieder Regeln wird aufstellen müssen.

Ich habe mich künftig für ihn schön zu machen, sauber gewaschen, gekonnt geschminkt, feminin gekleidet habe ich ihn zu erwarten, um dann mit meinen bescheidenen Möglichkeiten für sein leibliches Wohl zu sorgen sowie ihm die Möglichkeit zur Entspannung nach den Mühen eines harten Arbeitstages zu verschaffen, indem ich ihm unaufgefordert die Schuhe ausziehe, ihm eine Massage anbiete, ihn mit den kleinen Begebenheiten meines Alltags unterhalte. Habe ich getan, was in meiner Macht steht, um seinen Bedürfnissen gerecht zu werden, soll ich in der Zimmermitte kniend speziellere Wünsche entgegenzunehmen bereit sein. Müssen wir überdies wieder auf das leidige »Sie«

zurückkommen, oder versteht sich das mittlerweile von selbst? Und als ob all das noch nicht genug der Defizite sei, besaß ich doch die Dreistigkeit, ohne Erlaubnis die Toilette zu benutzen! Nein, was genug ist, ist genug, und jetzt reicht es wirklich. Mit dicken Ausrufezeichen versehen notiert mein Herr und Gebieter höchstpersönlich meine Verfehlungen in das Schwarze Buch. Danach folgen Warnungen: Zuviel Renitenz schadet dir nur, glaub nicht, daß du mich verarschen kannst, mein Vögelchen!

Du hast zu gehorchen und sonst nichts.

Wenn ich etwas anordne, ist das für dich Gesetz (und wenn du den ganzen Tag über nichts anderes tust, als dies zu verinnerlichen).

Solltest du das jemals vergessen, dann lies deinen Vertrag und diese Zeilen.

Ich hoffe, du hast mich jetzt verstanden, du kleine Dirne!

Ja, Herr.

Zur Sicherheit werden aber doch noch dreißig Rohrstockhiebe als Strafe und zur Schärfung des Erinnerungsvermögens angesetzt.

60

Es ist Freitag, und da der Mittwoch »spurlos« vorübergegangen ist, ahne ich, was mich heute erwartet, als er mich zu fesseln beginnt. In diesem perfekt ausgestatteten Zimmer findet sich eine lange Stahlkette in meinem Schrank, die zu keinem anderen Zweck angeschafft wurde als dem, als dekorative Kleiderstange benutzt zu werden, eine Behauptung, die D. mit einem ungläubigen Lächeln quittiert, bevor er sie mir um den Hals legt, dann meine Hände und Füße daran fesselt, so daß ich die Geräusche eines Schloßgespenstes in Ketten von mir gebe, als er mich hinter sich her zu meinem Sofa zieht. Auch dieses rote Sofa, das mich einen Monat in einem düsteren Kinderbekleidungsgroßhandel kostete, wurde zu dem unschuldigen Zweck erworben, netten Gästen als bequemer Sitzplatz angeboten werden zu können; es ist nichts weiter als ein Zufall, daß die Lehne genau die richtige Höhe hat, um mich darüberzubeugen und in dieser Position mit Stricken an die altmodischen schwarzen Füße anbinden zu lassen, so daß ich D., nachdem er mir das Kleid hochgeschlagen hat, ohne jede Ausweichmöglichkeit meinen nackten Arsch entgegenstrecke. Eine kleine Aufwärmung mit der Gerte, bevor er mit dem Rohrstock in die Luft schlägt, damit ich trotz verbundener Augen ganz sicher sein kann, was nun folgt.

»Und jetzt bitte mitzählen.«

Nach drei Schlägen fange ich an, bei jedem weiteren aufzuschreien. Nach sechs Schlägen bin ich am Ende, verzweifelt auf der vergeblichen

Suche nach einer Ablenkungsmöglichkeit von diesem Schmerz, nein, das halte ich nicht durch!

Nach zehn Schlägen schluchze ich wieder einmal vor mich hin.

Nach dreizehn Schlägen streicht er mir über die tränenfeuchte Wange und bietet Gnade gegen ein »Danke, Herr« an.

»Drei-zehn«, zähle ich mühsam, aber stolz, und gebe damit das Zeichen für den nächsten Einsatz.

Nach fünfzehn Schlägen ist Halbzeit.

Nach fünfundzwanzig Schlägen bietet er Gnade gegen ein »Ich bin Ihre Sklavin, Herr« an.

»Fünf-und-zwanzig«, keuche ich. Wie hätte ich so kurz vor dem Ziel aufgeben können?

Und endlich: »Drei-ßig«, mit dem Ende der Anspannung falle ich in mich zusammen, D. streicht mir über die mißhandelte Hautpartie, voll des Lobes für meine Tapferkeit und für sein eigenes Kunstwerk, das ich mir – losgebunden – im Spiegel anschauen soll.

»Sehr schön«, sagt er, »wirklich sehr schön.«

Das wären natürlich niemals meine Worte gewesen, aber auch ich werde durch den Anblick der heftigen Striemen auf meinem Po in gute Stimmung versetzt. Heute war ich wirklich heldenhaft, nicht wahr? Alle Achtung, Marie.

Gutgelaunt wie ich bin, gebe ich mir anschließend wirklich Mühe, meinen Herrn und Gebieter dazu zu bringen, die Kontrolle über sich selbst zu verlieren, ach nein, pardon!, nur für mich selbst ist es demütigend, wenn er mich zum Kommen bringen kann, für ihn ist es ein Vergnügen, das zu bereiten ich ihm schuldig bin. Er lobt mich dennoch für die Qualität meiner heutigen französischen (Dienst-)Leistung, aber damit mir das alles nicht zu Kopf steigt, ist zum Abschluß nochmals eine kleine Machtdemonstration vonnöten.

Ich trage immer noch meine Ketten, er spielt vor meinen Augen lächelnd mit den Schlüsseln herum.

»Bitte«, sage ich.

Er zieht seine Jacke über, lächelt mich weiterhin freundlich auffordernd an und dreht sich dann zur Tür.

»Das ist jetzt nicht dein Ernst!« rufe ich. Ich laufe ihm nach auf den Flur. Mir wird schmerzlich bewußt, daß ich keine vernünftige Zange in der Wohnung habe, und heute abend wird Pat kommen, ich kann ihr nicht mehr absagen.

»Bitte«, sage ich flehend.

»Du weißt doch, wie es heißt«, sagt er.

Was tue ich nicht alles für dich, Pat! Was tue ich nicht alles –

»Bitte nehmen Sie mir die Ketten ab, Herr.«

»Schon nicht schlecht, aber diesmal nicht ausreichend«, sagt er!

»Wie wäre es mit der Anrede *›mein Herr und Gebieter‹*?«

Nein!

Er lächelt nicht mehr. Er greift nach der Kette um meinen Hals und zerrt mich vor sich auf die Knie. »Na, los jetzt, oder brauchst du erst wieder ein paar Ohrfeigen als Hilfe?«

Oh ja, Ohrfeigen sind immer äußerst hilfreich, aber was nützt jede Gegenwehr, wenn ich im Endeffekt wegen meiner Verabredung mit Pat doch nachgeben muß? Und wenn er das genau weiß, weil er spüren kann, daß ich ihm in diesem Moment durchaus zutrauen würde zu gehen, ohne mich zuvor zu befreien, selbst wenn die Wahrscheinlichkeit eines solchen Verhaltens tatsächlich gering sein mag. Ohne diese Verabredung hätte ich riskiert, daß er mich so zurückläßt. Unter diesen Umständen aber bin ich erpreßbar. Wozu dann noch solche Spielchen, die so gänzlich unter meiner Würde sind wie der Satz *»Bitte nehmen Sie mir die Ketten ab, mein Herr und Gebieter«*?

»Hey, das war ja klasse!« begeistert sich D., und einen Moment lang denke ich, daß ich zu heulen anfangen werde, aber ich schaffe es, Haltung zu bewahren, obwohl er dieses demütigende Lob wiederholt: »Du hast es wirklich gesagt, mein Mädchen! Das war ganz toll, das war wirklich großartig von dir. Heute kannst du richtig stolz auf dich sein.«

Ja, fast hätte ich es sein können.

61

Bisher habe ich auf meinem Weg in das Leben einer erfolgreichen Sadomasochistin doch Glück gehabt. Kein wirklich zu bereuender One-night-stand, da es mit R. nicht zum Geschlechtsverkehr kam, und nun eine Affäre, die so sehr meinen eigenen Vorstellungen entspricht (was ich natürlich als der überwältigte und zu überwältigende Teil niemals zugeben würde), daß ich D. eigentlich erst nach jahrelangem verzweifelten Suchen hätte kennenlernen dürfen, wenn man erfahrenen SadomasochistInnen glauben darf. Meine MitstreiterInnen Martin und Nicole sind derzeit nicht so glücklich. Martin ist immer noch Theoretiker, und er hat so wenig dominante, mehr noch: so viel unterwürfige Ausstrahlung, daß er es vermutlich noch sehr lange bleiben wird, wenn er sich nicht entschließt, doch devot-masochistisch veranlagt zu sein. Nicole hat Probleme mit Sato, der ihr zwar »himmlischen Sex« bietet, aber ungeduldig die Erweiterung der bisherigen Spielarten um Analverkehr und Babysex fordert und auf die Tatsache, daß Nicole noch nicht soweit ist, daß eine solche Entwicklung Zeit braucht, auch wenn Nicoles Liebe zu ihm sie schon mit dem Gedanken an eine Aufgabe ihres Widerstandes spielen läßt, keine Rücksicht zu nehmen bereit ist. Die Trennung steht im Raum, und Nicole ist am Boden zerstört und steht unter selbstbewußtseinszerfressendem Zugzwang. Sato selbst hat sich eine Rückkehr in den Schuldienst dadurch endgültig unmöglich gemacht, daß er jetzt erstmals als Pornodarsteller aufgetreten ist. Pro »Abspritzen« dreihundert DM, sechshundert hat er gleich am ersten Tag verdient, ohne Kondom, versteht sich, drei Männer und eine Frau, die hinterher wirklich am Ende war, und er hatte die geilsten Sprüche drauf und hat deswegen jede Menge Lob von dem sehr bekannten Regisseur Harry S. Morgan bekommen. Der Anfang einer Karriere im Sexbusiness, das Ende einer Karriere im geordneten Dasein. Was soll ich sagen! Die juristische Welt ist ferner denn je, und noch winkt mir keine Ersatzkarriere als berühmte Hure. Der Göttin sei Dank, würde meine Mutter sagen, die sich über meine sexuelle Sturm-und-Drang-Zeit, wie sie es nennt, köstlich amüsiert und stets sich selbst beruhigend anmerkt: »Solange dich dein neues Umfeld nicht dazu verführt, dich zu prostituieren, ist ja alles okay, was du tust.« Ob sie es wirklich okay fände, daß ich meinem Herrn und Gebieter den Schwanz sauber lecke, nachdem er auf der Toilette war? Ich werde dafür Sorge tragen, daß sie sich diese Frage niemals stellen muß! Es reicht, wenn ich selbst sie nicht beantworten kann.

62

Es ist mir gelungen, meinen Herrn und Meister so zu verwirren, daß er seine Tasche mit Portemonnaie und Papieren bei mir vergißt. Eine Mischung aus Neugier und Angst befällt mich. Die Neugier läßt mich das Portemonnaie öffnen, die Angst vor irgendwelchen Entdeckungen, die mit seinem »restlichen« Leben zu tun haben, das ich vollständig von mir fernhalte, läßt mich dann nur seinen Personalausweis herausziehen. Ich möchte nicht einmal seine Adresse wissen; er kommt aus dem Nichts und geht wieder dorthin zurück, nachdem er bei mir war, alles andere wären unerträglich konkrete Vorstellungen. Ich möchte nur wissen, wie alt er ist. Er ist dreizehneinhalb Jahre älter als ich. Einen Augenblick lang finde ich den Gedanken komisch, daß er wahrscheinlich schon zu S/M-Phantasien onanierte, als ich gerade meinen ersten Kampf gegen das Leben führte, die Hebamme die Saugglocke ansetzen mußte und meine Mutter fortwährend »Ihr bringt mich alle um!« durch das Krankenhaus brüllte.

In meinem Bekanntenkreis ist ein solcher Altersunterschied etwas Unübliches. »Hat sie das nötig?« wird gefragt; bin ich nicht schön genug, um einen jungen, schönen Mann zu erobern?

Ich hatte einst einen jungen, schönen Mann an meiner Seite. Ich treffe ihn wieder einmal in meiner (und seiner) Stammkneipe, und im Gegensatz zu den so oft bewunderten langen braunen Haaren ist sein Verstand darunter bislang noch nicht genug gewachsen, um die Anmaßung seiner an mich gerichteten Zurechtweisungen erkennen zu können (»Wie ich höre, hast du es tatsächlich so toll getrieben, daß du deine nette WG vergrault hast«, »Ich möchte nur nicht mitansehen müssen, wie du dich vollkommen zerstörst«).

Soviel zu den jungen Männern! Und Schönheit ist bekannterweise eine Frage der Beleuchtung und selbst dann noch relativ – und ich finde immer mehr Menschen schön, seit ich regelmäßig in den KK gehe. Erst durch diese Möglichkeit, so viele wenig bekleidete oder nackte Menschen des realen Lebens betrachten zu können, habe ich gemerkt, wie sehr ich trotz eines entgegenstehenden Bewußtseins Idealbilder aus der Werbung in meine Vorstellung übernommen und andere und mich selbst danach abwertend beurteilt hatte. Jetzt, wo ich lauter ganz verschiedene und dabei völlig normale Menschen um mich herum sehe und ihre Wirkung auf mich wahrnehme, gewinnt die theoretische Einsicht an Substanz, daß Schönheit aus mehr als einem möglichst makellosen Körper resultiert. Inmitten dieser definitiv nicht makellosen Körper, die durch das allgemeine Fetisch-Outfit oder die völlig fehlende Bekleidung nicht von der Person in der Haut ablenken können, gewinnt wieder das Gesicht, die Ausstrahlung an Bedeutung.

Vielleicht achten sadomasochistisch veranlagte Leute ohnehin mehr auf die Ausstrahlung, denn was nützt einer devoten Frau der schönste Mann, wenn er ebenfalls devot ist? Jedenfalls ist es hier, wie es sein sollte: die Persönlichkeit eines Menschen ist es, die seinen Körper anderen schön erscheinen läßt, die sympathische Ausstrahlung bewirkt im Vorfeld, was man sonst nur der Liebe nachsagt: Blindheit gegenüber allen objektiv wahrnehmbaren Fehlern, in diesem Falle Blindheit gegenüber allen Abweichungen vom gesellschaftlichen Körperideal, die ich auch schon immer seltener wahrnehme. Inmitten von nicht-makellosen Körpern bin ich doch von schönen Menschen umgeben, und in besonders glücklichen Momenten gelingt es mir sogar, mich selbst als einer davon zu fühlen –

Als D. vorbeikommt, um seine vergessenen Papiere abzuholen, zeige ich ihm Fotos, die P. von meinem Ex-Lover B. gemacht hat, und er sagt anerkennend: »Der sah wirklich gut aus, dein Ex. Da kann ich kaum mithalten.« Ich sollte ihm ein paar bewußtseinserweiternde Abende im KK verordnen – aber es steht mir ja nicht zu, ihm irgend etwas zu verordnen. Und eigentlich müßte er es ohnehin besser wissen, schließlich hat er mir doch mehr als ein Jahrzehnt Lebenserfahrung voraus!

63

Suspense –

Wie oft haben D. und ich uns in letzter Zeit gesehen, wie oft miteinander telefoniert? Fast täglich, kann das sein? Ach, du verwirrte Frau! Es muß so oft gewesen sein, sonst kämen mir die nunmehr zwei Tage ohne ein Lebenszeichen von ihm nicht so unglaublich lange vor, ganze Ewigkeiten verstreichen, während ich an meinem Fensterplatz sitzend Passanten beobachte, die sich trotz des Regenwetters auf einen Pfingstspaziergang gewagt haben. Die meisten der vorüberfahrenden Autos sind rot, und ein Mercedes hört sich anders an als ein Opel Kadett oder ein Golf. Zwei Kinder, die sich durch gelbe Trikots mit roten Nummern darauf als Profis outen, schieben lustlos einen Fußball zwischen sich hin und her, meine Nachbarin wartet mit ihrem Fahrrad vor dem Haus auf ihre Freundin, kann es sein, daß schon das dritte Tape am Ende ist, tatsächlich, Poems for Laila, Tori Amos, Cranberries, nicht zu fassen. Kann es sein, daß ich am Ende bin? Warum sollte ich? Ich kann jederzeit aufstehen und damit beginnen, etwas Vernünftiges zu tun, oder? Es ist mir schließlich nicht durch meinen Herrn und Gebieter befohlen worden, hier zu sitzen und aus dem Fenster zu schauen und mir dabei einzureden, daß mich interessiert, was ich sehe, daß ich nicht hoffe, ein rotbraunes Auto auf der Suche nach einem Parkplatz langsam vorbeifahren oder einen vertrauten Menschen sich aus der von der Bushaltestelle kommenden Gruppe von Leuten lösen zu sehen, daß ich schließlich nicht deshalb leiser als gewöhnlich Musik höre, damit ich keinesfalls das Telefon überhören kann, wenn es denn endlich klingelt –

Daß er gestern nicht angerufen hat, ist ja verständlich, schließlich braucht es auch seine Zeit, bis sich in meinem Leben Berichtenswertes ereignet, aber auch heute kein Anruf –

Einen Augenblick lang denke ich, daß ich es gar nicht erfahren würde, wenn er einmal versehentlich vor ein Auto läuft, dann habe ich wieder genug harten Boden der Tatsachen unter meinen Füßen, um laut über mich selbst zu lachen. Himmel, Marie! Wo lebst du denn? Für wen oder was hältst du dich? Du bist eine Sklavin, und dein Herr ist ein Sadist, der gerade in einem bequemen Sessel vor der Sportschau sitzt und sich in den weniger spannenden Momenten an der Vorstellung erfreut, wie du nach mehrwöchigem Training einem Pawlowschen Hund gleich um das Telefon schleichst, laß das Glöckchen klingeln, bitte, damit auch ich endlich spazierengehen kann, mein Dealer hat mich erst süchtig gemacht und hat nun den Preis für den Stoff um viele Stunden verlorener Zeit erhöht, nun ja, nicht ganz verloren, denn wir Masochistinnen erfreuen uns ja an der Erkenntnis, daß man uns leiden läßt, richtig? Richtig? Nur meine Küche hält zu mir, mein Schreibtisch bleibt ungenutzt, auch wenn das schlechte Gewissen nagt, ich lese das Buch zu Ende, das D. mir vor einiger Zeit mitgebracht hat, eine weitere S/M-Affäre, die wie in »Neuneinhalb Wochen« endet, nur daß diesmal der Mann durch die abrupte Trennung dem Nervenzusammenbruch der Frau zuvorkommt, ein weiteres tieftrauriges Ende; kann denn diese Art von Beziehung niemals andauern, ist es ein Naturgesetz, wird es D. und mir genauso gehen? Ich will nicht darüber nachdenken, ich will mich in mein Bett legen, meine schwarzen Kerzen anzünden, meine schwarze Musik hören und von einer rosafarbenen Zukunft träumen, während mein Zynismus ein Schläfchen halten darf. Es fällt mir auch nicht schwer zu versprechen, daß ich dabei weiterhin stundenlang brav vor mich hin leiden werde, damit mein Herr seine helle Freude an mir hat, *wie es sich gehört.*

Aber wenn er morgen anruft, werde ich nicht ans Telefon gehen.

64

Was soll ich sagen? Natürlich bin ich doch ans Telefon gegangen. Er kam später vorbei, als ich schon nicht mehr damit rechnete und gerade zwischen einem Putzeimer und einem Topf voller Reisbrei hin und her pendelte. Ich ließ den Putzeimer stehen, er ließ mich meinen Reis aufessen, dann durfte ich ihm einen blasen, dann fickte er mich, dann fickte er mich in den Arsch, und ich schrie laut auf vor Schmerz, aber das spielt so wenig eine Rolle wie das fehlende Kondom, das wir aus einem aus männlicher Lust und weiblicher Verliebtheit geborenen Leichtsinn heraus »vergessen«, kein Problem für ihn, da mein erst zwei Wochen alter AIDS-Test negativ war, und »eigentlich« dürfte es seiner (vertrauenerweckenden?) Ansicht nach auch kein Problem für mich sein, die ich ohnehin erstmal andere Probleme habe, nämlich etwas Blut in meiner Hose und etwas mehr Blut auf dem Klopapier.

»Wenn du so weitermachst, schaffst du es doch noch, daß ich verrückt nach dir werde«, sagt er unvernünftigerweise, denn das darf man einer Sklavin genaugenommen ebensowenig sagen, wie daß sie schöne Brüste hat. Dagegen darf man immer wieder – tadelnd, anerkennend, stolz – feststellen, daß sie eine gute Hure ist – obwohl gute Huren niemals das Kondom vergessen dürfen. Meine Güte, Marie, was hast du getan!

65

Nicole möchte ihre Wut auf Sato ausleben, indem sie seinem zaghaften Interesse an der passiven Rolle mehr entgegenkommt, als er es von einer Masochistin erwarten dürfte, und läßt sich deshalb von mir beraten. Ich empfehle den Erwerb eines Rohrstocks, mit dem sie wohl leichter als mit einer Peitsche umgehen können wird. Ich plaudere dann aus dem Nähkästchen meiner Beziehung zu D. »Laß ihn mitzählen, wenn du ihn schlägst«, sage ich, »dann kannst du an seiner Stimme hören, wieviel er noch verträgt. Dreißig muß er mindestens aushalten können. Laß ihn deine Füße küssen, laß dich siezen und als seine Herrin anreden, fordere ihn auf, sich bei dir für die Schläge zu bedanken, gib ihm zu verstehen, wie sehr dich sein Anblick in einer demütigenden Position erfreut, wie sehr du deine Macht über ihn genießt –« Ich gebe Wortbeispiele.

Nicole ist begeistert. »So etwas kenne ich gar nicht«, sagt sie, »aber das ist toll, das gefällt mir. Und das ist alles auch wirklich richtig demütigend?«

»Worauf du dich verlassen kannst«, sage ich.

66

Heute unterhalten wir uns lange, bevor er mich zu quälen beginnt. Wir sitzen in der Küche, und die Sklavin übt Gastfreundlichkeit und präsentiert Käsekuchen. Wir reden über Gott und die Welt, und damit meine ich nicht über unsere gemeinsamen Bekannten, sondern über den Allmächtigen, der möglicherweise sadistisch veranlagt ist, wenn er uns alle diese Prüfungen schickt und dann: Zuckerbrot, wenn wir brav erduldeten, und Peitsche – die katholische Kirche nennt es Fegefeuer oder Hölle –, wenn wir uns aufgelehnt, wenn wir seinen Geboten nicht Folge geleistetet haben. Oder Gott ist doch gut, aber dann kann er nicht allmächtig sein, denn es gibt ja das Böse in der Welt. Der alte Widerspruch, das immergleiche Problem, das uns alle zu Atheisten macht, die sich in einer Notsituation doch nicht anders als durch das berühmte Stoßgebet zu helfen wissen. Glücklicherweise sind wir nicht gläubig genug, um für Sünde zu halten, was wir tun. Es bereitet uns nicht das Kopfzerbrechen, das die langen philosophischen Rechtfertigungen eines Marquis de Sade nach sich zieht. Ach ja, de Sade und schließlich Sartre, Existentialismus, Nihilismus und die Frage nach dem Leben nach dem Tode und die Angst vor dem Tode, gefährliches Terrain, der Geist läßt sich nicht anketten und kann kein Codewort aussprechen, wenn die Gedanken bedrohlich werden. Doch die Zeiten sind vorbei, beruhige ich D., in denen ich solche Gedanken nicht ertragen konnte und es manchmal nur die Flucht in das, wovor ich solche Angst hatte, als Ausweg zu geben schien. Ich lache. »Ich bin nicht mehr suizidgefährdet«, sage ich. »Ich bin zu neugierig. Und zu stolz. Ich würde nie vor den anderen aufgeben.«

»Du kennst mich doch«, sage ich. »Ich halte dreißig Rohrstockschläge aus, ich werde auch das Leben bis zum bitteren Ende aushalten, ohne vorher um Gnade zu flehen.«

67

Ich hasse es, wenn er mich gegen meinen Willen zum Kommen bringen kann. »Hör auf, hör auf, hör auf!« rufe ich irgendwann, »ich kann nicht mehr, bitte hör auf!«

Ich hasse es, wenn ich den Mund aufmachen und meine Zunge herausstrecken soll, der offene Mund ist bloß ein Zeichen der Hilflosigkeit oder der völligen Öffnung, der totalen Verfügbarkeit, aber die Zunge, die er heute unbedingt sehen will, selbst wenn er diesem Verlangen mit Ohrfeigen erst Nachdruck verleihen muß, gibt mir das Gefühl, wie ein Hund vor ihm zu knien, nach seinen Berührungen lechzend, hechelnd, wenn es mir kommt, nein verdammt, das will ich nicht, nicht so, ich will ihn noch nicht einmal mein Gesicht sehen lassen, aber er hält mein Kinn fest, oh bitte, bitte laß mich alleine mit meiner Scham –

»Es ist doch nicht zu fassen, was für eine geile Schlampe meine Kleine ist«, sagt er, ein mißbilligendes Kopfschütteln in der Stimme, »Wirklich, es ist nicht zu fassen.«

68

D. und ich betrachten Martins Fotobildband, den ich ihm längst hätte zurückgeben müssen, und ich zeige auf die Bilder, die mir gefallen. Er hat mir noch ein Bondage-Magazin mitgebracht, das wir ebenfalls durchsehen. Er weiß aber schon, welche Photos ich schön finde. Als ich ihn fragend ansehe, sagt er: »Es ist ganz einfach. Dir gefallen immer solche Bilder, auf denen die Frau kniet.« Er hat recht, stelle ich erstaunt fest. Du fällst auf die Knie, wenn du nicht mehr stehen kannst, du hast auf die Knie zu fallen, um den Rangunterschied zwischen dir und der Person, aufgrund deren Verhalten du so oft nicht mehr stehen kannst, deutlich zu machen: eine Körperhaltung als Symbol sowohl für die totale Erschöpfung als auch die völlige Demut, für zwei gleichermaßen faszinierende Zustände. »Das ist scheinbar deine Lieblingsposition«, spricht D. weiter, und ich lache verlegen. Möglicherweise ist Marie doch hundertprozentig naturdevot –

69

Mein ebenfalls in Berlin lebender schwuler Onkel ruft mich an, um zu hören, was ich so mache. Er »weiß Bescheid«, also erzähle ich ihm von meinen letzten Wochen, die mir wie Monate erscheinen. »Paß auf dich auf, Marie«, sagt er. »Du darfst niemals deinen Realitätssinn so weit verlieren, daß ein Einkauf bei Bolle zu einer sexuellen Handlung wird.«

»Ich weiß«, sage ich. »Mach dir keine Sorgen, das wird nicht passieren.«

70

Reiß dich zusammen, Marie, sage ich zu mir selbst, reiß dich zusammen, schick deinen Geist auf eine Reise, wohin auch immer, Hauptsache, du konzentrierst dich nicht länger auf deine Schamlippen, auf diesen verdammten Schmerz, der durch mehrere Klammern verursacht wird, an denen er irgendein Gewicht befestigt hat, was auch immer er dafür benutzt haben mag, längst weißt du nicht mehr, wieviele Klammern es sind, und ohnehin geht alles in einen einzigen brennenden Schmerz über, als dein Herr die ganze Region mit Parfüm besprüht, angeblich warst du nicht richtig gewaschen, aber das kann ja gar nicht sein, du hattest doch gerade erst geduscht –

Er hat mich an das Hochbett gefesselt, meine Augen sind verbunden, meine Hände mittlerweile taub, aber der Schmerz da unten überlagert den an den Handgelenken, der entsteht, wenn wirklich mein ganzes Gewicht auf den Fesseln lastet, und ich hänge mittlerweile buchstäblich in den Seilen, woran ein wachsendes Gefühl von Schwäche schuld ist. Meine Füße stehen unsicher in fremden Stöckelschuhen, die er mir angezogen hat, mein Kleid hat er hochgeschlagen und mit einer um meine Taille gelegten Kette so festgeklemmt, daß er sehen kann, was die Ursache für meinen gequälten Gesichtsausdruck ist, den er beobachtet. Ich spüre, daß er mir gegenübersteht, und gebe mir Mühe, ihn keine einzige Träne sehen, kein Stöhnen hören zu lassen. Er kommt zu mir und streichelt mich. »Du bist so tapfer«, sagt er leise, bevor er mir auch an die Brüste Klammern setzt. Seine Hand zwingt meinen Mund auf. »Ich rate dir, schön brav zu sein«, sagt die leise Stimme warnend und fordert: »Streck deine Zunge raus«, und ich bin gefügig, weil eine gehorsamsfördernde Ohrfeige jetzt einfach zuviel wäre, ich bin kurz davor, ihn um Gnade zu bitten, was ich nun allerdings nur noch lispeln könnte, denn auch meine Zunge hat er gerade mit einer Klammer versehen. Er geht um mich herum und stellt sich hinter mich, und seine Hände bewegen sich über meinen Körper, von oben nach unten, nach unten, nach unten, wo auf mein Bewußtsein wartet, was ich so mühsam zu verdrängen versucht hatte, und jetzt kehrt es mit aller Gewalt zurück. *Schmerz.* Ich spucke die Klammer aus. »Bitte mach die Klammern ab, bitte, bitte, *bitte!*«

»Einen kleinen Moment lang werden wir sie noch dranlassen«, sagt er. Er bindet meine ausgestreckten Arme von den Bettpfosten los und fesselt sie mir auf dem Rücken zusammen, bevor er wieder ein Seil durch die Ringe zieht und es erneut an dem Bett befestigt, so daß es meine Arme nach oben zieht und ich gebückt stehen muß. Mir ist alles egal, wenn er nur endlich die Klammern abnimmt, und er nimmt sie Stück für Stück ab, und ich schreie jedes Mal laut auf und krümme mich zusammen, ich heule, und er muß mich festhalten. »Ist ja gut, mein Schatz«, sagt er. »Es ist ja jetzt vorbei.« Es ist aber noch gar nicht vorbei, es gibt nur eine kleine Pause, während der ich ihm einen blasen soll, bevor er mich aufrecht stehend so an den Bettpfosten fesselt, daß keine ausweichende Bewegung mehr möglich ist, als dann die Gerte meine Brüste trifft. Acht oder zehn Schläge, ich weiß es nicht mehr, ich heule längst wieder, dann sagt er: »Jetzt ist es genug für heute.« Genug der Schläge, meint er damit. Ein weiteres Seil um meine Füße, dann Knie, Oberschenkel, Taille, Brust und Hals. Er steht irgendwo und betrachtet sein Werk, eine vollkommen eingeschnürte Frau, deren verrutschtes, kurzes schwarzes Seidenkleidchen die Brust nicht mehr bedeckt, die zu große rote Stöckelschuhe und eine Nylonstrumpfhose als Augenbinde trägt. Ich werde mir währenddessen bewußt, wieviel Raum das Atmen braucht. Nie zuvor habe ich das Atmen auf diese Weise wahrgenommen, ein Vorgang, der den Körper dermaßen mit Luft anfüllt, daß ich bei jedem Einatmen die Begrenzung durch die Seile spüre; einen Moment lang fühle ich eine kleine, irrationale Panik in mir – schließlich kann ich ja atmen, aber ich bin überzeugt, daß ich es kürzer und flacher als gewöhnlich tue –, dann beruhige ich mich wieder, der Druck der Seile ist erträglich, und ich nutze die Gelegenheit, um mich etwas auszuruhen nach allem, was er mir heute schon angetan hat. Als er sich sattgesehen hat, befreit er mich bis auf die ineinandergehakten Handfesseln und die Kette um meinen Hals, an der er eine Leine befestigt, mit der er mich hinter sich herzieht, langsam, damit ich mit den hohen Schuhen nicht umknicke. »Na, das funktioniert doch ganz wunderbar«, meint er. In meinem Zimmer setzt er sich auf das Sofa. »Und jetzt nimm deine Lieblingsposition ein, meine Kleine.« Ich knie mich vor ihn. Und jetzt verwöhne deinen

Herrn, meine Kleine. Meine kleine Hure, meine kleine Schlampe, du geiles Miststück – na, was soll denn das? Wirst du ihn wohl wieder in den Mund nehmen – ich rate dir, es zu tun, mein Fräulein, sonst können wir die ganze Sache noch eine Nummer härter werden lassen. Trotz schadet dir nur, ich warne dich – so ist es brav, so ist es klug, ja, so ist es gut, wirklich gut, du bist wirklich eine gute Hure, wenn du dir Mühe gibst –

Die gute Hure wird auf die gespreizten Beine gestellt und von hinten gefickt, dann fallen die Fesseln, das Sonnenlicht brennt in den von der Binde befreiten Augen, die zum ersten Mal die roten Schuhe sehen. Niemals würde ich mir solche Schuhe kaufen, auch nicht in Schwarz. Auch er hat sie nicht gekauft, jedenfalls nicht direkt, er hat den Koffer gekauft, in dem er sie dann gefunden hat. »Du bist die erste Frau, die hineinpaßt«, sagt er, und ich fange laut zu lachen an. »Aschenputtel«, sage ich in sein erstauntes Gesicht hinein. »Du wirst mich also nie wieder loswerden.«

71

Irgendwo sitzt, steht, liegt eine Frau, die denselben Mann liebt wie ich. Vielleicht in Neukölln, vielleicht in Kreuzberg, vielleicht in einer Neubauwohnung, vielleicht in einem Altbauhinterhaus, vielleicht in einer kleinen Wohnung mit Balkon oder einer Wohnung, die größer ist als meine. Vielleicht hat auch sie die Fenster abgedunkelt, um nicht diesem wunderschönen Sommerwetter ausgesetzt zu sein. Ich persönlich hasse Sommertage. Strahlend blauer Himmel über hauptsächlich in weißes Leinen gekleideten, Stoffturnschuhe tragenden Menschengruppen an der Bushaltestelle. Und immer diese Angst, etwas Vergängliches ungenutzt an dir vorüberziehen zu lassen, weil du nicht für ein paar Stunden vergessen kannst, was deine Seele umklammert hält, um wie die anderen – eine Decke über dem Arm und ein Buch in der Hand – zum Kanal hinunterzugehen, dir einen Platz unter einer der Trauerweiden zu suchen und dann verstohlen nackte Brüste zu beobachten. Ich kann noch nicht einmal zu Hause lesen, auch wenn es durchaus angenehm kühle Zimmer in dieser Wohnung gibt. Ich kann mich nicht mehr konzentrieren. Liest sie auch gerne? Man kann so vieles lesen. Sie könnte eine dieser Frauen sein, die *Brigitte* lesen oder das französische Pendant *Marie-Claire.* Sie könnte auch *Die Zeit* lesen, und vor dem Sofa liegt aufgeschlagen ein Buch von Camus, und auch sie kann sich vielleicht nicht richtig konzentrieren, aber das liegt nicht daran, daß sie über mich nachdenkt wie ich über sie, sondern daran, daß das Kind etwas gerufen hat. Ich weiß, daß es ein Kind gibt. Obwohl man mir nichts über das Geschlecht des Kindes gesagt hat, halte ich es für weiblich. Wahrscheinlich ein neunjähriges Mädchen, das mich zwangsläufig hassen würde, wenn es von meiner Existenz wüßte, wenn es wüßte, daß Papa, der nicht genetisch, aber trotzdem Papa ist, nicht wirklich jeden Tag erst um 18 Uhr zu arbeiten aufhört und sich auf den Nachhauseweg macht, sondern jeden zweiten Tag schon drei Stunden früher. Aus der Sicht eines Kindes tut die Geliebte der eigenen Mutter weh, dabei ist es der Vater, der es tut, so wie er auch der Geliebten weh tut.

»Blödes Spiel!« sagt empört ein Mann in einem guten Film, als man ihn ans Bett fesselt, und das ist eine wahre Erkenntnis, die auf viele Lebenssituationen übertragbar ist und in ihrer Allgemeingültigkeit diesem Film die existenzkritische Dimension verleiht.

Ich weiß nicht, ob ich eine böse Geliebte bin, die jemand anderem als sich selbst Schmerz verursacht (welch doppeldeutige Formulierung angesichts der bizarren Lust, die wir teilen!). Bevor ich ihm verfiel, bevor ich also meine sämtlichen Prinzipien in einem Meer von Gefühlen versenkte, wodurch sie erheblich aufweichten, kannte ich durchaus feministische Skrupel und fragte ihn, ob seine Freundin denn Bescheid wisse, da nämlich andernfalls zwischen uns nichts laufen würde. Ich hielt sein Ja für ehrlich. Sie wird seinen Dienstplan schließlich kennen. Vielleicht macht es ihr tatsächlich nichts aus. Vielleicht denkt sie sich: Was bedeutet schon Sex! Es ist ja auch gar nicht gesagt, daß sie nicht trotzdem miteinander schlafen. Sie möchte sich nur eben nicht fesseln und schlagen und demütigen lassen, bevor sie am nächsten Morgen vor dem Frühstück noch schnell ihre Unterschrift unter die Klassenarbeit der Kleinen setzt, damit das später in der Hektik des Aufbruchs nicht vergessen wird. Vielleicht hat sie recht, wenn sie denkt: Was bedeutet schon Sex! – falls sie es denkt. Es ist nicht viel. Ein Trieb, ein Bedürfnis, weniger dringend als das Bedürfnis, Darm oder Blase zu entleeren, gerade letzteres sollte man sich wirklich mal vor Augen führen, um sich einen Blick für die korrekte Bewertung der Dinge zu bewahren, nicht wahr?

Natürlich gewinnt der Sex ungemein an Bedeutung, wenn er von Gefühlen füreinander begleitet wird. Das Wort »Geliebte« legt nahe, daß der Sex von einem der intensivsten Gefühle begleitet wird, manche würden es als das intensivste Gefühl überhaupt bezeichnen, aber ich bin mir nicht sicher, ob Angst oder Haß nicht denselben Rang beanspruchen dürfen. Das Wort »Geliebte« ist damit entweder ein Paradoxon an sich, oder es öffnet uns die Augen dafür, daß Liebe als Gefühl sogar weit abgeschlagen auf einem der hinteren Ränge zu plazieren ist, denn die »Geliebte« wird entweder nicht geliebt, sondern ist nur Sexualpartnerin, oder das als »Liebe« zu bezeichnende und bezeichnete Gefühl ist von jeher nicht stark genug, um es mit der Gewohnheit oder Bequemlichkeit aufnehmen zu können. Das Wort »Geliebte« ist damit in jedem Falle ein Euphemismus (ein verbaler Trostpreis für eine schwierige Situation), es suggeriert das besondere Geschätztwerden einer Person, deren Status doch weit hinter dem einer ordinären »Freundin« oder »Ehefrau« zurückbleibt. Es gibt deshalb keinen vernünftigen Grund, auf eine Geliebte eifersüchtig zu sein. Vielleicht hat seine Freundin das auch erkannt. Möglicherweise hat die Geliebte Grund, etwas eifersüchtig zu sein, weil ihr in der Regel weniger Zeit gewidmet werden kann als der Freundin. Möglicherweise hat keine der beiden Frauen Grund, eifersüchtig zu sein. Warum eigentlich sollten wir uns nach einem Mann sehnen, der alles haben will und uns beiden das Gefühl gibt, defizitäre Wesen zu sein? Denn das sind wir, da eine von uns nicht ausreicht, um all seinen Ansprüchen zu genügen. Eine ständig zu einem defizitären Wesen erklärte Person verliert irgendwann all ihr Selbstbewußtsein (und spielt dann erst recht brav weiter mit), wenn es nicht schon am Anfang so stark ausgeprägt ist, daß sie, sobald die Einsicht gekommen ist – was ein wenig Zeit brauchen kann – die Tür geschlossen läßt, wenn das ersehnte Klingeln ertönt.

Flieh oder stirb einen langsamen Tod, mon amour, sagen seine blaugrauen Augen. Hast du denn nicht sofort Angst bekommen, als du sie sahst?

–

(Heute brauchte ich wirklich jemanden, der mir meinen Zynismus aus dem Leib prügelt.)

72

Nicole und Sato haben wieder zueinandergefunden. Sie ruft mich an, um mir ihr Glück mitzuteilen, für das sie allerdings einiges tun mußte oder besser: getan hat, denn von Zwang kann eigentlich nicht mehr so richtig die Rede sein. Sie selbst hat einen »Vierer« mit Sato und einem befreundeten Pärchen initiiert, sie hat Sato und dessen schwulen Freund in der Öffentlichkeit des KK-Clubs einen geblasen und sich dann selbst von den beiden Männern verwöhnen lassen, erst an Ort und Stelle, dann bei Sato zu Hause, wo sich dann auch das befreundete Paar beteiligte. Sie ist etwas durcheinander, was daran liegt, daß sie Schwierigkeiten hat, sich ihren Spaß an der ganzen Angelegenheit einzugestehen. Nur daß Sato sie geleckt hat, was sie nicht mag, verdient Rache, und sie lädt mich ein, am nächsten Samstag zuzusehen, wie sie ihm die angemessene Strafe zuteil werden läßt. »Du müßtest ihn dann allerdings auch etwas verwöhnen«, sagt sie. »Ich bin treu, das weißt du doch«, sage ich. »Aber er kann natürlich zehn Rohrstockschläge extra von mir bekommen. Ich denke, da hätte D. nichts dagegen.« Nicole ist begeistert. »Das ist es«, sagt sie, »oh ja, laß uns das machen, bitte!«

Ich bin etwas skeptisch. Sato verhält sich mir gegenüber äußerst distanziert, seit Nicole mich zu ihrer Lieblingsansprechpartnerin in Sachen Sadomasochismus erklärt hat. Ich weiß deshalb nicht, ob es ihm Lust bereiten würde, wenn ich ihn demütigte, und mir würde es nur auf eine vollkommen asexuelle Art und Weise Spaß machen, als Fortsetzung meines ironisch-provokativen Verhaltens ihm gegenüber mit anderen Mitteln sozusagen.

Nicole hingegen scheint sich zur echten Switcherin zu entwickeln. Sie entwickelt sich ohnehin sehr schnell, nach ihren letzten Erlebnisberichten ist davon auszugehen, daß sie mich nunmehr überholt hat. Als wir uns kennenlernten und sie mir von ihren Vorstellungen erzählte, hörte es sich an, als ob sie ähnliche Phantasien wie ich hätte, heute lacht sie, wenn ich ihr von D.s Regeln berichte, und in ihrem Kommentar »unvorstellbar« liegt kein Ton leiser Neugier auf das für unmöglich Gehaltene. Ihre Lust an der Unterwerfung beschränkt sich darauf, zur Überschreitung allein ihrer sexuellen Schamgrenzen genötigt zu werden, und manchmal glaube ich, daß sie vielleicht endgültig die Front wechseln wird, wenn Sato ihr dabei geholfen hat, ihre Hemmungen zu überwinden. Wie eigenartig, daß Unterwerfung in dieser Hinsicht eigentlich Befreiung bedeutet! –

Daß Nicole und ich doch sehr viel unterschiedlicher sind als zuerst angenommen, kann seinen Grund auch darin haben, daß ihr Interesse an S/M erst nach der Erfahrung sexuell unerfüllender Blümchensexbeziehungen erwachte, S/M stellte sich damit genaugenommen einfach als eine andere Möglichkeit sexuellen Erlebens dar, und die Wahl ihrer Rolle war möglicherweise vorrangig durch ihre Unerfahrenheit und gründlich anerzogene Schamhaftigkeit begründet. Auch Martin hat kürzlich für sich erkannt, daß er sich gar nicht sicher ist, ob er eigentlich wirklich beherrschen möchte; es ist nur der in seiner Vorstellung näherliegende Part für seinen Einstieg in ein sadomasochistisches Sexualleben.

Ich frage mich selbst, ob ich mir vorstellen könnte, D. – abgesehen von meiner Gegenwehr in einem Vergewaltigungsszenario – zu schlagen oder ihn vor mir knien zu lassen, ihn zu fesseln. Müßte ich ihm dazu nicht wenigstens körperlich voll gewachsen sein? Sato ist kein besonders starker Mann, und Nicole kann ihn tatsächlich überwältigen; B. war stärker als ich, auch deshalb ging unser einziger Versuch in diese Richtung hoffnungslos daneben, und wenn D. mir seine Handgelenke bereitwillig entgegenhalten würde, damit ich nach dem Anlegen der Fesseln leichtes Spiel hätte, würde ich ihn doch nie mehr achten können, meinen devoten Herrn, der dann gar nicht mehr mein Herr sein könnte. Ich kann mir auch nicht vorstellen, daß es mir Spaß machen würde, denn dann hätte ich doch wenigstens hin und wieder von meinen umgekehrten Phantasien Abstand nehmen müssen, und das geschah nie. Ich könnte ihn natürlich fesseln wollen, um dann vor seinen Augen all seine bunten Krawatten zu zerschneiden, ich könnte ihn schlagen, bis er brav nur noch schwarze oder weiße Hemden trüge, aber erstens habe ich schon in anderem Zusammenhang geschrieben, daß der schönste devote Mann für eine devote Frau nicht interessant ist, und zweitens hüllt sich auch mein Ex heute zu neunzig Prozent in schwarze Gewänder, nachdem er sich zuvor noch heftigst wehrte, als ich die gelbe Strickjacke und die buntkarierte Sommerhose aus seinem Kleiderschrank verbannte, obwohl ich ihm niemals mit der Peitsche drohte. Das ist eben meine Alltagsdominanz, gegen die sowieso kaum einer ankommt, wie sich B. noch heute über die Jahre mit mir beklagt. Und wenn ich mir diese Einschätzung meines armen, unterdrückten Ex-Lovers allein durch überzeugende Worte verschafft habe, warum sollte ich mir dann die Mühe machen, irgend etwas unter erhöhtem Kalorienverbrauch gewaltsam durchzusetzen?

Nein, ich bin keine Wandererin zwischen den Welten.

73

Ein Abend mit D. im Bunker, wo alle drei Monate die angeblich größte S/M-Fete Berlins stattfindet. Mehrere ineinander übergehende Räume, grauer Betonfußboden und schwarze oder rote Steinwände, schwarze Tücher als Raumteiler, Teelichter auf den wenigen Tischen in einem Raum, wo mit weißer Kreide »Befehlen« an die Wand geschrieben wurde, damit man weiß, daß man hier richtig ist, wenn man seine Sklavin darauf vorbereiten möchte, daß sie jedenfalls nicht ausschließlich zu ihrem Vergnügen hier ist, indem man sie an dem dekorativen Halsband ergreift und vor sich auf die Knie zwingt.

»Damit mußt du schon rechnen, wenn du mit mir ausgehen möchtest«, sagt D. in einem Ton, als ob er »Tut mir leid, meine Süße, aber die Versuchung ist einfach zu groß« sagen würde. Er sitzt auf einem der häßlichen, gepolsterten Stühle mit Stahlbeinen, von denen es hier viele gibt, aber die in unserer Ecke sind nicht besetzt, was meine Situation um einiges erträglicher macht, und wer vor uns sitzt, hat mit den vorbeiziehenden Leuten etwas Interessanteres zu betrachten als eine einzige kniende Frau.

Tatsächlich sind hier einige, die härter wirken als das übliche KK-Publikum, das aber bestimmt über fünfzig Prozent der Gäste ausmacht, und die interessanteren Gestalten werden von einer VOX-Kamera verfolgt, die Material für eine neue S/M-Talkshow sammelt, die S/M gesellschaftsfähig machen soll. Ach, laßt uns doch das Vergnügen, anders zu sein! Schickt nicht wieder so viele mehr oder weniger gute Schauspieler in die Szene! Es kann doch nicht jeder wirklich pervers sein – »Aber das finde ich wirklich pervers«, sage ich zu D., als er mich auf dem Weg durch die Räume »Betrinken«, »Betasten«, »Bestrafen« auf eine Frau aufmerksam macht, die von oben bis unten in Gummi gehüllt ist, von ganz oben bis unten, denn selbst ihr Gesicht wird von einer Gummimaske vollständig bedeckt und von starrem, silbernem Kunsthaar umrahmt. »Sie muß sich totschwitzen in dieser Gummihaut«, sage ich kopfschüttelnd. Für Gummifetischisten fehlt mir tatsächlich jedes Verständnis. Als ich in dem stillen Innenhof vor dem Bunker auf D. wartete, waren sie schon von weitem zu hören: ein leises Quietschen bei jedem Schritt. Hier geht ein solches Geräusch natürlich völlig in dem Stimmengewirr und der Musik unter, die jetzt lauter wird, da wir uns dem Raum »Bewegen« nähern. D. lehnt sich an die – in diesem Falle schwarze – Wand und beobachtet das Geschehen, während ich die ganze Runde nochmal laufen darf, um uns etwas zu trinken zu holen. Dann stehe ich wieder neben ihm. Ich bin müde, da ich vor dieser Fete mit Pat auf einem kraftraubenden Konzert gewesen bin, und etwas gelangweilt, weil die Musik hier nicht gerade von der Art ist, die das Letzte aus mir herausholen könnte, und ich finde, daß ich mir einen ausreichenden Eindruck von dem Publikum verschafft habe, was weiteres Beobachten reizlos werden läßt, zumal nicht wirklich etwas passiert. Keine »Session«, wie Sato es ausdrücken würde. Korrekter: Keine sichtbare Session, denn wer weiß schon, was in den Köpfen abläuft –

Ich ahne ja noch nicht einmal, was im Kopf meines Herrn abläuft, der das Problem meiner wachsenden Müdigkeit natürlich auch erkannt hat und sich im Gegensatz zu mir zwischen den beiden Möglichkeiten, diesem Zustand abzuhelfen, nicht für baldigen Aufbruch, sondern für das Abhalten einer eigenen kleinen Session entschieden hat. Er zieht mich hinter sich her auf die Tanzfläche, und keine Frage, daß ich wach werde, als er mir die Hände auf den Rücken fesselt, daß ich hellwach werde, als er meine Brüste freilegt. Nein, nein, nein, nein! Ich will das nicht, hörst du, ich will das nicht! Er lächelt vergnügt. Ach nein, du willst das nicht? Aber ich will es, und wir sind uns doch wohl einig, daß nur mein Wille zählt!

»Das werde ich dir nie verzeihen!« sage ich aufgebracht. Er lacht, und ich schwanke zwischen stolzer Wut und Scham und etwas Panik angesichts meiner Wehrlosigkeit und seiner möglicherweise kreativitätsfördernden Freude daran. Selbst schuld, Marie, wenn du immer beide Fesseln trägst, als ob sie nichts weiter als schmückende Armbänder seien! Ich werde es nie wieder tun, schwöre ich mir. Ich könnte es doch wieder tun, stelle ich fest, als ich mich vorsichtig umgesehen und festgestellt habe, daß niemand meiner Bekannten oder der KK-Stammgäste in meiner Nähe tanzt, daß D. und ich uns fast ganz an der hinteren Wand des Raumes aufhalten, was mich soweit beruhigt, daß mir in mein Bewußtsein dringen kann, daß die Fesseln meinen Händen genug Spiel lassen, um sie selbst lösen zu können. Einen Augenblick lang möchte ich D.s anhaltendem Genießerlächeln einen spöttischen Blick entgegenhalten, ich weiß etwas, was du nicht weißt, aber vielleicht weiß er es doch, wußte es vor mir, wie belustigend für ihn, und außerdem traue ich mich nicht, die Fesseln aufzumachen, was in diesem halboffiziellen Rahmen eine derartige Respektlosigkeit darstellen würde, daß ich wirklich mit einer heftigen Reaktion von ihm rechnen müßte, mit der er dann möglicherweise nicht warten würde, bis wir wieder zu Hause sind, schließlich ist auch der jederzeit hilfsbereite H. hier irgendwo unterwegs, und dann würde aus der teilnahmslosen Öffentlichkeit eine aufmerksame Öffentlichkeit werden. Willst du das, Marie? Nein, ich habe keinen Anlaß, ihm ein spöttisches Lächeln zu zeigen, also schließe ich meine Augen und tanze wie befohlen, ein Muster an Devotheit, das nur kurz die Fassung zu verlieren droht, als er mich an meinem Halsband nach unten zieht, bis ich nach dem so verzweifelten wie vergeblichen Versuch der Gegenwehr wirklich Anstalten mache, vor ihm auf die Knie zu fallen, aber da zieht mich das Halsband zurück in die aufrechte Position. Nur ein kleines Spielchen mit seinem wunderbaren Spielzeug, es reicht schon zu sehen, daß man eine solche Demütigung durchsetzen könnte, und außerdem ist es noch viel demütigender für das Opfer, das schließlich auch nicht blind ist, wenn es mit seiner Bereitschaft zum Niederknien gerade eine solch peinliche Bereitschaft zur Selbsterniedrigung gezeigt hat, daß ihm sogar ungefragt Gnade aus einem Mitleid heraus, das die Vorstufe der Verachtung ist, zuteil wird. Alles in mir ist in wildem Aufruhr, während er mich umdreht und vor sich her aus dem Raum schiebt, als ob nichts gewesen sei, als ob er nicht genau wüßte, daß er mir gerade noch Schlimmeres angetan hat als durch das Entblößen meiner Brust, die er wieder verhüllt hat und wieder enthüllen wird, wenn wir den Raum »Befehlen« erreicht haben, wo er es nicht unterlassen kann, mich noch einmal durch Taten wie durch Worte darauf hinzuweisen, daß es möglich ist, daß ich ihn noch immer unterschätze. Nun ja, nichts ist unmöglich, mein Herr, das lehrt uns schon die Werbung, die Erfahrung lehrt uns allerdings, daß es in so einer Situation klüger ist, keine frechen Äußerungen von sich zu geben. Die Sklavin ist überdies sowieso noch zu durcheinander, um auch nur einen Satz richtig formulieren zu können. Die Sklavin zeigt sich also kommentarlos einsichtig, was weitere Machtdemonstrationen vorerst überflüssig macht, und da sie zudem leicht erkältet ist und zu husten beginnt, werden wir jetzt besser aufbrechen. Wir verabschieden uns von H., der noch eine lange Nacht mit zwei echten Schulmädchen vor sich hat und daher bester Laune ist, dann gehen wir zu seinem Auto, in dem ich erst ein einziges Mal gesessen habe, und das scheint Ewigkeiten her zu sein. Mit hochgeschobenem Rock und gespreizten Beinen sitze ich neben ihm, der es wie mein Ex-Lover B. beherrscht, mit nur einer Hand zu lenken. B. hatte mir das Schalten beigebracht, um seine Hand nie von mir nehmen zu müssen, aber es war eine unschuldige Hand, die auf meiner Schulter lag oder meinen Nacken streichelte. Auch neben G. saß ich so, aber ihm reichte der Anblick, wenn ich mich richtig erinnere. Vielleicht kann er auch nicht mit einer Hand lenken, wer weiß? Ich weiß gar nichts mehr. Ich bin müde und heiser, und auch D. behauptet, müde zu sein, also legen wir uns hin, aber es dauert nicht lange, bis seine Hand an meiner Vagina angekommen ist. Er besorgt es mir, und ich höre meine erkältete Stimme die üblichen Geräusche merkwürdig verfremdet von mir geben, und irgendwann kann ich einfach nicht mehr und fange an, mich zu wehren: Nicht noch einmal, bitte! Er hört auf, nachdem er mir gezeigt hat, daß er das aus eigenem Antrieb tut, nicht etwa, weil meine Abwehr erfolgreich gewesen wäre. Wir liegen nebeneinander, und ich bin auf vorsichtige Weise zärtlich und trage durch diese Liebkosung meines Peinigers zu meiner eigenen Verwirrung bei. Du mußt ihn hassen, Marie, du bist doch noch gar nicht devot! Naja, ein bißchen devot vielleicht, wenn es beispielsweise darum geht, ihm die Schuhe anzuziehen, weil er jetzt gehen muß. War ich aufreizend, als ich ihm den ersten Schuh anzog? Oder liegt es nur daran, daß ich ihn durch meine bloße Anwesenheit zum Quälen einlade, weswegen er nur schwer ein Ende finden kann, solange er mit mir zusammen ist? Oder war es ein geplantes Betthupferl, wie man nach guter bayerischer Tradition die süße Freude nennt, die einem in Hotels durch ein Bonbon auf Nachttisch oder Kopfkissen bereitet wird, um das einsame Einschlafen erträglicher zu machen, und schließlich ist er ja gerade im Begriff, mich die restlichen Nachtstunden alleine verbringen zu lassen?

Ich bin auf allen Vieren, und seine Hand in meinem Nacken drückt meinen Kopf nach unten, bis mein Mund seinen Fuß berührt. »Ich möchte deine Zunge spüren«, sagt er. Seine freie Hand quält meine Brustwarzen. »Lecken, Marie. Du sollst lecken – «

»Nein!«

»Was heißt Nein? Hier gibt es kein Nein. Für dich gibt es hier kein Nein, und ich hoffe für dich, daß du das weißt –«

Was soll ich sagen? Ich habe es getan, und er hat Gnade walten lassen, bevor ich angesichts dieser Demütigung zu heulen anfing. Ich sage mir, daß meine Erkältung schuld ist. An allem, was ich heute habe mit mir machen lassen, ist nur diese verdammte Erkältung schuld.

74

Ich bin noch immer erkältet, als er mich wieder besuchen kommt, um ein weiteres Mal durch seine Anwesenheit mein Zimmer zu der Welt werden zu lassen, in der es für mich kein Nein gibt. Ich habe beschlossen, meine anhaltende Krankheit auch diesmal als Entschuldigung für meine Gefügigkeit anzuführen. Genaugenommen schon als Entschuldigung für meine zahlreichen, ach soviel Schwäche zeigenden Neins, die auszusprechen hier doch angekündigtermaßen von vornherein sinnlos ist, weswegen er sie auch sämtlich mißachtet, und ich habe nicht genug Kraft, um ihnen Nachdruck zu verleihen. Ich schade mir durch entsprechende Versuche nur selbst und bin dann höchstpersönlich schuld daran, wenn es erst recht weh tut. Nur durch meine vergeblichen Anstrengungen, mir das als Knebel benutzte Halsband aus dem Mund zu drücken, reiße ich mir die Unterlippe blutig. Nur durch meine Fußtritte, mit denen ich ihn mir vom Leib zu halten trachte, schon auf dem Boden liegend und die Hände mit Handschellen auf den Rücken gefesselt, habe ich ihn dazu provoziert, eine stilgerechte Entschuldigung von mir einzufordern, deren Aussprechen wie immer eine Reihe Ohrfeigen vorangehen muß. Diesmal hatte Maries Herr Lust, sie zu schlagen, und nur ihre unter der Ledercorsage gut verpackte Brust kam ungeschoren davon. Diesmal zeigt Maries Herr seiner Sklavin, wieviel Spaß man mit einem Paar Handschellen, einem Seil, einer Gerte und einer ordinären Zimmertüre haben kann, die jeden Flaschenzug überflüssig macht, wenn man etwas von Seilen und Knoten versteht. Da Maries Herr einiges von Seilen und Knoten versteht, kann er sich dann sogar ohne Gerte und Zimmertüre vergnügen, indem er ein Seil zwischen ihren Beinen durchführt und sie daran hinter sich herzieht wie vielleicht vor fünfunddreißig Jahren eine Spielzeugente aus bunt lackiertem Holz auf Rädern. Ich rutsche auf den Knien, er wirft mich vollends zu Boden, ich rutsche auf meinem Bauch, meiner Seite, meinem Rücken, wie auch immer, ich bewege mich, während seine von weit weg kommende Stimme das Bild lobt, das ich ihm so biete, aber ich bin im Moment viel zu sehr darauf konzentriert, den schneidenden Schmerz nicht schärfer werden zu lassen, um das

Demütigende an meiner Situation in mein Bewußtsein dringen zu lassen. Der Göttin sei Dank dafür –

Irgendwann (Stunden, Tage, Wochen später) reicht es für heute, und er befreit mich von den Stricken und den Handschellen. »Knie dich vor mich«, sagt er, »und paß auf dein Kleid auf – jedesmal muß ich dir das sagen!« Ich hebe den Stoff hoch, so daß meine nackten Knie den Boden berühren. Er ist so fürsorglich! Ich darf ihm schon deshalb gar nicht mehr böse sein, nicht wahr? – und wehre mich infolgedessen nicht, als er mich in die Arme nimmt. Nein, ich wehre mich nicht. Ich bin auch willig, als er dann verlangt, daß ich ihm Schuhe und Strümpfe wieder anziehe. Aber: »Moment«, unterbricht er mich, als ich ihm gerade den ersten Strumpf anziehen möchte. »Hast du schon wieder vergessen, was du vorher zu tun hast?«

Nein, nicht das, nicht das, nicht das. Möchte er es etwa zu einer Regel werden lassen? Heute jedenfalls ordnet er es an, und damit wird es in dieser Welt Gesetz, und meine Weigerung macht mich zu einer Gesetzesbrecherin, aber ich werde nicht sofort bestraft, nein, man gibt mir Gelegenheit, die Sache noch einmal zu überdenken, während mich das Halsband würgt und die Gerte meine Seite trifft, und wirklich, ich überdenke die Angelegenheit, und tatsächlich, ich tu's ein weiteres Mal, Küßchen hier, Küßchen da, so ist es brav –

Wie gesagt, ich bin immer noch krank.

75

»Eines Tages wird es dir Freude bereiten, das zu tun«, sagt er, während seine Hand meinen Kopf festhält und meine Lippen seinen Fuß berühren. Niemals werde ich so devot sein können, das freiwillig zu tun, denke ich. Niemals werde ich so devot sein, meinen Herrn zu umarmen, nachdem er mich geschlagen hat, dachte ich irgendwann und sperrte mich, bot einen spöttischen Blick an, aber keinen Kuß. Ich wehre mich nicht, schreibe ich heute, nein, ich wehre mich nicht, als er mich in die Arme nimmt. Wie eine Ertrinkende hänge ich an ihm und hoffe, daß mir die Zeit so lange vorkommen wird, wie wenn er mich schlägt, aber ich schreibe: Ich wehre mich nicht. Es gibt niemanden mehr, den du noch anlügen könntest, Marie! Madame L'Amour hilft ihm beim Abrichten, du kennst den Ruf dieser überaus erfahrenen Domina, sie hat schon vielen Frauen die Unterwürfigkeit beigebracht. Ja, meine Liebe, zwei gegen einen ist unbestreitbar unfair, aber hast du nicht auf jeden Anspruch deinerseits auf eine gerechte Behandlung verzichtet? Siehst du, mir war doch auch so, als ob du so etwas Ähnliches unterschrieben hättest –

76

Madame L'Amour hilft beim Abrichten, Madame L'Amour macht aus Spiel den Ernst des Lebens, der uns manchmal einholt. Der mich manchmal einholt. In den Zelten stehe ich und höre Anna R. Liebeslied um Liebeslied singen, das Publikum gibt sich hin, die Wunderkerzen leuchten, was für ein abgeschmacktes Bild, was für ein Kitsch, was für ein Übermaß an Gefühlen, die aber doch eigentlich das Leben ausmachen, oder? Machen sie nicht das Leben aus, das sonst nur aus Gleichgültigkeit bestünde? Ich bin kein gleichgültiger Mensch, und natürlich schafft diese Anna es irgendwann, daß ich zu heulen anfange. Diesbezüglich steht sie meinem Herrn und Meister in nichts nach. Und ehrlicherweise ist es doch auch hier und jetzt er, der mich so schafft, daß meine Freundin Pat mir tröstend ihren Arm auf die Schulter legt. »Ach ja, die Männer«, seufzt sie, und ich liebe sie dafür, daß sie meine Gefühle ins Lächerliche zieht. Bitte hol mich auf den Boden der Tatsachen zurück –

Wir gehen schon während der Zugaben, weil wir beide noch verabredet sind. In der warmen Dämmerung eines Sommerabends gehen wir das Stück Weg zur Bushaltestelle durch den Tiergarten, die Musik hinter uns noch immer so laut, daß der Text verständlich ist, um uns herum schon tiefschwarze Dunkelheit zwischen den Bäumen. »Alles okay mit dir?« fragt Pat und lacht. Ich versuche auch zu lachen. Ich kann nicht erklären, warum ich dermaßen ergriffen bin. Wir haben nur ein Leben, denke ich immer wieder, nur ein einziges Leben, zu kurz, zu schade, um sich am Rand der Eisfläche aufzuhalten, anstatt darauf zu tanzen. Und wenn sie bricht – was soll's? Die Angst vor dem Tod ist nichts weiter als die Angst, nicht gelebt zu haben.

»Ich möchte nie wieder halbe Sachen machen, Pat«, sage ich.

77

Heute machen wir keine halben Sachen, heute benutzen wir die ganze Klaviatur, kein Ton, den wir nicht angeschlagen hätten, kein Raum meiner Wohnung, den ich nicht betreten hätte, um dort Demütigung oder Schmerz oder beides zu empfangen, alle bis auf das Bad auf allen Vieren, und die Wohnung reicht nicht aus, wir nehmen noch ein paar Quadratmeter Bürgersteig und einen Hausflur hinzu, aber erst später, Stunden, nachdem ich ihn in meinem Zimmer begrüßt habe, wo er mich kurz umarmt, bevor er mir das Kleid über den Kopf streift und BH und Slip auszieht, mehr hatte ich nicht an. Ich knie nackt vor ihm.

»Gut so«, sagt er. »Und jetzt geh auf deinen Platz.«

Mein Platz, das ist ja mittlerweile bekannt, ist vor meinem alten, braunen Kleiderschrank, der eine echte englische Antiquität ist, die mir meine Vormieterin hinterlassen hat. Ich darf nicht aufstehen, also rutsche ich auf den Knien dorthin.

»Sehr schön«, sagt er. »Brav.«

Ich bin aber nicht mehr brav, als er mir die Gerte zwischen die Zähne klemmt und sie mit einem Strick umwickelt, dessen beide Enden er in meinem Nacken miteinander verknotet. Ich sträube mich, nicht weil es wehtut, sondern weil es so ein demütigender Knebel ist, und er muß mir die Hände auf den Rücken fesseln, durch meinen Widerstand gerät dann die ganze Sache etwas härter, und so fange ich dann wirklich aus Schmerz zu heulen an, während etwas Blut von meinen noch vom letzten Mal lädierten Mundwinkeln und der Unterlippe tropft. Das ist unerotisch, deshalb wird die Gerte durch das Stück Stoff ersetzt, das weniger bekannt ist für die Fähigkeit, Worte zu ersticken, als vielmehr dafür, in besonderer Gestalt jegliche Erotik im Keim zu ersticken, dann heißt es Liebestöter. Für Nicole sind das die Feinripphosen eines großen deutschen Herstellers, ich finde aber die buntgemusterten Sportslips von ALDI schlimmer. Was ich im Mund habe, weiß ich nicht, weil D. mir zwischen dem Entfernen des ersten und dem Verpassen des zweiten Knebels die Augen verbunden hat, aber wenn ich mich recht erinnere, war es weder das eine noch das andere, als ich es später sah. Ich höre das Rascheln einer Plastiktüte und dann das Geräusch von Ketten. Mein Herr hat sich für uns in Unkosten gestürzt, und einen Moment lang habe ich Angst, daß am Ende der Ketten diese gemeinen Klammern mit Zähnchen sind. An den Enden der Kette – es ist nur eine – sind stattdessen Ringe, die er mir um die Füße legt und zuschnappen läßt. Er hat das Pendant zu Handschellen gekauft; nennt man das Fußschellen? Ich weiß es nicht. Sie gefallen ihm, und da er ein Ästhet ist, legt er mir statt der Handfesseln und der Handschellen, die defekt sind und uns schon einmal den Schweiß ausbrechen ließen, weil wir es erst merkten, nachdem er sie mir angelegt hatte, Ketten um die Handgelenke, und auch mein Halsband wird diesmal durch eine Kette ersetzt, an der er die Hundeleine befestigt, und dann geht es los, ein ausgiebiger Spaziergang durch die Wohnung, mit kleinen, aufmunternden Schlägen auf den Arsch zwischendurch, um die Geschwindigkeit zu erhöhen, mit kleinen Zwischenstationen: im Wohnzimmer, wo er sich die Photos ansieht, die er vor zwei Wochen von mir gemacht hat und die in mir den Entschluß hervorriefen, mich niemals wieder nackt auszuziehen, aber ihm gefallen sie; im Klo, wo er mich einschließt, während er sich in der Küche einen Kaffee macht und den Käsekuchen aus dem Kühlschrank holt. Ich höre ihn auf der Suche nach einem Wasserkessel die Schränke öffnen, später dann die Dinge in mein Zimmer tragen, die man braucht, um gemütlich Kaffee zu trinken, nachdem man die Sklavin abgeholt hat. Zurück durch den langen Flur, schneller, Marie, schneller! Wie einen Hund zieht er mich hinter sich her. Wie ein Hund, dem man »Platz!« gesagt hat, hocke ich dann vor ihm.

»Sehr schön«, sagt er. »Wirklich brav.« Brave Marie. Hat sich zur Belohnung ein Stück Kuchen verdient, das er ihr zwischen zwei Fingern hinhält. Ich beiße ab. Danke. Aber nein, das ist ganz falsch. Hundekuchen wird aus der offenen Hand gefressen, nicht wahr? Das nächste Stück Kuchen liegt auf seiner Handfläche. Nein. So will ich es nicht. So nicht! Die Alternative ist aber nicht: so oder gar nicht, sondern: so oder er preßt mir den Kuchen gegen meinen geschlossenen Mund. Weiß er denn nicht, daß man mit Lebensmitteln nicht spielen darf? Ich bin vernünftig. Ich bin bestens durchblutet. Ich bin weit weg, niemand kann mich sehen, niemand kann mich mit wohlwollender Zufriedenheit betrachten, denn ich habe meine Augen fest geschlossen, und was ich nicht sehe, dessen Existenz darf ich leugnen. Ich höre nicht die lobenden Worte, und ich weiß nicht, wie der Kuchen schmeckt. Ich komme erst wieder zu mir, als er mich auf den Boden legt und meine Beine an der Fessel nach oben zieht. Er hängt die Kette über die Lehne des Stuhls, die meine Beine so gespreizt festhält, während er sich verkehrt herum auf dem Stuhl sitzend mit einem Arm gemütlich aufstützen und den freien Blick auf die empfindlichste aller Stellen genießen kann, und noch immer bleibt eine Hand frei, um die Gerte zu ergreifen oder den Kerzenhalter ganz langsam schräg zu legen –

Die Stellung gefällt ihm, deshalb wird die mit schwarzem Wachs besprenkelte Frau anschließend auf das weiß bezogene Bett gelegt und werden ihre Beine über dem Kopf an das Bettgitter gefesselt. Ich weiß nicht mehr, warum ich dann so lustig war, daß ich die Lieder auf der CD mitsang, während ich so dalag, warum er so lustig war, den Rhythmus mit dem Rohrstock mitzuklopfen, nur sachte, warum wir beide immer noch lachten, als ich dann ganz schnell befreit werden mußte, weil das Gefühl zweier eingeschlafener Beine unerträglich wurde. Doch, ich weiß es. Bevor er die Musik anmachte und Anna R. vom kleinen Tod sang, hatte er ihn mich sterben lassen – und ich war fröhlich, wie es sich für jemanden gehört, der von all den Plagen irdischen Daseins befreit wurde, und er erfreute sich wie eh und je an seiner Macht über mich –

Ich habe mich kurz darauf revanchiert, und die männliche Leiche möchte nun noch ein Bier trinken gehen. Ich komme mit, obwohl ich schon am ersten oder zweiten Tag unserer Bekanntschaft gelernt habe, daß das durch die Kneipenöffentlichkeit erzwungene Unterdrükken von Schmerzenslauten für ihn nicht ohne Reiz ist. Nein, durchaus nicht – was ich nicht wußte ist, daß auch die nur potentielle Öffentlichkeit eines Hauseingangs ihren Reiz hat, die nachts um halb eins, Zeit der Heimkehrer, Zeit der Nachtschwärmer, schnell zur tatsächlichen werden kann. Das heißt, normalerweise hätte ich es geahnt, aber gerade haben wir uns zum Abschied wieder eine dieser gefährlich innigen Umarmungen geschenkt, und der plötzliche Zug an der Kette, die noch immer meinen Hals ziert (aber ich habe seit einigen Minuten den Schlüssel für das Schloß in der Jackentasche!), reißt mich aus einem Himmel voller Geigen auf den kalten Steinfußboden des Hausflurs, Tausende von Kilometern in wenigen Sekunden erklären mühelos meine völlige Verwirrung, mein Herz schlägt laut, während das Licht der Straßenlaterne und der mit der Hausnummer versehenen kleinen Lampe über dem Eingang durch die Glasscheiben über der Haustür auf den weiß–grau schachbrettgemusterten Boden fällt, nur einen Meter neben mir. Es ist hell genug, um die grauen Briefkästen zu sehen, sogar hell genug, um die rotbraune und rosefarbene Ölfarbe der Wände zu identifizieren, jeder würde mich sofort hier knien sehen, und jetzt drückt er meinen Kopf nach unten, bis mein Gesicht seine Schuhe berührt, wie soll ich denn schnell genug aufstehen können, wenn die Stimmen vor der Tür lauter statt leiser werden? Nicht hier, denke ich empört, nicht hier, wo ich wohne. Ach Marie, verwirrtes Wesen, was ist denn schon dabei, wenn dir deine Mitbewohner zu Hilfe kommen, indem sie das Licht einschalten, damit dein Freund und du nicht weiter wie angewurzelt dort stehen müßt vor lauter Angst, auf deine verlorene Kontaktlinse zu treten, was für ein Leichtsinn schon von dir, auf die Knie zu gehen, zu leicht hätte sie da schon drunter liegen können, aber natürlich, irgendetwas muß man ja tun, das ist verständlich. So ein Pech aber auch immer mit diesen kleinen Dingern!

78

Am zweiten Tag nach unserem letzten Treffen ruft er mich an, wie gewohnt in aller Frühe. »Du mußt uns wirklich in Zukunft nichts mehr vormachen«, sagt er. »Du warst schon so gehorsam letztes Mal – du könntest endlich deinen Widerstand ganz aufgeben und dich fallenlassen. Du könntest uns beiden zeigen, was ein Muster an Devotheit ist.«

Ein Muster an Devotheit – das waren meine eigenen Worte gewesen. »Ich weiß genau, welchen Satz du zu welchem Zeitpunkt erwartest«, hatte ich zu ihm gesagt. »Ich habe ein genaues Gespür dafür, wie man eine schon geradezu herzergreifende Ergebenheit demonstriert. Ich könnte ein Muster an Devotheit sein, wenn ich nur wollte.«

»Das glaube ich dir aufs Wort«, hatte er gesagt, und jetzt sagt er: »Ich glaube, daß es genau das ist, was du willst.«

Ich aber weiß schon lange nicht mehr, was ich will.

Ich weiß nur das, was er auch weiß: daß Liebe gefügig macht, daß Liebe den Kampf um den Gehorsam wieder von außen nach innen verlagert. Ich spreche es aus, und noch während ich mich schon wieder von Liebe sprechen höre, denke ich: Was willst du denn, hier hast du es doch, dein Muster an Devotheit! Eine Frau, die tagtäglich Fesseln trägt, die nicht mehr studiert, nicht mehr liest, nicht einmal mehr fernsieht, die nur auf dem Bett liegend oder an dem Fenster sitzend vor sich hinstarrt, abwechselnd von Träumen und Alpträumen über die Zukunft heimgesucht, während dieselben drei CDs die Nachbarn langsam aber sicher in den Wahnsinn treiben, obwohl die Frau sie gar nicht dorthin mitzunehmen geplant hatte. Sorry!, mea culpa, wie immer.

Eine Frau, die wie ein Hund nach jedem Stück Zuneigung schnappt, das du ihr hinwirfst, ihr Lachen, ihr Verstand, ihr Gesang, ihr Schreiben gefällt dir, sagst du zu ihr, die dir an einem Biertisch an einer Kreuzberger Straßenkreuzung gegenübersitzt, ist es die Wahrheit oder das vierte Bier an einem viel zu warmen Abend, die Erinnerung an einen Orgasmus, der eher ein großer denn ein kleiner Tod war, noch in dir, und sie trägt nur einen BH unter der offenen Jeansjacke, deren hochgestellter Kragen raffiniert das Schloß an der Kette um ihren Hals verbirgt, sie wird nie aufhören, dich herauszufordern, was für ein schönes Gefühl, was für eine Provokation, der wir begegnen, indem wir nach der Kette greifen und daran ziehen, und dann stecken wir ihr einen Finger in den Mund, während das andere Paar am Tisch nach zuviel Alkohol eine Beziehungskrise diskutiert und die anderen Gäste mit anderen Problemen zu kämpfen haben und nur in ihrer Vorstellung alle zuschauen. Wie schade, daß es schon zu dunkel ist, um die Röte in ihrem Gesicht richtig wahrnehmen zu können, aber ihre Verwirrung ist offensichtlich, und sie wird dich danach trotzdem wieder umarmen, anstatt dich zu hassen. Was ist das anderes als Devotheit? Was tun wir hier an diesem Abend? Ist das Flirten nicht etwas, was dem Sex üblicherweise vorausgeht? Sie flirtet nicht, denn sie hat längst alles gesagt. Und du hast es nicht nötig, noch mehr Aufmerksamkeit zu erregen. Sie ist bereit. Sie ist willig. Sie gehört dir. Sie ist ein Muster an Devotheit. Eine Frau, die dir zu Füßen liegt und dich anfleht: Laß deine Liebe wachsen, bis sie meiner entspricht, laß uns bis zum Ende gehen, das nicht bitter, sondern ein Anfang ist. Nimm ernst, was sich in den Symptomen der Teenagerschwärmerei äußert, eine solche aber nicht ist. »Man verbrennt sich leicht an der Liebe«, sagst du und hast die Hände noch in den Hosentaschen, während meine schon auf der Herdplatte liegen. Wer hat sie dort hingelegt? Was für eine Frage! Wer von uns beiden ist denn der Sadist –

Von Anfang an hat er darauf hingearbeitet, daß passiert, was nun geschehen ist. Hat mir seinen Stempel »Eigentum des D.« aufgedrückt, damit sich kein anderer mehr an mir vergreifen konnte, insbesondere weder H. noch Sato –

Er sendet widersprüchliche Signale, seit wir uns kennen. Er möchte mich devot und liebt doch meinen Widerstand. Er macht mir Komplimente und sieht mich dabei an wie ein Herzensbrecher par excellence, aber er möchte die beiden klopfenden Hälften nicht auffangen, als sie ihm entgegenfallen. Er hat mir die Augen verbunden und mir geradeaus zu laufen befohlen, erst wollte ich nicht, dann fing ich an, mich zu bewegen, und er sieht mir zu und weiß selbst noch nicht, ob seine Hand nach mir greifen wird, bevor ich den Abgrund erreicht habe. Wann immer ich meine Hände von der Herdplatte zurückziehen wollte, damit die Verbrennung noch Aussicht auf Heilung hat, hielt er sie dort fest, und mittlerweile schreie ich laut vor Schmerz. Ich hasse die Liebe, die empfindlich macht und einen zugleich an dem dadurch schmerzhafter gewordenen Leben hängen läßt. Plötzlich paßt du wieder auf, wenn du eine Straße überquerst, achtest auf diesen Körper, in dem doch gar nicht mehr die Person ist, die du kanntest, sondern jemand, der sehnsuchtszerfressen am Nichtstun leidet, dessen Verhalten von einer schizophrenen Zerrissenheit zwischen Wunsch und Wirklichkeit, zwischen Mut und Vorsicht, zwischen Sehnsucht und Moral geprägt wird. Ich wünsche mir, geliebt zu werden, und halte doch an meinem Mißtrauen fest, das immer mit der Möglichkeit rechnet, daß zärtliche Äußerungen einer momentanen, durch guten Sex oder Alkohol verursachten Stimmung entspringen, und das dennoch die Hoffnung nicht verhindern kann, daß es anders ist. Ich möchte mich mit Haut und Haaren in eine Beziehung mit ihm werfen und weiß doch nicht, ob er nicht eine brave Hausfrau aus mir machen möchte, ob er treu sein wollte und könnte, ob er, der nicht das Gefühl kennt, ein Zuhause zu haben, überhaupt fähig ist, sich durch Liebe an einen anderen Menschen zu binden und damit ein Stück Freiheit aufzugeben. Ich weiß kaum etwas über ihn, und meine Hoffnungen müssen ihm wie jugendlicher Enthusiasmus erscheinen, der der Lebenserfahrung begegnet, zumal ich ihn nie etwas über ihn selbst frage, manchmal nicht einmal auf Äußerungen von ihm reagiere. Er muß denken, daß er mich außerhalb der S/M-Beziehung nicht interessiert, dabei sind es nur meine Skrupel, aktiv gegen eine andere Frau zu kämpfen: Es ist nicht meine Verantwortung, falls er sich in das verliebt, was er sich (mit Gewalt) genommen hat. Aber jedes zuvorkommende und interessierte Verhalten meinerseits gibt mir schon das Gefühl, ich würde für mich werben. Ich möchte ihn umarmen, wenn ich ihn sehe, und tue es nicht –

»Du hast dich verliebt, Marie, wie schön«, sagen Leute, die offenbar keine Ahnung davon haben, wie quälend ein solcher Zustand sein kann, vielleicht weil sie nie gebundenen Elementen, sondern stets freien Radikalen begegnet sind, vielleicht weil ihr Gegenüber stets so romantisch veranlagt war wie sie selbst, so daß sie, wie B. und ich vor vielen Jahren, schon nach einer Woche wußten, daß sie zwar weiterhin gegen den Rest der Welt würden kämpfen müssen, aber in rosiger Zukunft zu zweit. Wer weiß? Nicole erzählt von Freundinnen wie mir, die Männer wie D. zur Trennung von ihren Partnerinnen animiert haben. Sato appelliert an meine Vernunft und rät zur Flucht. H. sagt: »Ich bin wirklich gespannt, wie du weiterhin mit dieser Situation umgehen wirst«, diagnosewilliger Blick des Ex-Medizinstudenten auf einen pathologischen Fall, in dessen Karteikarte Überempfindlichkeit, Ruhelosigkeit, Antriebslosigkeit, Schlaf- und Eßstörungen sowie vermehrte Neigung zu Nervenzusammenbrüchen vermerkt sind. Ich kann nicht mehr, sage ich einem imaginären Psychiater (vielleicht ist es auch eine Psychiaterin), ich sitze in einem Käfig und rufe nach dem Schlüssel, aber selbst wenn man mir aufschlösse, bliebe ich dort drinnen, ich denke an Flucht, aber sogar wenn man mich herauszerrte, würde ich mich von außen an die Stäbe klammern –

Sie wollen einfach nicht erwachsen werden, sagt der imaginäre Psychiater (vielleicht auch eine Psychiaterin), Sie reden von Mut und Risiko und wollen doch einfach nur eine Sicherheit, daß Sie das Spiel des Lebens auch gewinnen, nachdem Sie Ihren Einsatz geleistet haben.

Das Spiel heißt Reise nach Jerusalem, mit zwei Stühlen und drei Personen, mit einem Bett und drei Personen. Eine wird stehen bleiben. Das ist das Leben, sagt D. Die Welt ist schlecht, sagt D. Ich weiß, sage ich. Niemals hättest du diese Geschichte mit mir anfangen dürfen, sage ich zu ihm. Vielleicht, sagt er, aber es ist nur dann wirklich unfair, wenn der Ausgang von vornherein klar ist. Ich spiele doch auch mit mir selbst, sagt er. Das ganze Leben ist ein Spiel, sagt er müde.

Scheißspiel, ich habe es immer gewußt –

Er hat nächste Woche keine Zeit, aber ich brauche nicht unsicher zu lachen, es wird nicht suspense ad infinitum werden wie bei G. Übernächste Woche fährt er für drei Wochen in Urlaub; ich habe wie immer nicht gefragt, wohin. Die Zeit wird mir unerträglich werden. Eigentlich ist das alles schon jetzt unerträglich. Meine Tarotschicksalskarte ist »Die Liebenden«, erzählt mir Karin; womit habe ich das verdient?

»Ich werde mich wieder melden«, sagt er. Das mußt du auch, denn ich habe deine Telefonnummer gar nicht, denke ich böse, aber natürlich werde ich warten. Ich werde warten, auf seine stundenweise Nähe, die seine Abwesenheit die restliche Zeit prägen läßt, auf nette Worte, die ich mir zu glauben verbiete, auf Gerechtigkeit: Leg deine Hände auf die Platte neben mir, bis sie so schwarz sind wie meine.

Scheißspiel, ich habe es immer gewußt.

79

Ich kann unser letztes Zusammensein nicht mehr vergessen. Ich kann nicht mehr an meinen Briefkasten gehen, ohne von dem Gedanken daran, wie ich in diesem Flur kniete, erregt zu werden. Ich muß aber nicht an meinen Briefkasten gehen, damit mich der Gedanke erregt. Er verfolgt mich auch so, und das feuchte Klima zwischen meinen Beinen verrät mich. Nur meine Verzweiflung über das Kribbeln im Bauch kann mich von dem Kribbeln weiter unten ablenken, dabei hängen diese beiden Gefühle doch wahrscheinlich eng miteinander zusammen. Ich frage mich unablässig, was anders war als sonst, und der einzige Unterschied, den ich finde, besteht darin, daß ich mich an jenem Abend, als wir von der Kneipe zurückkamen, wo er mir so viele nette Dinge gesagt hatte, wirklich geliebt fühlte; schließlich hatte mein Mißtrauen noch keine Zeit gehabt, seine zersetzende Wirkung zu entfalten. Einen kurzen Moment lang fühlte ich mich geliebt und war deshalb frei, ohne Angst vor Verletzung und damit ohne meine ständige schützende innere Distanziertheit. Kein Spott war in meinem Blick, der sagte, ich weiß nicht, was du von mir willst, und ich traue dir nicht. Die Marie, die vor ihm in die Knie ging, war nicht die Marie, die er kennt, die ich kenne, war nicht die Frau, die zwar nicht mehr nur beobachtet, aber die neben dem Erleben niemals das Beobachten ganz vergißt, sondern eine Frau, die nur noch erlebt, vielleicht zum allerersten Mal. Einen Moment lang war sie ihm wirklich ausgeliefert, ohne ein aus Zynismus gewobenes Sicherungsnetz zwischen ihm und ihr, zwischen sich und ihren Gefühlen –

Ich habe es gemerkt. Ob er mehr sah als eine vor einer Briefkastenreihe kniende Frau? Ich weiß es nicht.

80

Es ist ein drückend schwüler Tag, an dem er abends noch kurz vorbeikommt. Er hat einen Arbeitstag in der Bank und ein sich daran anschließendes Fortbildungsseminar in der Innenstadt hinter sich, und doch macht er sich die Mühe, die Treppen hinter sich zu bringen, um seine Sklavin zu besuchen, die in letzter Zeit in einem solchen Ausmaß Zuneigung signalisierte, daß davon auszugehen ist, daß sie die Schwelle zur Devotheit aus Liebe innerhalb der letzten Tage seiner Abwesenheit überschritten haben wird. Seine Sklavin öffnet die Tür und beendet dann ohne große Eile ein Telefongespräch. Er liegt auf dem Bett, als sie ihr Zimmer betritt. Ein Muster an Devotheit, das sie doch schon zu sein vorgab, würde ihm als erstes die Schuhe ausziehen, dann ein Glas kaltes Wasser reichen, dann sich selbst als bequemes Kopfkissen anbieten, dann fragen, ob er durch die Berichterstattung aus ihrem Alltagsleben unterhalten werden oder lieber von Stille umgeben sein möchte, während ihre Hände seinen Nacken massieren, der es bitter nötig hat. Ein Muster an Devotheit würde nach diesen ersten kleinen Dienstleistungen, die mehr den Charakter von Erste-Hilfe-Maßnahmen haben, Kaffee kochen und einen kleinen Snack anbieten, um ihren Herrn wieder zu Kräften kommen zu lassen. Seine Sklavin reicht ein Glas Wasser und hält sich an die Regel, sich nicht auf ein Möbel zu setzen, und das ist alles. Wie kommt es dann, daß er dennoch soviel Kraft hat, als er plötzlich nach der Gerte greift, daß sie bei jedem Schlag aufschreit und die Spuren noch am nächsten Tag deutlich sehen wird?

»Ich glaube, ich habe noch nie so fest zugeschlagen«, sagt er. »Aber es war wohl wieder mal nötig, dich daran zu erinnern, was du bist und wer ich bin. Ich dachte wirklich, deine Gefühle für mich würden zu etwas mehr Entgegenkommen führen, aber du warst renitent wie am ersten Tag. Diesbezüglich habe ich dich wohl wirklich unterschätzt. Aber vielleicht unterschätzt du mich auch. Ich habe beschlossen, dich ab jetzt jedes Mal auf diese Art an deine Pflichten zu erinnern, so kann es schließlich nicht weitergehen. Und wir werden ab sofort mit aller Konsequenz das Siezen üben. Sei froh, daß ich gestern gehen mußte, sonst hättest du auch noch den Rohrstock zu spüren bekommen.«

Ich schweige. Vielleicht schuldbewußt. Vielleicht ängstlich. Mein Po tut noch heute weh beim Sitzen, wenn auch die eigentliche Wirkung der Schläge eine andere war, eine, die er gestern gleich sehen konnte, als ich ihn an die Wohnungstür begleitet, wo er mich aufforderte, zum Abschied vor ihm niederzuknien. »Na los«, sagt er leise, »nun mach schon.« Ich tue es, langsam, zögernd, ich sehe eine Frau in Zeitlupe auf die Knie sinken. Um uns herum ist völlige Stille.

»Das ist sehr schön«, sagt die leise Stimme lobend. »Das hat wirklich Stil.«

Er öffnet die Wohnungstür und läßt die Geräusche aus dem Hausflur herein, hauptsächlich eine italienische Oper aus der Wohnung gegenüber, von sich etwas zurufenden Stimmen unterbrochen. Er öffnet die Tür ein Stück weiter und läßt den Blick von noch niemandem aus dem Hausflur auf die kniende Frau herein. Ich bewege mich nicht. Wenn aus noch niemandem ein Jemand wird, werde ich mich bewegen und den Türflügel ins Schloß werfen, denke ich. Ich bin nicht gefesselt, ich kann mich bewegen. Und selbst wenn ich gefesselt wäre, könnte man mich nicht sehen, wenn ich noch ein Stückchen weiter nach hinten rutschen würde, in den Blickschutz des zweiten Türflügels, der nur bei Umzügen geöffnet werden muß. Nein, meine Gedanken sind schon wieder nicht devot gewesen, aber meine Körperhaltung hat dies zu verbergen verstanden. Und schon, daß ich mir die Mühe machen muß, meine Gedanken zu verstecken, um ihn nicht weiter zu provozieren, ist schließlich ein Sieg meines Herrn, der ein Lächeln in der Stimme hat, als er meinem noch immer gesenkten Kopf ein Tschüß zuwirft, bevor er dann leise die Tür ins Schloß zieht. Ich höre seine beschwingten Schritte die vier Treppen nach unten nehmen, dann stehe ich auf.

81

Da man sich nicht sicher sein kann, ob diese letzte Abreibung ausreichte, um mir meine Pflichten nun endlich für alle Zukunft unauslöschlich ins Gedächtnis einzubrennen, auf daß nicht mehr irgendeine dumme kleine Verliebtheit die Erinnerung daran trüben kann, was ich bin, werden unterstützende Begleitmaßnahmen ergriffen; ich erhalte telefonisch Anweisung, in das Schwarze Buch einzutragen, wie sich eine wirklich gute Sklavin verhalten müßte. An meiner Beschreibung wird man erkennen können, ob Renitenz oder schlicht Dummheit der Grund dafür ist, daß ich noch immer keine gute Sklavin bin. In ein paar Stunden wird er vorbeikommen und lesen wollen, was ich aufgeschrieben habe, und so kommt es, daß ich auf dem Weg zum Bäcker heute anderes im Kopf habe als die Frage, welche Brotsorte es diesmal sein soll. Sobald ich wieder zu Hause bin, werde ich mich hinsetzen und merkwürdige Dinge in ein schwarzes Ringbuch schreiben, denke ich, es liegt schon aufgeschlagen auf meinem Schreibtisch, und sollte ich jetzt ein graues Auto auf grauem Asphalt übersehen, wenn ich die Straße überquere, werden es andere Menschen dort als erstes finden, wenn sie in meiner Wohnung nach der Adresse meiner im Notfall zu benachrichtigenden Angehörigen suchen. Die junge Frau, die gerade nur zwei Querstraßen von hier entfernt von einem Auto erfaßt worden ist, hat sich mehrfach geweigert, Natursekt zu trinken. Aha. Meine den Nachlaß sortierende Mutter wird erfahren, daß ich mich nicht verändert habe, seit ich mein Elternhaus verlassen habe: Noch immer mangelt es mir an Zuvorkommenheit, der Kenntnis einfachster Höflichkeitsgebote, noch immer bin ich bockig und frech, das ist zwar traurig, aber leider wahr: Ziehe meinem Freund nicht sofort die Schuhe aus, nachdem seine arbeitsmüden Füße doch noch den Weg zu mir gefunden haben, weigere mich, ihn zu siezen und als meinen Herrn anzusprechen, benutze ohne ausdrückliche Erlaubnis meine Toilette und wehre mich, wenn er mich schlagen will. Das ist wirklich nicht die feine Art, und vieles bereue ich durchaus, das mag man mir bitte glauben. Meine Mutter aber darf sich jedenfalls dadurch getröstet fühlen, daß auch all die Erziehungsmittel, die sie nie ausprobiert hat, nicht schneller zum Erfolg führen – obwohl sich nicht mit letzter Sicherheit sagen läßt, ob das nicht nur an der Güte meines Herrn liegt, der Geduld mit mir hat, an seiner unendlichen Güte, die vielleicht auch nur sein Spaß an einem Katz-und-Maus-Spiel ist, das durch den geringen Größenunterschied zwischen den Kontrahenten nur um so reizvoller ist.

82

Wie sich eine gute Sklavin verhalten müßte

Ein echtes Muster an Devotheit (M.a.D.) würde Ihnen zunächst stets die Anrede zuteil werden lassen, die Ihnen gebührt, wie wir beide wissen, wie es eine gute Sklavin niemals vergißt, der dieser Ton in Fleisch und Blut übergegangen wäre, den sie schon bei der Begrüßung anschlagen würde, bei der sie ihre Freude darüber zum Ausdruck bringt, daß Sie Zeit für sie gefunden haben. Wo normale Menschen ein profanes »Schön, daß du da bist«, sagen würden, von einer Umarmung begleitet, sagt das M.a.D. etwas in der Art: »Ich bin so glücklich, Sie zu sehen, mein Herr und Gebieter, und so dankbar, daß Sie mich für wichtig genug erachten, um mir einen Teil Ihrer kostbaren Zeit zu widmen.« Unnötig zu betonen, daß Ihre Sklavin kniet, während sie die Worte sagt, die Sie wohlwollend genug stimmen, um sie nach einem Begrüßungskuß auf Ihre Hand aufstehen zu lassen, damit sie ihren diversen Pflichten nachkommen kann, deren Erfüllung Ihnen das Dasein angenehmer macht. Ein M.a.D. wird all das unaufgefordert erledigen, was immer zu tun ist, und wird dem Verbot, ein Sitzmöbel zu benutzen, nicht auf die unfeine Art, einfach stehenzubleiben oder sich auf den Boden zu setzen, zu entsprechen suchen, sondern immer knien, damit ihr Anblick ihrem Herrn auch dann eine Freude ist, wenn er erst in Ruhe über seine weiteren Forderungen an sie nachdenken möchte. Nur auf seinen Wink hin wird sie sich entspannen und es sich bequem machen und erzählen, von tiefer Dankbarkeit für soviel

Großzügigkeit erfüllt, die ihn so liebenswert macht, daß sie sich ihm bereitwillig zu Füßen wirft, damit er sie fesseln oder schlagen oder ihr sonstwie wehtun kann, was ihm solche Freude bereitet und was zu ertragen das Schönste ist, was sie für ihn tun kann, um ihm ihre Ergebenheit zu beweisen. Wenn sie vor Schmerz schreit oder weint, ist darin kein Vorwurf enthalten, sondern die Genugtuung, ihm einen Anblick bieten zu können, der ihn erfreut, und natürlich wird sie sich für die Schläge bedanken, die ihr die Möglichkeit gegeben haben, ihm Vergnügen zu bereiten und ihm dadurch einmal mehr ihre Liebe zu zeigen.

Sie wird sich auch für strafende Schläge bedanken, die ein Ausdruck seiner Wertschätzung sind, denn schließlich beruhen sie auf einem Versagen ihrerseits, das groß genug war, um ihn zu verärgern, das also jederzeit ein ausreichender Grund für ihn wäre, sie zu verlassen und sich eine andere Frau zu nehmen, aber nein, er macht sich all diese Mühe, sie zu erziehen, und gibt ihr doch damit zu verstehen, daß sie Seiten an sich hat, die ihm diese Mühe wert sind – sie kann nicht anders, als jeden einzelnen Schlag als eine Liebeserklärung zu verstehen, die sie mit solcher Freude erfüllt, daß das Danke nicht annähernd das ausdrückt, was sie fühlt, so daß sie ihm vielleicht doch besser die Hand küßt, um ihm zu zeigen, daß sie alles genau verstanden hat. Und was sie verstanden hat, macht sie so stolz darauf, seine Sklavin sein zu dürfen, daß sie ihn darum bittet, ein Zeichen tragen zu dürfen, mag es Außenstehenden auch noch so lächerlich erscheinen, die nicht wissen können, daß es dafür steht, auserwählt worden zu sein.

Niemals wird ein M.a.D. ihren Herrn und Meister in der Öffentlichkeit bloßstellen, selbst wenn seine Forderungen sie unvorbereitet oder mit großer Härte treffen, so daß er ihr nicht vorher hat helfen können, sich von dem Rest bürgerlicher Moralvorstellungen, die zur instinktiven Gegenwehr führen, freizumachen. Nein, sie wird ihm keine Schande machen, sondern widerstandslos tun, was er möchte, und sich mit ihm an der Achtung erfreuen, die man ihm entgegenbringt, da er eine so stolze Frau beherrschen kann.

Das alles würde ein M.a.D. tun, und es ist wohl normal, wenn man sich nicht ganz sicher ist, ob ein solches Verhalten als Reaktion eher Verachtung oder Bewunderung hervorruft, genau wie die Bibelgeschichte von den Ohrfeigen und der zweiten Wange: War Jesus ein Idiot oder hatte er Stil?

Unter der Voraussetzung, daß seine Gesundheit keinen dauerhaften Schaden nahm, hatte er wohl Stil, schätze ich.

Mit vorzüglicher Hochachtung/Ergebenst/In Liebe

Marie

83

»Sehr schön«, sagt er.

Mit diesem Eintrag ist bewiesen: Renitenz, nicht Dummheit, ist der Grund dafür, daß ich noch keine gute Sklavin bin. Was für ein Glück! Die Renitenz kann man mir austreiben –

»Du wirst es lernen, nicht nur auf dem Papier devot zu sein«, sagt er.

84

Heute macht mich seine Anwesenheit nervös, ohne daß ich weiß warum. Vielleicht hat es damit zu tun, daß ich so detailliert beschrieben habe, was eine gute Sklavin tun muß, daß mir die Diskrepanz zwischen meinem Wissen um das korrekte und meinem eigenen Verhalten auffällt und mir plötzlich jeder Widerstand albern erscheint, als ob ich behaupten würde, nicht rechnen zu können. Und doch gibt es ja Menschen, vor denen man tatsächlich nicht (mehr) rechnen kann! Vielleicht hat es auch damit zu tun, daß ich keinen Kaffee kochen kann. Ich hasse es, mich bei solchen Kleinigkeiten, die jeder beherrscht, unsicher zu fühlen. Woran es auch immer liegt, ich wechsele beständig zwischen meiner üblichen bleichen Gesichtsfarbe und einem überaus rosigen Teint, und natürlich merkt er es, und natürlich erkundigt er sich freundlich nach dem Grund, und da muß ich aufpassen, daß nicht auch noch die Gabel mit dem Stück Käsekuchen, daß ich netterweise essen darf, zu zittern anfängt. Himmel, Marie, was ist denn bloß los? Er hat die Gerte in Griffweite gelegt, bevor er sich mit der Tasse viel zu dünnen Kaffees an dem Bistrotisch in meinem Zimmer niedergelassen hat, aber er hat mir noch nicht geholfen, zu wissen, *was ich bin und wer er ist,* und vielleicht ist es einfach diese undefinierbare Situation, die mich so angespannt sein läßt. Gerade kollidieren wieder die Geliebte und die Sklavin; erstere erzählt drauflos, ohne zu wissen, ob sie nicht im nächsten Augenblick durch einen Blick, ein Wort, einen Schlag ins Gesicht zu einer stummen Untergebenen gemacht werden wird, nur er weiß es und beobachtet sie lächelnd. Nur er weiß, daß sie tatsächlich aufessen darf, bevor er ihr befiehlt, sich auszuziehen, das Halsband anzulegen und vor ihm niederzuknien, mit gespreizten Beinen bitte, damit die Gerte richtig treffen kann, falls die Hausaufgaben nicht gründlich erledigt sind, und auch wenn sie es sind, weil wir schließlich noch nie einen Grund brauchten, um zuzuschlagen, keinen anderen Grund jedenfalls als die Freude an der Macht, die sie erst vor Schmerz, später dann aus Lust aufschreien lassen wird, aber wir haben keinen Respekt vor dem Sterben, wir greifen nach der Kette am Halsband und spielen Gassigehen, das aber heute kein Rundgang ist, sondern zielstrebig von meinem Zimmer in die Toilette führt, wo er mich einschließt. Ich höre ihn den Riegel zuschieben, dann höre ich die Wohnungstür zuschlagen, aber keine Schritte die Treppe runtergehen oder doch? Auch keine Schritte in der Wohnung. Ich bin nicht gefesselt, ich könnte mir die Augenbinde abnehmen und einen »Hägar der Schreckliche«-Comic lesen, denke ich. Ich könnte aufstehen und den Riegel an der Innenseite der Tür vorschieben – was für eine Frechheit! – und dann erstmal in Ruhe meinen Darm entleeren. Ich könnte irgend etwas tun und tue gar nichts, bleibe einfach hier auf meinen Knien, den Oberkörper gegen die Wand gelehnt, und erwarte seine Rückkehr, die nicht allzu lange auf sich warten läßt; er hat die Wohnung nicht verlassen. Er findet mich genau so, wie er mich zurückließ, ich habe mich nicht bewegt. »Du hast wirklich alle Anlagen dazu, ein Muster an Devotheit zu werden«, lobt er mich leise, »auf deine Art bist du es schon.« Sag das bitte nicht, sag nicht, daß ich schon besiegt bin, auf welche Art auch immer, sag nicht, daß du schon eine Erklärung dafür hast, daß ich mich nicht bewegt habe, während mich meine eigene Passivität gerade vollkommen verwirrt hat. Ab jetzt hinkt mein Verstand hinter dem Verhalten der Frau her, zu der er eigenlich gehört, die jetzt eine Hand an ihrem Mund spürt, die sie küssen soll und nicht küßt, die deshalb an ihrem Halsband auf den Boden gezogen wird. Sein Fuß in meinem Kreuz drückt mich fest auf den Boden, seine Hand in meinen Haaren reißt meinen Kopf zurück und drückt dann meinen Mund gegen seinen Schuh. »Lecken, Marie. Ich will deine Zunge spüren.« Ich will nicht. Ich will nicht. Ich keuche, ich werde einfach durchbrechen, wenn er den Druck seines Fußes auf meinen Rücken weiter verstärkt. Meine Zunge berührt das Wildleder, was für ein eigenartiges Gefühl. Aus dem Schuh wird wieder eine Hand. »Küssen, Marie. Na, mach schon.« Ich werde durchbrechen. »Deine Zunge.« Man kann nicht atmen, wenn der Brustkorb sich nicht ausdehnen kann, oder? Kann man atmen –

»So ist es schön. So ist das richtig schön.«

Draußen höre ich Vögel –

»Mach weiter. Los, mach weiter!«

– spielende Kinder im Hinterhof; die Schaukel quietscht –

»So ist es wirklich schön. Wirklich schön.«

– ein Mülleimerdeckel schlägt zu und jemand sagt etwas, draußen; drinnen: »Steh auf.« Leise, bestimmt. Ich knie vor ihm, aber er muß auch knien; wir sind auf fast gleicher Höhe, als ich mich an ihn lehne. Wie kann ich mich nur an ihn lehnen, wie kann ich den Zungenkuß erwidern? Ich reiße meine Hände von seinen Schultern und halte den Türrahmen fest, damit sie beschäftigt sind. Ich verstehe mich nicht mehr, wie kann ich mich an ihn lehnen?

»Das war sehr schön«, lobt er mich noch immer, als ob er mich erinnern müßte, daß mein Körper einen Körper berührt, der ihn gerade zutiefst gedemütigt hat. »Meine widerspenstige Devote«, sagt er, vielleicht auch: »Meine devote Widerspenstige«, zärtlich, ironisch, »das ist die richtige Bezeichnung für dich.« Eine Frau lacht und weiß nicht, wie es kommt, daß sie plötzlich wieder auf dem Boden liegt, im Flur, jemand geht an der geschlossenen Wohnungstür vorbei, eine Hand ist in ihr und eine berührt ihren Mund, schnelle Schritte auf der Treppe, »Nimm die Hände hinter deinen Kopf«, Ungehorsam wird mit Schmerz dort unten bestraft und das nicht zu knapp, die Hände sind deshalb schnell hinter dem Kopf, »Küsse meine Hand, Marie«, Küß die Hand, schöne Frau, das bedeutet etwas anderes nicht wahr, »Mach es richtig, Marie«, jemand stöhnt, »Laß deine Hände wo sie sind, Marie!«, vor Schmerz, »So ist es schön!«, vor Erregung, »Ja, so ist es gut«, sagt eine leise Stimme immer wieder, »Ja, küsse meine Hand«, in einem fort berühren meine Lippen seine Haut, gleich wird mich die Stimme in Trance fallen lassen, und ich werde vergessen können, was er vor sich sieht, aber noch weiß etwas in mir, was er vor sich sieht, und hält die Vorstellung nicht aus, das Bild, wie er neben einer auf dem Boden liegenden Frau hockt und ihr seine Hand hinhält, sie sieht nichts und er alles, ich fange ganz langsam zu zittern an, wie eigenartig, daß mein Körper der Demütigung eine Grenze setzt, nicht mein Geist, dem erst mit dem stärker werdenden Vibrieren bewußt wird, was passiert, und der immer noch langsamer reagiert als mein Herr und Meister, der mich auf die Füße zieht, bevor das erste Schluchzen aus mir herauskommt, er nimmt mir die Augenbinde und das Halsband ab und läßt beides auf den Boden fallen und hält mich fest, während mich eine Woge der Verzweiflung hinwegschwemmt: Ich lag vor diesem Menschen auf dem Boden und habe ihm die Hand geküßt, ich werde dir nie wieder in die Augen sehen können, warum hast du mir die Augenbinde nicht gelassen, ich werde sie fortan immer tragen müssen, wenn du in einem Raum mit mir bist –

»Zu allem, was du getan hast, bist du gezwungen worden«, sagt er, der immer zu spüren scheint, was ich denke. »Du hast dich nicht preisgegeben, meine Kleine.«

Nein, das vielleicht nicht, aber ich habe eine Ahnung davon bekommen, was möglich ist, und mich heftig über mich selbst erschrocken, und schon wieder verhalte ich mich völlig schizophren, indem ich mir Trost bei dem Menschen hole, der den Trost erst notwendig machte, der zärtlich ist, solange mir meine Verwirrung in besorgniserregender Deutlichkeit ins Gesicht geschrieben steht, und der mich, sobald ich mich wieder beruhigt habe, erneut auf die Knie zwingt, denn das und nur das ist künftig die korrekte Form des Abschiednehmens –

85

Violett, rot, grün, gelb und blau, die Farben des Regenbogens, die Farben der Gewalt, zur Zeit trage ich sie alle auf meinem Körper, auf Brust, Po, Oberschenkeln und erstmalig auf meinem Rücken, der gestern die lange, geflochtene Peitsche zu spüren bekam, deren Namen ich nicht kenne und die ein Mitbringsel aus irgendeinem Urlaub meines Herrn ist, den er irgendwann irgendwo verbracht hat, im Jahre X vor D. und Marie, und wahrlich, ich sage euch, sie taugt nicht nur als Erinnerungsstück etwas.

86

»Du wirst lernen, nicht nur auf dem Papier devot zu sein«, sagt er, und ich fange an, ihm zu glauben. Ein Griff in meine Haare ist das einzige, was mich festhält, während ich ihn auf allen Vieren zur Wohnungstür begleite, wo ich auf den Knien bleibe, bis das Geräusch seiner Schritte im Treppenhaus verklungen ist. Gestern noch waren ein Halsband, eine Leine, eine Peitsche und entschlossene Strenge unabdingbare Voraussetzung für so einen Weg durch den Flur, ein leises Schluchzen zeigte das Ausmaß der Demütigung an, die stolzerhaltende Worte notwendig machte, an deren Stelle jetzt immer öfter inbrünstige Umarmungen zu treten scheinen. Während meine Handflächen und Knie den Boden berühren, denke ich mit einer Mischung aus Erstaunen und Erschrecken daran, wieviel weniger schwierig mir das jetzt scheint als noch vor Wochen. Was heißt hier schon »vor Wochen«! Wir kennen uns gerade mal zwei knappe Monate; was unseren Vertrag betrifft, ist jetzt Halbzeit, also macht Marie eine Bestandsaufnahme und sieht in ihrer Vorstellung die Bilder durch: Marie, die vor ihrem Herrn auf dem Boden liegt, Marie, die kniet, Marie, die kriecht, Marie, die die Füße ihres Herrn küßt, Marie, die die Hand ihres Herrn küßt, Maries Hände bleiben auch ohne Fesseln auf dem Rücken verschränkt, Maries Zähne halten brav die Peitsche fest, Maries Zunge leckt den Finger ab, Maries Lippen umschließen seinen Schwanz, Maries Stimme zählt die Schläge, Maries Stimme nennt ihn Herr und bittet um Gnade, und Maries Augen schließen sich von selbst.

Gibt es irgend etwas, das ich noch nicht getan habe, frage ich mich –

Will ich darüber nachdenken, was noch mit mir passieren könnte, frage ich mich

– und Maries Augen schließen sich von selbst.

Lassen Sie uns einfach weitermachen, Herr.

Wer hat dich denn überhaupt gefragt, meine Süße?

87

Ich bin so verwirrt, wie man es nur sein kann. Als er anruft, bringe ich am Telefon die Worte durcheinander, und das Sprechen ist eine mühsame, Konzentration erfordernde und nur mangelhaft gelöste Aufgabe. Wieder scheint aus dem Spiel Ernst zu werden. Ich schreibe »es scheint so«, weil ich nicht weiß, ob es so ist oder ob ich wieder einmal übertreibe, wie es so meine Art ist, die ich in einer Welt lebe, in der es Schwarz und Weiß, aber kein Grau gibt. Es ist so lächerlich! Meine jahrelange Sehnsucht nach Unterwerfung paarte sich mit einem so festen Glauben an meinen nicht zu brechenden Widerstand gegen einen solchen Vorgang, daß ich mich niemals wirklich mit den Konsequenzen auseinandergesetzt habe. Und jetzt geht es doch – und es geht so entsetzlich leicht, so entsetzlich schnell, und es zieht unwiderruflich die Veränderung meines eigenen Bildes von mir nach sich. Ich traue mir keine Einschätzung meiner Person mehr zu. Vielleicht haben Sato und H. recht, wenn sie sagen, ich sei heftig drauf. Muß man nicht heftig drauf sein, wenn man nach wenigen Wochen bereit ist, sich mit Haut und Haaren hinzugeben? Ich bekam Angst, richtige Angst, als mir klarwurde, daß meine Gegenwehr immer öfter albern ist, weil sie vor lauter Liebe zu ihm nicht mehr echt ist; er muß mich aufs Äußerste provozieren, damit ich noch wirklich empört bin, und ich bin dankbar, wenn er das tut und mir damit die Möglichkeit des Kämpfens zurückgibt, so dankbar, daß ich ihn selbst nach einer starken, provozierenden Gemeinheit doch wieder umarmen würde. Ich liebe ihn so sehr, daß ich ihn immer umarmen würde. Ich liebe ihn, schreibe ich, und meine damit dennoch nicht die Liebe, die gewachsen ist und völliges Vertrauen einschließt. Ich liebe ihn, aber ich weiß nicht, ob ich ihm vertrauen kann, ob er weiß, was er möchte, ob er weiß, was er tut, ob er weiß, was er initiiert, wozu er mich auffordert, wenn er mir freundlich-unterstützend nahelegt, mich doch endlich fallenzulassen, meinen Gefühlen nachzugeben.

Er hat Frauen ihre Empfänglichkeit für S/M-Spielchen erkennen und sie dann so verändert, nämlich erstaunt, zurückgelassen. Kann man eine Frau, die einen Teil ihrer Persönlichkeit neu definieren muß, wenn sie sich losläßt (und sie hängt ja schon nur noch am seidenen Faden), so zurücklassen? Wer bricht, muß aufbauen können. Vertraue ich ihm? Vertraue ich ihm, daß er mit der Energie aufbaut, mit der er bricht? Daß er nicht mittendrin Angst bekommt und rückgängig machen will, was dann nicht mehr rückgängig zu machen ist? Daß er nicht einfach zuviel bekommt und zu neuen Ufern aufbricht, ein Mensch ohne Glauben an einen Fixpunkt Heimat und die Liebe? Übertreibe ich, wenn ich mir solche Gedanken mache, wo es doch bis jetzt nur darum geht, durch Worte und Küsse Ergebenheit und Liebe zu zeigen, wo doch bis jetzt mein Körper nur vergängliche Spuren von ihm trägt? Bin ich noch genug in der Realität verhaftet, um mich gegen unvergängliche Spuren zu wehren, die so wenig Garanten für Liebe sind wie ein Ehering? Möchte ich mich wehren können?

Ich habe Jahre von Unterwerfung geträumt, und alle meine Gefühle neben meiner Angst sagen mir, daß es mit dem richtigen Menschen an meiner Seite wirklich das ist, was ich will. Je mehr er mir wehtut oder mich demütigt und je mehr ich ihn dennoch liebe, anstatt ihn zu hassen, desto faszinierender (und erregender) sind diese Momente, in denen sich zwischen uns Dinge abspielen, die jeder andere für anomal halten würde, mehr noch: für Szenen aus längst vergangenen Jahrhunderten, denn die moderne Welt kennt kaum mehr Gefühle; was sollte sie dann erst mit solchen anfangen, die so stark sind und so sehr im Widerspruch zu jeglicher persönlicher Emanzipiertheit stehen, für die so viele Menschen in Revolutionen gekämpft haben? Ist meine Angst unter solchen Umständen übertrieben? Ist alles nur ein kleines sexuelles Spielchen, mehr nicht?

Vor ein paar Tagen rief H. an. Er sei etwas durcheinander und müsse unbedingt mit jemandem sprechen. Was war passiert? Der dominant-sadistische H. hatte sich für ein paar Stunden in die Hände einer jungen Domina gegeben. »Ich muß wirklich meine Psyche wiederfinden«, sagt er langsam und klingt unsicher. »Ich meine, es war zweifelsohne interessant, aber irgendwie geht es mir jetzt gar nicht gut. Verstehst du mich, wenn ich sage, ich möchte dafür belohnt werden, daß ich mich ausliefere? Ich möchte für meine Hingabe geschätzt werden?«

»Sie hat dich erniedrigt«, stelle ich fest und treffe, seiner heftigen Abwehr nach zu urteilen, den wunden Punkt.

»Nein, nein, nein, so würde ich das nicht sehen – ich will es mal so sagen: Ich habe mich ja selbst für sie zu einem Sexualobjekt gemacht –«

»Und sie hat dich nicht wieder zum Subjekt werden lassen, als du gegangen bist.«

»Ja. So kann man es erklären.« Er schweigt nachdenklich, ich teilnahmsvoll. Was soll ich sagen, H.? Mit diesem Feuer spiele ich tagtäglich.

»Ich muß mich wirklich wieder sortieren«, sagt er. »Es bleibt so ein merkwürdiges Gefühl zurück, so ein Unbefriedigtsein –«

Du bist nicht als Sieger aus der Situation herausgegangen, H. Ich kann mir gut vorstellen, wie dich das stören muß. Man hat dir das stolzerhaltende Schlußwort verweigert, und du bist tatsächlich so verwirrt, daß man es deiner Stimme anhört. Wie würdest du erst damit fertigwerden, wenn du selbst dir dein stolzerhaltendes Schlußwort verweigertest? Immer öfter –

»Naja, sie war sehr jung und wahrscheinlich unerfahren. Ich denke, ich werde ihr schreiben, daß mir etwas gefehlt hat, daß es ihr nicht gelungen ist, mir das Gefühl von Achtung und Wärme zu vermitteln. Vielleicht kann ich ihr damit auch in ihrer eigenen Entwicklung helfen – «

Ich helfe niemandem. Ich beruhige mich nicht selbst. Ich tue nichts. Ich lasse geschehen. Ich habe Angst.

Und Lust.

88

»Meine Güte, du wirst noch eine Überschwemmung in deinem eigenen Zimmer produzieren«, sagt er und bewegt seine Hand zwischen meinen Beinen. »Du wirst mir davonfließen, wenn ich nicht aufpasse.« Er lacht zufrieden. Mein Körper hat längst zu tun begonnen, was die Person Marie sich zu tun weigert: Er gibt sich rückhaltlos hin. Er hat es leicht; ein Körper muß nicht stark sein, um Schwäche zeigen zu können. Marie muß stark sein, um sich schwach zeigen zu können, und einen Moment lang sah es so aus, als ob das Verliebtsein ihr jegliche Kraft rauben und damit jede Hingabe verhindern würde. Ich habe mich selbst zur Ordnung gerufen, was ein gewaltiger Kraftakt war. Ich dachte an die alte Erkenntnis Cogito ergo sum und an das Beängstigende des Umkehrschlusses: Du wirst zu existieren aufhören, wenn du weiterhin deinen Verstand ausschaltest, Marie! Liebe hin, Liebe her, das Leben muß weitergehen, also organisiere ich mir einen Praktikumsplatz für den kommenden Sommer, räume meinen Schreibtisch auf und schreibe Briefe an die Gesellschaften für Gas- und Stromversorgung, in denen ich um Gnade flehe, wofür ich ja eine gewisse Begabung habe. Ich sollte diese Begabung akzeptieren, denke ich, und alles, was mit ihr zu tun hat. Keine Fragen mehr, keine Angst mehr. Bis jetzt hast du immer überlebt. Und wenn das mit dem Cogito ergo sum stimmt, wirst du selbst dann weiterexistieren, wenn es deinem Herrn gelingt, die Rebellin zu brechen, denn ein solcher Erfolg würde dir doch auf lange Zeit genug zu denken geben. So gesehen kann mir doch eigentlich wirklich nichts passieren.

Also lasse ich mich fallen.

»Arsch hoch, und streck mir deine geile Fotze entgegen, du kleine Sklavensau!« fordert er, Ekel vor soviel Verderbtheit in der Stimme, und ich gehorche natürlich und schäme mich anständig, wie es sich gehört, und ich umarme ihn, umarme ihn, umarme ihn.

Falls noch Fragen offen sind, so bitte ich darum, sie jetzt zu stellen, ansonsten möchte ich mich hiermit von Ihnen verabschieden. Kommen Sie gut nach Hause.

Suspense

89

Am folgenden Sonntagmorgen sitze ich mit einer Jacke um die Schultern an meinem Fensterplatz und schaue in ein nichtssagendes Wetter hinaus, weder Sonne noch Regen, dafür das Geräusch der Vögel so laut wie nach einem Sommergewitter, das es nicht gegeben hat, Gewitter kommen schließlich in der Regel frühestens nachmittags, und es ist ja auch überhaupt nicht schwül heute, sondern kalt. Das Telefon klingelt, aber es kann niemand Wichtiges sein, weil mein Herr und Meister mit Familie im Zug nach Frankfurt am Main sitzt. Wie gemein von mir, so zu denken. Ist Pat denn nicht wichtig, die dringend fünfzig Mark von mir leihen möchte? Ist Nicole nicht wichtig, die mit so hörbar belegter Stimme auf meinen Anrufbeantworter spricht, daß sie es morgen nur unter Zuhilfenahme einer ganzen Packung Husten- und Halsschmerztabletten schaffen dürfte, mir ein weiteres Mal Satos ganze Defizite darzulegen, die die Liebe zu ihm, die allein Grund für soviel Empörung sein kann, längst hätte absterben lassen müssen? Ist H. nicht wichtig, der an diesem Wochenende in Berlin ist und mir erzählen möchte, daß er wieder keine Frau hat aufreißen können, daß One-night-stands ohnehin nicht das Salz in der Suppe des Lebens sind, daß er sich nach einer Beziehung sehnt, aber die weibliche Menschheit ist so schlecht wie im Moment die ganze Welt und blind gegenüber seinen Bedürfnissen dazu? Heute verprelle ich alle meine Freundinnen und Freunde, indem ich an meinem Fenster festgewachsen toter Hund spiele.

Bevor D. in Urlaub fuhr, gab er mir auf, minutiös Rechenschaft über die Zeit seiner Abwesenheit abzulegen, insbesondere ist zu vermerken, ob mir der Sex mit ihm so fehlt, daß ich onanieren muß, um nicht zu verhungern. Auch ich würde gerne wissen, was er während der nächsten drei Wochen in Frankfurt tut, wen er besucht, was die Person ihm bedeutet. Möchte ich das? Ja und nein. Ja, weil ich nicht nur ein Teil eines mir ansonsten fremden Lebens sein möchte, und nein, weil jede konkrete Vorstellung mich auf meine merkwürdige Situation als »Geliebte« hinweist. Gestern sagte er am Telefon »unser Auto«, ein glatter Stilbruch, der alle Aufmerksamkeit auf sich zieht wie eine plötzliche Ohrfeige, denn für mich ist es sein Auto, mit dem er in Urlaub fahren wollte, nicht ihres, mit dem sie in Urlaub gefahren wären, wenn es nicht am Tag vor der Abreise kaputtgegangen wäre, zu seiner Mutter, nehme ich an, eine Schwester hat er auch, aber die ist nach England ausgewandert, obwohl sie doch Germanistik und Literatur studiert hat, wenn ich mich recht erinnere. Sie hatte sehr schöne alte Möbel aus dem dunklen Holz, das ich so liebe, in einer kleinen Wohnung hier in der Nähe stehen, wo ihr Bruder und ich unser erstes sadomasochistisches Date zelebrierten und er mich sehr lobte, weil mich die Bondage nicht in Panik versetzte. Ganz im Gegensatz zu seiner jetzigen Abwesenheit, wie es scheint.

Aber er ist ja in Gedanken bei mir, wenn ich in mein Tagebuch eintrage, daß ich nicht onaniert habe, daß ich ihn liebe, daß ich ihn vermisse, obwohl ich ihn auch in Berlin nicht vor Mittwoch gesehen hätte, aber selbst wenn er in Berlin, aber nicht bei mir ist, vermisse ich ihn ja, und so hat alles seine Richtigkeit, die Sehnsucht und die irrationalen, unausrottbaren Hoffnungen, mein ironisches Lachen darüber und die nervositätsauslösende Angst vor der Zukunft, wie auch immer sie aussehen mag.

In Frankfurt am Main wird mein solcherart innig geliebter Herr und Meister derweil neben einer anderen Frau in dem Gästezimmer liegen. Die Kleine schläft in seinem Jugendzimmer; die gefährlichen Bücher sind außer Reichweite, denn die Kindheit ist immer unschuldig und muß es bleiben.

90

Mich selbst an meine Freundschaftspflichten gemahnend treffe ich mich dann trotz depressiver Grundstimmung doch noch mit dem in Berlin weilenden H. in einer zugigen Kreuzberger Kneipe. Erwartungsgemäß beschwert er sich über die Unehrlichkeit der Frauen, die ihn anzurufen versprechen und es dann doch nicht tun, nachdem man soviel Zeit und Energie in sie investiert hat, um ihr Interesse an einer Session zu wecken. Er vertraut mir seine Sehnsucht an, jede Frau so heiß machen zu können, daß ihr kein Widerstand gegen ihn mehr möglich ist, was besonders reizvoll ist, wenn es sich bei der Frau um eine Domina handelt, und fragt mich dann gekränkt, ob ich das auch für eine männliche Allmachtsphantasie halte, wie es seine Ex-Freundin getan hat. Er lacht, als ich die Frage bejahe. Dann erzählt er von der letzten S/M-Fete, die er mit einer extremen Masochistin und einem Krankenpfleger verbrachte, der ihr die Rasierklinge reichte, die sie sich dann gemäß H.s Anweisungen über ihren ganzen Körper zog, blutende Schnitte produzierend, aber selbst diese Frau konnte H. noch an ihre Schmerzgrenze führen, bevor der Krankenpfleger ihr dann eine Kanüle in den Arm steckte, so daß das Blut hervorspritzte, das sie sich begeistert über den Körper verteilte, bevor irgendein gnädiger Mitmensch sie entschlossen am Arm packte: Genug jetzt, ich bringe dich nach Hause. Diese Frau war wirklich faszinierend, wenn auch nicht seine Traumfrau, die schwer zu finden ist, obwohl er doch mittlerweile zu Kompromissen bezüglich der Brustgröße bereit ist!

Zuguterletzt erklärt er mir, was an mir alles korrigiert werden müßte, damit man mich als Hure vermarkten könne: Eine Perücke müßte diese unsäglichen Haare von undefinierbarer Farbe (»Venezianisch blond!« protestiere ich) verdecken, ich müßte mir Wimpern ankleben (obwohl meine langen Wimpern bei Leuten, die auf so etwas achten, doch stets auf Begeisterung stoßen), falsche Fingernägel müßten die kleinen Hände größer erscheinen lassen, usw. usf. Ist es da ein Wunder, daß dieses mangelhafte Exemplar der weiblichen Gattung seinem Charme jederzeit erliegen würde, wenn er nicht aus Achtung vor D. darauf verzichten würde, das auszunutzen? Ich bin ein Geschenk von ihm an D., nichts weiter, und jede gegenteilige Ansicht, die das Geschenk äußert, sorgt für nichts weiter als große Belustigung.

Ich bin erkältet, und nun wird mir plötzlich auch noch schlecht, und schon deshalb muß ich jetzt sofort nach Hause gehen. H. wird den Abend im S/M-Café verbringen. »Mal sehen, ob noch etwas passiert«, sagt er, »sonst wäre das ja nicht gerade ein erfolgreiches Wochenende gewesen.«

Seine letzte Session fand am Freitag statt. Heute ist wie gesagt Sonntag.

91

»Sexsüchtig und oberflächlich auf das Äußere einer Frau fixiert – eben typisch Mann«, dachte ich wütend, als ich vor etwa zehn Tagen nach dem Treffen mit H. meine Wohnung betrat. Nicole hatte eine verzweifelt klingende Bitte um Rückruf auf meinem Anrufbeantworter hinterlassen. Ich tat wie mir befohlen und erfuhr, daß Sato sie wegen einer Gewichtszunahme von zwei Kilogramm rausgeworfen hätte. Während Nicole sich bereits wieder gefangen hatte, weil sie schon selbst zu dem Schluß gelangt war, daß Sato nicht der Mann ihres Lebens ist, reihte sich seine Begründung für die Trennung so nahtlos an all die gerade von H. gemachten Aussagen an, daß ich nicht anders konnte, als zu explodieren. Vielleicht achten sadomasochistisch veranlagte Menschen eher auf die Ausstrahlung, schrieb ich irgendwann, aber das war mein weiblicher Blick auf die S/M-Szene. Nun ist der weibliche dem männlichen Blick begegnet und hat sich gewaltig erschrocken, hat die aufregende S/M-Welt sich so tiefschwarz färben lassen wie es das korrekte Outfit ist. Nein, diese Welt ist nicht voller durch die Selbstverständlichkeit ihrer Nacktheit oder ihre Bereitschaft zur Hingabe schöner Frauen, sondern voller Brüste und Ärsche, die zum Vergleich einladen und wählerisch machen, sie ist nicht voller Männer, die durch die Gefährlichkeit ihrer Lust ein Gefühl dafür entwickelt haben, was für ein Geschenk das ihnen entgegengebrachte Vertrauen ist, das man aber so richtig erst zu würdigen wissen kann, wenn man sich für den Menschen interessiert, der einem die Handgelenke entgegenstreckt: Ata me!, sondern voller Männer, die denken, daß eine devote Frau eine willenlose Frau ist, für jeden zu haben, dem es gelingt, ein wenig Dominanz auszustrahlen. Marie, Marie, Marie, das sind sie doch, die Chauvinisten, die du immer bekämpfen wolltest! Die nur den genau richtigen Mangel an Fettpölsterchen sehen, wo ich für interessant hielt, welchen mehr oder weniger herausfordernden Geist ich mir untertan machen will. Aber das ist nicht gefragt, und schlimm genug ist der Mangel an Traumfrauen mit Konfektionsgröße 36 und Körbchengröße C in der Szene, der die sexy Männer mit dem schwerlich als knackig zu bezeichnenden Arsch in den ausgeschnittenen Hosen, dem zurückgegangenen Haaransatz, dem Bauch und dem überbordenden Selbstbewußtsein zum Vorliebnehmen mit weiblichen Trostpreisen zwingt. Vermessen der weibliche Wunsch, mehr zu sein als ein Loch zwischen gespreizten Beinen oder zwei Pobacken oder in einem hohlen Schädel, vermessen der Wunsch, das Benutztwerden möge nur ein Spiel sein, das den Ernst von Willkür, Grausamkeit und Verachtung imitiert, aber ihr Selbstwertgefühl nicht angreift, das die Stütze für das Ertragen der Demütigungen und ihrer Lust daran ist. Nein, der männliche Stolz, eine Frau unterworfen zu haben, wächst proportional zu ihrem Brustumfang bei gleichbleibend schmaler Taille, das ist alles, was zählt – und somit ist es verständlich, daß es für meinen Herrn und Meister nicht leicht ist, damit zu leben, daß mein Brustumfang meinem geringen Taillenumfang entspricht. »Wenn man sich eine schöne Frau unterwirft, erntet man allenthalben Bewunderung«, klagt er mir demgemäß sein Leid auf einer Karte aus Frankfurt, die ich heute aus meinem Briefkasten gezogen habe, »ist sie dagegen häßlich, unter Umständen nur Spott. Es wird Zeit, daß Du wieder vor mir kniest und mich von Deinen Qualitäten überzeugst.« Es muß ihm dort unten gut gehen; er hat seinen Sadismus nicht verloren.

Und ich habe endlich die Urlaubsgrüße bekommen, auf die ich so sehnsüchtig wartete.

92

Hat er verdient, geliebt zu werden, wie ich ihn liebe?, frage ich mich, als ich die Karte aus dem Briefkasten genommen und gelesen habe. Es ist wie mit unserem ersten und bislang einzigen Telefonat über die ungewohnte Distanz. Er hatte gar nicht anrufen und ich hatte nicht abheben wollen, vielleicht weil wir beide testen wollten, ob wir uns vielleicht doch noch einfach auseinanderleben könnten, sanft, schmerzlos. Ich jedenfalls hatte es testen wollen und dann doch den Hörer in die Hand genommen und mir sagen lassen, daß er mich mehr vermisse, als ihm lieb sei, und daß man jedenfalls den Vertrag verlängern könnte, bis er mich an meinem sechsundzwanzigsten Geburtstag in drei Monaten wieder in die Freiheit entlassen oder an einen anderen Herrn abgeben würde.

Ich blieb wie jetzt nach der Postkarte in einer merkwürdigen Stimmung zurück, vor lauter Sehnsucht nach einem deutlichen Hinweis auf Liebe von ihm zu mir unfähig, ironische Provokation als solche zu erkennen, Sadismus als Teil des Spiels zu begreifen. Ist nicht in all diesen Äußerungen wenigstens ein Funke Ernst enthalten, der bedrohlich ist, der bedeutet, daß ich mich darauf gefaßt machen muß, daß er mich niemals lieben wird? Die Sehnsucht mischt sich mit Wut. Nein, ich werde nicht damit leben können, daß du dauerhaft deine Fotoausrüstung in meiner und eine Tochter in einer anderen Wohnung hast, denke ich, und: Wie komisch, daß jeder normale Mensch das Verliebtsein als etwas Schönes empfindet, nur wir beide wollen es nicht, du nicht, weil es dir Konflikte bereiten könnte, ich nicht, weil du es nicht willst, und wer stürzt sich schon sehenden Auges in monatelangen Liebeskummer?

Während unheilvolle Gedanken meinen Geist vollständig besetzen, wie die anhaltende Erkältung meinen Körper, tauche ich Möbelstück um Möbelstück in schwarze Lackfarbe, um mich von all diesem körperlichen und seelischen Elend abzulenken.

Es hilft tatsächlich.

93

Wer sündigt, kommt in die Hölle, kein Zweifel. Warum konnte ich der Versuchung nicht widerstehen, als H. heute am Telefon von D.s Beziehung zu erzählen begann? Warum habe ich nicht wie üblich abgeblockt, habe nicht die Frau, die ausgerechnet Patricia heißt wie meine beste Freundin, das Phantom bleiben lassen, das sie bisher für mich war? Daß sie keine Sadomasochistin ist, wußte ich ja, aber nun zeichnet H. mir das Bild einer ausgesprochen devoten Hausfrau, die D. jeden Wunsch von den Lippen abliest. Außerdem hat sie irgendwelche psychischen Probleme. Hin- und hergerissen zwischen Neugier auf seine Worte und Abwehr derselben weiß ich nicht mehr, ob ich ihn richtig verstanden habe: War es Kleptomanie? Wer weiß. Es ist auch so genug. Eine Hausfrau zu verlassen ist schwieriger, als sich von einem berufstätigen Menschen zu trennen, der auf eigenen Füßen steht. Ein geliebtes Kind bei einer psychisch labilen Mutter zurückzulassen ist für einen skrupulösen Menschen fast ein Ding der Unmöglichkeit.

Ja, wer sündigt, kommt in die Hölle, und wer gerade von seinem persönlichen Teufel in Empfang genommen wird, ist ein schweigsamer Gesprächspartner. Ich möchte auflegen. Ich möchte alleine sein, heute und in alle Ewigkeit. Scheißliebe, Scheißleben, Scheißsex, Scheißleute, leckt mich doch alle am Arsch, leckt mich doch alle am Arsch, auch du, der Besitzer des roséfarbenen Unterhemdes, das über meinem Bettpfosten hängt und bereits jede persönliche Duftnote verloren hat, auch du, der du deine Arme gerade um eine Pat mit großen Brüsten gelegt hast –

Ist es im übrigen nicht typisch, daß sich H. gerade diese Auskunft so gut gemerkt hat?

94

Nicole hat angerufen. Sato und sie haben sich ein weiteres Mal endgültig getrennt, nachdem sie die Sache mit der Gewichtszunahme glücklich überwunden hatten. Dafür hat sie sich nun wieder einmal mit dem fünfundzwanzigjährigen Medizinstudenten W. getroffen, der ein wahrer Szene-Insider ist und infolgedessen über zahlreiche interessante Kontakte verfügt. Da er trotz dieser keine devot-masochistische Frau an seiner Seite hat, hatte er sich auf eine von Nicoles Kontaktanzeigen gemeldet. Sie hatte ihn mir schon damals gleich vorstellen wollen, um zu hören, was ich von ihm hielte, aber dann kam ihr Sato dazwischen. Jetzt wird es nachgeholt. W. ist noch immer an Nicole interessiert, stellt sich dabei heraus, obwohl sie ihn bei einem ersten Date versetzte und damit eine Menge Einsatz, der typisch für ihn ist, vergeblich machte. Er erzählt von leerstehenden Häusern und Katen im malerisch-morbiden Umland Berlins, Oasen der Einsamkeit als ideale Orte für prickelnde Sessions, die er auf stundenlangen Erkundungsfahrten und -gängen ausgekundschaftet hat. Dieser Organisationsaufwand, der meinem eigenen Meister so völlig fremd ist, läßt mich nicht unbeeindruckt, auch wenn ich W. anderes kaum abzunehmen bereit bin. Ich glaube ihm zwar, daß er sich tatsächlich von einem Freund dessen Sklavin für ein Wochenende in Augenbinde und der Unwissenheit über die Identität der Person, die sie schlägt und fickt, ausleihen wird, aber sollte es tatsächlich einen realen Sklavenmarkt geben? Spiele der High Society, die für eine gute Sklavin bis zu hunderttausend Mark zahlt, und die Frau zieht um und folgt ihrem Herrn in ihr neues Verlies?

»Hat keine Freunde, Arbeit, eigenen Möbel, Kleider, nichts, was sie an einen Ort bände als einen Herrn«, spotte ich.

»Ja, das gibt es wirklich«, behauptet W. »Eine ist sogar in einer zugenagelten Kiste abgeholt worden.«

Ich höre ihm so ungläubig wie fasziniert und abgestoßen zu, bis wir dann aufbrechen. Im Gehen nimmt er dann noch ein Stück Karottenkuchen, und weil er ein netter Sadist ist, darf ich abbeißen. Ich erinnere mich, daß D. sich diesen Kuchen bestellt hatte, als wir das allererste Mal zusammen in diesem Café waren, als wir zum allerersten Mal überhaupt in einem Café waren. Damals war ich nicht mutig genug, um meinen Mund für etwas anderes als ein Stück Käsetorte aufzumachen, während sich D.s Fingernägel unter dem Tisch in meinen linken Oberschenkel gruben.

Es ist so lange her.

95

Meine Erkältung ist zu einer richtigen Krankheit geworden. Ich fühle mich mehr tot als lebendig. Mein Körper fährt Achterbahn zwischen Schweißausbrüchen und Zitteranfällen, und ich krieche durch meine Wohnung, formvollendet wie mein Herr mich niemals kriechen sah. Vielleicht verleiht das Fieber den Gedanken die Schärfe, nicht die analytische Schärfe eines Lupenglases, sondern die verletzende eines Messers. D. ruft an, eine Frauen- und eine Kinderstimme im Hintergrund; seine Mutter und die Kleine, denke ich, ich kann so nicht weitermachen, ich bin ein Nervenbündel geworden. Für einen geliebten Menschen trage ich ein Halsband, bewege mich auf allen Vieren, knie mich wohin auch immer es gewollt ist, aber ich kann es nicht weiter für jemanden tun, der meinen ganzen Stolz unaufhörlich dadurch untergräbt, daß ich nur eine unter mindestens zweien bin, die kaum Hoffnung hat, je die einzige zu werden, denn auch er hält Distanz, was ihm besser als mir gelingt. Spielt er noch mit sich selbst, wie er vor einiger Zeit behauptete, oder haben Sato und H. recht, die mir beizubringen versuchen, daß er seine Pat niemals verlassen wird? Warum sollte er auch? Ich bin und bleibe doch das Mädchen, die klassische jüngere »Andere«, eine Affäre, die zu jung ist, um richtig ernst genommen zu werden, die nur die unterhaltsame Freiheit gewährt, sich locker mit Dingen zu befassen, mit denen man sonst nicht in Berührung käme, ohne dabei irgend etwas zu vermissen. Ein leicht bizarres Vögelchen mit einer Tendenz zu philosophischem Weltschmerz, düsteren Inszenierungen, unterhaltsamem Zynismus, eine kleine Entertainerin, Hure und Kabarettistin zugleich, in einem privaten Vergnügungspark, den man nach jeder Vorstellung mehr oder weniger befriedigt wieder verläßt, um in die jahrelang erprobte, erwachsene Welt zurückzukehren, wo eifrige Frauenhände schon das Abendessen zubereitet haben, und das sind die wirklichen Werte, die uns bis an das Lebensende begleiten sollen, diese Zuverlässigkeit garantiert Sicherheit und Bequemlichkeit, und das ist vernünftiger als das leicht Exotische, an dem man sich sattlachen kann. Spielt er noch mit sich selbst oder nur noch mit mir? Ich weiß es nicht, sehe nur, wie ich mich verändere, wie sicher geglaubte Prinzipien, mühsam erworbenes Selbstbewußtsein, mein Selbstbild ins Wanken geraten, seit ich ihn kenne, und daß ich ihm nicht vertraue, daß er die Scherben meiner Persönlichkeit liebevoll kleben wird, anstatt sie mir bestenfalls noch zusammengekehrt in einem Schuhkarton zu überreichen, damit ich selbst sehe, was noch zu retten ist. Es ist so lächerlich: Er glaubt nicht, daß ich ihn anders liebe, als ein in seinen Lehrer verknalltes Schulmädchen; ich glaube nicht, daß er mich nicht sofort für eine Frau verlassen würde, die wie ich Sartre lesen kann, aber einen BH in Größe 75 C braucht. Nein, er würde verantwortungsvoll sein, aber Verantwortungsgefühl ist so ein armseliger Beweggrund im Vergleich zu Liebe, es würde so wehtun, man müßte solche Hilfe aus Stolz ablehnen –

Ich stehe erst mit einem Fuß in dem Kapitel Knechtschaft, und ich möchte den anderen nachziehen, aber ich habe solche Angst, richtige Angst, die meinem Wunsch widerspricht und die Gedanken in meinem Kopf unaufhörlich kreisen läßt. S/M kann ein One-night-stand sein und wird als solcher selten gut sein, sobald man den Anfängerinnenstatus hinter sich gelassen hat. S/M in der Form eines Herr-Sklavin-Verhältnis ist für mich ohne Übertreibung etwas Heiliges. Es setzt mehr voraus als »gewöhnliche« Liebe, nicht weniger. Eine ganz andere Form von innerem wie öffentlichen Bekenntnis zu einer Person. In der S/M-Szene scheinen sich die Leute nur nach den einander entsprechenden Neigungen kennenlernen zu wollen, der Rest der Person wird als untrennbar mit der richtigen Einstellung verbundene, notwendigerweise mitzuertragende, möglicherweise umformbare Beigabe gesehen. Das kann nicht der richtige Weg sein –

Ach, D. Ich weiß nicht, ob das alles für dich so wichtig ist. Es ist wichtig genug, um immer wieder Liaisons einzugehen, aber es war nicht wichtig genug, um Voraussetzung für eine Beziehung zu Patricia zu sein. Vielleicht hast du geglaubt, es ihr nahebringen oder selbst darauf verzichten zu können. Vielleicht auch nicht. Du erzählst nichts, und ich frage nicht, wie könnte ich dich so jemals näher kennenlernen? Was sind drei Monate? Eine Ewigkeit für mich, eine Ewigkeit, die wir uns kennen, besser: die du mich kennst, nein, nicht ganz, aber mehr als ich dich. Übermorgen in drei Monaten werde ich sechsundzwanzig, und an diesem Tage soll der Fortsetzungsvertrag zwischen uns enden, den zu entwerfen du mir aufgegeben hast. Weitere drei

Monate, in denen du mich näher, ich dich nicht kennenlernen werde, wenn es so weitergeht, und in denen du meinen Kopf blockierst. Und was kann ich ehrlicherweise in den neuen Vertrag schreiben? Ich möchte deine Sklavin sein, ich möchte von dir dazu gemacht werden mit allen Konsequenzen, das ist die Wahrheit, aber vor einer Verpflichtung zu dieser Wahrheit steht der innere Vorbehalt: Ich will es, aber ich kann dir nicht versprechen, es zu sein, weil ich mich dagegen wehren werde, solange ich noch davon ausgehe, mich dabei selbst zu beschädigen. Was kann ich dir versprechen? Nichts. Alles, was du von mir bekommen kannst, das nicht zurecht das Lächeln erfahrener S/Mler hervorruft, ist meine Einwilligung in deinen Versuch, mich zu deiner Sklavin zu machen. Hiermit gebe ich D. das Recht, alles an sexueller Bereitwilligkeit von mir zu fordern, was man von einer Sexsklavin erwarten darf, mich zu seinem puren Vergnügen zu quälen und darüberhinaus jede Art von Erziehungsmittel anzuwenden, um mich zu seiner vollkommenen Sklavin zu machen, soweit mein Körper durch diese Anwendung keinen bleibenden Schaden nimmt.

Das entspricht dem Stand der Dinge, nicht wahr? Es klingt nicht so schön wie das, was ich dir gerne versprechen würde, nicht für drei Monate, sondern für viel länger.

Viel länger.

96

Womit habe ich die Göttin nur so provoziert? Ich wache in der Nacht auf vor lauter Schmerzen an der Vagina. Als ich mir den Schaden genauer betrachte, sehe ich unzählige eitrige Pusteln. Das Urinieren tut so weh, daß mir die Tränen in die Augen schießen, jeder Schritt tut weh, weil die nachwachsenden Haarstoppeln an die Pickelchen reiben. Das wird auch so bleiben: Ich habe striktes Verbot, mich zu rasieren. Und: Kein Sex, sagt meine Frauenärztin am Vormittag, nicht wissend, was sie mir damit antut, als ob ich nicht selbst wüßte, daß das nicht gehen kann, wenn ich schon bei einem Abstrich aufschreien muß. Sie diagnostiziert eine Herpesinfektion aufgrund einer allgemeinen Schwächung des Immunsystems nach einer verschleppten Grippe. Sie ermahnt mich, daß damit nicht zu spaßen sei, daß ich eine Hirnhautentzündung bekommen könne, wenn ich mich nicht so verhalte, daß sich mein Körper regenerieren kann.

Als D., der sich wegen meiner andauernden Krankheit doch langsam solche Sorgen zu machen beginnt, daß seine Nachrichten auf meinem Anrufbeantworter sich nicht mehr an die Hündin in spe, sondern wieder an die Sklavin richten, anruft, erzähle ich ihm nichts von der Herpesinfektion. Eine Sklavin mit Herpes ist eine mehr als unzulängliche Sklavin. Ich bin keine Traumfrau, was bleibt schon, wenn man mich nicht ficken kann? Am Anfang sagte ich es mit Sarkasmus, provozierend, mittlerweile sage ich es mit Verbitterung, die bedeutet, daß ich seinen Blick auf mich zu übernehmen beginne. Ich halte seine Äußerung, daß er sich nicht sicher wäre, ob man auf einer Versteigerung einen Preis für mich erzielen könne, für ernstgemeint, das ist seine Ansicht zu meinem Körper, dessen Defizite ich durch meinen Verstand ausgleiche, den er sehr schätzt, wie er oft und tröstend sagt, und der, was er nicht weiß, umso brillanter ist, je mehr ich das Leben hasse, je wütender oder resignierter ich bin, kurz: je unglücklicher. Er sagt, er beabsichtige keine Fernsession, aber ich sehe mein Selbstbewußtsein dahinfließen, als ob ich nicht zwei Jahre eine Therapie gemacht hätte, um zu lernen, daß ich alle Liebe der Welt wert bin. Langsam wird Liebe wieder zu der unverdienten Gnade, die sie vor diesen zwei Jahren war, und wie damals reagiert mein Wesen wieder mit einem ironischen Lächeln auf nette Äußerungen, verliert die mühsam erworbene Fähigkeit, sie ernstzunehmen. Und wenn ich schon vor Dankbarkeit heulen müßte, dafür, daß man seine Zeit mit mir verbringt, kann ich erst recht nicht glauben, daß jemand sich die Mühe machen wird, das Häufchen Elend langsam und mühsam wieder aufzurichten. Ich habe solche Sehnsucht nach D., und gleichzeitig hasse ich ihn. Ich kann es nicht erwarten, daß er zurückkommt, und gleichzeitig habe ich Angst davor, ihn nicht umarmen zu können, wenn er vor mir steht, weil ich ihn lieber schlagen würde, dabei weiß ich doch, daß ich nicht schlagen kann, wen ich liebe, daß es mich nicht glücklich machen würde, daß ich die Fäuste sinken lassen und spüren würde, wie das Gefühl, mich selbst nicht schützen zu können, langsam von mir Besitz ergreift. Über diese Zerrissenheit kann ich mit niemandem reden. Würde ich D. davon erzählen, käme ich mir vor, als ob ich versuchen würde, ihn unter Druck zu setzen. Nicole kennt solche Gefühle nicht, und W., bei dem ich es heute versuchte, hat nur Nicole im Kopf und läßt stundenlang sadistische Rezepte los, mit vielen Fragen versehen, ob ich das als für sie geeignet ansehen würde oder nicht. Ich bin weit weg mit meinen Gedanken. Wenn D. jetzt nochmal anrufen würde, würde ich am Telefon zusammenbrechen und heulen und sagen, daß ich wirklich nicht mehr kann, daß wir uns trennen sollten, bevor er mir wieder so nahegekommen ist, daß ich es nicht mehr schaffe, daß es mir noch viel unvorstellbarer erscheint als jetzt –

Ach verflucht, mein Gejammere kotzt mich an, auch wenn mein Körper mir suggeriert, daß mehr echte Verzweiflung dabei ist, als ich wahrhaben möchte.

Nein, ich bin eine starke Frau, sage ich und beuge mich über die Kloschüssel, um der bösen Welt zu beweisen, daß ich von ihr gar nichts mehr annehme, schließlich habe ich meinen Stolz und seit Jahren die Devise: Ganz oder gar nicht.

Nein, Träume sind rosa, die Realität ist landnachtschwarz, und diese Verzweiflung ist zynismusresistent.

97

Während ich meine S/M-Beziehung in Frage zu stellen beginne, wollen Nicole und W. eine beginnen. W. erzählt mir begeistert von den Möglichkeiten: Rotweineinläufe, eine zugenähte Vagina, ein kräftiger Zug des Schneidermesserrädchens über den Rücken, die Krokodilklemmen an der Brust, das Rheumamittel auf der frischrasierten Scham, was stundenlang brennt, und man könnte die Frau auch Scheiße kotzen lassen (»Man kann jemanden wirklich von unten auffüllen bis das passiert, weißt du«), oder ihr Siegelwachs auf die Haut tropfen lassen, was nach einem Jahr noch als Brandnarbe sichtbar ist. Er wird dann seinen Freund einen Keuschheitsgürtel für nur 400 DM anfertigen lassen, bevor Nicole irgendwann drei Ringe auf jede Seite und eine Kette hindurch und ein Schloß daran bekommt, noch etwas später ein Klitorispiercing.

Ich traue meinen Ohren nicht: Klitorispiercing und Vagina zunähen – der hat sie doch nicht mehr alle!

Was mich wirklich wundert ist, daß nicht viel mehr Leute bei solchen Schmerzen das Bewußtsein verlieren. Das müssen alles wahre MasochistInnen sein. Ich nicht. Es ist fünf Uhr früh. Ich habe nicht geschlafen. Die Schmerzen sind die absolute Hölle geworden, dagegen sind Klammern an den Schamlippen, selbst mit einem Gewicht daran, nichts. Ich heule mir die Seele aus dem Leib, während ich auf dem Boden liege, der angenehm kühl ist, und mir ist so heiß, dann wird mir plötzlich wieder richtig kalt, ich habe zum ersten Mal Angst, weil ich meinen Körper nicht mehr unter Kontrolle zu haben scheine.

Ich sollte irgend jemanden anrufen, der dafür Sorge trägt, daß ich bewegungslos in meinem Bett liegen bleiben kann, aber ich habe Angst, solche Hilfe mit zu vielen Anforderungen an meinen blockierten Verstand bezahlen zu müssen, wie bereits am Abend zuvor, als nach W., der mir einen Briefumschlag voller Vitamintabletten und eine einstündige Version seiner Planungen für das anstehende Date mit Nicole vorbeibrachte, noch Nicole vorbeikam, um mir nach dem Überreichen einer Salbe ausführlich darzulegen, wie aufgeregt sie vor dem Treffen mit W. sei.

In einem kurzen und heftigen Solidaritätsschub pfuschte ich W. ins Handwerk und nahm seinem geplanten Zugriff auf den Kern ihrer Persönlichkeit alle Schärfe, indem ich ihr sagte, daß er sie mir gegenüber als seine Traumfrau bezeichnet hatte. Sie lachte und weinte gleichzeitig vor Glück und umarmte mich heftig, sagte, daß sie mich wirklich liebt und sich dank mir jetzt richtig fallenlassen könnte, wenn er sie psychisch fertigzumachen versuche.

»Oh, ich werde es genießen!« ruft sie und muß mir unbedingt noch ihren neuen Stringtanga zeigen und erzählen, daß irgend jemand gesagt hat, daß sie einen tollen Arsch hätte, als sie gestern abend mit ihrem wieder aus der Versenkung aufgetauchten Fotografen in einem Pärchenclub war.

Der Mensch, den ich jetzt wirklich gerne in meiner Nähe hätte, wird erst in wenigen Tagen zurück nach Berlin kommen. Und doch wirft seine Rückkehr schon ihren Schatten voraus.

»Ich mache mir tatsächlich Sorgen um dich«, sagt seine Stimme am Telefon. »Offenbar macht dich deine relative Freiheit krank. Ich werde also die Zügel wieder in die Hand nehmen müssen. Es ist außerdem durchaus erstrebenswert, daß du dir wieder bewußt machst, was du bist.«

Keine entfernten leisen Stimmen Fremder nehmen dem Schweigen die Schärfe; die Verbindung ist tadellos.

»Ich möchte, daß du jeden Tag eine gewisse Zeit kniend auf deinem Platz verbringst«, sagt er.

–

»Ich denke, dreimal am Tag eine halbe Stunde ist angemessen«, sagt er.

–

»Von halb neun bis neun Uhr morgens, von halb zwei bis zwei und von halb zehn bis zehn Uhr abends.«

»Okay«, sage ich mit der rauhen Stimme, die normalerweise nur Ausdruck eines immer noch distanzierten Erstaunens über meine Fügsamkeit, diesmal aber zusätzlich grippebedingt ist.

»Ich erwarte, daß du das wirklich ernst nimmst. Du wirst während dieser Zeit nicht ans Telefon gehen, wenn es klingelt, du wirst ein laufendes Gespräch unterbrechen, weil du jetzt deinen Pflichten nachkommen mußt, und so weiter. Ich denke, wir verstehen uns. Du wirst darüber schriftlich Rechenschaft ablegen. Und ich werde dafür während dieser Zeiten intensiv an dich denken, egal wo ich bin.«

»Okay«, sage ich. Okay. *Ja, Herr.*

»Gut«, sagt er zufrieden, läßt mich die Zeiten wiederholen, verabschiedet sich freundlich und legt auf.

Seine Rückkehr wirft ihren Schatten voraus.

Er hat wohl recht gehabt: Es muß meine relative Freiheit gewesen sein, die mich krank machte, so krank, daß ich dann nicht einmal mehr seiner Anordnung, auf meinem Platz zu knien, Folge leisten konnte, weil ich für ein paar Tage ins Krankenhaus mußte. Wir werden das in Zukunft erneut in Angriff nehmen müssen und können, jetzt, wo er wieder da ist und die wissenschaftlich anerkannte aufbauende Wirkung eines geliebten Menschen auf meine Abwehrkräfte hat, so daß ich auch wieder knien kann, und genau das tue ich gerade, im Badezimmer zwischen dem Waschbecken und dem Holzhocker, auf dem diverse Schminkutensilien verteilt liegen, da mein Herr mich oft gerne schöner sieht, als die Natur mich gemacht hat. Er liegt in warmem Badewasser und beobachtet mich in dem großen Spiegel, der an der Wand lehnt. Obwohl ich mich nicht bewege, reise ich. Gestern ist er aus seinem dreiwöchigen Urlaub zurückgekommen und schenkte mir einen ganzen Tag voller Liebe und Zärtlichkeit, und heute wird es Zeit, daß ich mich daran erinnere, was ich bin, daß ich aus der Freiheit zurückkehre, die nicht nur deshalb nur eine relative war, weil mich ja seine Abwesenheit nicht von meinen vertraglichen Verpflichtungen befreite, sondern vor allem deshalb, weil zwar keine Handschellen meine Handgelenke umschlossen, er mir aber die Fesseln der Liebe nicht abgenommen hatte, bevor er wegfuhr, und sie schienen sich zwischen diversen Fieberschüben immer mehr zuzuziehen, je heftiger ich mir meine vollkommene Freiheit beweisen wollte.

Er schließt eine verwirrte Sklavin in die Arme, als wir uns nach der Zeit wiedersehen, die so kurz war und doch so lang, daß es zwischendurch den Anschein hatte, als wäre unsere Beziehung nichts weiter als ein Konstrukt der Phantasie gewesen. Er schließt eine verwirrte Sklavin in die Arme, die entsetzt feststellt, wieviel Sicherheit es ihr gibt, daß er wieder da ist, die wieder weiß, daß alles Realität war, wenn er sie jetzt lange hier knien läßt und ihr wieder bewußt wird, wie sich Scham anfühlt. Warum ist das alles so wichtig?, müßte ich mich fragen, wenn ich mir selbst noch Fragen zugestehen würde, aber das tue ich ja nicht, stattdessen spüre ich den Badezimmerteppich unter meinen Knien, die Haare, die mir vor das Gesicht fallen und im Spiegel den Blick meines Herrn, den ich nicht erwidere.

Endlich, endlich ist er wieder da.

Knechtschaft

99

Er kann drei Tage mit mir verbringen. Lange vorher hatte er sie angekündigt. »Ich werde dir zeigen, was es bedeutet, eine Sklavin zu sein. Du wirst die ganze Zeit Fesseln tragen und nichts ohne meine Erlaubnis tun. Du wirst auf dem Boden schlafen, und endlich werde ich dir die Zeit widmen können, die nötig ist, um dir deine Renitenz auszutreiben. Vielleicht nutzen wir aber auch einfach die Zeit, um aus unserer Marie ein kleines, braves Hündchen zu machen. Wer weiß?«

Wer weiß? Der Herr weiß oder entscheidet spontan, die Sklavin verbringt Wochen in angst- und lustvoller Erwartung, bis die Sehnsucht gepaart mit ein paar Viren sie umwirft und dem Herrn die Pflicht zur Schonung seines Eigentums auferlegt, weshalb man mehr Milde walten lassen muß als einem vielleicht lieb ist, und deshalb geht man mit der Sklavin tanzen, essen und Tischtennis spielen und demütigt sie nur mal kurz zwischendurch.

»Du solltest dir vielleicht besser etwas Langärmeliges anziehen«, meint er, und ich sehe ihn fragend an, schließlich ist es doch gar nicht kalt. Ich ziehe trotzdem eine Wolljacke über, bevor ich ihm die Hände entgegenstrecke, damit er sie wieder mit der Kette und den beiden Schlössern aneinanderfesseln kann. Diese Fesselung ist Luxus, weiß ich jetzt, nachdem ich den ganzen gestrigen Tag in Handschellen verbracht habe, und doch kann man auch in Handschellen eine Scheibe Brot abschneiden, es ist kaum zu glauben; es dauert nur unwesentlich länger und sie gerät etwas unförmig, aber was macht das schon?

»Und jetzt geh mir die Zeitung aus dem Briefkasten holen«, sagt er.

Ich sehe ihn hochmütig an und schlage die Jackenärmel, die ohnehin immer etwas zu lang waren, nach unten, so daß die Kette nicht sichtbar ist, wenn ich die Hände nahe beieinander halte und aufpasse, daß sie nicht aus den Ärmeln rutscht, dann wende ich mich vollkommen unerschüttert zur Tür. Im Hausflur beeile ich mich aber doch, an den Briefkasten zu kommen, solange kein Nachbar unterwegs ist. Als ich den Kasten aufschließe, läßt es sich nicht verhindern, daß die Kette und ihre Wirkung in voller Pracht sichtbar werden. Meine linke Hand greift gerade nach der Zeitung, als ich einen Schlüssel im Haustürschloß höre. Wer auch immer kommt, wird sich an einen der Briefkästen neben mir begeben, um zu tun, was ich tue, wird Hallo sagen und mich dabei anschauen und sehen, was man nicht sehen soll und wofür mir so schnell keine Erklärung einfallen würde, denke ich und knalle voller Panik das kleine, graue Metalltürchen zu, das natürlich wie immer klemmt – auf, zu, auf, zu, verdammte Scheiße, jetzt endlich, mit einem Ruck ziehe ich den Schlüssel heraus. »Guten Morgen«, sagt die Briefträgerin zu meinem Rücken; da habe ich die Treppe aber schon erreicht und grüße nur kurz über die Schulter zurück, ohne langsamer zu werden, denn ich möchte die Post für die Wohnung im zweiten Stock nicht gleich mit nach oben nehmen, nein, das ist heute nicht nötig. D. hat die von mir nur angelehnte Tür ins Schloß geworfen, also muß ich nochmal den Schlüssel benutzen, um aufzuschließen, während die Mieter der Wohnung über mir ihren benutzen, um abzuschließen. Dieses Ehepaar, dessen Schritte jetzt die Treppe über mir leicht erschüttern, besteht aus zwei ganz scharfen Beobachtern; die würden schon bei ganz anderen Dingen komisch gucken. Wenn sie einen netten Tag haben, kann es passieren, daß dem Gruß ein paar Fragen nach dem Wohlbefinden und ein paar organisatorische Ausführungen zum häuslichen Zusammenleben folgen, aber da geht meine Tür endlich auf und ich werfe sie hinter mir schnell wieder zu und bin in Sicherheit.

D. kommt aus dem Bad und lächelt mich fragend an.

»Kein Problem«, sage ich. »Und wenn mich jemand gesehen hätte, hätte ich einfach gesagt, ich hätte eine Wette verloren. Aber das interessiert doch sowieso niemanden. Das spielt sich nur in deinem und meinem Kopf ab. Sonst interessiert das doch wirklich keinen.«

Ich habe Kaffee gekocht (jetzt kann ich es), liebevoll Brote mit Butter und Marmelade bestrichen, die ihn dennoch weniger reizen als die Tafel Schokolade, und während er im Bett liegend die Kaffeetasse an den Mund führt, liebe ich ihn französisch, noch bevor ich gefrühstückt habe. Meine Pflichterfüllung ist wichtiger als das leichte Unwohlsein, das mich immer dann ergeift, wenn ich nicht sofort nach dem Aufwachen etwas zu essen bekomme, hat mich die Gerte zuvor gelehrt, kurz und schmerzvoll. Und heute muß ich seine Erlaubnis nicht nur erbitten, um auf die Toilette zu gehen, heute muß ich auch fragen, ob es mir gestattet ist, meinem Körper Kalorien in flüssiger wie fester Form zuzuführen. Es wird mir schließlich erlaubt, aber ich weiß nicht, ob ich Grund zur Dankbarkeit habe, als er mir das Brotstückchen auf der offenen Handfläche hinhält. »Na, komm schon«, sagt er, »du hast doch Hunger, oder?« Ich nicke stumm und ohne ihn anzusehen.

»Na also. Dann sei jetzt brav und iß!«

Ich knie vor meinem Bett, meine Hände sind mit Handschellen auf meinem Rücken gefesselt, und ich habe wirklich Hunger. Die Erinnerung daran, wie sich vor wenigen Wochen mein Mund den Kuchenstückchen auf seiner Handfläche näherte, verwandelt meine Gesichtsfarbe in ein fröhliches Signalrot, und ich schließe die Augen, um seinen beobachtenden Blick auf mich aus meinem Bewußtsein auszuschließen, was wie immer nicht funktioniert.

»Na, los jetzt!« sagt er ein wenig gereizt, und seine Hand nähert sich so hilfsbereit wie drohend meinem Gesicht.

Mein Kopf senkt sich, senkt sich tief, senkt sich schamvoll, senkt sich demütig, senkt sich der Hand entgegen, und mein Mund öffnet sich, einmal, zweimal, viele Male, während seine andere Hand sanft meinen Nacken streichelt und seine Stimme leise meinen Gehorsam lobt. Ich weiß nicht mehr, ob ich danach die Hand küßte, die mir zu essen gab, ob er das von mir wollte oder ob ein »Danke, Herr« gefordert war. Zweifelsohne wäre beides angemessen gewesen, aber ich kann mich an nichts mehr erinnern als an mit Aprikosenmarmelade bestrichene Brotstückchen, die sich mir in Zeitlupe nähern, die in Zeitlupe zwischen meinen Zähnen zermahlen werden, und das dabei verursachte Geräusch dröhnt mir in den Ohren, als ob das Zimmer nicht von dem Gesang einer weniger bekannten, aber doch sehr begabten Französin erfüllt wäre.

In der Küche dagegen, deren Fenster auch nur auf den Hinterhof hinausgehen, der mittags ruhig ist, ist es so still, daß man den Küchenwecker leise ticken hören kann. Über mir, die ich unter dem Tisch knie, kratzt das Messer über einen schwarzen Teller aus einem schwedischen Möbelhaus und zerteilt eine Pizza in viele kleine Stücke. Die meisten davon werden auf eine Gabel gespießt und in den Stoffwechsel meines Herrn eingegliedert, manche werden auf eine Handfläche gelegt und eine Etage tiefer angeboten, um das gleiche Schicksal in einem anderen Körper zu erleiden. Einige verlassen die Handfläche, bevor mein Mund sie berührt, und liegen wartend zwischen den Schenkeln meines Herrn auf seinem Stuhl, und die freie Hand kann meinen Kopf dorthin drücken, bis ich resigniere, was nicht lange dauert, weil ich nicht mehr viel Stolz zu verlieren habe. »Brave Marie«, sagt er und streicht mir über den Kopf, der auf seinen Oberschenkeln ruht. »Sehr brav.« So brav, daß ich mir als Belohnung verdient habe, die Pizzateigkrümel von dem Teller lecken zu dürfen, der zu diesem Zwecke neben mir auf den Boden gestellt wird. Nein! Ich habe doch noch etwas Stolz zu verlieren, sieh an, und je weniger man noch von etwas hat, um so erbitterter kämpft man darum, diesen Rest wenigstens behalten zu dürfen. Seine Hand in meinem Nacken drückt meinen Kopf auf den Boden, auf den Teller, meine Hände sind heute die ganze Zeit über gefesselt und nutzlos. »Nein!« rufe ich und spüre die Krümel in meinem Gesicht. »Nein! Nein nein nein!« Er läßt mich auf dem Boden liegend hilflos zappeln, dann zieht er mich endlich hoch und wieder vor den Stuhl, auf dem er sitzt. Ich keuche empört. »Ist ja gut«, sagt er. »Ist ja alles okay. Du bist ja trotzdem heute eine ganz Brave gewesen.«

Eine ganz Brave. Eine ganz brave was? Eine brave Sklavin?
Oder eher eine brave Hündin?

Warum weigere ich mich, ihm den Schwanz sauberzulecken, nachdem er uriniert hat? Das ist doch schon deshalb taktisch unklug, weil er die Kette um meinen Hals so kurz gefaßt hat, daß ein Entkommen unmöglich ist, außerdem bin ich doch in Hand- und Fußschellen zur Toilette gekrabbelt, auch das läßt eine Flucht wenig aussichtsreich erscheinen, nicht wahr?

Frauen können aber nicht logisch denken, sagt der Sadist W., der damit etliche angesehene Philosophen zitiert, wie er betont. Frauen sind intuitive Wesen.

Ach so. Das mag erklären, warum ich mich (intuitiv) wehre, erfolglos, denn die Kette reißt mich zurück zwischen D.s Beine und über die Schüssel, nachdem seine Hand die Gelegenheit nutzte, um in das Wasser unter sich zu greifen und mir das Naß in mein Gesicht zu reiben, wo es sich mit meinen Tränen vermischt. »Wenn du mich weiter provozierst, hast du deinen Kopf in der Kloschüssel«, sagt die kalte Stimme über mir, und ich entscheide mich (intuitiv) dafür, diese Aussage ernst zu nehmen, und so tut meine Zunge, was ihr befohlen wurde, bis die Stimme sagt, daß es genug sei und ich mich waschen gehen soll, denn wer möchte schon eine stinkende Sklavin haben?

Meine weibliche Intuition ist es dann wohl auch, die mir verrät, daß es klüger ist, nicht zu sagen, daß ein so billiges Eau de Toilette einfach kein besonderes Dufterlebnis sein kann. Wirklich, es ist klüger, ihm diesmal das Schlußwort zu lassen.

»Ich liebe es, wenn du so plötzlich errötest«, sagt er und seufzt genüßlich. »Wirklich, ich liebe es.« Er sitzt auf dem Sofa in meinem Zimmer.

Natürlich wußte er vor mir, daß er die Kette zwischen meinen Hand- und den Fußschellen zu kurz gemacht hatte, als daß ich hätte aufrecht stehen können. »Steh auf und lauf ein paar Schritte«, hatte er gesagt, und ich versuchte aufzustehen und stand dann gebückt vor ihm und sagte unschuldig: »Das geht so nicht.« Ach, was für eine naive Unschuld, die Versehen vermutet, wo natürlich Absicht vorhanden war!

Sein Lächeln öffnet mir die Augen und läßt mir die Schamesröte ins Gesicht schießen, während er mit gespielter Arglosigkeit in der Stimme sagt: »Aber das geht doch ganz wunderbar, finde ich! Wo siehst du denn da irgendein Problem?«

»Und jetzt lauf ein paar Schritte!« wiederholt er seine Aufforderung mit einer ersten Andeutung von Schärfe im Tonfall. Ich aber habe mich zurück auf den Boden fallen lassen und weigere mich. Da er seinen Spaß gehabt hat, besteht er nicht darauf. Er macht die Kette statt dessen wieder länger. Auch so wird er seinen Spaß mit mir haben. Denn er wird beobachten können, wie sich das Zweifeln im Gesicht seiner Sklavin in Erleichterung verwandelt, als sie feststellt, daß sie sich tatsächlich selbst ein Glas Cola eingießen kann, und er wird, auf einem Küchenstuhl sitzend und sie beobachtend, laut auflachen, als aus der Erleichterung Bestürzung wird, da die Kette zu kurz ist, um die Hände höher als in Bauchnabelhöhe zu bewegen, und natürlich ist die Frau vor ihm zu verwirrt von dieser plötzlichen Erkenntnis, um konstruktiv über eine Lösung ihres Problems nachzudenken, das in einem vollen Glas auf dem Tisch in Höhe ihrer Hände und ihrem Mund ein ganz entscheidendes Stück darüber besteht. Er wird sich an diesem verwirrten, leicht gequälten Gesichtsausdruck erfreuen, der vergeblich versucht, die Demütigung nicht sichtbar werden zu lassen, die nur noch größer wird, als er mit einem Hauch von Verachtung in der Stimme zu ihr sagt: »Bevor du jetzt wieder zu quengeln anfängst, laß dir gesagt sein, daß du einfach nur in die Knie gehen mußt, dann reicht die Kette auch aus, um zu trinken.«

Ach, dieses Mißtrauen in ihren Augen, ob er sie wohl erneut dazu bringen wird, sich lächerlich zu machen, der verzweifelte Versuch, alles ins Scherzhafte zu ziehen, um die Blöße nicht zu groß werden zu lassen! Sie ist doch eine gute Sklavin; sie erkennt die kleinen Fallen, die das Leben eines Sadisten so amüsant machen, nicht eine Sekunde zu früh und nicht eine Sekunde zu spät, vor allem aber eben nicht eine Sekunde zu früh –

Er liebt es, mich plötzlich erröten zu sehen. Liebt er auch meinen Zorn, der mich kämpfen läßt? Gestern habe ich gekämpft, wild und ungestüm wie selten, und das gleich zweimal. Zunächst einmal mit dem Leben an sich, als ich ihm abends im Café Senti gegenübersitze, ein Glas Wein neben und einen vollen Salatteller vor mir, später, als es so dunkel geworden ist, daß die Bedienung uns eine Kerze auf den Tisch stellt, mit einem zweiten Glas Wein neben und einem leeren Salatteller vor mir. Irgendwann ist der Salatteller ganz weg und auch dieses Glas leer, und ich weiß nicht erst seit diesem Abend, daß ich rettungslos verloren bin, weil man mir meine Liebe zu ihm nicht aus dem Leib prügeln kann, aber heute ist es mir wieder so deutlich geworden, und das macht mich zu einer Frau am Rande des Nervenzusammenbruchs, deren schrilles Lachen die Aufmerksamkeit der Leute am Nachbartisch erregt. Unter dem Vorwand einer leichten bis mittleren Alkoholisierung lache ich mir meine Verzweiflung von der Seele, die sich in den Wochen seiner Abwesenheit angesammelt hat, als mir klarwurde, daß die Sache zwischen ihm und mir nicht einfach schmerzlos einschlafen würde wie die mit G., weil ich ihn wirklich liebe, und die Tage seiner Anwesenheit haben mir wieder vor Augen geführt, mit welcher Intensität ich das tue und wie wenig das mittlerweile noch mit unseren übereinstimmenden S/M-Phantasien zu tun hat und wieviel mit seinem Lachen und seinem Verständnis für die Dinge, die ich sage. Ich würde ihm gerne noch viel mehr sagen, und er fordert mich dazu auf, aber ich meide die Tiefe. Er sieht mich schließlich schon halbnackt, während er gerade mal die Jacke abgelegt hat. Er weiß, was ich fühle, aber er erzählt wenig von sich, und was er möglicherweise für mich fühlt, muß ich mir aus verschiedenen Äußerungen zusammenklauben, und da gibt es soviele hoffnungsfrohe wie niederschmetternde, so daß ich letztlich gar nichts weiß, außer, daß er das Kind liebt, das für den Rest der Schulferien mit seiner Mutter verreist ist, weshalb er in den nächsten drei Wochen etwas mehr Zeit für mich hat. Und danach? Danach kehren wir zurück zu zwei Nachmittagen pro Woche?

An diesem Abend reihe ich blöde Witze, sarkastische und zynische Bemerkungen aneinander, bis ich selbst Tränen lache, um mir eine kleine Pause von all diesen Gedanken zu gönnen, und auch D. hat seinen Spaß an diesem Feuerwerk, von dem er nicht weiß, daß es angezündet wurde, um einen anderen Brand in Vergessenheit geraten zu lassen. Wir laufen nach Hause und albern herum wie ein glückliches Liebespaar, und ich habe Angst davor, daß ich zusammenbreche, sobald ich damit aufhöre, diese lustige Rolle einer angetrunkenen Frau zu spielen und wieder zu meinem nüchternen, ungeschützten Ich werde. Das passiert nicht, als er mich auf jeder zweiten Treppe im Hausflur nach unten drückt, so daß ich die Stufen mehr hinaufkrabbele anstatt zu laufen. Aber später passiert es, als die Demütigung zu groß wird, um sie zu ignorieren, als ich nackt in der Badewanne knie, nachdem ich nicht aufs Klo hatte gehen dürfen, und als mein Herr seinen Anteil an dem halben Liter Weißherbst über den Körper seiner Sklavin hat fließen lassen, die nach dem Kontakt mit der warmen Flüssigkeit in dem kalten Raum friert und weiß, daß ihr Herr sie betrachtet, wie sie in seinem Urin kniet, daß ihr Herr sie nicht aufstehen lassen wird, bevor sie vor seinen Augen ihren hinzugegeben hat. Sie aber denkt daran, wie der Wein lachsfarben in dem Glas leuchtete, wenn man ihn vor die Kerze hielt, ein warmes Licht, das so sehr im Widerspruch zu der Hundertwattglühbirne in der Badezimmerlampe und dem weißen Emailleboden der Wanne steht, wie das Pathos ihrer Liebe zu der vernunftgeprägten Bedächtigkeit des Objekts dieses Gefühls, und die Verzweiflung über die daraus resultierende alltägliche Unsicherheit über ihre Zukunft wird zu einer wilden Wut auf das Leben und auf ihn, der davon nichts weiß, der das Warten aufgegeben hat und der renitenten Sklavin mit einer eiskalten Dusche auf die Sprünge helfen will. Ich schreie auf, als mich der kalte, harte Wasserstrahl trifft, dann vereinen sich Unglück, Wut und Empörung erst in einem lauten Schluchzen und dann in jeder meiner Bewegungen.

»Es ist doch nicht zu fassen«, sagt er. »Das Bad ist naß, der Meister ist naß und die Sklavin hat nicht gepißt. So eine Scheiße aber auch!« Er lächelt, aber seine Augen sind ernst. Seine nasse Hose hat er über einen Stuhl gehängt, bevor er sich auf meinem Sofa ausstreckte. Ich sitze in ein Handtuch gewickelt auf dem Boden. Irgendein Tape mit trauriger Musik läuft leise. Vielleicht erscheint es mir auch nur leise, weil mir der Kampf im Bad so laut vorkam.

»Ich bin wirklich fertig«, sagt er. »Meine Güte, ich hatte Angst, daß du in der nassen Wanne ausrutschst, wenn ich dich loslasse, aber eine wild um sich schlagende Frau festzuhalten und gleichzeitig die Brause nicht loszulassen, um nicht damit das Chaos komplett zu machen, ist keine leichte Sache. Und das Wasser abstellen konnte ich ja auch nicht, ohne dich fallenzulassen.« Er seufzt. Aber er hat es ja irgendwie geschafft, nicht wahr? Wenn ich auch nicht mehr weiß, wie. Ich weiß nur, daß ich schon halb aus der Badewanne draußen war, als sein linker Arm mich fest um die Hüfte zu fassen bekam, und da war es ihm wahrscheinlich möglich, mit dem anderen das kalte Wasser ab- und das warme anzustellen, denn dann war ich wieder in der Wanne, und das laute Brausen war einem leiseren Geräusch gewichen wie das wilde Schluchzen einem gemäßigten Schniefen, und seine Stimme hatte sich in das Orchester eingereiht und wiederholte ständig ein- und denselben Passus: »Es ist ja gut, du kannst aufhören zu flennen, das ist jetzt warmes Wasser und ich verspreche dir, daß es vorbei ist.« Dann drehte er auch das warme Wasser aus, und einen Moment lang war das Auftreffen der Wassertropfen aus meinen Haaren auf dem Wannenboden das einzige hörbare Geräusch. Er trocknete mich notdürftig ab und legte mir dann das große Badetuch über die Schultern, damit ich nicht frieren sollte. Ich sah ihn nicht an. »Du stehst da wie ein kleines Häufchen Elend«, sagte er, und es klang gleichzeitig ernst und ein wenig belustigt. Ich fühlte mich müde. Ich zerstöre mit meiner Unfähigkeit, mit dieser Situation umzugehen, unsere S/M-Beziehung, dachte ich wieder einmal und fand mich selbst unbeherrscht und unreif. Ich liebe den Kampf, aber ich wünschte mir, meine Motivation zum Kämpfen wäre eine würdevollere gewesen.

»Ich habe heute abend einen Fehler gemacht«, sagt er jetzt, nachdem ich meine Distanz zu dem Sofa Stück für Stück bis auf wenige Zentimeter verringert habe und ihm wieder in die Augen sehen kann. »Man muß einfach vorsichtiger mit seinem Eigentum umgehen, wenn es nicht gewohnt ist, Wein zu trinken.«

»Ich bin unverwüstlich«, sage ich. »Ich bin keine Porzellanpuppe. Ich bin aus solidem Kunststoff.« Ich liebe den Kampf. Ich will nicht geschont werden. Ich will kein Sensibelchen sein.

Er lacht.

Ich berühre ihn zaghaft. »Laß dich fallen«, sagte er irgendwann, aber ich habe immer Angst, zu anhänglich zu sein. Und ich bin anhänglich, weil ich ja nicht weiß, wie oft ich noch die Gelegenheit haben werde, ihn zu umarmen. Die tagtägliche Verunsicherung über den erwünschten Grad an Nähe in einer Affäre bleibt, auch nachdem er mich zum Sprung in die Tiefe aufgefordert hat. Ich bin so durcheinander. Ich bin so müde. Alle Gedanken sind so sinnlos.

Er legt einen Arm um mich und zieht mich an sich, und dann küssen wir uns wie sich richtige Erwachsene küssen. »Igitt«, sagte meine jüngere Schwester aus unerfindlichen Gründen jedesmal, wenn sie eine solche Szene im Fernsehen sah. Nun ja, sie wußte es nicht besser. Auch ich wußte bis vor kurzem nicht, wie solche Küsse wirken können, scheint mir.

D. weiß es, deswegen muß die Sklavin nochmal arbeiten und müßte danach eigentlich auch nochmal unter die Dusche, aber ich bin zu müde, und so trocknet das Sperma auf meinem Körper, und ich gehe mir nur die Zähne putzen.

Als ich zurückkomme, liegt er schon in meinem Bett. Vor dem Bett liegt eine Matte mit dem kleinsten meiner drei Kopfkissen auf dem Boden. Gestern hatte er mich zum Schlafen am Fußende meines Bettes angebunden, und ich war so unglücklich darüber, daß er auf meinen warmen Körper an seiner Seite so einfach zu verzichten bereit war, als ob wir jede Nacht nebeneinanderliegen könnten, daß ich widerspenstig und frech war, bis er mich schlug und auf den Boden vor dem Bett beförderte, so daß ich einen guten Vorwand hatte, um meinem Drang zum Heulen endlich nachgeben zu können, ohne mich zu sehr zu verraten. Irgendwann hatte er Mitleid mit mir und holte mich zu sich ins Bett, wo er mir die Hände zusammen und dann über meinem Kopf an den Bettpfosten fesselt wie schon in der Nacht zuvor.

Heute lege ich mich ohne Protest, für den ich vielleicht zu stolz, vielleicht auch einfach zu müde bin, auf die Matte. Ich bin frei. Und bin glücklich, als er mich ruft, um mir zu sagen, daß ich Freiheit gegen Nähe tauschen kann, daß ich mich in gewohnter Weise gefesselt neben ihn legen darf.

In mein eigenes Bett.

In mein eigenes Bett!

»Du kannst froh sein, einen so netten Herrn wie mich zu haben«, sagt er, als ich wieder einmal renitent war und Güte, nicht Bequemlichkeit der Grund für sein Absehen von einer Bestrafung ist. Er hat recht. Es sind nur eine Kaffeetasse und eine Keksdose, die er mir auf die Handflächen stellt, damit ich sie ihm vor der Couch kniend darreiche wie es jeder formvollendete Couchtisch tun würde. Die brennenden Kerzen darf ich später richtig in die Hände nehmen. Man stelle sich nur vor, wenn es andersherum gewesen wäre! Und er wartet nicht, bis ich das Codewort ausspreche, das mir schon fast auf der Zunge liegt, bevor er die Seile löst, mit denen er mich zu einem kompakten Paket verschnürt hat, was mir sowohl für Beweglichkeit wie Unbeweglichkeit ein ganz neues Gefühl vermittelte; er befreit mich, als meine Hände und Füße kalt geworden sind und sieht mir dann zu, wie ich glücklich über die Befreiung doch unglücklich das Gesicht verziehe, als sich das zurückkehrende Blut wie eine Horde wildgewordener Stecknadeln gebärdet. Er erlaubt mir auch fast jedesmal, die Toilette zu benutzen, wenn ich nur vorher in aller Form darum bitte, und gnädigerweise reicht ein »Darf ich Sie untertänigst darum bitten, daß ich«, wo andere Herrn vielleicht tatsächlich ein »Darf Ihre unwürdige und nichtsnutzige Sklavin Sie untertänigst bitten, daß sie« verlangen würden, womit er bisher nur drohte. Und er hilft mir, meinen Dank für seine Mühen mit meiner Erziehung auszudrücken, was mir doch immer noch so schwerfällt, indem er es genügen läßt, wenn ich die Hand küsse, die die Peitsche führte.

Am Anfang küßte ich nur die Hand, die die Fesseln löste, und vielleicht läßt er mir einfach die Zeit, die ich für meinen Lernprozeß offenbar brauche, bis ich dann bald auch »Danke, Herr« sage, nachdem er mich geschlagen hat, da ich schließlich heute schon »Danke, Herr« sage, wenn er freundlich und großzügig ist (nicht darüber nachdenken, Marie –)

Und obwohl ich noch so unvollkommen bin, daß er nicht glaubt, daß jemand mich ihm abkaufen wollen könnte, fährt er mit mir auf eine große S/M-Fete!

Es ist schon wahr, ich kann froh sein, einen so netten Herrn zu haben.

Nun, da er sich meinen Geist und meinen Willen wieder einigermaßen untertan gemacht hat, nimmt er am letzten Tag auch meinen Körper wieder in Besitz, indem er ihn mit dem Gürtel und der Gerte zeichnet, nachdem er mich zuvor kunstvoll auf der sargähnlichen schwarzen Truhe drapiert hat, in der ich einen Teil meiner Kleider aufbewahre und die er zu diesem Zwecke in das Zimmer mit dem Hochbett gebracht hat. Er hat sie unter das Bett gestellt, mich darauf gelegt und meine Beine über dem Rest meines Körpers an den Lattenrost, meine Arme hinter meinem Kopf an einen stützenden Querbalken zwischen zwei Bettpfosten gefesselt. Es ist jetzt wirklich eine ausgeklügelte und ästhetische Konstruktion, nachdem der erste Versuch schmählich danebenging, zunächst, weil ich, mit den Händen an einem anderen Querbalken befestigt, von der Truhe zu rutschen drohte, sobald er meine

Füße hochzog. »So eine Scheiße«, sagte er mißmutig und zog mir ein weiteres Seil um die Brust, das er an der Truhe befestigte. »Das gibt es doch nicht! Diese Sklavin ist renitent bis in die Möbelstücke!« rief er dann, als ich mich mitsamt der Truhe auf und davon machte, sobald er das Seil um meine Füße wieder anzog. Wir fingen beide gleichzeitig zu lachen an, er schüttelte den Kopf und sagte: »Meine Güte, was bin ich heute wieder für ein toller Meister«, dann band er mich los, denn die Lösung dieses Problems erforderte offenbar noch längeres Nachdenken, und es ist wirklich unangebracht, wenn sich die Sklavin bequem auf einem Möbel räkelt, während ihr Herr sich anstrengt, auch wenn diese Anstrengung nicht körperlicher, sondern geistiger Natur ist.

Heute aber funktioniert alles einwandfrei, weder die Truhe noch ich haben eine Chance zu entkommen, und ich habe darüberhinaus auch keinen Grund mehr zu lachen. Die Hände hinter dem Kopf, die Beine gespreizt in der Luft hängend, liege ich auf dem Möbel und strecke ihm unfreiwillig meinen nach der langen Ruhephase wieder blütenweißen Po entgegen. Er plaziert ein paar Schläge mit dem Gürtel darauf, nicht wirklich viele, aber sie sind so stark, daß ich bei jedem aufschreie, und danach weine ich richtige Krokodilstränen, was ich selten tue, weil es meinem Stolz so sehr widerspricht, Schwäche zu zeigen. Er gibt mir etwas Zeit, um mich zu beruhigen, während er abwechselnd mich und die Tour de France-Teilnehmer im Fernsehen beobachtet, das die ganze Zeit läuft, denn das hier ist keine geplante Session, das begann ganz plötzlich, als er mich abfängt, als ich über Flur laufe, mich umarmt, mich vor sich auf den Boden zwingt, mich seine Schuhe zu küssen zwingt, mich wieder hochzieht und zu dem Arrangement führt, dessen Teil ich jetzt geworden bin. Heute lache ich ausnahmsweise mal nicht über den Sportreporter, dem D. den Ton abschneidet, sobald sicher ist, daß ein Mensch mit einem Vornamen wie Pierre oder Björn oder Jörn und einem Nachnamen wie Bries oder Reece oder Ries den französischen Vorjahressieger mit einem ganz merkwürdigen Namen ablösen wird. Er geht hinüber in mein Zimmer, legt eine meiner dunklen Lieblingsmusiken auf und kommt mit der Gerte in der Hand zurück. Mein Po ist noch warm von den Gürtelschlägen –

Ich schreie wieder. Dann hockt er sich vor mich und schaut mich durch meine gespreizten Beine hindurch an. Seine Hand ist sanft und geduldig, und so kann er beobachten, wie die Tränen versiegen, wie der Trotz der Hingabe Platz macht, wie die Sklavin schließlich lacht und dann fast wieder schreit und irgendwann bettelt, daß er aufhören möge, weil sie nicht mehr kann.

Ich küsse die Hand, die mich geschlagen und gefickt hat, und er bindet mich los.

Er ist wieder in die andere Wohnung gefahren, nach Hause. Meine Wohnung ist im Chaos versunken, zerwühlte Bettwäsche, auf dem Boden und den Möbeln verstreute Kleidungsstücke von ihm und mir, schmutziges Geschirr, herumliegende Folterutensilien. Inmitten des Chaos' sitzt eine freie Frau, die essen kann, was und wann sie will, die aufs Klo gehen kann, wann sie möchte, die in ihrem eigenen Bett schlafen darf, die ein Buch lesen kann, anstatt Kaffee kochen oder einen Schwanz lutschen zu müssen. Heute abend wird niemand meine Hände fesseln, bevor ich einschlafe. Keine Anspannung, kein Wechsel der Gesichtsfarbe von schreckensbleich zu feuerrot. Nur Ruhe. Wie fühle ich mich?

100

Während meiner Gefangenschaft hatte ich keine Anrufe entgegengenommen, also verbringe ich einen großen Teil des darauffolgenden Tages am Telefon. Nicole ruft an, um mitzuteilen, daß das Date mit W. danebengegangen sei, weil sie sich aus irgendeinem Grund doch nicht habe auf ihn einlassen können, und das sei ihr mit verbundenen Augen vor seinem Bücherregal stehend nun ein- für allemal klargeworden. Sie hat statt dessen eine Nacht mit einem Thomas verbracht, der unwahrscheinlich gut aussieht und sie in jedem Zimmer seiner Wohnung, auf Tischen, Boden und Bett genommen hat, was ein Wahnsinnserlebnis war.

Kurz darauf ruft ein dementsprechend erwartungsgemäß frustrierter W. an und macht mich zum Auditorium eines Wutanfalls. Zur Strafe wird er Nicole nicht wie D. und mich auf die S/M-Fete am nächsten Wochenende mitnehmen. Er läßt sich doch nicht verarschen! Die Frau weiß doch überhaupt nicht, was sie will! Und er hat es nicht nötig, einer Frau hinterherzulaufen, auch wenn sie seine Traumfrau ist –

Als das Telefon zum dritten Mal klingelt, ist meine Mutter dran. »Was macht deine Gesundheit, Tochter?« fragt sie. »Welche meinst du: die körperliche oder die geistige?« scherze ich, aber ihr Lachen klingt halbherzig und ihre Stimme ernst, als sie weiterspricht.

»Du weißt doch selbst, daß beide miteinander zusammenhängen«, sagt sie, »und ich mache mir, ehrlich gesagt, Sorgen um dich.«

»Warum denn?«

»Wenn dein Körper nicht mehr in der Lage ist, mit einer ordinären Grippe oder Erkältung fertigzuwerden, so daß du zuguterletzt ins Krankenhaus mußt, ist doch irgendetwas mit deinen Abwehrkräften nicht in Ordnung. Wahrscheinlich beanspruchst du deinen Körper zu sehr –«

Jetzt ahne ich, was kommen wird, und habe recht; es kommt.

»Sei nicht sauer, aber meinst du nicht, daß dir diese ganze Sadomasogeschichte schadet? Vielleicht solltest du diese Entwicklungsphase etwas verkürzen und –«

»Das ist keine Phase.«

»– und dir mal wieder eine Blümchensexbeziehung suchen. Eine nette, normale Beziehung.«

»Das ist es sicher nicht, was ich brauche«, sage ich und wiederhole es in gereiztem Tonfall meiner Schwester gegenüber, die drei Jahre jünger als ich und noch Jungfrau ist und sich trotzdem berufen fühlt, meiner Mutter vehement beizupflichten.

»Das kann einfach nicht gut sein, was du da machst«, insistiert sie, »das muß dich schon deshalb krank machen, weil es gegen alle deine Überzeugungen verstößt. Mensch, Marie, du warst mal eine Hardcore-Feministin und jetzt läßt du dich von einem Typen schlagen!«

»Ich bin immer noch Feministin«, sage ich. Den Widerspruch zwischen Feminismus und der Lust an der Unterwerfung habe ich doch schon vor Jahren dazu gebracht, sich in Wohlgefallen aufzulösen, nicht wahr? Und das ist gut so, denn als Feministin habe ich mich immer aufgeregt über die altmodische Fragestellung bei der kirchlichen Trauung: »Willst du ihm dienen/gehorchen?« gegenüber »Willst du für sie sorgen?« als Ausdruck und Bekräftigung der traditionellen Rollenklischees. Und genau diese Versprechen wären in einem neuen Vertrag mit D. enthalten, wenn ich mich mütterlichen und schwesterlichen Ratschlägen zum Trotz auf eine Fortsetzung der Beziehung zu D. einlassen sollte. Denn: »Diesmal kannst du mein Versprechen, mich um dich zu kümmern, mit in den Vertrag aufnehmen«, sagt D. großzügig –

Und auch G. versprach vor Monaten der Form halber Ähnliches im Austausch gegen meine Einwilligung in meine Erziehung zu einer gehorsamen Sklavin. Die S/M-Hochzeit als Spiegelbild kirchlicher Traditionen: Liebe und Gehorsam gegen Liebe und Schutz; Frauen sind noch Frauen und Männer Ritter, wie es sich gehört. Ein Spiel mit den gesellschaftlichen Mann-Frau-Rollenklischees, die in der Variante Ritterin-Sklave dazu führen, daß dem Mann überwiegend Verachtung für seine Schwäche zuteil wird, Bestrafung für eine soziale Dysfunktion, die die Frau nicht mit Liebe erfüllen kann, den Mann nicht mit Stolz. Ja, Schwesterherz, eine finstere Welt, du hast recht, und ich bin mittendrin und lasse mich nicht nur von einem Mann schlagen, sondern auch dazu bringen, mich seinen Pascha-Allüren unterzuordnen, und als ob das alles noch nicht genug wäre, höre ich mir anschließend an, daß ich zu nichts tauge und noch einen langen Weg vor mir habe, bevor ich eine zufriedenstellende Sklavin geworden bin. Aber davon wissen meine weiblichen Familienmitglieder glücklicherweise nichts –

»Wenn du schon nicht zur Vernunft zu bringen bist, schick uns wenigstens mal ein Photo von deinem Meister«, sagt meine Mutter schließlich resigniert, nachdem ihr meine Schwester den Hörer wieder übergeben hat, »und dann richte ihm aus, wenn er dich zur Uni prügelt, ist es mir egal, was er sonst mit dir macht, okay?«

»Okay«, sage ich.

101

Ich richte ihm die Grüße meiner Mutter aus, aber D. kreiert seine eigenen Choreographien, deshalb spricht er erst ernsthaft mit mir über mein Studium und prügelt mich dann ganz unabhängig davon durch. Erst schlägt er mit dem Rohrstock auf die Innenseiten meiner Schenkel, wo er einen faustgroßen und mehrere kleine Blutergüsse in den gängigen Schattierungen von dunkelviolett bis bräunlichgelb hinterläßt, später fesselt er mich ausgestreckt auf und an mein Bett und benutzt die Gerte, bis mir die Tränen über das Gesicht laufen und meine Zähne Abdrücke in dem alten Lederhandschuh hinterlassen, den er als Knebel verwendet hat. Mittlerweile ist es draußen dunkel geworden und D. zündet die Kerzen in den Wandhaltern an und legt eine CD mit dunkler Musik ein. »Was tue ich nicht alles für meine Sklavin, die ja eine morbide Atmosphäre liebt«, sagt er lächelnd, während er mit einer brennenden Kerze in einem beweglichen Kerzenhalter in der Hand auf mich zu kommt. Der vorangegangene Schmerz, die Anspannung, die Angst haben mich aber in einem fast hysterischen Zustand zurückgelassen, und ich fange zu lachen an und sage: Ich habe jetzt Lust mitzusingen; und D. lacht auch und sagt: Du kannst soviel singen wie du willst, meine Kleine.

»Wissen Sie, Meister«, sage ich, »ich habe mir immer vorgestellt, zu singen, während ich gefoltert werde. Es ist so eine schöne Vorstellung: Singend, aufrecht und ungerührt marschieren wir in den Tod. Und es lenkt bestimmt von dem Schmerz ab.«

»Das kannst du ja jetzt mal ausprobieren«, sagt er.

Also singe ich laut, während Sturzbäche heißer Wachstropfen erst meinen Rücken, dann meine Vagina treffen, ohne daß ich zusammenzucke. »Faszinierend«, sagt D. und drückt den Repeat-Schalter des CD-Players, weil ich nur dieses Lied auswendig kann, dann kommt noch mehr Wachs auf mich nieder und schließlich hält er mir die Flamme direkt an meine zarte Pohaut, ohne daß ich hysterisch werde. Das werde ich erst später, als ich sehe, daß er mein Lieblingshandtuch, das ein Unikat war, als Unterlage genommen hat, die aber zu allem Überfluß meine Bettwäsche nicht vollständig hatte schützen können. Entgeistert starre ich auf all die schwarzen Flecken auf dem unschuldigen Weiß, zwischen der Stickerei in der Mitte und dem gerüschten Rand. Auch diese wunderbare Bettwäsche, meine einzige, war ein Auslaufmodell, als ich sie erstand, und so kann mich D.s Aussage, daß er alles zu ersetzen bereit sei, nicht trösten. Außerdem meinte er mit diesem Angebot bestimmt nicht, daß er seine kostbare Zeit in Kaufhäusern oder Fachgeschäften für Bettextilien zu verbringen beabsichtigt. Verdammt, ich hätte doch auf meine Mutter hören sollen. Zwar schadet diese Sadomasogeschichte bislang nicht ernsthaft meinem Körper, aber ganz bestimmt meinem Hausrat.

102

Er hat die Nacht bei mir, ich sie infolgedessen in Ketten verbracht. Ich wache davon auf, daß er mich zurechtlegt, um dann mit Gewalt in das unvorbereitete und deshalb trockene Loch zwischen meinen Beinen einzudringen. Es tut natürlich weh, und ich wehre mich, und er gibt mir zwei, drei Ohrfeigen und knallt mir ein paar schmutzige Wörter an den Kopf. Später, als alles vorbei ist, sieht er mich an und sagt: »Kannst du mir mal erklären, wie man eine Frau noch vergewaltigen kann, die so schnell geil wird wie du?«

Nein, das kann ich nicht.

103

Nach sieben Stunden Fahrt mit W.s kleinem, aber schnellem Auto sind wir endlich in dem Ort angekommen, wo am nächsten Tag im landkreiseigenen barocken Schloßgebäude eine große S/M-Fete stattfinden wird, deren Ruf allein, daß man dort diejenigen Szeneleute antrifft, von denen man oft und Vieles hört, uns diese lange Anreise hat in Kauf nehmen lassen. Es ist kurz nach zehn Uhr abends und schon fast ganz dunkel, als W. uns vor dem uns empfohlenen Hotel absetzt, das anonym, billig und fernab jeglicher Zivilisation direkt an der Autobahn in einem Industriegebiet gelegen ist. Heute nacht stehen nur wenige Autos vor dem Haus, aber für morgen ist kein Zimmer mehr zu haben; da wird das Hotel voll sein mit den Gästen der Schloßparty. Und da der illustre Veranstaltungsort bereits um zwei Uhr nachts verlassen werden muß, zu einem Zeitpunkt also, wo die Gemüter von der erst um Mitternacht stattfindenden Sklavenversteigerung noch zu erhitzt sind, um sich einem mehr oder minder sanften Schlaf hingeben zu können, wird die Party anschließend im Hotel fortgesetzt, erzählt W., der es anders ausdrückt, der sagt: Es wird gespielt, und das in allen Zimmern und auf den Fluren. Schon als er mir das zum ersten Mal sagte, konnte ich es kaum glauben; nun, wo ich das Hotel kenne, erscheint es mir so unvorstellbar wie lächerlich, daß der Herr im Abendanzug oder der Uniform, der sich eben noch über erlesensten Bodenbelag bewegte, nun seine bis auf mittelalterliche Eisenfesseln nackte Sklavin durch einen mit grellorangefarbenen und knallgelben Kunststofftüren gespickten roséfarbenen Flur und vielleicht dabei auf allen Vieren über den kurzflorigen, harten Teppichboden zieht, dessen Design einem die Entscheidung zwischen »ultramodern« und »den fünfziger Jahren entstammend« fast unmöglich macht. In eines der Zehn-Quadratmeter-Zimmer hinein, die eine funktionelle Einrichtung aus Stahlrohr, Kunststoff und Sperrholzplatten in mit der gelben Zimmertüre hervorragend harmonierendem Pink bieten. Und doch: Geschmacklos zwar, aber es ist doch auf kleinstem Raume vereint, was zwar nicht des Ästheten, aber doch des Sadisten Herz höher schlagen läßt, und auch D.s Herz erfreut sich an der praktischen Toiletten- und Duschkabine, die es ermöglicht, die nach der langen Fahrt todmüde Sklavin auf die gespreizten Knie zu drücken, denn so und nicht anders hat sie zu urinieren, auch wenn sie das in ihrem aus Reisefieber heraus geborenen Übermut schon wieder vergessen hatte, gar vergessen hatte, überhaupt um Erlaubnis zu bitten. Ich knie auf dem Kunststoffboden und bin wirklich verzweifelt, weil ich so unendlich müde bin und schon weiß, daß meine psychische Barriere heute stärker ist als der Freiheitsdrang der über den langen Tag in meinem Körper angesammelten Flüssigkeit. Ich kann nicht mehr, aber D. zieht mich zu sich und steckt mir seinen Schwanz in den Mund, und ich denke, ich werde gleich einschlafen, und spüre meine Wange auf seinem Oberschenkel und dann, wie er mich unsanft auf den Boden der Duschkabine bettet. Dann bin ich kurz weg, bis meine Füße gegen die Wand stoßen. Ich möchte bitte, bitte endlich ins Bett gehen dürfen, ich bin so kaputt, er kann mich doch nicht einfach hier liegen lassen! Ich höre ihn das Licht ausmachen, das Geräusch der Bettdecke, kurz darauf wird sein Atem ruhig und regelmäßig; er ist eingeschlafen. Und ich sitze in einem hellgelben Plastikquader und traue mich nicht, mich auf die Toilette zu setzen und anschließend zu ihm ins Bett zu kriechen, starre nur vor mich hin, bis ich nicht mehr weiß, ob der Boden unter mir wirklich gelb oder nicht doch roséfarben ist. Ich verbringe eines dieser etwas anrüchigen Wochenenden mit einem Liebhaber in einem Hotel, das eher ein Motel ist, siebenhundert Kilometer von meinen eigenen vier Wänden entfernt, die solche Szenen gewohnt sind und Zweifel absorbieren. Der Mann, den ich liebe, schläft, ohne mich neben sich zu vermissen, den Schlaf der Gerechten, während ich meine erste Nacht in einem Hotel überhaupt in einer Dusche zu verbringen drohe, denn heute macht D. keine Anstalten, mich zu sich zu rufen. Ich bin wirklich pervers, denke ich. Keine meiner Freundinnen würde sich so behandeln lassen, während ich brav mitspiele; warum nur benutze ich dieses verdammte Klo nicht? Weil ich Angst vor den Folgen meines Ungehorsams habe oder weil ich zu stolz bin, um zu provozieren? Aber es hat doch alles keinen Sinn mehr, da mein Herr ja schläft und weder Ungehorsam noch Stolz registrieren kann! Mein Herr, was ist das überhaupt für eine Bezeichnung für einen Freund, und doch ist er ja gar nicht mein Freund, denn ein Freund würde wollen, daß ich bei ihm liege, würde mich umarmen wollen, würde mir sagen, daß er mich über alles liebt und nicht eine Sekunde auf mich verzichten müssen will, und das alles will und tut D. nicht; da hast du dir aber einen schlechten Liebhaber ausgesucht, Mädchen, würde jeder vernünftige Mensch zu mir sagen, zurecht, denn wie kann mir das ausreichen, wie kann mich eine solche Person dazu bringen, daß ich hier sitzenbleibe, als ob ich keinen Verstand und kein Selbstbewußtsein hätte, als ob ich das nötig hätte, als ob ich wirklich und rettungslos pervers wäre – was ich vielleicht bin, was ich sein muß, pervers, pervers, pervers.

D.s Atmen erreicht meine Ohren, aber mein hervorbrechendes Schluchzen nicht die seinen. Es kommt mir vor, als ob ich Ewigkeiten so dasitze, bis endlich mein Stolz zurückgekehrt ist. Langsam stehe ich auf, öffne die Tür und betrete das dunkle Zimmer. Über dem Doppelbett gibt es noch eine schmale Liege, und ich räume vorsichtig meine Kleider von der Stahlrohrleiter.

»Komm schon her«, sagt seine Stimme in die Dunkelheit hinein.

Ich zögere. Ich bin wütend. Ich will ihn bestrafen, weil er so gemein ist, und würde doch damit nur mich selbst bestrafen, weil ich zu ihm möchte, und gerade dieser scheinbar durch keine Gemeinheit unausrottbare Wunsch nach seiner Nähe ist der beste Beweis für meine Abartigkeit, angesichts derer mir nun erneut die Tränen in die Augen steigen. Ich lege mich zu ihm und versuche, keine verräterischen Geräusche von mir zu geben, aber es gelingt mir nicht. Er legt gnädig seinen Arm um mich, und ich hasse ihn. Und doch ist er der einzige, an den ich meine drängende Frage richten kann: »Ich sitze da drinnen und gehe nicht aufs Klo, obwohl du schläfst«, sage ich leise. »Muß ich nicht wirklich pervers sein, wenn ich derartig gehorsam bin?«

Er lacht kurz und läßt dann ein rhetorisches »Wieso?« hören, das dazu führt, daß ich meine Frage wiederhole, lauter, verzweifelter: »Muß ich nicht wirklich pervers sein?« Er mißversteht meinen leicht hysterischen Tonfall als den üblichen ironiegetragenen stolzerhaltenden Versuch, eine Niederlage ins Lächerliche zu ziehen, um ihr die Schärfe zu nehmen, und gibt mir eine heftige Ohrfeige als Strafe für diese Respektlosigkeit, die ich mißverstehe als den Versuch, mich kurz vor einem hysterischen Anfall ins Diesseits zurückzubefördern, bis mich sein nächster Satz aufklärt. »Du hast das einzig Richtige getan«, sagt er kalt, »und das weißt du auch ganz genau.«

»Bitte«, sage ich, »bitte hör auf, hör auf damit, sei normal, ich kann gerade nicht mehr«, und dann heule ich richtig los, aber nur kurz, weil ich mich für meine Weichheit schäme und solche Szenen hasse. Ich möchte keine Mimose sein, die hart anzupacken man sich nicht mehr traut.

»Okay«, sagt er, »okay«, und nimmt mich in den Arm und fragt zwei Minuten später: »Und – ist die Welt wieder in Ordnung?«

»Ich würde dich gerne schlagen«, sage ich leise und lache verlegen. »Ich bin so wütend. Am liebsten würde ich mich jetzt mit dir prügeln. Richtig gegen dich kämpfen.«

»Kämpfen«, wiederholt er und lacht auch, »kämpfen willst du.«

»Na gut«, sagt er, aber wir kämpfen dann gar nicht, weil ich nackt bin und er somit leichtes Spiel hat und mich nur noch schnell und grob in die gewünschte Position ziehen und so festhalten muß, was unfair ist, aber was spielt das für eine Rolle, nichts spielt mehr eine Rolle, meine Frage nach dem Grad meiner Perversion wird nicht beantwortet, dafür werden seine Fragen beantwortet, die er mir stellt, während seine Hände die meinen eisern festhalten und mein Körper unter seinem nur wenige (nur erwünschte) Bewegungen vollführen kann. Immer wieder sagt er mir, daß ich ein versautes Miststück bin, versaut und geil, was ich ja gerade wieder einmal unter Beweis stelle, nicht wahr, eine läufige Hündin, pfui Teufel, auf alle Fälle eine Hure. »Na los, sag mir, was du bist!«, fordert die Stimme an meinem Ohr. »Sag es mir. Sag es mir. Sag es mir!«

Sag es mir, na los doch, sag es mir. Es ist so lange her, und die Gerte mußte nachhelfen, damit die Worte kamen: Ich bin Ihre Sklavin, Herr.

»Sag es mir!«

»Ich bin Ihre Sklavin, Herr.« Leise.

»Ja, das bist du – das bist du. Meine Sklavin. Und was noch?«

–

»Was noch?«

»Eine Hure.« Ein Flüstern.

»Das auch. Was noch?«

Ein Wimmern. Keine läufige Hündin, nein, das nicht.

Er antwortet selbst, und dann wiederholen wir die Dinge, die ich aussprechen kann, und es ist meine Stimme, die immer wieder leise sagt, daß ich seine Sklavin bin, die »Ja, Herr« flüstert, wenn er behauptet, daß ich nichts weiter bin als eine dreckige kleine Nutte.

Nichts weiter als etwas Staub unter meinen Füßen.

Und er fickt mich und fickt mich und fickt mich.

»Was für eine merkwürdige Bezeichnung dafür ist das Wort ›kämpfen‹«, sagt er später und lacht, und lacht noch mehr, als ich sage, daß ich wirklich kämpfen wollte: »Ach ja? Nennt man das heutzutage so?«

Es ist egal. Möglicherweise will ich doch ohnehin nur kämpfen, um besiegt zu werden, um festgehalten zu werden, um unter Zwang und in wohltuender Bewegungslosigkeit die Verantwortung für mein unbegreifliches Verhalten abgeben zu dürfen. Bitte halt mich fest, damit ich weiß, warum ich gehorche –

Es ist wirklich egal. Auch der mehrfache kleine Tod in starken Armen macht zu müde, um noch nachzudenken, und das ist alles, was heute nacht wichtig ist.

Am nächsten Morgen darf ich auf die Toilette gehen wie ein normaler Mensch. Der Desinfektionsmittelgeruch steigt mir in die Nase und erinnert mich an die Schmach der letzten Nacht. Vielleicht bin ich deshalb voller Mißtrauen, als D. mich fragt, ob ich mit ihm oder lieber alleine duschen möchte. Irgendwie bin ich überzeugt, daß ich zuwenig Jane bin, als daß er mich zärtlich in den Armen halten und sich dabei der Illusion hingeben wollen könnte, mit mir unter einem sonnenwarmen Wasserfall im von ihm heißgeliebten und durch Großstadtparks nur schwer zu ersetzenden Dschungel zu stehen. Ich mag pervers sein, aber ich bin nicht naiv, und ich möchte lieber nachher alleine duschen und sage das auch. Er aber findet zwei Minuten später irgendeinen Grund, an den ich mich nicht mehr erinnere, aus dem heraus es effektiver wäre, wenn wir es doch zusammen täten. Und so kommt es, daß ich erfahre, was berechtigtes Mißtrauen ist. Nachdem ich mich mit Händen und Füßen gewehrt habe und doch irgendwie unbeweglich auf dem Boden gelandet bin, nachdem soviel Wasser über mein extrem wasserscheues Gesicht gelaufen ist, daß das Mascara, das sonst tatsächlich die Tränen, die fester Bestandteil solcher Kämpfe sind, mehr oder weniger unbeschadet übersteht, zerlaufen ist und seinen Weg durch die zum Schutze meiner Kontaktlinsen fest zusammengepreßten Augenlider genommen hat, nachdem er mich nach einer Ewigkeit irgendwann wieder auf die Füße gezogen und mir mein Haarwaschmittel in die Hand gedrückt hat, nachdem ich kurz darauf in ein Handtuch gewickelt vor ihm stehe, ohne ihn anzusehen, während sein Blick auf mir ruht und er über den Trotz in meinem Gesicht lacht, werde ich einmal mehr bewiesen haben, daß ich keinen Natursekt trinke und er wird sagen, daß ich es hätte tun müssen, wenn er es wirklich gewollt und nicht nur eine kurze Demonstration künftiger Möglichkeiten im Sinn gehabt hätte. Draußen scheint die Sonne, der Himmel ist wolkenlos, es ist sommerlich heiß, und heute abend findet das große Ereignis statt, weswegen wir hier sind.

»Da kannst du nicht mit deinem üblichen Outfit hingehen«, hatte H. zu mir gesagt. »Da ist Edleres gefragt als ein dein langes, schwarzes Kleid und deine schwarze Baskenmütze. Da kommt ein anderes Publikum hin als in den KK-Club.« Und W. erzählt, daß der Veranstalter, mit dem er gut befreundet ist, ihm seinen Jaguar leiht, weil er heute abend in seinem Rolls Royce aus dem Jahre 1925 oder 1929 vorfährt. Und der Hotelparkplatz füllt sich mit großen Autos, während D. am Fenster lehnt und die meisten Ankommenden korrekt als Sadomasochisten identifiziert. Schwarze oder schwarz-weiße Kleidung spricht für sich, aber auch das Blümchenkleid oder die helle Jeans können ihn nicht täuschen, dessen scharfem Blick keine aus einer Reisetasche ragende Gerte entgeht. Ich ziehe unterdessen mein langes, schwarzes Kleid und meine Baskenkappe an. Okay, es ist die Arme-Leute-Version eines barocken Kostüms, aber ich bin trotzdem zufrieden, nachdem ich das Kleid wie einen Mantel über mein Stoffkorsett und einen Rock gezogen und um die Hüften ein Tuch mit einem Rand aus Plastiksteinchen geknotet habe, damit mir das offene Kleid nicht davonrutscht. Auch D. ist mit diesem vielschichtigen Kunstwerk zufrieden, aber ich soll trotzdem noch richtige Strümpfe mitnehmen, falls mir zu warm wird, oder falls er entscheiden sollte, daß die weibliche Konkurrenz so beschaffen ist, daß er mich in einem etwas freizügigeren Outfit vorzeigen kann. Ich packe also Strümpfe ein, und D. legt Ketten, Handschellen, Leine und Halsband dazu, weil man ja nie wissen kann, ob die Lederfesseln an meinen Handgelenken und der Karabinerhaken in seiner Hosentasche für einen lustigen Abend ausreichen werden. Aus diesem Grunde hängt auch die Gerte an dem Gürtel seiner Lederhose, über der er nur ein weißes Hemd trägt, und bei meiner Göttin, so gefällt er mir wirklich verdammt gut –

Habe ich eigentlich jemals erwähnt, daß ich durchaus nicht unempfänglich bin für die Insignien der Macht?

Auch der Schloßvorplatz ist dann natürlich voller großer Wagen, als wir später dort ankommen. Wir sitzen selbst in einem, und W. fährt ihn mit vollendetem Eigentümerstolz, obwohl es doch nicht seiner ist. Er muß vorsichtig in den Hof einfahren und bremsen, damit nicht die edlen unter den Karossen von einer feinen Sandstaubschicht überzogen werden, was manchen Besitzer verärgern könnte.

Der Hof ist von alten zweistöckigen Gebäuden umgeben, unzugängliche dunkle Gemäuer, die für die Liebhaber des Morbiden einen pittoresken Gegensatz zu dem äußerlich schlichten, hellen Schloßgebäude bilden, das ganz von einem seetanggrünen Wassergraben umgeben ist. Auf der in das Eingangsportal mündenden Brücke über diesen Graben stehen schon zahlreiche Gäste, zwei Drittel stehen am linken und rechten Brückengeländer Spalier und beobachten das letzte Drittel, das Schlange steht, um den Eintrittspreis zu entrichten. Ich hasse Ansammlungen beobachtender Menschen, die mich sehen, bevor ich sie sehe, und bin etwas nervös, aber ich merke bald, daß ich keinen Grund dazu habe. Ich bin von ganz normalen Menschen umgeben, und die Exclusivität dieses Zirkels, die den Einlaß von persönlichen Empfehlungen und Einladungen abhängig macht, bedeutet nicht, daß sich hier die High Society trifft. Wer wüßte das besser als ich, wenn ich in der Lage wäre, meinen Verstand zu benutzen, aber das fällt mir seit Tagen unter der Fülle der nachhaltigen Eindrücke von D.s und meinem gemeinsamen Wochenende schwer, und wie könnte sich daran etwas ändern, wo doch gerade noch mehr Eindrücke auf mich einstürzen: der große, schlanke Mann in schwarzem Frack und mit einer Maske über Augen und Nase, der am Brückengeländer lehnt und den ich fortan den Marquis nenne, die Begrüßung durch die Veranstalter, das Glas Sekt zum Empfang, das man in der Eingangshalle stehend langsam austrinkt, während der Blick über Raum und Leute schweift. Eine Treppe aus dunklem Holz, die in den abgesperrten zweiten Stock führt, ein von demselben dunklen Holz eingefaßter großer Spiegel an der Wand, zwischen den Türen in den Raum, wo in einer halben Stunde das Büffet gereicht werden wird, und in die Garderobe, wo ich gleich unsere Equipmenttasche abstellen und dabei die Garderobiere laut von einer grausamen und endlosen Achthundertfünfzigkaloriendiät berichten hören werde. Auf dem Rückweg zu meinem Herrn und Meister, der in der Nähe der Tür steht, die rechts von der Treppe in einen großen Raum mit vielen vollbesetzten Tischen führt, spüre ich einen ersten Anflug von Schwindel, weswegen ich ihm die zweite Hälfte meines Begrüßungssekts in sein Glas gieße und mich auf das Betrachten der Leute beschränke, die doch überwiegend in Fetischkleidung oder eben im Anzug und im schlichten, seitwärts geschlitzten, vorzugsweise roten Abendkleid unterwegs sind. Drei barocke Kleider, einen barocken Anzug, das von mir heißbegehrte Gruftiegewand aus dem Laden in der Bergmannstraße in Dunkelgrün und einen stahlkettenbehangenen Sklaven, der das ständige Klirren seiner Ketten mit einem verlegenen Lächeln kommentiert, können wir bewundern, während wir in der Halle und wenig später mit einem Teller voller Köstlichkeiten auf dem Brückengeländer vor uns in der warmen Abendsonne stehen. Ein als ungewöhnlich extrem geltendes bekanntes Szenepärchen erscheint in Kettenhemd und mit Schwert am Gürtel unter schwarzgefärbten sowie in rosafarbenem, luftig-orientalischem Gewand unter rotgefärbten Haaren. Der Marquis erscheint erneut mit Freund und Frau, die sich später von einem aus Wien stammenden Bondagemeister an das Treppengeländer in der Halle fesseln läßt. In wenigen Minuten hat er einen Käfig aus dikken, weißen Seilen um die Frau herumgelegt, bis sie bewegungslos steht. Jeder Handgriff sitzt, und stolz dreht er sich jedes Mal zu den Zuschauern um, bevor er nach dem nächsten Seil greift, das das Netz gleichmäßig dichter werden läßt. Nachdem mein begeisterter Herr sich daran sattgesehen hat, gehen wir an der Treppe vorbei und werfen einen Blick in den hinteren Raum, der eine Art Wintergarten ist. Dann gehen wir unter der Treppe auf einer anderen mit rotem Teppich bespannten Treppe in den Keller, dessen Gewölbe man durch weißgekalkte Wände gekonnt ihres düsteren Charakters beraubt hat, den man ihnen nun durch Kerzenbeleuchtung wiederzugeben versucht. Dort unten gibt es einen Käfig, in dem gerade eine Frau steht und sich von dem Mann davor die Brüste quälen läßt. Es gibt eine Streckbank, die bei meinem Herrn tiefes Bedauern über seine technische Unkenntnis auslöst, welche verhindert, daß er ausprobieren kann, wie sich das imposante Geräusch der Kurbel in Verbindung mit meiner schmerzerfüllten Stimme anhört. Wir landen in einem anderen Raum mit wieder anderen Utensilien, der voller Leute ist, weil dort eine Frau geschlagen wird, die über einem Bock liegend dem Rohrstock ihres Herrn ihren Po darbietet. Eine andere Frau in einem hellroten Kleid steht Gesicht zur Wand mit gesenktem Kopf in einer Ecke, als ob man ihr befohlen hätte, sich zu schämen. Eine andere Frau in einem schwarzen Kleid kniet vor ihrem Herrn auf dem kalten Steinfußboden. »Steh auf«, sagt D. zu mir, als sich der Raum nach abgeschlossener Rohrstockbehandlung sowie sich anschließender heftiger Umarmung des Meisters durch das Opfer, das die ganze Zeit über keinen Laut von sich gab, weitestgehend geleert hat. Ich stehe auf, aber es dauert, bis ich meinen mir gerade demonstrierten Status wieder genug abgeschüttelt habe, um seinem Blick zu begegnen. Lobt er mich für meinen Gehorsam? Ich weiß es nicht mehr – ich glaube, ja. Wurde ich in diesem Augenblick von einer weiblichen Partybegleitung zur Sklavin, stumm, demütig-erwartungsvoll, immer ein paar Schritte hinter ihm ihm folgend, wohin er uns auch führt?

Die Frau in dem roten Kleid steht noch immer vor der Wand, als wir den Raum verlassen, um ein Stück durch den Schloßpark zu lustwandeln, bevor aus der Dämmerung Dunkelheit wird. Wir gehen nicht weit, betrachten die Rückseite des Schlosses mit den hellerleuchteten Fenstern des Wintergartens und der Bar im Keller. Der Park liegt links und rechts von dem Gebäude, hinter uns beginnt nach etwa fünf Metern wilder Rasenfläche ein Abhang. D. bewundert den Panoramablick auf das weite, hügelige Land, dann beginnen ihn die Mücken zu nerven, und er treibt mich mit kleinen, peinlichen, weil vom Wintergarten aus sichtbaren Gertenschlägen zurück. »Bleib stehen«, sagt er dann plötzlich. Vor uns in der Dämmerung sind eine Bank und ein langer schmaler Tisch zu sehen, die dem Sonntagsspaziergänger mit Familienanhang ein unkompliziertes Picknick zwischendurch mit Blick über das Tal ermöglichen sollen. Die Hände vor sich auf den Tisch gestützt stehen einen Meter voneinander entfernt nebeneinander zwei Frauen mit nacktem Po unter dem hochgezogenen Abendkleid. Etwa drei Meter hinter ihnen stehen zwei Männer. Schwarzes Hemd, weiße Hose, schwarze Reiterstiefel, Gerte in der Hand. Einer von ihnen ruft etwas, und die Frauen beginnen sich unablässig von einem auf das andere Bein zu bewegen. »Wie gut dressierte Pferdchen«, sagt D. zu mir, wieder höre ich einen der Männer sprechen, dann lachen sie beide, ich sehe die sich wiegenden Frauen und kenne nun die männliche Assoziation, ich schäme mich für ihre Demütigung und will weitergehen, aber D. besteht darauf, daß ich noch kurz neben ihm stehenbleibe. Ich sehe noch, wie die beiden Männer sich wie in einer einstudierten Choreographie gleichzeitig mit bedächtigen, großen Schritten auf die Frauen zu in Bewegung setzen, dann gehen wir ein Stück weiter, bis der schmale festgetretene Sandweg wieder in den breiten Weg mündet, der zurück auf den Schloßhof führt und links und rechts von halbhohen Steinmauern eingefaßt ist, die den Sturz von dem Weg in den Wassergraben oder von dem höherliegenden Park auf den Weg verhindern sollen. Vor der Mauer, die einem Sturz in das stehende Gewässer vorbeugen soll, läßt D. mich niederknien. Wir sind noch immer in Sicht- und Hörweite der beiden Pärchen, und D. läßt seinem Voyeurismus freien Lauf, während ich Mauersteine betrachte, das Geräusch zweier Gerten auf zwei entblößten Ärschen höre, manchmal ein Aufseufzen, aber keine Schreie – »Die machen sich erst mal warm«, sagt D. –, dann Stimmen, die nicht zu dem Quartett gehören, – »Spaziergänger«, sagt D.–, dann das Lachen von Männer- und Frauenstimmen, das ein fassungsloses Kopfschütteln über diese Perversen ausdrückt, von deren Beobachtung man sich genau das Quentchen Zeit zuviel nicht hat losreißen können, das jetzt eine rasche Distanzierung von dem Gesehenen notwendig macht. »Steh auf«, sagt D., und wir gehen weiter, wieder auf den Eingang und damit auf die Leute zu, die wir nun schon vom Sehen kennen, nachdem wir uns einen Überblick verschafft haben, der die Aufmerksamkeit von den anderen Gästen weg auf die eigenen Möglichkeiten lenkt, die fern der Equipmenttasche aus einem Karabinerhaken in D.s Hosentasche bestehen. Als wir das Schloß wieder betreten, sind meine Hände auf meinem Rücken gefesselt, ich trage eine bezaubernde leichte Röte in meinem Gesicht und bewege mich konzentriert, um jetzt bloß nicht zu stolpern, schließlich ist auch der intakteste Reflex machtlos gegen Leder und Stahl, und von der Partybegleitung über die Sklavin bin ich jetzt zu einer hilfsbedürftigen

Sklavin geworden, die weder verhindern kann, daß ihr das Kleid über die Schultern rutscht noch in der Lage ist, alleine etwas gegen ihren Durst zu unternehmen. Etwas tun zu müssen, was man nicht tun will, ist nicht so schlimm wie etwas nicht tun zu können, was man will, denke ich. In ersterem Falle kann man sich mit aller Kraft wehren und hat so selbst im Falle einer Niederlage demonstriert, daß man noch immer eine Persönlichkeit mit einem ausgeprägten eigenen Willen ist, ungebrochen und darüber zurecht stolz. In letzterem Falle dagegen ist der eigene Wille das Einfallstor für Demütigungen, denn nur wer nichts zu wollen behauptet, kann jede Beschränkung in der Verwirklichung seines Willens vor sich und den anderen leugnen. Gebe ich dagegen zu, daß ich Durst habe, wird mir und all den anderen erst bewußt, in welch bedauernswerter Situation ich mich befinde, zu meinem Leid und ihrer Freude daran. So müßte man sich zu einer willenlosen Person degradieren, doch selbst das rettet nicht, denn selbst wenn du keinen Wunsch zum Ausdruck brächtest, so unterstellte man dir doch die grundlegenden menschlichen Bedürfnisse, und so haftet deinem Zustand stets etwas Flehendes an, ob du nun tatsächlich um einen Schluck Wasser bittest oder nicht. Es bleibt kein Raum für Stolz. Kein Raum mehr für Stolz –

Kein Raum mehr für Stolz an diesem Abend, der nur noch einmal und nur für wenige Minuten Freiheit bringt, als der Karabinerhaken etwas später noch einmal gelöst wird, damit ich mich umziehen kann. Während ich brav den Rock ausziehe und die Strümpfe an dem Korsett festhake, erzählt die Garderobiere von einem Ballkleid à la »Vom Winde verweht«, das sie sich nähen lassen wird, wenn die Achthundertfünfzigkaloriendiät sich merklich auszuwirken beginnt. »So ist das gut«, sagt D., als ich fertig bin, und fesselt mir die Hände mit Handschellen, diesmal vorne, aber das erlaubt auf Dauer doch zuviel Bewegungsfreiheit, und sobald die Sklavin es einigermaßen verkraftet hat, leichter bekleidet als gewohnt und gefesselt herumzulaufen, werden die Handschellen an der schwarzen Kette befestigt, die er mir zuvor um die Hüfte gelegt hat. Mittlerweile ist es halb zwölf, und in der ehemaligen Scheune findet die Sklavenversteigerung statt, die der Höhepunkt des Abends ist. Die Scheune ist wie das Schloß bis knapp an die Grenze zur Leblosigkeit renoviert worden: weiße Wände, Halogenlicht, heller Holzboden. In der Mitte ist ein Pranger aufgestellt worden, den man kaum sehen kann inmitten der vielen Leute, die hier sind. D. holt sich ein Glas Champagner und hält es auch mir an die Lippen, und es ist gut, daß ich etwas trinke, obwohl es nicht genug ist, um mich nicht hoffnungslos in Panik geraten zu lassen, als er dann inmitten dieser Helligkeit und Menschenfülle meine rechte Brust freilegt. Trotz der mir ständig unterstellten Verruchtheit bin ich ein ausgesprochen genanter Mensch, und so ziehe ich nach mehreren vergeblichen »Bitte nicht« an meinen Fesseln, bis es mir gelingt, wieder etwas Stoff über meine Brust zu schieben. »Na, was soll denn das?« fragt D. lächelnd, löst die Handschellen und fesselt meine Hände direkt links und rechts an die schwarze Kette. Aus dem Weg, ihr kleinen Störenfriede! Er dreht mich um, so daß ich mit dem Rücken zu ihm stehe, in vorderster Front eines kleinen Halbkreises, der sich um drei Personen gebildet hat: Eine Sklavin in Ketten und mit Augenmaske, die ein Schild um den Hals trägt, das verkündet, daß sie abzugeben sei, sitzt auf einem Stuhl, einer ihrer Stiefel ruht auf einem vor ihrem Stuhl auf dem Boden liegenden Sklaven, der neben demjenigen der Sklavin auch einen Stiefel der danebenstehenden Domina im Genick hat. D. greift mir von hinten zwischen die Beine. Nicht hier! Ich will das jetzt nicht! Er zieht meinen Slip bis fast auf die Knie herunter.

Ich drehe mich zu ihm um. »Laß das, bitte! Laß das!«

»Zieh ihn aus.«

»Nein!«

»Zieh ihn aus.«

»Bitte –«

»Los jetzt!« Durch mein vorne offenes Kleid kann man den Slip noch immer auf halber Höhe hängen sehen, und vielleicht ist es tatsächlich weniger peinlich, wenn er ganz weg ist, und vor allem kann D. dann wenigstens nicht mehr auf den Gedanken kommen, seine Qualitäten als Fußfessel zu testen. Aber wie soll ich ihn ohne meine Hände ausziehen? Niemals würde er von selbst über die Schnürstiefel rutschen –

»Bück dich, dann geht es schon irgendwie«, sagt D., der genausogut wie ich weiß, daß es nicht geht, daß ich dabei höchstens Gefahr liefe, das Gleichgewicht zu verlieren und neben dem Sklaven aus der Dreiergruppe zu landen, die hoffentlich hoffentlich hoffentlich alle Aufmerksamkeit der Umstehenden auf sich zieht. »Hilf mir!« flehe ich ihn schon fast hysterisch an, als die Hose erwartungsgemäß an den Stiefeln hängenbleibt. »Versuch es erst mal alleine.«

»Bitte!« Gleich werde ich zu heulen anfangen. Ich will hier keinen unwürdigen und von vornherein vergeblichen Tanz mit meinem Höschen aufführen müssen. Vorher sterbe ich vor lauter Scham.

Er lacht und bückt sich, zieht mir den Slip aus und steckt ihn in die Tasche seines Jacketts. Und ich werde trotzdem vor Scham sterben, tausend Tode auf einmal sterbe ich, als er mir jetzt mein Kleid hinten unter das Tuch und die Kette um meine Hüften klemmt, so daß der Blick auf einen bleichen und runden Kindfrauen-Po freigegeben ist. Schlimmer kann es eigentlich nur dem Sklaven gehen, den kurz darauf keiner kaufen will, noch nicht einmal für läppische dreitausend Schloßmark. Männliche Sklaven sind offensichtlich Ladenhüter, und weibliche werden seltener angeboten; heute stehen drei zur Verfügung, von denen W. eine für fünfhunderttausend Schloßmark ersteigert; nun ist sie für eine Stunde sein. »Ich sollte dich auch versteigern lassen«, sagt D. zu mir, »du siehst so süß aus, so unschuldig, so verwirrt. Ich würde die höchste Summe des heutigen Abends für dich bekommen.« Nach einem weiteren Schluck Sekt und diesem Satz aus dem Munde meines Herrn erscheint mir meine Situation langsam doch um einiges erträglicher als zuvor, und ich folge ihm zu dem Tisch im Grünen, an dem vorhin die zwei Frauen standen, beuge mich gehorsam darüber und lasse ihn meinen Anblick durch ein paar Spuren auf meinem Po perfektionieren. Ich folge ihm zurück in die Scheune, wo ein berühmt-berüchtigter I., der eine der drei Frauen ersteigerte, sie am Pranger mit einer Katze aus geflochtenen Gummischnüren schlägt, bis sie so laut schreit wie meine Mutter im Kreißsaal geschrien zu haben behauptet und ich es kaum noch aushalte in meiner Solidarität, aber D. beruhigt mich, da er sie aus Hamburg kennt, und außerdem ist ihr Mann dabei und reicht ihr ein Glas Wasser zwischendurch, bevor er sich mit einem Genießerlächeln auf einen der wenigen herumstehenden Holzstühle fallen läßt, um I. weiter zuzusehen, wie er zuerst den Rücken und dann den Po seiner Frau verstriemt. Als das Schauspiel vorbei ist, durchquert W. mit zwei Frauen das Terrain, einer Mittäterin und dem gekauften Opfer, dem die anderen beiden mit dem Skalpell ein blutiges Muster auf der rechten Pobacke und an der Schulter verpaßt haben. Ich knie vor meinem Herrn, der ein bißchen mit der Gerte spielt und mir irgend etwas zu trinken gibt, woran ich mich nicht erinnere, aber vielleicht war es noch mehr Champagner oder Sekt oder Cola, wer weiß. Hinter uns laufen Leute vorbei, aber das kümmert mich nicht mehr, sollen sie doch hersehen und ihn beneiden um eine Sklavin, deren Mund so ergeben seine Hand liebkost. Von der Begleitung über die Sklavin über die hilflose Sklavin über die gedemütigte Sklavin bin ich schlußendlich zu der ergebenen Sklavin geworden, alles in wenigen Stunden, und so ergeben wie vollständig durcheinander bleibe ich auf den Knien vor seinem Stuhl, als er aufsteht, um ein letztes Getränk zu holen, denn jetzt bin ich wie Wachs, dem man eine Richtung geben muß, damit ein Kunstwerk daraus wird. Und so stehe ich erst auf, als er sagt: »Steh auf«, und dann gehe ich mit meinem geschürzten Kleid hinter ihm her in das Schloß, wo all die Leute sind, deren Eindruck von mir mir wichtig ist, weil ich sie eigentlich kennenlernen wollte, aber heute ist es nur D., der Kontakte knüpft, ich hinterlasse bloß den Eindruck einer minderjährigen, vampirbleichen und schreckensstummen Kindfrau mit entblößtem Po. Ich fühle mich aus diesem Grunde etwas hilflos und unzulänglich und bin deswegen nicht unglücklich über die allgemeine Aufbruchsstimmung. »Das steht dir gut«, sagt D. anerkennend, als ich die rote Rose, die stilvolles Abschiedsgeschenk an jede Frau ist, in der Hand halte, und ich schenke ihm eines meiner schönsten verwirrten Lächeln, bevor wir die Party endgültig verlassen, um mit einem Nürnberger Pärchen zurück ins Hotel zu fahren, das den Kleinwagen ein Stück die Straße hinauf geparkt hat, wo wir nun hinlaufen müssen, was etwas dauert, und die nette Frau braucht lange zum Ein- und Aussteigen, weil ihr netter Mann ihre Füße aneinandergekettet hat. Da kann ich aber froh sein, daß D. noch viel netter ist und meine Füße frei sind, sagt D. auf dem Weg zu unserem Zimmer zu mir, und ich bin dankbar, bis er in unserem Zimmer angekommen mit einem Taschenmesser ein Stück vom Stiel meiner Rose abschneidet und mir die Dornen langsam immer wieder über die Brust zieht, hin und her, hin und her, während ich vor ihm knie, mit dem Rücken zu ihm, er zieht mir die Dornen über die Brust, und ich lehne meinen müden Kopf an seine Schulter, und manchmal wimmere ich leise. Die Zeit ist stehengeblieben, und wir sind weit weg von den mehr und lauter werdenden Stimmen im Flur, die aber irgendwann doch D.s Neugier erregen, und so bekomme ich doch noch Fußfesseln angelegt, damit ich nicht davonlaufe, während D. auf den Flur hinausgeht und noch mehr Kontakte knüpft. Dann kommt er zurück und holt mich zu einer kleinen Party ins Nachbarzimmer, in meinen Hand- und Fußfesseln; das Korsett ist vorne offen und gibt den Blick auf sein jüngstes Werk frei, das auf allgemeine Bewunderung stößt, allerdings könnte man es mit der Gummischnurkatze von I. durchaus noch vervollkommnen. Ich habe meinen toten Punkt überwunden und werde langsam wieder wach, bin aber dadurch nicht weniger verwirrt und infolgedessen auch nicht gesprächiger. D. hält mir erst sein Glas voll Cola mit Rum an die Lippen und später ein Sektglas, aber ich bin nicht schnell genug, und so läuft mir der Sekt über das Kinn. »Du mußt schon auch trinken«, sagt D. und lacht, und der Mann neben ihm auf dem Bett und der Mann mir gegenüber auf dem Fußboden lachen auch, es hört sich wohlwollend an, und trotzdem ist es eine demütigende Freundlichkeit, denn ich bin gerade nichts weiter als eine niedliche Quelle des Amüsements, wie ein junger Hund in einer Badewanne, wie ein Kleinkind, das sich gerade unsanft hingesetzt hat. In diesem Moment aber lasse ich das nicht in mein Bewußtsein dringen und lache auch und merke nicht, daß ich beginne, die Demütigung, die in der stundenlangen Fremdbestimmung zuvor liegt, selbst fortzusetzen. Wir sind mit I. und S., der Frau mit dem auf dem Schloß von I. so ausgiebig mißhandelten Körper, und ihrem Mann C. sowie einem weiteren Pärchen und zwei Männern in diesem Zimmer. S. und die andere Frau räkeln sich lasziv auf dem Bett, während hauptsächlich C. und I. das Gespräch bestreiten; die Atmosphäre ist sexuell aufgeladen. D. sieht den beiden Frauen fasziniert zu und beteiligt sich zwischendurch an dem Gespräch, und ich langweile mich unter meiner Glasglocke, bis ich plötzlich Gegenstand des Interesses der Runde bin: Mein angeblich lüsterner Blick verrät meine Zustimmung zu einer Session; somit fehlt nur noch die Zustimmung meines Herrn, der aber plötzlich kneift. Na, das ist aber nicht fein, vielleicht sollte man ihn ins Klo sperren, sie will doch! Ich will doch, D., ich will doch, oder will ich nicht, will ich oder will ich nicht, doch, ich glaube, ich will den Löwen zum Fraß vorgeworfen werden, es sind in letzter Zeit so viele Grenzen gefallen, ich habe heute abend so viele Dinge mit mir geschehen lassen, daß es jetzt egal ist, es ist doch wirklich egal. In einem alkoholunterstützten Taumel der Selbstaufgabe sehe ich D. herausfordernd an: Sei kein Feigling, sei hart, ich bin auch nicht feige und hart im Nehmen. Der Ton von I. und C. wird fordernder, aber ich merke nichts, und ihre Worte halten mich zurück, als ich ihm in unser Zimmer folgen will, in das er ohne eine zustimmende oder ablehnende Erklärung verschwindet, um ungestört die Toilette benutzen zu können, in dem Bewußtsein, daß weder I. noch C. die Klotür von außen zuhalten können, und sei es auch nur im Scherz. Er bleibt in der Tür stehen, als er wiederkommt, und diesmal lasse ich mich nicht aufhalten, sondern komme mit in unser Zimmer. Er warnt mich und stellt mir dann frei, zu tun, was ich nicht lassen kann. Er würde auch zu meinem Schutz dabeibleiben. »Aber es ist viel zu früh für so eine Geschichte, verdammt nochmal! Und ich fühle mich für dich verantwortlich – und wir kennen I. und C. nach einem Abend doch wirklich nicht gut genug, um sie einschätzen zu können.«

»Es hat ohnehin keinen Sinn, wenn du es nicht willst«, sage ich und weiß schon lange gar nichts mehr nach Stunden in einer Welt, wo es normal ist, daß Frauen gekauft und geschlagen und gedemütigt werden und die Täter dennoch innig lieben. Wir gehen nochmal rüber, um uns zu verabschieden. »Das ist wohl eine schüchterne kleine Frau«, sagt jemand, aber D. sagt: »Nein, aber ich will es nicht«, und der entschiedene Tonfall erstickt jegliche weitere Diskussion im Keim. Die Versammlung löst sich auf. Als die Stimmen von I. und C. und S. und Co. sich entfernt haben und ich auf dem Bett liege, greift D. plötzlich noch einmal zur Gerte. »Um dich etwas abzukühlen«, sagt er. »Wie kann man nur ein so lüsternes Weib sein! So lüstern, daß es dir jeder ansieht! Von wegen unschuldig –« Verrucht und verdorben bis in die Knochen liege ich vor ihm auf den Knien und lasse mich in den Arsch ficken, und tatsächlich bringen die harten Stöße nicht nur Schmerz, der zu Lust wird, sondern auch etwas Klarheit in meinen Gefühlsnebel, und in meine wachsende Scham über mein Verhalten in der letzten Stunde mischt sich das Gefühl einer großen Erleichterung darüber, daß er mich für sich alleine haben will und deshalb vor I., C. und mir selbst gerettet hat.

Morgens, also genaugenommen drei Stunden, nachdem ich der Höhle des Löwen knapp entronnen bin, treffen wir viele nunmehr bekannte Gesichter beim Frühstücksbuffet im Hotel wieder. Die auf meiner Brust sichtbare Art, wie mir meine Rose dargereicht wurde, ist noch immer fähig, Bemerkungen auszulösen. D. freut sich darüber und erklärt auf die Frage nach meiner Blässe fröhlich, daß ich die Schwester des kleinen Vampirs sei. I. und C. kommen und setzen sich zu uns, und D. gibt zu verstehen, daß er selbst das an mir begonnene Werk letzte Nacht noch vollendet hat. Wir erfahren von einem versehentlich ausgelösten Feueralarm, der den Inhaber nebst Frau und einjährigem Kleinkind auf dem Arm in Erscheinung treten ließ sowie einen müden Hotelgast, der die Gelegenheit nutzte, um entnervt zu fragen, ob denn die Leute im zweiten Stock nicht endlich aufhören könnten, sich gegenseitig zu peitschen, damit er in diesem hellhörigen Haus vielleicht auch mal eine Chance auf wenige Stunden Schlaf habe –

Nach dem Frühstück macht sich ein großer Teil der Leute auf den Heimweg, aber wir gehören zu denjenigen, die sich einige Stunden später nochmal zum Brunch in einer kleinen Kneipe in einer eine Autostunde entfernten Stadt treffen werden. W. holt uns ab, und nach einer Zwischenstation bei dem Schloß, wo sich ein harter Kern aus etwa zehn Leuten mit Aufräumarbeiten beschäftigt, während D. weitere Personen kennenlernt und ich auf der Brückenmauer sitzend in den Wassergraben starre und vergeblich versuche, meine Gedanken zu ordnen, sitzen wir wieder in den weichen Ledersitzen des Jaguars. W. biegt aus dem Schloßhof auf die Straße und reicht dann eine Flasche Champagner nach hinten, wo D. sich ausnahmsweise einmal neben mir niedergelassen hat. D. öffnet die Flasche, die ein gemeiner Mitmensch zuvor geschüttelt haben muß, denn ein Gutteil der edlen Flüssigkeit entlädt sich über D.s Lederhose und den Rücksitz. »Das nennt man wohl ›in Champagner baden‹«, bemerkt D. trocken, und W. lacht und reicht Papiertaschentücher nach hinten, dann reicht D. die Flasche nach vorne, dann reicht W. sie zurück, dann reicht D. sie mir herüber und sagt zu W., daß er wirklich einsame Spitze sei, und W. lächelt stolz und geschmeichelt. Das Wetter ist so perfekt wie am Tag zuvor, und das Auto macht nur ein leises Geräusch, das die klassische Musik vom Band nicht stört, die uns auf dem sanften Weg über eine von lichtem Wald gesäumte hügelige Landstraße begleitet. Mir fällt der Begriff des süßen Müßiggangs ein, und ich kann wohl nicht mit der rückhaltlosen Begeisterung der beiden Männer mithalten, das erschiene mir irgendwie albern und entsetzlich materialistisch, aber das Stilvolle der ganzen Situation läßt mich durchaus nicht unberührt. D. greift nach mir und zieht meinen Kopf auf seinen Schoß, und ich wundere mich über dieses ungewohnte Bedürfnis nach Nähe. Seine Hand streicht über meine Haare, dann sanft über meine zerkratzte Brust, unter meinem T-Shirt über meinen Bauch, wo die weiche Handfläche erstmals den Fingernägeln weicht. Er öffnet den Reißverschluß meiner Jeans, sucht und findet, und ich fange leise zu stöhnen an und denke, hoffentlich bekommt W. nichts mit; D. muß zuviel Champagner nach einem zu spärlichen Frühstück zu sich genommen haben. Mein kleiner Abwehrversuch führt dazu, daß D. meine Hände hinter meinem Kopf festhält und mir mein T-Shirt abstreift, meine Brustwarzen zwischen seinen Fingernägeln lassen mich aufschreien, und spätestens da ist alle Hoffnung verloren, daß W. nichts merken könnte, und D. gräbt mir seine Fingernägel in die Oberschenkel und ich schreie noch einmal, und D. fragt W. mit einem Lächeln in der Stimme, ob er sich noch auf das Fahren konzentrieren könne, und W. antwortet »Aber sicher doch«, und fügt in süffisantem Tonfall hinzu: »Ich liebe klassische Musik.« Klassische Musik, die aus Schmerzlauten und lustvollem Stöhnen besteht, was ich von mir gebe, ob ich will oder nicht, während mir langsam klar wird, daß ich mich wieder vollständig in der Männerwelt befinde, die ich am gestrigen Abend erstmals so deutlich realisierte und in der Frauen nur Spielzeuge sind. »Sie ist so ein geiles und versautes kleines Ding«, sagt D.s Stimme irgendwo weit über meinen geschlossenen Augen.

»Ja, so sind die Frauen«, entgegnet W.s Stimme.

Ich stöhne.

»Noch Champagner, W.?«

»Ja, sicher.«

Ah, ah, ah, aua, aua, ah, ah, ah –

»Aber sie lacht so schön, wenn es ihr kommt. Ich habe noch keine Frau gekannt, die beim Orgasmus so lacht.«

Ich stelle mir ein Verschwörerlächeln durch den Rückspiegel vor. Später wird D. mir sagen, daß diese Vorstellung zutraf und W. den Spiegel extra verstellte, um besser zusehen zu können. Aber jetzt sagt D. mir etwas anderes. Nachdem ich (einmal, zweimal, dreimal, viermal) gelacht habe, streicht seine Hand über meine Wange und er lobt mich leise: »Du hast eine schöne Musik gemacht für W., meine Süße.« Lauter wiederholt er: »Nicht wahr, sie hat eine schöne Musik für dich gemacht, W.?«

»Ja, das kann man wohl sagen«, sagt W.

»Wir verdanken dir ja einiges«, sagt D., »und haben Grund, uns erkenntlich zu zeigen«, und W. lacht zufrieden.

Ich mache die Augen auf und sehe Häuser durch das Autofenster auf der gegenüberliegenden Seite, dann sind wir auch schon da, und während D. und W. schon draußen stehen, suche ich im Wageninnern nach meinem T-Shirt, bis ich sehe, daß D. es in der Hand hält. Ich muß im BH in die Kneipe gehen, wo wir endlose Zeit mit interessanten Leuten verbingen, aber mein Verstand hinkt mittlerweile dermaßen hinter den Geschehnissen der letzten Tage her, daß meine Reaktionen in Zeitlupentempo erfolgen, und so sehr ich auch an meinem eigenen, leider nicht unbemerkt bleibenden Schweigen leide, weiß ich doch, daß ich im Moment eine Beleidigung für jeden Gesprächspartner wäre, und auch für mich selbst, die ich meine eigene intellektuelle Langsamkeit so unangenehm finde wie meine körperliche Nervosität, die mir das Stück Käse ganze fünf Mal von dem Brötchen rutschen läßt, bevor mir dann der Orangensaft über die Hand fließt. Ich muß nach Hause, denke ich, ich muß nach Hause, und endlich haben sich alle verabschiedet, und wir fahren los, und die lange Rückfahrt in dem heißen, kleinen Auto verläuft ohne nennenswerte Zwischenfälle, weil D. weder W.s Flüssiggaseisnebel noch seine Fiberglasgerte an mir ausprobieren möchte, als wir an einer Raststätte halten.

»Dazu bin ich viel zu soft«, sagt D. Tatsächlich sind wir aber alle bloß entsetzlich müde.

104

Eigentlich hätte ich am Tag nach unserer Rückkehr arbeiten müssen, aber durch ein Mißverständnis ging mein Arbeit- oder besser: Jobgeber davon aus, daß ich mir auch den Montag noch freigenommen hätte, und hat Ersatz für mich organisiert. Der freie Tag ist wie ein Geschenk des Himmels: Ich werde Zeit haben, meine Gedanken zu sortieren, und so bin ich alles andere als unglücklich, als ich nach eineinhalb Stunden vergeblicher U-Bahn-Fahrt wieder in meine von der Sonne erhitzte Wohnung zurückkehre, mich den Temperaturen entsprechend nackt ausziehe und auf mein weiches Bett fallen lasse. Es ist bitter nötig, daß ich Ordnung in mein Dasein bringe, und neben der Frage, was D. für einen Menschen aus mir zu formen droht, stellen sich auch noch einige praktische Fragen die Zukunft meiner Wohnung und meines Studiums betreffend, und Martin, Nicole, H. und Pat verlangen ebenfalls nach meiner Aufmerksamkeit, die aber gerade durch das Geräusch eines Schlüssels im Wohnungstürschloß vollkommen absorbiert wird. Natürlich ist D. überrascht, mich hier vorzufinden, aber es ist nicht unbedingt ein Nachteil, daß er sich seinen Kaffee nicht selbst zubereiten muß, während er den Teil seiner Sachen zusammensucht, den er in der »anderen Wohnung« braucht. Ich hänge mir schnell ein langes Kleid um und knie kurz darauf vor ihm, die Kaffeetasse auf der Handfläche.

»Wie oft habe ich dir schon gesagt, daß du den Rocksaum anheben sollst, bevor du dich hinkniest«, sagt er streng. »Nicht nur, daß du so deine Kleider kaputtmachst, man kann sie auch nicht jederzeit problemlos hochschlagen. In Zukunft hast du darauf zu achten, verstanden?«

Ja, Herr.

Sein Finger zeichnet die roten Linien auf meiner Brust nach, sanft, bedächtig, zärtlich, in einem dieser merkwürdig zeitlosen Augenblicke völliger Versunkenheit, und wenn er mir jetzt zwischen die Beine griffe, bekäme ich wieder einiges über das schandhafte Ausmaß meiner Wollust zu hören. Ach ja.

«Bring mir deine Peitsche«, sagt er ruhig.

Meine Peitsche. Meine Fesseln. Mein Rohrstock. Es gehört doch alles ihm. Noch gehört doch sogar die Frau ihm.

»Na los. Die schwarze meine ich.«

Brav bringe ich ihm, was er begehrt, weniger brav lege ich schützend die Hände vor meine Brust, deswegen gibt es anschließend noch ein paar auf den Arsch. Danach bin ich willig. Während er noch einen suchenden Rundgang durch die Wohnung absolviert, knie ich unbeweglich und halte mit beiden Händen die Gerte auf meinem Schoß fest, bis er zurückkommt. Er lobt mich leise. »Ich werde jetzt gehen«, sagt er dann. »Eigentlich wollte ich gar nicht so lange bleiben. Du kannst wirklich stolz auf dich sein, daß du es schon wieder geschafft hast, daß ich mich mit dir beschäftigt habe. Du kannst im übrigen auch stolz darauf sein, wie du auf der Schloßfete Haltung bewahrt hast. Für den Anfang war das nicht schlecht.«

»Danke für das Lob«, sage ich, und er geht. Nachdem die Tür hinter ihm ins Schloß gefallen ist, stehe ich auf und setze mich an meinen Fensterplatz. Kann ich stolz auf mich sein? Sollte ich stolz darauf sein, mit entblößtem Po und gesenktem Blick meinem Herrn nicht von der Seite gewichen zu sein? Sollte es mich stolz machen, irgendwann in den letzten zehn Tagen unwiderruflich gelernt zu haben, die Hand zu küssen, die mich quält? Sollte meine Entwicklung in den letzten drei Monaten mich mit Stolz erfüllen? In zehn Tagen läuft unser Vertrag ab, und es steht zu befürchten, daß Marie bis dahin auch die Peitsche küßt, die zuvor ihre Haut traf. Wer weiß? Manchmal tröste ich mich mit dem Gedanken, daß sich mein geküßtes Dankeschön nicht auf den zugefügten Schmerz bezieht, sondern auf den, den er mir erspart hat, indem er von einer härteren Behandlung absah, denn nur so ergibt das Danke für normale Menschen einen Sinn, nicht wahr? Ein müdes Hilfskonstrukt, unehrlich gegenüber meinem Herrn, den ich jetzt öfter so anspreche, oft sogar ganz von selbst, und langsam verschwindet dabei die Ironie aus meiner Stimme. Mein Widerstand erscheint mir nur noch wie ein letztes Aufbäumen vor dem Übertritt von der Realität in diese andere Welt mit anderen Regeln, die dort von solcher Allgemeingültigkeit sind, daß ihnen kein Hauch von Perversion mehr anhaftet.

Mit jedem Schritt in diese Welt und diese Szene wird meine Unterordnung selbstverständlicher und ist somit nicht mehr in der Lage, Empörung hervorzurufen. Irgendwann bin ich dann tatsächlich dort angekommen, von wo Frauen vor so vielen Jahrzehnten aufbrachen, um für die Rechte zu kämpfen, die mir so wichtig sind und auf die ich doch nach und nach fast alle verzichte, indem ich zulasse, daß ein männlicher Pascha zum alleinigen Entscheidungsträger und Mittelpunkt meines weiblichen Universums wird. Sollte ich stolz darauf sein, eine solche Anachronistin zu sein?

Oder sollte ich nicht lieber stolz darauf sein, noch immer keinen Natursekt zu trinken, noch immer nicht »Danke, Herr« zu sagen und noch immer selbst zu entscheiden, was ich anziehe?

105

Während D. sie noch immer aufmerksam liest, habe ich seit einigen Ausgaben schon das Interesse an der Rubrik »Harte Welle« verloren. Ich studiere statt dessen hin und wieder die Jobseite, die im übrigen ja für mich zu mehr sadomasochistischen Erlebnissen führte als je eine Antwort auf eine Kontaktanzeige. Ironischerweise hat der Mann, dessen Anzeige letztendlich die Kausalkette in Gang setzte, die D. und mich zusammenbrachte, ausgerechnet diesmal erneut inseriert, daß er eine Verkäuferin sucht. Das Wort »studentische« fehlt, aber ich rufe trotzdem sofort an, als ob es nie eine Zeit gegeben hätte, in der es mir peinlich gewesen wäre, ihm zu begegnen. Es ist dann doch merkwürdig, seine Stimme zu hören. Der Job ist nur an eine Fachkraft zu vergeben, er arbeitet nicht mehr mit studentischen Verkaufshilfen.

»Wie geht es dir denn?« fragt er.

»Gut.«

»Bist du noch immer aktive Sadomasochistin?«

Ich lache. »Mehr denn je.«

»Sag, hättest du nicht mal wieder Lust auf ein Treffen? Ich bin im Moment sehr viel hier im Laden, du könntest doch einfach mal vorbeischauen.«

»Ja, das werde ich vielleicht tun«, sage ich. Am besten gegen Geschäftsschluß?

Wie merkwürdig, daß ein mir so fremder Mensch eine solche Bedeutung für mich haben konnte. Vielleicht sollte ich ihm erzählen, was ich ihm damals geschrieben habe, ohne den Brief je abzuschicken. Vielleicht sollte ich ihm erzählen, daß er es war, der mir gezeigt hat, was Willkür ist. Bei B., der nunmal kein Sadist war, hatten die (zarten) Ohrfeigen stets einer Legitimation bedurft, waren stets Bestrafung für mein abwehrendes Verhalten gewesen, so daß ich das Geschehen letztendlich selbst steuern konnte. Mit G. war es ganz anders: Ein Streicheln, aus dem ein fester Griff in die Haare wird, eine Umarmung, die Schlägen folgt, ein Kuß, der der Ankündigung weiterer Schläge vorausgeht –

G. stellte neben die berechenbaren Schläge wegen Ungehorsams die unerwarteten Schläge aus reinem sadistischen Vergnügen und die plötzliche Zärtlichkeit, und die Verbindung der an sich widersprüchlichen Situationen und Emotionen des Geschlagen- und Geküßtwerdens, ohne eine für mich vorhersehbare Choreographie, war genau das, was ich in »Neuneinhalb Wochen« gesehen und immer gesucht hatte. Und nun wußte ich immerhin, daß es so etwas auch in der Realität gab. Und daß es mir jede Suche danach wert war.

106

»Warum bin ich nur so zärtlich zu dir?« fragt er mich. Im Fernsehen laufen Leichtathleten hundert Meter inclusive Hürden mit vor Tapferkeit strotzenden Gesichtern. Danach noch einmal Fleisch und Muskeln in der Zeitlupe. Er hat seine Arme um mich gelegt, die ich vor ihm auf dem Boden sitze, und ich lehne mich an ihn. Es ist wahr, er ist zärtlich: Er streichelt mich, und er hat das Wasser für den Kaffee selbst aufgesetzt, und er war nicht wütend, als ich das Kakaopulver statt in meine Tasse zu dem Kaffee in die Kanne löffelte. Er lacht statt dessen über meine nicht enden wollende Verwirrung, der er mit einer solchen Frage natürlich nicht entgegenwirkt.

»Es gibt zwei mögliche Gründe«, antworte ich. »Entweder bist du jetzt endlich dabei, dich auch zu verlieben, oder – was wahrscheinlicher ist – du bist Sadist durch und durch, und es ist alles Berechnung, um mich dir weiter verfallen zu lassen.«

Es ist wie erwartet die zweite Variante, die ihm gefällt. Nur ich bin verliebt und als solches geoutet. Nur ich zeige mit meinem erwartungsvollen, hoffenden, enttäuschten, verzweifelten Gesichtsausdruck und meinen nicht zurückzuhaltenden Händen, daß seine Rechnung aufgeht. Manchmal frage ich mich, ob B. jemals soviel Zärtlichkeit von mir bekommen hat.

»Ich genieße es sehr, so geliebt zu werden«, sagt D. in einen Sportreporterkommentar über die Getränkeversorgung beim Marathonlauf hinein. Eine violette Linie auf dem Bildschirm färbt sich bis Kilometer sechsunddreißig rot ein. Da sind wir also. D.s Satz nimmt seinen Weg durch all die Schichten meines Bewußtseins. Da sind wir also. Als klar ist, wer den Lauf gewinnen wird, schlägt D. einen Besuch in unserer

Stammkneipe vor. Wir sitzen draußen auf den Bierbänken, unter uns Kiesboden, neben uns etwas Grün vor der weißlackierten schmiedeeisernen Einfassung dieses Miniaturbiergartens. Er hat wieder etwas Warmes bestellt, ich einen Salatteller, und wieder leuchtet der Wein roséfarben in der schlichten Karaffe italienischer Produktion. Er erzählt mir von seinem Lieblingsbuch, das von Hermann Hesse ist, den ich etwas weinerlich finde. Aber wer im Glashaus sitzt, sollte nicht mit Steinen werfen, und wenn an diesem Abend jemand weinerlich ist, dann bin ich es. Ich halte es nicht lange aus, ihm in die Augen zu sehen vor lauter Angst, darin unterzugehen und als absolute Nichtschwimmerin eines grausamen Todes zu sterben, denn in ein paar Tagen kommt seine Familie zurück, seine Lebensgefährtin und das Kind, das er so liebt, daß ich Kinder seit neuestem hasse. Dann werden solche Abende nicht mehr möglich sein, und wir werden auch nicht mehr nach dem Frühstück in den nahen Park laufen, um nachzusehen, ob die Tischtennisplatten frei sind, sondern uns zweimal die Woche für etwa drei Stunden sehen, die dem Sex gewidmet sein werden, keinem Kneipenbesuch mit Diskussionen über Weltliteratur, keinem Spaziergang durch den Park, wo er mich auf der großen Grünfläche zweimal mit rudimentären Judokenntnissen zu Boden werfen kann, bevor er mich dann auf einer Parkbank sitzend vor sich auf die Knie zwingt und sich an meinem »Ich hasse dich, ich hasse dich, ich hasse dich!« und meiner roten Gesichtshaut erfreut. Ich werde nicht mehr neben ihm am Kanal stehen und eine kinderreiche Entenfamilie beobachten, die sich bis auf zwei mir in ihrem Querulantentum in nichts nachstehende Mitglieder auf einem im Wasser liegenden Balken sammelt – und das ist vielleicht sogar besser so, denn während seine Kommentare das Geschehen überhaupt erst zu einem werden lassen, kriege ich den Gedanken nicht aus dem Kopf, wie oft er sich wohl in solchen Situationen an dem faszinierten Lauschen und dem Spaß seiner Ziehtochter erfreut. Es wird auch nicht seine Lebensgefährtin, sondern das Mädchen sein, das er mit kaltem Wasser zum Quietschen bringt wie mich, für das er seine Scherze macht wie für mich, das er mit dem auch mir nun bekannten Blick ansieht, der noch mit einem Funken Amüsement in den Augen warnt: Gleich wirst du zu weit gehen mit deinen Frechheiten! Und das er so wenig heulen hören kann wie mich abends vor meinem Bett auf dem Boden liegend. Und doch soll ich ihm durch einen neuen Vertrag die Möglichkeit geben, in Zukunft standhaft zu bleiben und mich die ganze Nacht über dort liegen zu lassen, meinen Körper voller Spuren, die Zeichen seiner Liebe sind, die Lust und Zuneigung, aber eben nicht wirklich Liebe beinhaltet. Nein, Marie, das kannst du auf Dauer nicht ertragen, also rette dich, nutze deine Freiheit zur Flucht (was für ein Paradoxon) –

Am Tag der Rückkehr seiner Lebensgefährtin werde ich frei sein. Vielleicht sitze ich heute zum letzten Mal mit ihm hier, versuche mich mit ihm an einer Interpretation seines Lieblingsromans, höre ihm dann schweigend und mit gesenktem Blick zu, wie er das gefährliche Thema unserer vertraglich zu regelnden Zukunft anschneidet, bis ich es nicht mehr ertrage und ihn ansehe, und nach einem kurzen Schweigen sagt er leise: »Wenn ich dich jetzt so sehe, bin ich mir fast sicher, daß es keine Fortsetzung für uns geben wird.«

»Du hast verdammt keinen Grund, traurig zu sein«, sagt er dann, als wir uns kurz darauf vor meiner Haustür voneinander verabschieden. »Glaub mir, du hast verdammt keinen Grund dazu.«

»Ich weiß«, sage ich mit falscher Fröhlichkeit, »es ist nur meine Lust am Leiden, weißt du.« Er sieht mich ernst an, aber ich bin überzeugt davon, daß seine Worte, die wie ein Versprechen klangen, nur seiner Lust am Verliebtsein entstammen, die der laue Sommerabend und ein halber Liter Wein geweckt haben. Morgen wird er wieder nüchtern und zurückhaltend sein, und daß er an diesem Abend durch tiefsinnige Worte meine Hoffnung auf mehr nährt, ist nur ein Zeichen dafür, daß er doch durch und durch Sadist ist.

Habe ich eigentlich jemals erwähnt, daß ich durch und durch Realistin bin?

107

Der Countdown läuft also, die Zukunft ist ungewiß, und ich bin in Endzeitstimmung, die ja bekanntlich die Dekadenz fördert, aber ich habe mir nicht bewußt die Devise zu eigen gemacht, daß ich jetzt sündigen könne, was das Zeug hält, weil es ohnehin nicht mehr darauf ankommt. Ich bin im Gegenteil zutiefst erschrocken, als ich die Klotür hinter mir zuziehe, während die Spülung noch rauscht, und das fassungslose Gesicht meines Herrn und Meisters vor mir sehe, das mir zu verstehen gibt, daß ich wirklich von allen guten Geistern verlassen sein muß, um ohne seine Erlaubnis die Toilette zu benutzen. Doch es muß die dekadente Leichtigkeit des Seins sein, die mich zu lachen anfangen läßt, obwohl ich weiß, was jetzt kommen wird, und die mich wieder ironisch lachen läßt, nachdem ich unter den heftigen Rohrstockhieben Rotz und Wasser geheult und anschließend seine Hand geküßt habe, als ob dies nicht eine bedeutungs- und demutsvolle Geste, sondern irgendeine nebenbei zu erledigende Belanglosigkeit wäre, die mich nicht wirklich berührt. Nichts scheint mich in den letzten Tagen mehr wirklich zu berühren; ich lache laut in Situationen, die mich normalerweise vor Scham im Boden versinken lassen würden, und verwirre uns beide mit dieser plötzlichen Kehrtwende kurz vor meinem Coming Out als Muster an Devotheit, die mir auf eine merkwürdige Art und Weise wieder Unnahbarkeit verleiht. Wir sehen beide nicht, daß diese Unnahbarkeit die nicht ganz logische Folge davon ist, daß er mir viel zu nahegekommen ist, ahnen nicht, daß nicht Stolz, sondern ganz im Gegenteil verlorener Stolz der Grund für mein Verhalten ist. In dieser Nacht, als ich endlich begreife, daß ich ihm nicht verzeihen kann, daß ihm das Zusammensein mit mir noch immer nicht das bedeutet, was mir das Zusammensein mit ihm bedeutet, obwohl er doch letztendlich nicht weniger gewöhnlich ist, als ich es bin, daß kein Schrecken an die Angst heranreichen kann, die ich vor dem habe, was mir meine momentanen Gefühle als die unausweichliche Konsequenz nahelegen, wenn er dem gemeinsamen Ausleben sadomasochistischer Neigungen, dem Besuch von Feten, dem gemeinsamen Verbringen von Wochenenden und dem geteilten Zynismus die Rückkehr zu den alten Gepflogenheiten vorzieht, die mir nach der Intensität unseres Zusammenseins in den letzten drei Wochen so unvorstellbar erscheint, als ich begreife, daß es dieser Seelenstriptease der hoffnungslos Verliebten ist, der mich seit Wochen derartig entwürdigt, daß ich mir selbst, indem ich ihm diesen Anblick einer um seine Liebe bettelnden Frau biete, Härteres antue als jemals Inhalt unserer S/M-Sessions sein könnte, die deshalb daneben allesamt zu Lachnummern verblassen müssen, in dieser Nacht, als es mir unvorstellbar erscheint, ihn zukünftig anders als einen verachtenswerten Heuchler zu sehen, den ich für jedes Quentchen Macht, das er über mich hat, und erst recht für meine ungebrochene Liebe zu ihm hassen würde, setze ich mich an meinen Schreibtisch und schreibe einen langen Abschiedsbrief an ihn. Es wird keinen neuen Vertrag geben, mein über alles geliebter Herr und Meister. Wir werden am kommenden Mittwoch ein Glas Sekt auf meine zurückgewonnene Freiheit trinken und uns danach erst einmal nicht und vielleicht nie wieder sehen.

108

Sonntagnachmittags sitzen wir mit W. in einem Eiscafé auf der anderen Parkseite. Wir stehen schon wieder tief in seiner Schuld, da er unser Equipment vorübergehend um eine Fiberglasgerte und eine Katze erweitert hat. Er erzählt von der Frau, die er auf der Schloßfete ersteigert hatte, und erkundigt sich dann nach Nicole. Ich raube ihm sofort alle Illusionen, indem ich ihm wahrheitsgetreu berichte, daß Sato mittlerweile ein Thomas, ein symphatischer René und ein ganz lieber Andreas gefolgt sind, und daß Nicoles neueste Erkenntnis darin besteht, daß sie eine Blümchensexaffäre sucht, was seine Chancen nicht gerade maximieren dürfte. Nach einem kurzen Aufseufzen, das aber nichts mit Nicole zu tun hat, wie er sofort betont, gibt er sich dann dem Vergnügen hin, mich durch anzügliche Bemerkungen langsam mundtot zu machen. D. hilft mir nicht, sondern ist mit seinen Gedanken woanders, wenn dieses Woanders auch nicht weit entfernt ist, sondern unter meinem Rock liegt und Rohrstockspuren trägt, die man W. vielleicht als Freundschaftsgeste zeigen sollte. Er entscheidet sich letztlich dagegen, und so brechen wir auf, ohne daß W. einen Beweis für die Schlagkraft meines Herrn und Meisters zu Gesicht bekommen hat, obwohl das seine Phantasie sicherlich beflügelt und das Lächeln um mehrere Nuancen süffisanter hätte ausfallen lassen, mit dem er seinen Abschiedsworten den Satz: »Und viel Spaß mit dem Spielzeug!« hinzufügt. D. versichert ihm, daß er jedenfalls seinen Spaß damit haben wird und daß W. unbesorgt sein könne, er würde die Sachen bald zurückbekommen.

»Das ist richtig, denn dir wird nicht viel Zeit zum Ausprobieren bleiben«, sage ich frech zu D., während ich die Haustür aufschließe. »Schließlich bin ich ab Mittwoch frei.«

»Freiheit bedeutet nicht, daß ich dich nicht quälen könnte, meine Süße«, sagt D., »Freiheit bedeutet nur, daß du dich wehren darfst.« Er sieht mich aufmerksam an, und ich senke den Kopf und denke an meinen Brief, der oben in der Wohnung auf dem Schreibtisch liegt, zwischen den Vertragsentwürfen, deren wichtigste Textstellen D. mit Kreuzen, Unterstreichungen und Ausrufezeichen versehen hat, damit ich mir daraus gehorsam eine Zukunft entwerfe, in der Hosen und Unterwäsche verboten sind. Nein, ich werde es nicht tun –

Am Tag darauf sehen wir uns kurz, und er probiert die Fiberglasgerte aus. Ich lache und mache Witze und rufe hysterisch »Aua, aua, aua«, als er zur Einstimmung in die Luft schlägt, dann heule ich, nachdem ich einen Schrei losgelassen habe, der D. zu Gedanken über die Notwendigkeit schalldichter Räume oder professioneller Knebel animiert. Dann lache ich wieder, aber er bemerkt das feuchte Glitzern in meinen Augenwinkeln beim Abschied und weiß, daß es nichts mehr mit dem erlittenen Schmerz zu tun hat.

Am Tag danach finde ich seinen Brief im Briefkasten.

109

Eine eindringliche Aufforderung weiterzumachen, denn: *Es wartet noch mehr. Wir sind noch lange nicht am Ende und vielleicht noch nicht einmal am richtigen Anfang.* Es kommt jetzt alles darauf an, daß Marie versteht, daß sie keine Entscheidung fordert, bevor nicht mehr Zeit verstrichen ist als die, die ihr ihre Jugend schon als so lange vorgaukelt, und bevor nicht ihr Herr von sich aus dazu bereit ist, sie als die Frau zu sehen, die er auf Rosen betten möchte, (denen er zuvor statt der Dornen die Blütenblätter ausgerissen hat), und bevor nicht Marie klargeworden ist, daß ihr Ja zu einem Zusammenleben sie zu einer Fulltime-Sklavin machen könnte, während sie jetzt in den langen Phasen seiner Abwesenheit eine freie Frau ist, so daß sie doch eigentlich alles hat: Freiheit und Knechtschaft. Aber weil ich zu dumm bin, das Beneidenswerte an meinem Zustand zu erkennen, fügt er seiner Bitte um Verständnis für seine Situation eine Lebenshilfe für mich hinzu: Ein Bild, um die nackte Realität so zu kostümieren, daß wir ihre unverminderte Härte nahtlos in unser Spiel integrieren können, damit auch hier aus Schmerz und Demütigung Erregung werden kann.

Und nun stell Dir vor, Marie:

Ich halte Dich irgendwo gefangen. In einer Burg! Zweimal in der Woche komme ich zu Dir und quäle Dich. Du gibst mir alles, denn längst liebst Du Deinen Peiniger. Aber ich kümmere mich nicht darum, obwohl ich es natürlich gemerkt habe. Ich feiere Feste, amüsiere mich mit anderen Frauen und weide mich an Deiner Qual, den Erniedrigungen und den Schmerzen, die Du auf Dich nimmst, nur um ein wenig Liebe von mir zu bekommen. Insgeheim erhoffst Du Dir, durch Deine Unterwürfigkeit mein Herz zu erweichen und meine Liebe zu gewinnen. Du träumst in Deinen einsamen Stunden, während ich mich auf der Jagd oder beim Spiel amüsiere, von der schönsten und größten Hochzeit ausgerechnet mit mir.

Leider vergißt Du dabei, daß es mir egal ist, ob Du mich liebst, und daß Du sowieso das tun mußt, was ich Dir befehle, selbst wenn Du mich hassen würdest, denn Du bist meine Gefangene!

Flieh oder stirb oder leide –

Stell Dir weiter vor:

Daß trotzdem ein Happy end nicht ganz ausgeschlossen werden kann, denn es soll vorgekommen sein, daß sich ein Peiniger schließlich und endlich so in sein Opfer verliebt hat, daß er selbst zum Opfer geworden ist.

Dann ist zwar sie gebunden durch ihre Liebe auch nicht freier als vorher, und er würde trotzdem Feste feiern, auf die Jagd gehen und sich mit anderen Frauen amüsieren, aber – und dies ist der feine Unterschied – die Hochzeit, von der Du träumst, hätte stattgefunden, und Du wärst öfters dabei auf diversen Festen
als Gastgeberin und Hure für alle ...

Wäre dies nicht ein schönes Happy end?

Dein Herr und Gebieter (noch)
D.

Sollte ich versuchen, ein Burgfräulein zu sein?

Übermorgen werde ich frei sein, nächste Woche wird B., der eine neue Wohnung gefunden hat, das Hochbett abholen, aber heute nacht ist noch alles beim alten, und ich stehe wie gewohnt mit ausgestreckten Armen da, nackt bis auf Strapse und Strümpfe; aus dem Zimmer nebenan kommt Musik in einer der Uhrzeit angemessenen Lautstärke, und die einzige Lichtquelle sind zwei nah beieinander stehende Kerzen in einer Ecke des zwanzig Quadratmeter großen Zimmers. Aber sobald sich die Augen daran gewöhnt haben, ist das Licht hell genug, um alles zu erkennen.

»Scheiße«, sagt D., »der Rohrstock ist gesplittert. Wir müssen das Spielzeug wechseln.«

Wir haben noch die Gerte, das lange, geflochtene Urlaubsmitbringsel und W.s Leihgaben, mein Herr und Meister hat somit keinen Grund zur Panik. Vielleicht habe ich Grund zur Panik, weil mein Herr und Meister heute zuschlägt, als ob er Angst hätte, nie wieder die Gelegenheit dazu zu haben, während ein diesmal unverrückbar befestigter Knebel dafür sorgt, daß auch die Geräusche aus diesem Zimmer die nachts zulässige Dezibelzahl nicht überschreiten. D. schlägt sich kurz einmal quer durch das Repertoire, bis er durch trial and error festgestellt hat, daß ihm die Katze am besten gefällt. Zuerst erscheint mir der brennende Schmerz, den die Lederschnüre auf meiner Haut hinterlassen, als nicht so unangenehm wie der dumpfe Schmerz, den ein weniger weiches Schlaginstrument verursacht. Ich denke an das schöne schmerzverzerrte Gesicht des blonden Hauptdarstellers in einem Piratenfilm, den ich als Kind sah, in dem der Held es neben anderen Ungerechtigkeiten erleiden mußte, daß man ihn an den Schiffsmast gefesselt auspeitschte, bis ihm das weiße Hemd in Fetzen vom Rücken hing und den Blick auf blutige Striemen freigab, während ihm sowohl vor als auch nach seiner dann trotz aller Tapferkeit doch eingetretenen Bewußtlosigkeit nicht mehr als ein leises Stöhnen über die Lippen kam. Mein Stöhnen dagegen wird mit wachsender Heftigkeit der Schläge lauter, und das Bild des schönen Seemannes verschwindet schnell aus meinem Kopf, weil jetzt neben dem Wort Schmerz kein Platz mehr für etwas anderes ist, außer vielleicht noch für das Wort Angst, bis irgendwann zwischen den Schlägen keine Zeit mehr für die Angst vor dem nächsten bleibt. Angst und Schmerz auf dem Rücken und Angst und Schmerz auf dem Po und Angst und Schmerz auf dem Rücken. Angst und Schmerz überall. Schmerz. Schmerz. Schmerz – der irgendwann zu Wärme wird, nichts weiter als Wärme, die unterschiedslos den ganzen Körper erfaßt und mich müde macht, und da längst kein angstvolles Erschrecken mehr das Anfachen oder Aufrechterhalten dieser Wärme begleitet, gibt es nichts mehr, was mich daran hindern könnte, mich dieser Müdigkeit hinzugeben, selbst die durch die Wucht des Auftreffens der Peitsche ausgelöste Bewegung meines Körpers wird durch die Fesseln um meine Handgelenke aufgefangen, so daß ich mir nicht einmal Sorgen machen muß, daß ich umfallen könnte, und so höre ich zu schreien auf und werde still wie ein Baby, das nach stundenlangem Gebrüll endlich völlig erschöpft einschläft. Ja, Karin, könnte ich jetzt sagen, wir hatten recht, es hat etwas mit Müdigkeit zu tun, wir hatten recht, als wir letzten Winter in der Küche saßen und drei Stunden lang über das Faszinierende am Schmerz diskutierten, nachdem wir uns unsere seit der Pubertät existente, so geheime wie perverse Sehnsucht gestanden hatten, einmal richtig zusammengeschlagen zu werden, damit wir wüßten, wie sich der Zustand danach anfühlt, wenn der Körper eine einzige, zur Langsamkeit oder sogar zur Bewegungslosigkeit verdammte Wunde ist, weil jede Regung zusätzliche Schmerzen auslöst, die wie ein Blitz das Bewußtsein durchzucken, das sonst gänzlich von dem Gefühl von Müdigkeit und Schwere bis in die fernste Faser des Körpers hinein beansprucht wird, welches der stete Basis-Schmerz verursacht, der im übrigen die Konzentration auf andere Dinge so anstrengend macht, daß schon die kleinsten Erfolge große Siege über dich selbst sind, die die Lust am Leben zurückkehren lassen, so daß das Erwachen aus der Bewußtlosigkeit in diese Zerschlagenheit und der Heilungsprozeß eigentlich den Charakter einer Geburt hätten –

Und wäre es passiert, als wir davon zu träumen begannen, hätten wir nicht nur gewußt, ob diese unsere Vorstellung zutrifft, und vielleicht etwas über das tatsächliche Ausmaß unseres Heroismus erfahren, sondern außerdem eine Legitimation für ein langes Fernbleiben von der verhaßten Schule und für das Einfordern jeder Menge Aufmerksamkeit, Trost und Zuwendung gehabt, nicht wahr? Aber schon damals sollte natürlich letztlich alles völlig antiseptisch sein. Keine Rückstände, Narben oder Lähmungen etwa oder unsauber verheilende Knochenbrüche. Schon die Angst davor würde das ganze Empfinden stören, unsere Genußfähigkeit erheblich trüben –

Und an jenem Nachmittag vor einem halben Jahr sagtest du, daß du mich um meine ausgeprägtere sadomasochistische Neigung beneiden würdest, die mir die Chance solchen Erlebens eröffne, durch kalkulierten Schmerz ohne Verletzungsrisiko und mit einem guten Fick im Gefolge, während du dich restlos besaufen müßtest, um einmal zu wissen, wie es sich anfühlt, völlig fertig zu sein, weil du die jenseits der Fesselspiele liegenden Bereiche des Sadomasochismus wohl nur und zwar höchst unfreiwillig betreten würdest, wenn dich dann in deinem Rausch die falsche Person aufläse. Und dann erzähltest du den alten

Lesbenwitz mit dem Bändchen und dem Teebeutel, und dann sagtest du, daß ich dir erzählen soll, wie es sich anfühlt, wenn ich es irgendwann erlebe, aber nun kam alles anders und wir haben uns seit über zwei Monaten nicht mehr gesehen oder auch nur gesprochen, und ich glaube kaum, daß du es noch würdest hören wollen, wenn du dir dabei vorstellen müßtest, daß ich es erlebt habe und daß es in diesem Szenario ein Mann wäre, der zuschlägt, bis sich die von uns so verklärte Bewußtlosigkeit über mich senkt.

Heute ist es aber ohnehin noch nicht soweit, heute schlägt D. nur zu, bis ich irgendwann buchstäblich in den Seilen hänge, dann bindet er mich los, und ich bin auf den Knien und er sitzt in der gegenüberliegenden Zimmerecke neben den Kerzen auf einem kleinen Schemel, ohne daß ich wüßte, wie wir beide dorthin gekommen sind, wo wir uns befinden. Und selbst wenn Karin meine allerbeste Freundin wäre, könnte ich ihr wahrscheinlich nicht erklären, was in diesem Moment in mir vorgeht, wo sich die Müdigkeit mit dem geschärften Bewußtsein paart, das einem sonst Licht oder Geräusche als unangenehm laut oder grell erscheinen läßt, aber ich sehe D. in einem sanften Licht sitzen und zu mir herübersehen, er ist schön, wie er so ruhig dasitzt, der Mann, den ich liebe, und ich spüre dieses Gefühl vollständig von mir Besitz ergreifen, während ich entgegen all meiner Gewohnheit seinem Blick nicht ausweiche.

»Komm her«, sagt er endlich leise, und ich weiß, daß er nicht will, daß ich zu diesem Zweck aufstehe, also senke ich unendlich langsam den Kopf und den Oberkörper und fange an, mich unendlich langsam auf allen Vieren auf ihn zu zu bewegen, seine Schuhe nähern sich in Zeitlupe, und auch die Hand, die schon auf mich wartet, auf meine Küsse, auf meine zahllosen Küsse voller Hingabe, voller Liebe, voller Demut.

(Komm wieder zu dir, Marie –)

111

Irgendwann hatten D. und ich am Küchentisch gesessen und uns gefragt, ob Gott ein Sadist ist – nachdem ich diese Erkenntnis doch schon Jahre zuvor gewonnen und deshalb mein Legendenbuch verschenkt hatte, weil ich mit diesen verrückten Märtyrern nichts mehr anfangen konnte. Und nun habe ich einen Sadisten zu meinem Gott werden lassen, und fange an zu verstehen, um was es in diesen Geschichten geht, was doch ein Kind nie verstehen kann. Ich küsse seine Hand, und wahrscheinlich hat er recht, wenn er sagt, daß ich bald auch »Danke« sagen werde, nachdem er mir wehgetan hat, so wir denn unsere Beziehung fortsetzen werden. Wie die verrückten Heiligen werde ich mich dann dafür bedanken, daß er mir so die Möglichkeit gibt, ihm das Ausmaß meiner Liebe zu zeigen, was ich so gerne tun möchte, ohne wie in einer normalen Beziehung warten zu müssen, bis mir irgendein unglückliches Ereignis die Gelegenheit bietet, so zu ihm zu stehen, daß uns der dadurch bewiesene Grad unserer Liebe fortan zusammenschweißt. In einer S/M-Beziehung kniet eine Frau im Park vor einem Mann auf dem Kiesweg, und die verständnislosen Blicke oder das Lachen der Vorübergehenden stören sie nicht, weil sie bedeutungslos sind im Vergleich zu der Nähe zwischen ihm und ihr, die sie beide die Bedeutung ihres »Ich liebe dich« kennen.

Und vielleicht macht einen das wirklich frei. Scham-los zu sein muß ja nichts Negatives sein, sondern kann einfach heißen, daß man nicht auf eine einsame Insel fern der eigenen Stammkneipe gehen muß, um ein Leben jenseits zahlreicher unsinniger Konventionen zu führen, die etwa nur den als solchen ausgewiesenen exaltierten Künstler nicht mit mißtrauischen Blicken bestrafen, wenn ihn auf dem Weg vom Lebensmittelladen nach Hause die Lust zu singen überkommt. Und müßte solche Freiheit neben dem Gefühl einer intensiv genutzten Lebenszeit nicht ein unglaubliches Selbstbewußtsein vermitteln?

Wahrscheinlich waren die Heiligen deshalb über jeden Spott ihrer Mitmenschen erhaben und glücklich auf dem Scheiterhaufen oder inmitten des Steinhagels. So mußte ich doch erst eine richtige Sadomasochistin werden, um das Glück der kleinen Agnes nachvollziehen zu können – oder ist man S/Mler, weil man nach solcher Liebe sucht (so man nicht zu denen gehört, für die das ganze nur eine würzige Variante des Liebesspiels ist)? Deshalb der Hang zur Romantik, auch wenn sie ihren durch die Pflichtfarbe Schwarz repräsentierten Hauch Düsternis und Melancholie in sich trägt? Deshalb die Liebe zum Alten und Mondänen, denn sowohl die mittelalterliche Kargheit als auch der hochherrschaftliche Prunk eines Jugendstilschlosses regen die Sinne an und legen nahe, daß in diesen Mauern die Gefühle höhere Wellen schlugen als in einer niedrigen Drei-Zimmer-Neubauwohnung? Glücklicherweise sitze ich in einer hohen Drei-Zimmer-Altbauwohnung, als ich in Gedanken teste, wie es wäre, eine Heilige in spe zu sein:

Schlagen Sie mich, mein Herr und Meister, mein Gott, damit ich Ihnen endlich zeigen kann, daß Schmerzen meiner Liebe zu Ihnen nichts anhaben können, machen Sie mich glücklich, indem Sie mich den Beweis erbringen lassen, daß ich der Aufnahme in den Kreis Ihrer Getreuen, Ihrer Nähe würdig bin, und meine Worte würden nicht ausreichen, um Ihnen den Grad meiner Dankbarkeit vermitteln zu können.

Klingt das logisch?

Jedenfalls küsse ich D.s Hand.

112

Wir sitzen wieder einmal in der Küche, die aber heute ungemütlich ist. Es ist halb zwölf Uhr abends, ich bin gerade von einem Ein-Tages-Job als Renovierhilfe zurückgekommen. Die Spüle ist bis an den Rand mit dreckigem Geschirr gefüllt, die Lampe beleuchtet traurig einen Tisch voller Brotkrümel, dazwischen zwei alte Zeitungen, eine Plastiktüte, ein leeres Glas Erdbeermarmelade, zwei benutzte Kaffeetassen auf einem kleinen Tablett und ein schmutziges Messer. Und eine frisch geöffnete Flasche Sekt und zwei Gläser. Er hatte sich in meinem Bett schon eine Runde schlafen gelegt, als ich nach Hause kam, und wir müssen beide morgen arbeiten, aber heute ist schließlich ein besonderer Tag.

»Aber es ist eigentlich kein Tag zum Feiern«, sagt er, während er Sekt in die Gläser gießt, von denen eines offensichtlich nicht ordentlich gespült wurde, »das heißt: für dich schon, aber welchen Grund zur Freude habe ich denn?«

»Du kannst dich aus Kummer besaufen«, schlage ich vor, die ich auch nicht gerade ein Ausbund an Fröhlichkeit bin, sondern eher etwas melancholisch. *Sollte ich versuchen, ein Burgfräulein zu sein?*

Er zieht mich vor sich, hebt langsam mein Kleid hoch und begutachtet ausgiebig die Spuren, die er vorgestern auf meiner unteren Körperhälfte zurückgelassen hat. Er lächelt zufrieden. »Das sieht gut aus«, sagt er. »Auf dich!« Und wir stoßen an.

Auf seinen Knien sitzend umarme ich ihn dann lange, lange, lange, ohne ihn anzusehen, während der Raum in Stille versinkt, weil ich nicht erklären kann, wovor ich Angst habe, und auch nicht einfach über irgendetwas Belangloses sprechen möchte. Vielleicht geht es ihm ähnlich. Vielleicht ist er müde. Ich bin auch müde.

»In zwei Minuten bist du wieder frei«, sagt er.

–

Freiheit

–

»Ja«, sage ich leise.

Keiner von uns sagt: »Auf die Freiheit!«, als wir erneut nach den Gläsern greifen.

Warum sollte er es auch sagen? Er verliert sein Recht, meinen Anrufbeantworter abzuhören. Und warum sollte ich es sagen?

Wieso sollte Freiheit mich glücklich machen, wenn sie nichts weiter bedeutet, als sich wehren zu dürfen, wenn der Herr seinen Willen nun nicht mehr kraft vertraglich eingeräumten Rechts, sondern nur noch durch verbotene Eigenmacht durchsetzt?

Frei wäre ich nur, wenn wir uns nach dem letzten Glas Sekt nicht mehr wiedersähen.

Wie also sollte Freiheit mich glücklich machen?

Ʊ

Sie hatte keine Ahnung, wie lange sie schon hier war. Als sie mit einer diffusen Erinnerung an eine plötzliche Dunkelheit und zuviele Arme und Beine für die im Selbstverteidigungskurs mühsam antrainierte wirkungsvolle Abwehr wieder zu sich kam, mochten eine Stunde oder zwei Tage vergangen sein; sie wußte es nicht, sie wußte nicht einmal, ob es jenseits ihrer Augenbinde Tag oder Nacht war. Da es ihr zutiefst widerstrebte, Dinge zu tun, die von vornherein niemals Perfektion erlangen konnten, fing sie die Tage auch nicht mehr zu zählen an, nachdem ihr die Binde irgendwann abgenommen worden war, und verlor somit nach und nach jedes Zeitgefühl. Zwar konnte sie durch das schmale, hohe Fenster in der Ecke des Raumes, das nur ein glasloses Loch in der kahlen, schlecht geweißelten Wand war, sehen, wie die Bäume in dem Burghof grün wurden, aber sie hätte nicht sagen können, ob seine Besuche mit einer gewissen Regelmäßigkeit erfolgten oder nicht. Sie waren von Anfang an ein überraschend eintretendes Übel wie der unvermittelte Verlust einer Zahnplombe gewesen, und das einzig Positive, was sie seiner Anwesenheit abgewinnen konnte, war die Möglichkeit einer Konversation, denn dem alten Diener, der sie dreimal täglich mit einem dürftigen Essen versorgte, war es offensichtlich verboten, mit ihr zu sprechen. Allerdings fragte sie sich oft, ob sie den angenehmen Klang seiner tiefen Stimme und die Möglichkeit, ihr eigenes Sprachvermögen aufrechtzuerhalten, nicht zu teuer bezahlte, indem sie sich all die Demütigungen anhörte, die er ihr mit offensichtlichem Vergnügen an den gesenkten Kopf warf. Das hatte er von Angang an mit Wonne getan, noch bevor er ihr mit zahlreichen Ohrfeigen beigebracht hatte, den Kopf zu senken, wenn sie vor ihm kniete, es sei denn natürlich, er forderte sie zu Gegenteiligem auf, dann hatte sie ihn mit offenen Augen anzusehen, so sehr ihre Scham dem auch widersprach. Das erste, was er – noch in den Zeiten der Augenbinde – zu ihr gesagt hatte, war: »Von heute an wirst du meine Sklavin sein. Ich habe dich hierfür ausgewählt, weil du mir gerade über den Weg gelaufen bist, du hast also keinen Grund, dir etwas darauf einzubilden, daß die Wahl auf dich fiel, und es wird sich erst zeigen müssen, ob du dieser Position würdig bist. Denn selbst das Stück Dreck unter meinen Füßen sein zu dürfen, ist eine Ehre, verstanden?« Und das Loch, in das er seinen Schwanz steckte, sein zu dürfen, war natürlich eine noch viel größere Ehre, wenn es auch ein langer und für sie schmerzvoller Weg war, dies einzusehen, denn ihre Mutter hatte stets etwas anderes gemeint, wenn sie davon sprach, ehrbar zu bleiben. S., wie sie ihn als Abkürzung für Schloßherr bei sich nannte, da er ihr seinen Namen nicht gesagt hatte und sie ihn ohnehin nur mit Herr ansprechen durfte, kam also von Zeit zu Zeit vorbei, um sich in einem entlegenen Teil der Burg von der Jagd oder Reisen oder Turnieren oder mehr oder weniger kurzen Abenteuern mit den schönen Frauen der Umgebung auszuruhen, und wenn ihm dann langweilig wurde, bevor eine andere Zerstreuung in Sicht war, suchte er sein Vergnügen bei ihr, indem er sie schlug und auf jede erdenkliche Weise demütigte und manchmal auch fickte, wenn das letzte Techtelmechtel schon längere Zeit zurücklag. Am Anfang hatte sie sich gegen alle diese Dinge gewehrt, bis sie merkte, daß sie ihre ganze Kraft verbrauchte, während es seiner Jagdfreude nur entgegenkam, wenn seine Beute ihn nicht bereits tot auf dem Boden liegend erwartete; da ließ sie es bleiben und war willig, ja direkt zuvorkommend, wenn seine Forderungen sie nicht allzusehr provozierten und ihr Temperament doch mit ihr durchging. Und manchmal dachte sie, daß er sich jetzt nicht mehr über sie lustig zu machen schien, wenn er sie zwischen Schlägen mit der Hand und solchen mit dem Stock umarmte oder ihr das Haar aus dem tränenverschmierten Gesicht strich. Und manchmal schienen diese Momente länger zu dauern als noch letztes Mal, und wenn sie ihn dann anzusehen wagte, war von dem Lächeln, das seine Gemeinheiten oft begleitete, nur ein kleiner Funken Spott in den Augenwinkeln zurückgeblieben, und sie stellte überrascht fest, daß sein Gesicht schön war. Auch seine Arme in dem weißen Rüschenhemd, das Männer seiner Klasse zu dieser Zeit trugen, erschienen ihr genau richtig, schmal, sehnig und stark, als sie sie umfaßten, und sie konnte sie auch dann nicht mehr anders sehen, als sie sie kurz darauf auf dem klapprigen Bett, das das Strohlager ersetzte, seitdem er sich entschlossen hatte, sie hin und wieder auch als Sexobjekt zu benutzen, bewegungslos unter ihm festhielten. Und es waren zarte Hände, die ihr die heftigen Ohrfeigen verpaßten, und als sie dies erkannt hatte, wußte sie, daß sie diese Krankheit bekommen hatte, die die erkrankten Menschen andere Menschen als Götter wahrnehmen ließ, obwohl sie das nicht sind, und die man gemeinhin Liebe nannte.

Sie erschrak sich nicht gerade wenig, aber ihr fiel nichts ein, was sie nun, da es passiert war, tun konnte, außer natürlich jede Veränderung in ihrem Verhalten argwöhnisch zu beobachten. Es war keine leichte Aufgabe, sich selbst dabei zuzusehen, wie man anfing, auf den unvermittelten Verlust einer Zahnplombe zu warten, als ob man vollkommen verrückt wäre, und wie man sich bei Eintritt des ersehnten Ereignisses wünschte, daß er die richtigen Schlüsse aus der Tatsache ihres seiner schlagenden Hand willig entgegengestreckten entblößten Pos zöge. Er tat es wohl, doch reizte ihn ihre Gefügigkeit nur, nun erst recht hart mit ihr umzugehen, und so schlug er heftiger zu, bevor er sich auf den Weg zu der Tochter des benachbarten Schloßherrn machte, und die Vorstellung, wie sie an ihrem Fenster sitzend weinte, zauberte ein Lächeln auf seine Lippen, während er auf dem Rücken seines Pferdes die letzte Kurve vor dem Erreichen seines Zielortes nahm.

Das nächste Mal war er noch gemeiner und sie brach noch während seiner Anwesenheit in Tränen aus, nachdem sie widerstandslos alles hatte geschehen lassen, was er ihr antat, und die Erinnerung an die Farbe der Demütigung auf ihrem ansonsten blassen Gesicht zauberte ein Lächeln auf seine Lippen, während er sie auf diejenigen der benachbarten Schloßherrentochter drückte, was ihn dann doch etwas verwirrte.

Als er eines Morgens neben der Nachbarstochter aufwachte und seine Gedanken als erstes zum vorangegangenen Tag schweiften, als seine Sklavin ihm die Hand geküßt hatte, nachdem er sie mit dem Stock durchgeprügelt hatte, weil sie sich dann doch gewehrt hatte, als er sie anpinkeln wollte, wußte er, daß es Zeit wurde, etwas gegen die Ansteckungsgefahr bei seinen seltenen Besuchen zu Hause zu unternehmen. Er war schon öfters Opfer dieser seltsamen Krankheit geworden, und eigentlich hätte er längst immun sein müssen. Schloßherrntochter um Schloßherrntochter hatte ihn nach unterschiedlich langen Phasen des Zusammenseins krank zurückgelassen, und er konnte sich nicht sicher sein, daß das, was ihm durch glücklichen Zufall vor sein Pferd gelaufen war, nicht auch eine von ihnen war. Zu seinem eigenen Schutz mußte er die Hürde jedesmal höher legen, die sie zu überspringen hatten, bevor er ihnen die Möglichkeit eröffnete, seine stets mühsam zurückgewonnene Gesundheit aufs neue zu ruinieren –

»Du bist frei, Sklavin", sagte er. »Du kannst gehen, wohin auch immer du willst.«

Sie sah ihn verwirrt an, fast ein wenig unglücklich, aber dann stand sie auf und zog sich ihr Kleid über die nackte Haut, das sie sonst während seiner Anwesenheit nicht tragen durfte und dem man ihre derzeitigen schlechten Wohnverhältnisse ansah.

»Ist das Tor schon offen?« fragte sie leise. Und er antwortete mit fester Stimme: »Es ist alles für dich vorbereitet.« Sie nickte, aber blieb dann unschlüssig vor ihm stehen.

»Was ist los? Willst du nicht endlich gehen? Jeder normale Mensch möchte doch frei sein, und du bist doch ein höchst gewöhnliches Exemplar dieser Species wie wir beide wissen.«

Sie überhörte geflissentlich den gehässigen letzten Halbsatz und fragte: »Auch wenn Freiheit den Verlust einer Chance auf Liebe bedeutet?«

In seinem lauten Lachen schwang ein kleiner Ton von Ungeduld mit. »Du weißt doch, wo dein Platz in meinem Leben ist. Unter meinen Füßen oder bestenfalls auf allen Vieren an meiner Seite. Und du müßtest wissen, daß ich nicht zu den Menschen gehöre, die ihre Hunde mit ins Bett nehmen.«

Sie schwieg. Er sah auf ihren gesenkten Kopf, packte sie dann mit einer Hand am Handgelenk und mit der anderen am Kinn und zwang sie, ihn anzusehen. »Was willst du? Willst du hierbleiben? Die Freiheit war ein Angebot an dich, es war keine Kündigung dieses netten Turmzimmers. Du kannst hierbleiben, wenn du willst, aber du solltest wissen, was eine solche Entscheidung bedeutet.«

Sie nickte wieder.

»Ich liebe dich nicht und werde es vielleicht nie tun – wie könnte ich auch so unstandesgemäß ein Stück Dreck lieben! Das passiert doch meistens nur verkalkten Märchenkönigssöhnen –, aber selbst wenn ich dich eines Tages doch lieben würde, würde ich niemals aufhören, dich zu quälen, denn du

taugst zwar nicht zu Vielem, aber das Leid steht dir gut und dein Anblick bereitet mir dann zuviel Freude, als daß ich je darauf verzichten könnte, wenn du in meiner Nähe bist. Je mehr du in meiner Nähe bist, je mehr wirst du also zu leiden haben – das ist die Zukunft, die du dir zu wünschen scheinst! Und ich werde kein schlechtes Gewissen dabei haben, denn du weißt jetzt, was dich erwartet, wenn du hierbleiben solltest, und es gibt keinen Grund, dich zu schonen, wenn du dich mir derartig rückhaltlos anbietest, nicht wahr?«

»Ich weiß.«

»Und es ist nicht gesagt, daß ich dir deine Freiheit ein zweites Mal anbiete.«

»Ja.«

»Also entscheide dich. Noch ist das Tor offen.«

»Ich weiß«, sagte sie ruhig.

Das Telefon klingelt. »Und hast du den neuen Einjahresvertrag schon unterschrieben?« fragt D.

»Nein«, sage ich.

»Dann solltest du es vielleicht jetzt tun. Wir können ihn dann nachträglich noch feierlich mit deinem Blut signieren.«

–

»Na los jetzt, hol dir das Papier und einen schwarzen Stift und bring es hinter dich, du kannst doch ohnehin nicht anders.«

Soll ich versuchen, ein gefangenes Burgfräulein zu sein?

Soll ich unterschreiben?

Ich weiß es nicht. Aber ich tu's trotzdem. Wie so vieles andere auch.

Weitere Bücher im Seitenblick-Verlag:

»Sarahs Lust« ist die Geschichte einer erotischen Verführung. Regina, zuerst skeptisch und zurückhaltend, erliegt schließlich der Faszination, die die Schriftstellerin Sarah auf sie ausübt, und läßt sich mit ihr auf eine alle ihre sexuelle Grenzen überschreitende Beziehung ein. Im Spiel mit Dominanz und Unterwerfung, mit Schmerz-Lust, mit Ängsten, Schamgefühlen, erotischen Wünschen und Sehnsüchten, leben die beiden Frauen ihre Fantasien aus.

»Ein Roman, in dem deutlich wird, daß eine Powerfrau genauso Hingabe und Unterwerfung genießen kann, wie sie auch letzten Endes diejenige ist, die die Spielregeln bestimmt, nach denen die sexuellen Inszenierungen ablaufen.«

SCHLAGZEILEN, Hamburg

R. Hoffmann: Sarahs Lust, Roman, 208 S., DM 34,–

25 aktive und passive, hetero-, homo- und bisexuelle Flagellanten/-innen berichten von ihren Erfahrungen, schönsten und schlimmsten Erlebnissen, Träumen, Beziehungsglück und Einsamkeit, von Liebe, Lust und Leidenschaft.

»Von informativ bis geil spannt sich der Bogen, und schon das mit viel Fingerspitzengefühl geschriebene Vorwort macht Lust auf mehr.«
SCHLAGZEILEN, Hamburg

»Ein Buch, das, egal welche Präferenz man selber hat, lesenswert ist.« STONEWALL TAC, Aachen

B. Tegtmeier (Hrsg.): Schmerz-Strafe-Lust, Anthologie, 248 S., davon 27 Fotoseiten, DM 36,–

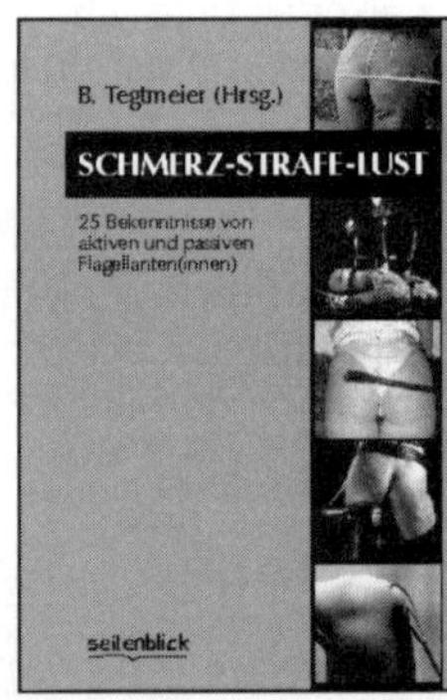

Nora & Wolf:
Geliebtes Nichts ...
Ein SM-Briefwechsel
152 S., DM 30,–

Nora & Wolf sind beide an Partner gebunden, mit denen ein Ausleben ihrer SM-Neigungen nicht möglich ist. Wolf schaltet eine Anzeige, in der er eine Briefpartnerin zum Austausch von SM-Phantasien sucht. Nora schreibt ihm, und es entspinnt sich ein reger Briefwechsel. Beide wollen zunächst keine »reale Beziehung« eingehen, doch zwischen ihnen entwickelt sich schnell eine emotionale und erotische Intimität, die eine Begegnung unausweichlich macht ...

»Die zärtlichen, groben, respektvollen und geilen Briefe, die die zwei sich schreiben, zeigen den ganzen Kosmos an Träumen, Sehnsüchten und vielleicht nur aus der Ferne möglicher Freizügigkeit. Erquickend ist dabei die Art, wie die beiden die Ebenen wechseln, oben und unten vertauschen, souverän mit Verachtung und SM-Klischees spielen, um diese dann mit einem Augenzwinkern oder einer liebevollen Geste wieder in den gleichberechtigten Alltag zurückzuholen.«

SCHLAGZEILEN, Hamburg

Cagliostro:
Hummeln fallen waagrecht
Roman, 191 S., DM 34,–

Erst durch eine Kontaktanzeige lernen sich Thomas und Chiara, beide Studenten an der Mainzer Johannes-Gutenberg-Universität, kennen. Nach zahlreichen gescheiterten Versuchen, eine dominante Frau für sich zu gewinnen, scheinen Thomas' Träume nun endlich Wirklichkeit zu werden. Da Chiara aber recht extreme Ansprüche stellt, die den Anfänger Thomas hoffnungslos überfordern, zeigt sich schnell, daß die Verbindung nicht unbedingt ideal ist. Enttäuscht von all den Sklaven, die sich ihr nur halbherzig unterworfen haben, ist Chiara entschlossen, keine Kompromisse mehr einzugehen und ihre Vorstellungen ohne Abstriche durchzusetzen. Thomas gibt sich aus Angst, Chiara wieder zu verlieren, zunächst alle Mühe, sie zufriedenzustellen, doch der Konflikt spitzt sich immer mehr zu.

»Cagliostro beschreibt die Irrungen und Wirrungen eines jungen SM-Liebespaares mit viel Sympathie und Einfühlungsvermögen, vor allem aber auch mit einem unfehlbaren Gespür für Situationskomik.« kad, TWILIGHT, Berlin

Nach dem Tod ihres Mannes, mit dem sie eine in Konventionen erstarrte, leidenschaftslose Ehe führte, schließt Nuria sich enger an ihre Freundin Anne und deren Lebensgefährten Jan an. Die Freundschaft geht in ein erotisches Dreiecksverhältnis über, das zunächst harmonisch verläuft, da alle sich bemühen, keine Eifersucht aufkommen zu lassen. Für Jan, der mit Anne seit fünf Jahren in einer gleichberechtigten, sexuell liebevollen Beziehung lebt, stellt Nuria die ideale Ergänzung dar, da sie, im Gegensatz zu Anne, seine SM-Phantasien teilt und sich ihm bereitwillig unterwirft. Das Bemühen aller, die Ménage à trois im Gleichgewicht zu halten, droht zu scheitern, als Nuria Jan für sich allein zu beanspruchen beginnt. Durch Nurias leidenschaftliche Unterwerfung fühlt Jan sich immer stärker an sie gebunden, doch er will auch Anne nicht verlieren.

»Ein SM-Lesevergnügen der romantischen Art.«
kad, TWILIGHT, Berlin

Gert Eggert: Sehnsucht nach der Nacht in deinen Augen
216 S., Hardcover, DM 44,–

Der Roman beschreibt die Verstrickung dreier Menschen in ein sadomasochistisches Beziehungsgeflecht. Die junge Pianistin Benigna, die reife, verheiratete Marianna und Georg, ehemaliger EU-Korrespondent in Brüssel, alle drei unterliegen auf verschiedenste Weise ihren Obsessionen: eine Geschichte über die Macht erotischer Bilder und den Zwang, sie zu erfüllen, über die erhaltenden und die selbstzerstörerischen Kräfte der Liebe und die freudige Hingabe an bzw. die Auflehnung gegen die Gewalt der (menschlichen) Natur.

»Raymond Werrie ist ein geiles und gleichzeitig einfühlsames Buch gelungen.«

TWILIGHT, Berlin

Raymond Werrie: Jungfrauenblut, 206 S., DM 35,–

Die 26jährige Sonia begegnet einem dominanten Mann, der in ihr zum ersten Mal sexuelles Verlangen auslöst. Seitdem von devot-masochistischen Phantasien verfolgt, nimmt sie über eine Zeitungsanzeige Kontakt zu einem Dominus auf. Da sie in einer festen Beziehung lebt, soll es nur ein »harmloser« One-night-stand werden, doch der Mann, um einiges älter als Sonia und sehr erfahren, zieht sie trotz ihrer Widerstände in seinen Bann. Obwohl sie sehr wohl bemerkt, daß er mit ihr spielt, sie manipuliert, sie womöglich belügt, versteht er solch intensive Gefühle und eine so enorme Lust in ihr zu wecken, daß sie ihm mehr und mehr verfällt.

Sonia Kell: Die Lügen meines Meisters, 168 S., DM 35,–

Ich habe erst im Westen durch Kontakte und Lektüre sexuell zu meinem »wahren ICH« gefunden. DDR und SM hatten für mich nichts, aber auch gar nichts miteinander zu tun, bis ich eines schönen Tages Rudolf kennenlernte und angesichts seiner Erzählungen über seine SM-Aktivitäten in der DDR höchst erstaunt feststellen mußte, daß ich wohl einem gewaltigen Irrtum unterlegen war. Ich war wie elektrisiert und fragte mich, wie es generell mit SM in der DDR gewesen wäre, ob und welche Unterschiede es hinsichtlich der Erkenntnisprozesse und des SM-Lebens zwischen Ost und West gegeben habe oder noch gäbe und welche Bedeutung die Öffnung der Grenzen für beide SM-Seiten wohl gehabt habe. Ich dachte mir, die Antworten auf solcherlei Fragen könnten vielleicht auch andere interessieren, und so beschloß ich, die Sache zu ergründen. Lisa Kurth

»Herausgekommen ist eine spannende Dokumentation mit vielen, zum Teil höchst absurden Episoden. Informativ und lesenswert!« TWILIGHT, Berlin

Lisa Kurth: Deutschland, einig Schmerzensland 312 S., DM 39,90

L. Jansen: Grausamer Sommer, Roman, 206 S., DM 35,–

Lui erhält ein Stipendium an der Universität in Kyoto und das Angebot, bei einer japanischen Gastfamilie zu wohnen. Zwischen Lui und Mayumi, der Tochter des Hauses, entwickelt sich schnell eine Liebesbeziehung. In aller Heimlichkeit erkunden die beiden ihre Lust. Mayumi drängt Lui, daß er sie einmal »vergewaltigen« möge, und Lui läßt sich bereitwillig darauf ein – wenn sie danach auch ihm Gewalt antun würde. Verwundert über ihr Vergnügen am Schmerz und Ausgeliefertsein, doch im Bewußtsein, daß Liebe letztlich alles erlaubt, vereinbaren sie, dem anderen jeweils drei Wochen ohne Einschränkung als Sklave/-in zu gehören.

»Das Buch hat insgesamt einen hinreißenden Umgang mit eben jener Mischung aus grausamem Spiel, Zärtlichkeit und Zuneigung; so heftig die Behandlung zeitweise ist, so klar bleibt das Liebesverhältnis, das Vertrauen zu allen Zeiten.«

TWILIGHT, Berlin

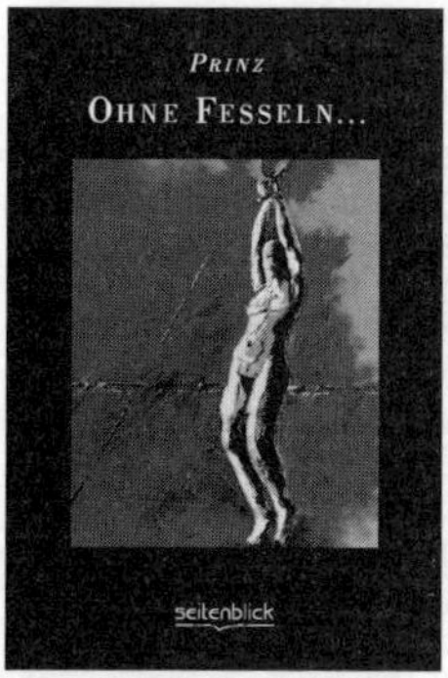

Prinz: **Ohne Fesseln ... Textsammlung mit Bildern des Düsseldorfer Künstlers Wolfgang Fröhlich, DM 35,–**

Phantasie und Wirklichkeit stehen in den Geschichten von Prinz nebeneinander. In 15 Kurzgeschichten beschreibt er erlebte SM-Inszenierungen und lustvolle Tagträume. Beide Ebenen verbindet der Autor mit Tagebuchaufzeichnungen der letzten Jahre. Die autobiographischen Texte beschreiben seinen Weg von der Verheimlichung seiner SM-Wünsche, dem ersten Geständnis der eigenen Neigungen bis hin zum offenen Umgang mit seiner sexuellen Identität. Die Geschichten durchstreifen dominante und devote Phantasien, Liebesgeschichten, die deutlich machen, daß die Grenzen zwischen der »normalen« Sexualität und der sadomasochistischen Erotik fließend verlaufen.

»Was diese Stories weit über den Durchschnitt erotischer Gebrauchsliteratur hinaushebt, ist ihre Aufrichtigkeit (...) Dadurch gewinnen die Geschichten eine emotionale Tiefe und Wärme, die der SM-Literatur nicht selten fehlt. Absolut lesens- und auch betrachtenswert!«

TWILIGHT, Berlin

Jezabels Träume. SM-Stories von Frauen

Herausgeber: B. Tegtmeier, Anthologie, 247 S., DM 36,– (ohne Abbildung)

Wovon träumen SM-Frauen? Welche Szenen beschäftigen ihre Phantasie? In dieser Sammlung größtenteils fiktiver Geschichten wird kaum etwas ausgelassen: Ob zart, extrem, romantisch, grausam, zärtlich, brutal, wild, obszön, amüsant oder lüstern, ob heterosexuelle, lesbische, schwule oder Gruppen-Abenteuer, ob nach gängigem Strickmuster erzählt oder mit entlegenen, bizarren Inhalten verknüpft – in jedem Fall ein spannender Einblick in das erotische Erleben dominanter und devoter, sadistischer und masochistischer Frauen!

»Warum ein Buch nur mit Geschichten von Frauen? Weil Frauen ihre Phantasien facettenreicher in Worte fassen können. Ihnen geht es nicht nur um das Beschreiben von schönen Körpern und geilen Praktiken, sondern auch um das Ausloten von emotionalen Zuständen. (...) Die Phantasien reichen von zart bis hart, von realistisch bis bizarr, von autobiographisch bis traumhaft (...). Ein erotisches Lesevergnügen für beide Geschlechter.«

TWILIGHT, Berlin

Coverfoto: Arne Jahn

Nach den SM-Stories der Frauen nun die Geschichten der Männer. Vertrauensprüfung, demütigende Bloßstellung, Analerziehung, Vorführung, Schulstrafe, ärztliche Behandlung, Hunde- und Pferdedressur, Einweihung in einen Zirkel, Abrichtung eines Sklaven zum Dienstmädchen, Zwang zu homosexuellen Aktionen, Sessions zu dritt, Orgien – teils ähnliche Themen, doch diesmal alles aus männlicher Feder, die zweifellos anders schreibt, als die einer Frau.

Alles in allem unterhaltsame Geschichten, die SM-Phantasien aus fast allen Bereichen abdekken, mal literarisch anspruchsvoll erzählt, mal mit den üblichen Klischees spielend.

SCHLAGZEILEN, Hamburg

B. Tegtmeier (Hrsg.): Sklaven & Meister. SM-Phantasien von Männern, Anthologie, 221 S., DM 35,-

»Mehr Schein als Sein« ist eines der Kapitel dieses Romans überschrieben, und nichts könnte treffender sein, denn so gesetzestreu und politisch korrekt sich Fiona, Barbara und Justin selbst gerne sähen, so führt ihnen doch die Bekanntschaft mit Midian vor Augen, wie schnell sie bereit sind, ihre Ideale zu verraten. Sie lieben und begehren ihn alle drei, den bildschönen, unverschämten, jeder Perversion zugeneigten Midian, auch dann noch, als sie längst erkannt haben, daß sie es mit einem skrupellosen Waffenhändler zu tun haben, der sich auf jedermanns Kosten bereichert. In dem Gerangel um Geld und Macht, Liebe und sexuelle Erfüllung werden alle Figuren gleichermaßen zu Opfern ihrer eigenen Gier, nicht zuletzt Midian, der trotz seiner Dominanz und seiner manipulativen Fähigkeiten nicht unverwundbar ist.

»Midian oder Die Versuchungen der Gier«, eine Sex & Crime - Story von Karin Aderhold und Jutta Ahrens, 231 S., DM 35,–

Das Spektrum der hier geschilderten Erfahrungen mit und Phantasien über SM in der Öffentlichkeit reicht von der verdeckten Handlung in einer alltäglichen Umgebung, bei der es um die (mögliche) Konfrontation der »Normalwelt« mit einem Oben/Unten-Szenario geht, bis hin zur drastischen offenen Aktion vor Gleichgesinnten, beispielsweise innerhalb eines kleinen privaten Kreises oder vor dem großen Publikum einer SM-Fete. Im Zentrum steht zumeist das Spiel mit der Schamgrenze, die oft schwierige Gratwanderung zwischen dem Vergnügen daran, sich selbst (mit seinem Partner) darzustellen, die eigene Lust in den Augen anderer gespiegelt zu sehen oder sie unmittelbar mit anderen zu teilen, indem man diese in den Akt miteinbezieht, und Gefühlen von Scham, Angst, Ekel oder Unsicherheit in Bezug auf die tatsächlichen oder nur gefürchteten Reaktionen des Publikums.

»Fast jeder wird in diesem Sammelband etwas finden, das ihn oder sie animiert.«

SCHLAGZEILEN, Hamburg

Schwarze Anblicke
Anthologie zum Thema
»SM in der Öffentlichkeit«
247 S., DM 36,–

»Qualvolle Liebe« ist keine Sammlung netter, gefälliger Stories, die SM einmal mehr auf die Ebene locker-leichter Rollenspiele reduziert. Werden Macht und Ohnmacht, Schmerz, Demut und Erniedrigung von Vanessa Z. Goys Figuren auch oftmals auf klassische Weise inszeniert, wagt es die Autorin dennoch, das selbst unter bekennenden SMern oftmals tabuisierte »Dahinter«, die erschreckendsten Gefühle und Sehnsüchte, die schwärzesten Abgründe der menschlichen Seele zu benennen. Ob es um anonyme Akte, flüchtige oder ernsthafte Beziehungen, reale Erfahrungen oder surrealistische Phantasien geht: Stets zielen die facettenreichen Geschichten auf die Grenzerfahrung ab, auf den Traum von der totalen Preisgabe des eigenen Ichs oder dem Verschlingen des Ichs eines anderen.

»Qualvolle Liebe«, SM-Phantasien von Vanessa Z. Goy, mit 19 Fotos der Autorin, DM 37,–